Ulrich Stoll

TOTES GLEIS

Kriminalroman

berlin.krimi.verlag
be.bra verlag

Bibliografische Information der Deutschen Nationalbibliothek

Die Deutsche Nationalbibliothek verzeichnet diese Publikation in der Deutschen Nationalbibliografie; detaillierte bibliografische Daten sind im Internet über http://dnb.d-nb.de abrufbar.

KulturBrauerei Haus 2
Schönhauser Allee 37, 10435 Berlin
post@bebraverlag.de
Lektorat: Gabriele Dietz, Berlin
Umschlag: Ansichtssache, Berlin
Satz: ZeroSoft, Timisoara
Schrift: Stempel Garamond 10/12,7 pt
Druck und Bindung: Finidr, Český Těšín
ISBN 978-3-89809-547-1

www.bebraverlag.de

»Die Presse muss die Freiheit haben, alles zu sagen, damit gewisse Leute nicht die Freiheit haben, alles zu tun.«

Stewart Alsop

Er horcht in den Tunnel hinein. Die Dampflok der Baureihe Null-Drei durchfährt die Kurve im Berg, die sich an die langgestrecke Stahlträgerbrücke anschließt. Eine gute Idee, das Modell im Maßstab HO in der schwarzen Reichsbahn-Lackierung mit den kräftigen Wagner-Windleitblechen zu wählen. Er legt das Gesicht schief, berührt mit der rechten Schläfe fast das Gleis, das leise summt. Es riecht nach Holzleim und Öl.

Im Dunkel des Tunnelausgangs leuchten die drei Stirnlampen auf. Er hat den Trafo auf langsame Fahrt gestellt. Dann kann man das Knarzen der Zahnräder besser hören, glaubt er - ein feines Schnurren der Zacken, die gut geölt ineinandergreifen. Die Fahrgestelle der Waggons klackern weich über die Schienenstöße. Er wird so lange wie möglich den Kopf unten halten, will staunen wie ein Kind, vor dem sich ein mechanisches Wunderwerk auftut.

Jetzt hebt er den Kopf vom Gleis, knapp vor der Lok, so als wolle er ihren Fahrtwind auf der Haut spüren. Das ist das Letzte, was jemand fühlt, der auf den Gleisen liegt, Hände und Füße schmerzhaft gefesselt, ein Taschentuch als Knebel im Mund, vollgesaugt mit Speichel, der jeden Schrei erstickt. Dann schneiden die schlanken Radkränze in die Haut, das Fleisch platzt auf, die Knochen splittern. Mit ruhiger Kraft trennen die Räder knirschend Füße und Kopf vom Rumpf, dem verzweifelt zuckenden Leib.

Die dünnen Pleuelstangen stoßen träge vor und zurück. Majestätisch schiebt sich die Schnellzuglokomotive dicht an seinem Gesicht vorbei, gefolgt von den blauen und roten Waggons der ersten und zweiten Klasse. Das Signal steht auf Grün, der D-Zug schnurrt sanft ohne Halt durch den Bahnhof.

Nur noch wenige Tage. Ruhig rückt der Uhrzeiger über der Werkbank vor.

Sonntag, 22. Mai 1988

Die U7 trieb eine Welle muffiger Luft vor sich her, als sie in den Bahnhof rollte und Dutzende mürrischer Berliner ausspuckte, deren Laune nicht einmal das Frühlingswetter heben konnte. Beim Einsteigen atmete Lucas Hermes durch den Mund ein, um den Geruch der ungewaschenen Leiber im engen Waggon nicht ertragen zu müssen. Seit seiner Kindheit ekelten ihn die Ausdünstungen seiner Mitmenschen. Gerüche, die ihn zwangen, sich wegzudrehen, wenn die Leute ihre schwitzigen Körper auf engstem Raum zusammendrängten oder ihm ihren schlechten Atem entgegenhauchten.

Sein Kontoauszug, den er eben aus dem Nadeldrucker gezogen hatte, war deprimierend. Neunzehn Mark dreiundfünfzig. Der Sender hatte noch immer nicht das Honorar für seinen Film über eine gefälschte Ausgabe des Neuen Deutschland, der Zeitung der DDR-Staatspartei, überwiesen. Zwei Monate war die Ausstrahlung in der Sendung »Im Visier« schon her. Ein ziemlich guter Bericht über die Hintergründe eines Pressecoups: Hamburger Journalisten hatten eine selbst hergestellte Version des SED-Blattes in die DDR geschmuggelt, in der suggeriert wurde, die DDR-Führung hätte endlich Gorbatschows Perestroika-Kurs übernommen und sei zu Reformen bereit. Lucas war bei Layoutarbeiten und Druck der gefälschten ND-Ausgabe mit der Kamera dabei gewesen und hatte verdeckt gedrehtes Material von der Verteilung des Blattes in Ost-Berlin in den Beitrag hineingeschnitten.

Wenn jetzt der Dauerauftrag für die Spedition abgebucht wurde, war er im Minus.

Vor gar nicht langer Zeit war Lucas Hermes noch mit dem Audi Coupé seiner Freundin Martina durch die Stadt gebraust. Standesgemäß. Der Starreporter fährt vor. Der gefürchtete Enthüller im gelben 2,3-Liter-Wagen mit den straffen Recaro-Sportsitzen, neben sich eine strahlend schöne Frau.

Wenn er damals vor dem Eingang zum Messegelände an der Masurenallee parkte, blickten selbst die fest angestellten Fernsehredakteure respektvoll zu ihm hinüber, die ihre Saabs und Porsches auch vor der Messe abstellten, wenn sie morgens zum Sender am Theodor-Heuss-Platz kamen.

Martina jammerte, sie habe sich beim Kauf verschätzt, der Kofferraum des Coupés sei zu klein für einen Kinderwagen. Lucas widersprach heftig, lobte ihre Entscheidung und pries die Beschleunigungswerte des Wagens.

»Eine kleine Spende«, murmelte der schmutzige Kerl, der jetzt dicht vor Lucas stand und ihm einen zerknitterten Pappbecher vor die Nase hielt. Lucas drehte den Kopf weg.

»Hältst dich wohl für was Besseres?« Der Ton des Bettlers wurde feindselig. Dem dürren Mann mit dem strähnig fettigen Haar baumelte ein alter Kassettenrekorder an einer Paketschnur um den Hals. Der Obdachlose verzog das Gesicht, als hätte er in eine Zitrone gebissen.

»Ja, dich meine ich.« Er spreizte den Zeigefinger vom Pappbecher ab und deutete auf Lucas. »Du fährst jetzt in dein schönes warmgepuptes Zuhause. Aber ich ...« – er deutete in einer pathetischen Geste auf sein zerlumptes T-Shirt und zeigte seine schlechten Zähne – »... muss jede Nacht zusehen, wo ich einen Platz zum Schlafen finde.« Lucas stellte sich taub, starrte durch die Fensterscheibe ins Dunkel des Tunnels.

»Ich bin Sänger«, fuhr der Bettler in einem hellen Singsang fort. »Ich bin schon überall aufgetreten und die Leute haben mir zugejubelt. Alle lieben die Lieder von Zarah Leander, wenn ich sie singe. Dann weinen die Menschen!« Er schüttelte mit bitterer Miene den Kopf. »Aber keiner will für die Musik zahlen.«

Ein Mädchen mit roter Punkfrisur steckte wortlos eine Mark in den Pappbecher und ging weiter. Lucas war erlöst. Der Sänger drückte die Starttaste des Kassettenrekorders auf seiner Brust, wandte sich von ihm ab und holte tief Luft, während die ersten Takte aus dem Lautsprecher krächzten: *»Ich weiß, es wird einmal ein Wunder geschehn und dann werden tausend Märchen wahr!«*

Zwei Lieder und zwei Stationen später stürzte Lucas am Mierendorffplatz aus der Bahn und lief die Lise-Meitner-Straße hoch. Da lag sein künftiges Quartier: ein dreistöckiger Flachbau an der Ecke zur Olbersstraße, grau und düster vor dem noch blauen Abendhimmel. 22 Uhr 30, eigentlich zu früh zum Schlafen. Die Begegnung mit dem Obdachlosen in der Bahn hatte Lucas eigentümlich berührt. Ausgerechnet in dem Moment, in dem er seinen Weg in die Obdachlosigkeit antrat, erschien ihm eine zerlumpte Figur, die zu sagen schien: Sieh mich an, ich bin wie du!

In dem mit Waschkieselplatten verblendeten Lagerhaus waren mehrere Firmen untergebracht, auch die Spedition, bei der er seine Wohnungseinrichtung eingelagert hatte. Die Spedition nahm fünfzig Mark pro Monat für die Lagerung – die billigste Möglichkeit, ohne Wohnung in Berlin zu überleben. Ein Hotel kam angesichts seiner Finanzlage nicht infrage. Seine Altbauwohnung hatte er nach drei Monaten Mietrückstand fluchtartig verlassen müssen. Der Vermieter behielt die Kaution ein und ließ ihn schließlich ziehen, allerdings unter der Bedingung, dass alle Möbel am Freitag bis 18 Uhr abgeholt würden.

Die Spedition hatte Lucas vor rund einer Woche entdeckt. Er war stundenlang vor dem grauen Zweckbau auf und ab gelaufen, um das Kommen und Gehen zu beobachten. Er wollte herausfinden, wie lange das Büro im Erdgeschoss des linken, flacheren Gebäudeteils besetzt war und wie der Pförtner auf seinem Kontrollgang Türen und Fenster verschloss. Der Mann saß meist in dem verglasten Eckraum neben der Tordurchfahrt, packte pünktlich um fünf seine Stullendose ein und schloss das Büro ab. Dann ging er zu dem mannshohen Zaun, der das gesamte Gelände umschloss, und verriegelte das Einfahrtstor von außen. Wer am Wochenende rein wollte, musste über das Tor klettern, das aus senkrechten Metallstäben und vier Querstreben bestand. Heikel waren die spitzen Enden, die nur mit höchster Vorsicht zu überwinden waren, wollte man nicht mit der Kleidung hängen bleiben. Zu dem Büro gab es keinen Zugang. Es war verriegelt, auch das schmale Rolltor, das direkt zur Kellertreppe führte. Doch neben der Pförtnerloge war in Bodenhöhe ein kleines Kellerfenster, das immer offen stand, um das gelagerte Gut zu belüften.

Lucas blickte besorgt nach oben. Im rechten, ein Stockwerk höheren Gebäudeteil brannte auch abends in der obersten Etage Licht, vermutlich eine Hausmeisterwohnung. Das Eingangstor war aber außerhalb der Sichtweite der Wohnungsfenster, die alle auf die Olbersstraße gingen. Nur von einer Loggia aus, die zur Lise-Meitner-Straße lag, hätte der Bewohner den Eindringling entdecken können. Lucas überwand das Tor fast lautlos und kauerte sich kurz hinter den Zaun, um zu beobachten, ob ein Schatten auf dem Balkon auftauchte. Nichts.

Jetzt, kurz vor elf, lag nächtliche Stille über dem Gelände. Eine grau getigerte Katze huschte maunzend über den Hof, als Lucas sich dem Gebäude näherte. Er zog seine Jeansjacke aus und packte sie sorgfältig in seinen Rucksack. Dann ließ er sich vorsichtig durch das Fenster in den Keller gleiten und griff nach draußen, um den Rucksack hineinzuziehen, in dem seine wichtigsten Utensilien verstaut waren: eine Plastikflasche mit Mineralwasser, eine Taschenlampe, eine Zange, ein Vorhängeschloss, Zahnbürste und Zahnpasta.

Der Verschlag Nummer 14, in dem er seine Möbel abgestellt hatte, war mit einem leichten Vorhängeschloss gesichert. Mit der Zange ließ es sich erstaunlich leicht knacken. Sein mitgebrachtes Schloss sah fast genauso aus. Das Risiko, dass der Austausch des Schlosses auffallen würde, schätzte er als gering ein. Waren die Verschläge einmal vermietet, kümmerte der Spediteur sich nicht weiter darum und würde nicht merken, dass Lucas jederzeit Zugang zu dem Abstellraum hatte.

Er drehte den Lichtschalter. Sein in Plastikfolie eingeschlagenes Bett stand zuunterst, darauf vier schwere Bücherkisten. Er räumte sie beiseite, um an die Matratze heranzukommen. Die lag glücklicherweise auf dem Lattenrost. Die Kiste, in der er den Schlafsack verstaut hatte, fand er erst nach langem Suchen. Lucas war völlig durchgeschwitzt, als er ihn endlich auf das Bett legen konnte. Er zog sich bis auf Unterwäsche und Strümpfe aus, löschte das Licht und tastete sich zurück zum Bett. Dann zwängte er sich in den Schlafsack.

Bei jeder Bewegung knisterte die Plastikfolie auf der Matratze. Zähne putzen? Lieber morgen früh und jetzt nur ein Schluck Wasser. Lucas stellte den Reisewecker auf 7 Uhr 15 und starrte an die Decke. Der Keller roch leicht muffig.

In der Nacht von Donnerstag auf Freitag hatte er zum letzten Mal in seiner Dreizimmer-Altbauwohnung am Maybachufer geschlafen, in einem frisch gemachten Bett. Den Freitag verbrachte er bis zum Nachmittag antriebslos im Bett und verstaute erst am frühen Abend die bereits gepackten Kisten und Möbel widerwillig in Margarethes altem Ford Transit, den sie als Wohnmobil für ihre Irland-Reisen nutzte. Margarethe van Oyen, eine Kollegin aus der Redaktion, mit der er direkt nach seiner Trennung von Martina eine kurze Affäre gehabt hatte, brachte mit ihm die Sachen in die Spedition. Lucas log ihr etwas von Verzögerungen bei der Renovierung der neuen Wohnung vor und durfte die Nacht bei ihr auf dem Sofa verbringen. Seine vorsichtigen Annäherungsversuche kurz vor dem Schlafengehen wies sie lachend zurück. Am Samstag, nach einem ausgiebigen Frühstück mit Margarethe auf ihrem großzügigen Balkon, war er stundenlang ziellos durch die Stadt gelaufen und hatte sich von Café zu Kneipe gehangelt, bis er in den frühen Morgenstunden am Ufer des Landwehrkanals im Tiergarten ein paar Stunden Schlaf auf dem Rasen fand. Am Sonntagmorgen wachte er zerschlagen und fröstelnd auf. Ein leichter Nieselregen hatte ihn bis auf die Haut durchnässt. Er flüchtete in die Neue Nationalgalerie, lief von Saal zu Saal, immer gefolgt von den Museumswärtern, bis er sich auf einer flachen Lederbank ausstrecken konnte. Den müden Kopf in die Hand gestützt, betrachtete er halb liegend die stämmigen steingrauen Körper von Fernand Legers »Zwei Schwestern« mit ihren kreisrunden Brüsten, bis ihm der Kopf auf die Brust sackte. Ein Wärter rüttelte ihn wach – sein leises Schnarchen war bemerkt worden. Lucas floh aus dem Museum, verfolgt von den vorwurfsvollen Blicken der anderen Besucher. Die restlichen Stunden bis zum Abend irrte er wieder durch die Stadt. Erst spät, dachte er, wäre der unbemerkte Einbruch in die Spedition möglich.

Er war auf dem besten Weg, ein dreckiger Penner zu werden.

Lucas war überzeugt, in seinem Kellerloch nicht einschlafen zu können. Der Wecker tickte nervtötend laut.

Montag, 23. Mai 1988

Am Morgen hatte er ein pelziges Gefühl auf der Zunge und das tiefe Bedürfnis, sich die Zähne gründlich zu reinigen und unter die Dusche zu springen. Sein schönes Bad mit den kleinen blauen Glaskacheln und dem warmen Duschstrahl … das gab es nicht mehr. Er trank einen Schluck Wasser, behielt einen Rest Flüssigkeit im Mund und putzte sich mit zusammengepressten Lippen die Zähne. Die Mischung aus Wasser, Spucke und Zahnpasta ließ er angewidert in die Flasche zurücklaufen und schraubte sie zu. Er blickte sich in seinem Verlies um, in dem er die erste Nacht seiner obdachlosen Zeit verbracht hatte. Ein enges Geviert von schmutzig-weiß gestrichenen Backsteinwänden, eine aus groben Brettern gezimmerte Tür, die eine Handbreit kürzer als die Türöffnung war, damit Frischluft in das Kabuff gelangen konnte. An der Wand ein altmodischer schwarzer Drehlichtschalter und die dazugehörende Kellerleuchte mit einer 25-Watt-Birne, die ein schummerig-gelbliches Licht warf.

Er zog sich, auf dem Bett kauernd, nackt aus und packte die getragene Wäsche in eine Tüte, in der bereits das Hemd vom Vortag steckte. Die Plastiktüte, beschloss er, war ab sofort sein Schmutzwäschedepot.

In einem Umzugskarton fand er frische Kleidung: Unterhose und Strümpfe, ein dunkelrotes Polohemd und eine Jeans. Er nahm sich vor, in dem Frischwäschekarton Ordnung wie in einem Kleiderschrank zu halten. Ein Stapel Hemden und Polos, ein anderer mit T-Shirts und Unterhemden, ein dritter Wäscheturm mit Boxershorts und Hosen, sodass ein Viertel der Kartonfläche frei blieb für den Sockenhaufen. Lucas zog noch im Sitzen das Sommerjackett über, das er mit Martina im KaDeWe gekauft hatte. Schlammfarben, genau der beige-braune Ton, den Lucas in den Kaufhäusern und Herrenbekleidungsgeschäften an Ku'damm und Tauentzien tagelang gesucht hatte. Es war der letzte gemeinsame Einkauf mit Martina gewesen, vielleicht sogar das letzte Mal, dass sie gemeinsam etwas unternommen hatten. Martina wollte damals Klarheit, doch Lucas war nicht so weit, sich völlig auf sie einzulassen. Lief es nicht gut zwischen ihnen? Jeden Abend in einem anderen Restaurant, mit Freunden in der Kneipe, im Kino, im Theater, im Konzert. Sie gingen tanzen, wann es ihnen passte, manchmal bis zum Morgen. Dann schleppten sie sich, bevor die Läden an der Nürnberger Straße aufmachten, verschwitzt und glücklich aus dem Dschungel und liebten sich in ihrer Wohnung, wenn die anderen zur Arbeit mussten. Er sah sich nicht als Vater eines gemeinsamen Kindes. Martina war damals siebenunddreißig und ließ ihn spüren, dass ihre Uhr tickte. Aber er wollte sich nicht erpressen lassen, brauchte Zeit, um sich über seine Gefühle klar zu werden. Wie sollte das denn gehen? Er, der Reporter, der ständig auf Dreh oder auf Recherche unterwegs war, müsste wie die Familienväter unter seinen Kollegen nach jedem Arbeitstag nach Hause hetzen, um dort mit vorwurfsvollen Blicke empfangen zu werden. Martina, die kühle Blonde, die er immer so gern angeschaut hatte, erschien ihm bei den Gesprächen über den Kinderwunsch reizlos. Der Mund schmal und herrisch, die Sätze mit der gestreckten Hand zerteilend, ihr Blick kalt und fordernd.

Er redete sich heraus, wenn das Gespräch wieder einmal auf die anstehende Familiengründung kam. Oder er schwieg, wenn sie ein klares Bekenntnis zum Kind forderte, bis sie es nicht mehr aushielt und in einem Tobsuchtsanfall Gläser zerschmiss. Es war ihre Wohnung, also war es an ihm, zu gehen und sich eine Junggesellenbude zu suchen.

Erst ein Jahr später hatte er über Umwege erfahren, dass Martina damals schwanger gewesen war und das Kind kurz nach der Trennung verloren hatte. Darum hatte sie also nach dem Ende der Beziehung alle seine Kontaktversuche brüsk zurückgewiesen. Lucas hatte Martina nie wiedergesehen, auch nicht zufällig in der U-Bahn. Er traute sich seitdem nicht mehr in ihre Straße oder in die Restaurants und Cafés, in denen sie früher oft gemeinsam gesessen hatten. Nach und nach schlief der Kontakt zu ihren gemeinsamen Freunden und Bekannten ein. Lucas kämpfte um keine Freundschaft. Er akzeptierte den Rückzug der anderen als gerechte Strafe für sein Verhalten.

Lucas faltete das Jackett sorgfältig auf Din-A3-Größe, steckte es in eine Plastiktüte und schob sie aus dem Kellerfenster, danach folgte sein Rucksack. Vorsichtig stemmte er sich durch das Fenster in den Hof, klopfte Polohemd und Hose aus, schlüpfte erneut in die Jacke und steckte die Plastiktüte in den Rucksack. Dann machte er sich auf zur U-Bahn.

Im Bahnhof Zoo angekommen, musste er mehrfach Jugendlichen mit müden Augen ausweichen, die sich ihm in den Weg stellten, ihn anrempelten oder einfach nur die Hand ausstreckten. »Eine kleine Spende?«, fragte ein Mädchen mit so resignierter Stimme, als erwarte sie nicht einmal mehr, dass einer der Vorbeiströmenden stehen blieb und auf ihre Bitte einging. Lucas schätzte sie auf gerade einmal sechzehn Jahre. Die Junkies drückten sich Tag und Nacht an den schmutzig gelben Wänden des unterirdischen Ganges herum und schnorrten Passanten an. Lucas hatte die Szene vor einem halben Jahr kennengelernt, als er über Wochen im und um den Bahnhof Zoo recherchiert und gedreht hatte. Zehn Jahre nach dem berühmten Buch über die vierzehnjährige heroinabhängige Christiane F. sah die Szene am Zoo nur äußerlich besser aus. Jetzt waren Amphetamine neben Heroin zur wichtigsten Droge geworden. Speed war an der Jebensstraße weitaus günstiger als Heroin zu bekommen. Die Dealer reagierten auf die neue Billigdroge mit Lockangeboten und fixten die Kinder, die vor ihren Eltern weggelaufen waren und am Bahnhof hausten, mit winzigen Heroin-Probierpäckchen an, für die sie zwanzig Mark verlangten.

Er stieg die Treppe hoch in die Haupthalle und erreichte die Waschräume. Ein an den Armen wild tätowierter Bartträger, der sich nach einer langen Nacht im Freien wohl gerade gesäubert hatte, kam ihm im Unterhemd entgegen. Lucas leerte die Flasche mit dem Zahnputzwasser ins Waschbecken und spülte sie sorgfältig aus. Dann warf er eine Fünfzigpfennigmünze ein und betrat auf Zehenspitzen die Duschkabine. Er stellte sich vor, das sich hier nicht nur der Tätowierte, sondern auch Junkies, Penner und sonstige Reisende gewaschen hatten – Menschen, die garantiert Viren, Bakterien und Pilzsporen auf den fleckigen Kacheln verteilt hatten. Im Sieb lag ein Büschel schwarzer Haare. Endlich konnte er die frischen Sachen ausziehen, bevor sie seinen Nachtgeruch annahmen, und hängte sie über die Kabinenwand. Er stellte sich auf den Außenrist der Füße, um möglichst wenig Hautkontakt mit dem Boden der Dusche zu haben, und ließ das heiße Wasser minutenlang über seinen Körper rieseln. Er wusch sich die Haare, und fünfzehn

Minuten später, nach erneutem Zähneputzen, fühlte er sich so frisch wie an jedem Morgen. So frisch wie zu der Zeit, als er noch kein verdammter Obdachloser war.

Lucas blickte in den Spiegel. Der Dreitagebart stand ihm. Obwohl seine Haare von dunkelblond langsam ins Grau übergingen, gefiel ihm seine halblange Mähne, die seine leicht abstehenden Ohren verdeckte. Der Haarausfall hielt sich in Grenzen. Keine beginnende Hinterkopfglatze, die älteren Männern etwas Mönchisches verlieh, kein dramatischer Rückgang des Haaransatzes, vielleicht eine etwas höhere Stirn als noch vor fünf Jahren.

Den kleinen dunklen Fleck auf dem Nasenrücken hatte er zuerst übersehen. Jetzt, im erbarmungslosen Neon der Spiegelleuchte, war die Verfärbung deutlich zu erkennen. Eine harmlose Pigmentstörung, redete er sich ein. Eine gutartige Hautveränderung, die aber in einigen Jahren, wenn er sich an die dunkle Tönung der Stelle gewöhnt hatte, heimlich tief ins Fleisch wuchern würde. Wären Sie nur früher gekommen, Herr Hermes! Dann wäre der Krebs nicht metastasiert! Das sturzbetroffene Gesicht des Arztes: Nein, es gäbe kaum noch Hoffnung. Lucas kniff die Augen zusammen und fuhr sich mit der Hand über das Gesicht, als wollte er einen bösen Traum beiseitewischen. Den bräunlichen Fleck musste er im Auge behalten.

Die Falten, die sich um seine Augen herum ins Gesicht zu graben begannen, gaben ihm etwas Verlebtes. Lucas fand, dass ihn das eher interessanter machte. Sorge bereitete ihm, dass er seit kurzem eine gewisse Teigigkeit in den Hüften feststellte. Gewiss, andere in seinem Alter waren dick, hatten Bäuche, die eine feste kleine Halbkugel über dem Gürtel bildeten. Doch bei ihm war das Gewebe erschlafft, nicht nur im Bauchbereich, auch die Brustmuskulatur, die ihre Festigkeit verloren hatte und an den Achseln erste Falten warf. Er nahm sich vor, ein wenig zu trainieren. Vielleicht ein paar Liegestütze im Kellerkabuff nach dem Aufwachen.

Das Leben auf der Straße will gelernt sein, dachte Lucas. Nimm es als eine Rechercheübung – ganz unten, wie Egon Erwin Kisch auf seinen Touren durch Prags Obdachlosenheime. Ein Pappbecher Kaffee im Stehen und ein mit Putenbrust und welkem Salat belegtes Brötchen. Das Frühstück im Bahnhof Zoo war nicht billig. Das konnte er sich auf Dauer nicht leisten. Lucas nahm sich vor, in den nächsten Tagen auf alle Pressekonferenzen zu gehen, bei denen es etwas zu essen gab.

Der Knall war ohrenbetäubend. Wiebke Posselt sah ihren Kaffeebecher wie in Zeitlupe vom Tisch hochspringen. Die Tasse neigte sich, verharrte in der Luft. Eine schwarze Woge Kaffee stieg über den Becherrand, um dann dem hinunterstürzenden Becher Richtung Schreibtischplatte zu folgen. Als Wiebke Posselt sich kurz darauf auf dem Boden wiederfand, dröhnte es in ihren Ohren. Eine ungeheure Kraft musste sie mitsamt ihrem Bürostuhl umgeworfen haben. Sie versuchte, auf die Füße zu kommen, und merkte, dass bei jedem tastenden Schritt Glassplitter unter ihren Schuhen knirschten. Die Fensterscheiben waren bei dem Knall aus den Fassungen gesprungen. Die Bürotür ließ sich nur schwer öffnen, offenbar war der Rahmen verzogen. Erst jetzt vernahm sie Schreie wie in weiter Ferne.

Auch die Stühle vor ihrem Büro waren umgestürzt, die Wartenden verschwunden. Dort wo die Eingangstür zur Beratungsstelle gewesen war, befand sich nur noch ein zersplitterter Türrahmen. Die Stimmen kamen von unten, aus dem Erdgeschoss: Neben dem Klingeln in ihren Ohren vernahm sie leise wimmernde und schluchzende Frauen. Männer brüllten heiser und aufgeregt durcheinander. Sie tastete sich zum Treppengeländer vor und ging mit zitternden Knien langsam, Stufe für Stufe, hinunter.

Wiebke Posselt schrie auf. Auf dem Treppenabsatz lag ein blutgetränktes Stoffbündel. Sie taumelte weiter und entdeckte vor der Eingangstür von Hauswart Köppke einen blutigen Klumpen – ein grausam entstellter Kopf, in dem es keine Augen und kein Gesicht mehr gab. Die Stimmen kamen jetzt von draußen. Nur raus hier, dachte sie und stolperte vorwärts ins Freie, wo bereits ein gutes Dutzend Menschen auf dem Bürgersteig kauerten.

Dienstag, 24. Mai 1988

Lucas war spät dran. Dienstags fand die Redaktionskonferenz immer schon um 14 Uhr statt, nach der Schaltkonferenz und dem Mittagessen. Er umrundete eilig den Theodor-Heuss-Platz und lief auf das weiße, sechsstöckige Funkhaus zu. Neben dem markanten Block des Deutschlandhauses stand ein quadratisches Gebäude mit einem eckigen Turm, der von einem Stahlgerüst mit dem Senderlogo in Neonbuchstaben gekrönt war: Der Name RBS – Rundfunk im britischen Sektor – stammte aus der unmittelbaren Nachkriegszeit. Die Besatzungsmacht hatte das Gebäude gezielt zur Zentrale eines demokratischen – »staatsfernen«! – Rundfunksenders gemacht, aus dem die Nazis 1936 die ersten Live-Bilder von den Olympischen Spielen in die Fernsehstuben Berlins übertragen hatten.

Mit kurzem Gruß hastete er am Pförtnertresen vorbei und stieg in den Lift. Dass Lucas Hermes seit Monaten keinen Film mehr gemacht hatte, schien die Sicherheitsleute nicht zu stören. Sie behandelten ihn wie die anderen freien Mitarbeiter, die regelmäßig in die Redaktion kamen, um ihre Themenvorschläge abzuliefern oder in den Schneideraum zu gehen. In der Aufzugkabine überlegte er verzweifelt, welches Thema er in der Konferenz vorschlagen könnte. Die Zeitungen vom Wochenende hatte er in einem Café überflogen, doch den Spiegel und die Montagszeitungen hatte er noch nicht in die Hände bekommen, ganz zu schweigen von den Agenturmeldungen. Also musste er darauf hoffen, dass für die nächste oder übernächste Sendung noch ein Film fehlte und er gefragt würde, ob er den Beitrag kurzfristig übernehmen könnte.

Er machte kurz Halt im Fernschreiberraum, riss die letzten Meldungen aus dem Drucker und eilte in den Konferenzraum im obersten Stockwerk. Fast alle Stühle waren schon besetzt. Die fest angestellten Redakteure und die sogenannten Freien, die kein Gehalt bekamen, sondern pro abgeliefertem Film honoriert wurden, studierten ihre Notizen oder die vor ihnen ausgebreiteten Zeitungen. Lucas war stets etwas mulmig zumute, wenn er die Redaktion betrat. Nicht nur, weil er hier die größte Niederlage seines Berufslebens erlitten hatte. Das Gebäude hatte für ihn eine gespenstische Aura. Aus diesen Räumen hatte der »Sender Paul Nipkow« ab März 1935 täglich gesendet, um »das Bild des Führers unverlöschlich in alle deutschen Herzen zu pflanzen«. Lucas stellte sich schaudernd vor, wie die Ansagerin Ursula Patzschke-Beutel in einem der Räume, in denen er heute Beiträge schnitt, die »Volksgenossinnen und Volksgenossen« mit einem markigen »Heil Hitler!« begrüßt hatte. Das TV-Programm der Nazis zeigte allabendlich von 20 bis 22 Uhr Spielfilme, Reportagen, Unterhaltungssendungen und die berühmten Scherenschnittfilme von Lotte Reiniger. Der Kriegsausbruch verhinderte, dass das teure neue Medium zum totalen Propagandainstrument wurde. Bis zum Oktober 1944 strahlte der »Deutsche Fernseh-Rundfunk« Programme wie »Wir senden Frohsinn, wir spenden Freunde« in der Auflösung von 441 Zeilen in die wenigen verbliebenen Post-Fernsehstuben der zerbombten Stadt aus.

Im Konferenzraum war die Luft schon jetzt zum Schneiden. Stövenhagens Angewohnheit, in den Sitzungen Zigarillos zu rauchen, verstanden die übrigen Raucher der Redaktion als Aufforderung, den Raum schon vor Erscheinen des Redaktionsleiters einzunebeln. Lucas öffnete ein Fenster und nahm am Ende des langen Konferenztisches Platz. Er sah die Meldungen durch – fast nur Ausland und nichts für die Sendung – und fischte sich dann die B.Z. vom Zeitungsstapel. Auch im Lokalteil fand er nichts wirklich Interessantes. Gottlob Freese saß am anderen Tischende, in der Nähe von Stövenhagens Platz, und hatte eine aufgeschlagene Akte vor sich. Er war offenbar bestens vorbereitet. Sein Gesicht war weich, fast jungenhaft. Die rosigen Wangen bildeten einen Kontrast zur blassen, hohen Stirn, von der das dünne blonde Haar zunehmend zurückwich.

Er sieht aus wie ein altes Kind, dachte Lucas. Und er könnte eine Abreibung gebrauchen.

Happiness is a warm gun
Bang Bang Shoot Shoot
Happiness is a warm gun, momma
Bang Bang Shoot Shoot
And when I feel my finger on your trigger
I know nobody can do me no harm.

Lucas versuchte, den Beatles-Song aus dem Kopf zu bekommen. Freese, das Frettchen, hatte offenbar eine ausrecherchierte Geschichte vor sich auf dem Tisch. Vermutlich würde er gleich interne Papiere zu einem Skandal aus der Arbeitswelt präsentieren. Miese Arbeitgeber, schlechte Löhne, Umweltsauereien in Betrieben – auf jeden Fall etwas, das Lucas nicht sonderlich interessierte, aber bei Stövenhagen und der Chefin vom Dienst gut ankam.

Bang Bang. Er beugte sich wieder über die B.Z.: »*Gasexplosion in Kreuzberg – ein Toter*« titelte das Boulevardblatt, darunter das Foto eines Hauses, das ihm bekannt vorkam. Natürlich, die Redaktion der türkischen Zeitung Milliyet! Dort hatte er vor ein paar Wochen seinen Kollegen Altün getroffen, der ihm von illegalen islamischen Internaten in Berlin erzählt hatte. Eine verdammt gute Story, die er mal wieder nicht mit der nötigen Energie weiterrecherchiert hatte.

»Gestern gegen 16 Uhr 30 ereignete sich eine Explosion in einem Wohnhaus in der Oranienstraße«, begann der fett gedruckte erste Absatz des Artikels. *»Möglicherweise war Gas aus einer Leitung ausgetreten. Dabei wurde nach Angaben der Feuerwehr der Hauswart Edgar K. (59) getötet. Wie durch ein Wunder wurde sonst niemand verletzt. Die Polizei verhängte eine Nachrichtensperre und riegelte den Unglücksort ab.«*

»Na Lucas, wann steigt die Einweihungsparty?« Margarethe van Oyen stand plötzlich in der Tür.

Halblange blonde Locken umspielten ihr etwas rundes Gesicht. Ihm gefiel, dass sie in letzter Zeit üppiger geworden war und ihre Figur nach wie vor mit eng anliegenden Kleidern betonte. Er lächelte sie hilflos an. »Nächste Woche kann ich einziehen, dann sehen wir mal.« Er hoffte, dass sie nicht weiterfragte und in den nächsten Wochen vergessen würde, ihn erneut auf die fällige Fete anzusprechen.

»Wo wohnst du denn bis dahin?«, rief sie fröhlich über den Tisch hinweg und setzte sich.

Bevor Lucas eine passende Antwort gefunden hatte, betrat Stövenhagen grußlos den Raum, gefolgt von der Chefin vom Dienst, Britta Hensel. Die Gespräche verstummten. Der Chef ließ seinen schweren Leib in den Bürostuhl am Kopfende des Tisches sacken, stellte eine türkisfarbene Schachtel auf den Tisch, klappte sie auf und schickte sich an, ein Zigarillo anzuzünden. Freese war schneller und zückte sein Feuerzeug. Stövenhagen fixierte die Flamme und strafte Freese mit Nichtbeachtung.

»Gut. Was haben wir?«, murmelte er mit freudlos verkniffenem Mund. Nur gute Freunde durften ihn Essjott nennen. Essjott Stövenhagen, der Schrecken der Mächtigen. Wenn er auf dem Bildschirm erschien, wurde sein vollständiger Name, Sven-Jörgen Stövenhagen, eingeblendet. Ein Mann Ende fünfzig, nicht dick, aber füllig, mit dichtem drahtigem Haar und einem ausdruckslosen Gesicht, das sich höchstens dann zu einer Maske der Verachtung verzog, wenn man Themenvorschläge an ihn herantrug oder ihm die Filmbeiträge zur Abnahme vorlegte. Entspannt oder gar lachend kannte ihn keiner hier, höchstens seine wenigen Kumpel aus der Skatrunde, RBS-Urgesteine wie er.

Stövenhagen blickte missmutig zu Britta Hensel hinüber, die vor sich die Blätter mit den Themen ausgebreitet hatte, die schon in Arbeit waren. Er mied den Augenkontakt mit seinen Mitarbeitern und verzichtete auf die üblichen Grußformeln. Nie sprach er seine Redakteure mit Namen an, vermied es, sich für Duzen oder Siezen zu entscheiden, indem er pauschalisierend Redakteure und Autoren mit »ihr« anredete. Dabei starrte er seinem Gegenüber aus kleinen grauen Augen stets auf die Schulter, statt ihm ins Gesicht zu blicken.

Britta Hensel, eine dunkelblonde schlanke Frau um die vierzig mit einem harten Zug um den Mund, war seit einem Jahr als Chefin vom Dienst für die Planung der Sendung »Im Visier« verantwortlich. Sie kam direkt vom Regionalfernsehen, hatte bei der Abendschau volontiert und moderiert und ließ sich nun gemeinsam mit Stövenhagen die Filme der Autoren vorführen. Die »Abnahme« war bei den freien Mitarbeitern gefürchtet, weil so gut wie jeder Beitrag nach Hensels und Strövenhagens Ansicht noch einmal umgeschnitten werden musste – für die Freien unbezahlte Mehrarbeit.

Britta Hensel referierte die Liste der Themen, an denen die Reporter zum Teil seit Wochen arbeiteten. Als sie zu der geplanten Reportage über die Autonomen am Potsdamer Platz kam, nickte sie einem fleischigen Mann im grauen Jackett zu, der scheinbar unbeteiligt mit halb geschlossenen Augen auf seine Unterlagen blickte.

»Wie weit sind wir mit der Besetzer-Geschichte?«, fragte Hensel.

Heiner C. Schmitt reagierte nicht sofort und blätterte betont ruhig in seinen Papieren.

»Die Besetzer haben das Grundstück in Norbert-Kubat-Dreieck umbenannt«, brummte Schmitt nach einer Kunstpause in seine Unterlagen. Er hatte sich angewöhnt, die Worte zu dehnen, um seinen Vortrag durch Pausen interessanter zu machen. Die bubihaft in die Stirn gekämmten braunen Haare passten nicht zum überheblichen Gesichtsausdruck des Mannes, in dessen riesigem Schädel zu kleine Augen und ein breiter Strich von Mund saßen, was ihm etwas orang-utanhaftes verlieh.

»Kubat war ein Autonomer, der nach den Mai-Krawallen letztes Jahr festgenommen wurde und sich in der Haft erhängt hat«, referierte Schmitt. Die Runde hing an seinen Lippen. Schmitt führte aus, wie es im Zeltdorf am Potsdamer Platz aussah. Mehrere hundert Linke hatten sich dort verbarrikadiert, nachdem zwischen DDR und West-Berlin im März ein Gebietstausch vereinbart worden war. Die Besetzer hatten über Nacht Bauwagen auf das Gelände gekarrt, das nach wie vor zu Ost-Berlin gehörte, und sich ein Dorf aus Hütten, Zelten und Wagen gebaut. Die DDR-Grenzer sahen dem Treiben untätig zu.

»Erst wenn das Grundstück am 1. Juli an West-Berlin fällt, ist mit der Erstürmung zu rechnen«, fuhr Schmitt fort. »Da sollten wir zwei Tage vorher dabei sein.«

Die Chefin vom Dienst nickte. »Also planen wir das als Reportage für Anfang Juli ein.«

Schmitt ließ sich in den Stuhl zurückfallen, faltete die Hände vor seiner Wampe und nickte knapp. Lucas beobachtete den schwammigen Mann, den sie im Sender ironisch »Profi-Checker« nannten. Schmitt verstand den Spitznamen allerdings als Kompliment. Er war nicht nur für sein hohes Selbstwertgefühl bekannt, sondern auch wegen seiner spezifischen Flirtmethoden berüchtigt. Auf Dienstreisen mit großem Drehteam, so ging der Flurfunk, hielt Schmitt stets im Hotelzimmer der hübschesten Praktikantin Besprechungen ab. Er nutzte die Situation, hieß es, um unbemerkt einige

Tropfen seines Parfums auf dem Kopfkissen der Mitarbeiterin zu platzieren. Schmitt glaubte offenbar, dass das Mädchen ihm am nächsten Tag verfallen würde, wenn sein Duft über Nacht in ihr Unterbewusstsein gedrungen war. Über seine Erfolgsquote war nichts bekannt. Lucas stellte sich angewidert vor, wie der nackte Schmitt seinen aufgeschwemmten Körper auf eine zwanzig Jahre jüngere, schlanke Frau wälzte und dabei wie eine gestrandete Robbe japste.

»Im Visier« galt neben den Nachrichten als wichtigstes Schlachtschiff des Senders. Ein Magazin, das die Mächtigen zwar nicht fürchten, aber respektieren mussten. Die Sendung hatte in zwei Jahrzehnten viele Preise gewonnen und einige wichtige Enthüllungen gebracht, darunter auch Lucas Hermes' Nordimex-Geschichte. Für die Story über den Hamburger Kaufmann und Konsul Hanns A. Schäfer, der dubiose Geschäfte mit der DDR machte und seine Einnahmen auf Konten in Liechtenstein und der Schweiz versteckte, hatte Lucas zunächst viel Anerkennung geerntet. Doch dann setzte Schäfer eine Maschinerie in Gang, die Lucas fast seine Existenz gekostet hätte, und diese Vernichtungskampagne nagte immer noch schwer an seinem Selbstbewusstsein. Selbst wenn er neue Indizien für die Verbrechen Schäfers in die Hände bekäme, würden der Sender und vor allem Stövenhagen sie aus Angst vor dem Geschäftsmann vermutlich nicht veröffentlichen. In der »Visier«-Redaktion war Lucas seit seiner Niederlage gerade noch geduldet. Seit Schäfer zurückgeschossen hatte, reagierten Stövenhagen und Hensel mit großem Misstrauen auf seine Themenvorschläge.

Jetzt war Gottlob Freese dran. Während er umständlich sein Thema vorstellte, grübelte Lucas über die Nachricht in der Boulevardzeitung. Eine Nachrichtensperre passte nicht zu einem Unglück. Also musste die Explosion einen kriminellen Hintergrund haben.

Freese berichtete von einer Reinigungsfirma, die erschreckend niedrige Löhne zahlte und die Ausschreibung für den

Nachfolgeauftrag verlor, weil sie von einer anderen Firma unterboten wurde.

Stövenhagen grunzte unzufrieden. »Für wen putzt die Firma?«

»Das ist ja das Interessante«, antwortete Freese mit vor Eifer glühenden Wangen. »Die Firma putzt in den Museen in Dahlem. Also im Völkerkundemuseum.«

»Und die Museen haben jetzt eine Firma mit noch mieseren Löhnen genommen?« Stövenhagen fixierte Freeses Hemdkragen.

»Nicht nur das«, triumphierte der Jungredakteur. Sein ganzes Gesicht war inzwischen vor Aufregung gerötet. »Die billigere Firma, die den Zuschlag bekommen hat, hat genau die Putzkräfte eingestellt, die bei der Vorgängerfirma waren. Jetzt putzen sie wieder im Museum, werden aber noch schlechter bezahlt.«

»Klappt das für nächste Woche?«, wollte Britta Hensel wissen und blätterte in ihrem Themenplan.

Als Freeses Geschichte beschlossen war, hob Lucas die Hand. Hensel erteilte ihm mit einem knappen Nicken das Wort.

»Ich würde mir gerne die Explosion in Kreuzberg näher ansehen«, begann Lucas zögernd.

»Ist das nicht eine reine Lokalgeschichte?«, quengelte Freese aus der anderen Ecke des Sitzungsraumes.

»Ich habe mit einer Quelle gesprochen.« Das war glatt gelogen. »Die Gasexplosion könnte vorgeschoben sein, um die Presse draußen zu halten. Ich habe Hinweise, dass es eine Bombe gewesen sein könnte. Vielleicht ein ausländerfeindlicher Anschlag.«

Du pokerst hoch, sagte er zu sich selbst. Freese glotzte ihn erstaunt an und schwieg.

»Also, ich sehe die Geschichte noch nicht«, murmelte Stövenhagen und sah an Lucas vorbei. Seit der Nordimex-Sache behandelte er ihn wie Luft.

»Wir brauchen da eine Struktur«, belehrte ihn Britta Hensel. »Es ist nur dann eine Geschichte, wenn dahinter eine politische Gruppe steckt.« Sie sah Lucas streng an und linste dann Zustimmung heischend zu Stövenhagen hinüber.

»Haben wir irgendeinen Beweis für die These?«, fragte der und starrte auf das Blatt vor sich.

»Ich kann noch nichts über meine Quelle sagen«, log Lucas. »Es ist doch aber klar, dass ein Hauswart nicht an Gasleitungen rumfummelt. Das ist ein Fachmann, der bei Gasgeruch sofort den Klempner holen würde. In dem Haus hat die Zeitung Milliyet ein Büro, und die ist vielen ein Dorn im Auge – vor allem den Rechten.«

Stövenhagen grunzte zufrieden, klatschte mit der flachen Hand auf den Tisch und erhob sich. »Dann recherchiert das erst mal richtig.«

Britta Hensel notierte den Themenvorschlag auf ihrer Liste. Damit hatte Lucas zwar noch keine Aussicht auf ein Honorar, doch das Thema war immerhin als Recherche angenommen. Das ermöglichte ihm, im Sender zu telefonieren und das Archiv zu benutzen.

Beim Verlassen des Konferenzraumes versuchte Lucas, sich seinen Hass auf Stövenhagen nicht anmerken zu lassen, der dicht vor ihm lief. Nach der Nordimex-Enthüllung hatte das Münchner TV-Magazin »News« ein Überwachungsvideo veröffentlicht, das Lucas beim Diebstahl von Unterlagen in der Nordimex-Zentrale zeigte. Er hatte sich unter dem Vorwand, ein Interview mit dem Honorarkonsul über internationale Handelshemmnisse führen zu wollen, Zugang zur Firma verschafft. Während die Sekretärin in Schäfers Büro nachfragte, ob der Besucher auch wirklich angemeldet war, hielt er sich für einige Minuten allein im Zimmer auf. Nordimex zeigte ihn an, Lucas Hermes bestritt alles und wurde zu einer Geldstrafe verurteilt, die er selber begleichen musste. Auch wenn die so erbeuteten Unterlagen schließlich den Beweis für Schäfers illegale Geschäfte erbracht hatten, distanzierte sich die »Visier«-Redaktion von ihm.

Lucas blieb im Türrahmen stehen und betrachtete Stövenhagens Hinterkopf, der sich in Richtung Büro entfernte. Er dachte an den Kommentar des Redaktionsleiters zu der Nordimex-Enthüllung, in dem Stövenhagen die Recherchemethoden seines Reporters verurteilt hatte. Lucas kannte den Wortlaut noch immer fast auswendig.

»Auch Journalisten machen Fehler, und auch unsere Redaktion ist nicht gefeit gegen Irrtümer«, hatte der »Visier«-Chef doziert. »Unsere Methoden, Informationen zu gewinnen, dürfen niemals die Grenze zur Illegalität überschreiten. Wir entschuldigen uns für falsche Vorwürfe gegen Konsul Schäfer.«

Wenigstens hatte Britta Hensel Stövenhagen überzeugt, dass Lucas nach ein paar Monaten Pause wieder für die Redaktion arbeiten durfte. Seither fühlte er sich wie ein Aussätziger, um den die anderen einen weiten Bogen machten, wenn sie ihm auf den Fluren des Funkhauses begegneten. Die lange Untätigkeit hatte sein Konto rapide schrumpfen lassen. Und jetzt lebte er wie ein Hund in einem Lagerraum und musste bei denen um Aufträge betteln, die fast seine Existenz vernichtet hätten.

Lucas setzte sich im Freienzimmer in einen ausgeleierten Bürostuhl. Er musste telefonieren, zuallererst mit der Staatsanwaltschaft.

Eine Stunde später stand er vor dem Haus, das von der Explosion verwüstet worden war. Der Staatsanwalt hatte ihn am Telefon kalt abgewimmelt und auf den Pressesprecher verwiesen. Die Pressestelle kann jeder Trottel anrufen, dachte Lucas. Doch die Sekretärin des Leitenden Staatsanwaltes hatte sich an ihn erinnert und war ihm offenbar wohlgesonnen. Sie hatte ihm verklausuliert bestätigt, dass eine Bombe in Kreuzberg hochgegangen war und dass er mit seiner These eines Anschlags gegen Türken nicht unbedingt danebenlag.

Der Bürgersteig vor dem Haus in der Oranienstraße war mit einem weiß-roten Band abgesperrt. In der Tür stand ein Polizist und machte unmissverständlich klar, dass es keine Chance gab, hineinzugelangen. Die Treppenhauswände sahen verkohlt aus. Dort musste die Bombe hochgegangen sein. Die Fensterscheiben vom Erdgeschoss bis zum vierten Stock fehlten. Die Ladung war offenbar so groß gewesen, dass mehrere Stockwerke von der Explosion betroffen waren.

Lucas trat näher an die Absperrung heran, bis der Polizist sich in seine Richtung drehte und ihn feindselig anstarrte. Lucas kniff die Augen zusammen und studierte die Schilder an der Fassade. Unter der Redaktionstafel der Milliyet war ein weiteres Schild angebracht:

»Kontakt- und Beratungsstelle für Flüchtlinge e.V. (4. Stock)«

Er notierte den genauen Namen der Beratungsstelle und die Telefonnummer. Ihm war klar, dass sich jetzt niemand unter der Nummer melden würde, doch im Vereinsregister könnte er die Verantwortlichen und ihre Privatadressen finden. Die Namen auf den kleinen Klingelschildern seitlich neben der Haustür konnte er aus der Distanz nicht entziffern.

Das Haus schien völlig unbelebt zu sein. Kein Bewohner war zu sehen, den er beim Betreten des Gebäudes in ein Gespräch hätte verwickeln können. Vermutlich waren alle Mieter wegen Einsturzgefahr evakuiert worden. Hier war im Moment nichts mehr herauszubekommen. Er ging zur Telefonzelle am Oranienplatz und wählte Klamms Nummer. Es war mal wieder an der Zeit, seine Kontakte zur Berliner Polizei aufzufrischen.

Kriminalhauptkommissar Ernst Klamm stimmte zu Lucas' Erstaunen einem Treffen zu und klang erstaunlich jovial. Morgen am frühen Nachmittag, ja, das würde passen. Er komme zum altbewährten konspirativen Treffpunkt, scherzte er. Lucas legte auf und blieb einen Moment unschlüssig in der Telefonzelle stehen. Der Kommissar hielt ihn für einen gut verdienenden Journalisten, der es sich problemlos leisten konnte, einen Informanten zu Kaffee und Kuchen oder sogar zu einer warmen Mahlzeit einzuladen. Was, wenn Klamm auf die Idee käme, beim Treff auf seine Kosten einen Happen zu essen?

Lucas blickte gehetzt nach draußen. Niemand, der in die Zelle wollte. Er sah auf die Uhr: kurz nach vier, die ideale Zeit für sein Vorhaben.

Er klappte das in einer grauen Plastikverankerung befestigte Telefonbuch hoch und blätterte mit zitternden Fingern zum Buchstaben R vor. R klang irgendwie gut. Raupach, Reschke, Richter. Er hatte lange gezögert, diesen Schritt zu machen, doch jetzt sah er keine Chance mehr, anders zu Geld zu kommen.

Endlich ein Vorname, der passte: Hermine Richter, das schien eine ältere alleinstehende Frau zu sein. Lucas warf zwanzig Pfennig in den Metallschlitz und drehte die Wählscheibe. Es klingelte dreimal, viermal.

»Ja bitte?«

Lucas räusperte sich. »Weißt du, wer hier ist?« Er sprach mit heller, leicht kippender Stimme.

»Belästigen Sie mich nicht!« Die alte Dame hatte aufgelegt.

Mit zitternden Fingern und dem Gefühl leichter Übelkeit wühlte er sich zurück durch die dünnen Seiten des Telefonbuches.

Klöber, Kloos, Krawinkel (zu ungewöhnlich). Eleonore Krawczik, Bleibtreustraße 16. Lucas wählte und lauschte dem Klingeln.

»Krawczik?«

»Hallo, ich bin's!«, rief er mit gespielter Heiterkeit.

»Lukas?« Er zuckte zusammen. Unmöglich, dass sie ihn kannte.

»Ja, ich bin's! Rate mal, wo ich stecke?«

»Bist du zurück aus Amerika? Das ist ja schön!«

»Ja«, hauchte er. Wie sollte er weitermachen? Ihm wurde immer flauer.

»Deine Mutter sagte, du kommst erst nächste Woche. Ist denn dort das Semester schon zu Ende?«

Lukas war also Student. Er musste demnach der Enkel von Eleonore Krawczik sein oder der Großneffe.

»Alles fertig«, rief er in den Hörer. »Alle Prüfungen bestanden!«

»Dann weißt du ja, dass ich dir eine Belohnung versprochen habe. Wann kommst du?«

»Ich bin in Charlottenburg, kann hier aber nicht sofort weg. Kann ich einen Freund vorbeischicken?«

»Einen Freund? Dann sehe ich dich ja nicht!«

»Um die ... Belohnung zu holen ...« Lucas improvisierte. »Die könnte ich gerade gut gebrauchen, weißt du ...« Er hatte sich eigentlich eine Geschichte über einen geplanten Autokauf zurechtgelegt. Ein Schnäppchen, für den seine Barschaft nicht ganz reichte. Jetzt musste er sich stattdessen auf die hoffentlich großzügige Belohnung von Oma Krawczik für das bestandene Semester ihres Enkels einlassen.

»Na gut, schick ihn vorbei« sagte die alte Dame mit hörbar enttäuschter Stimme. »Aber du musst auch kommen!«

»Gleich morgen!«, versprach er.

Das Haus in der Bleibtreustraße war ein eleganter, hell gestrichener Altbau, dessen Balkone mit girlandenartigem Stuck verziert waren. Lucas strich sich die Haare glatt und klingelte bei Krawczik im ersten Stock. Der Surrer ging. Die breite Treppe war mit einem weinroten Teppich beschlagen, der auf jeder Stufe von Messingstangen gehalten wurde. Frau Krawczik, eine elegante Achtzigjährige mit Perlenkette, stand bereits in der Tür.

»Müller«, verneigte sich Lucas noch auf der letzten Stufe. »Ich komme, um für Lukas das Geschenk abzuholen, wenn ich darf.« Er verzog das Gesicht zu einem höflichen Lächeln.

»Ich hoffe, Sie bringen es direkt zu Lukas!«

Sie hielt ein kleines Paket fest in beiden Händen. Das Geschenk schien wertvoll zu sein.

»Selbstverständlich«, sagte Lucas, sich abermals leicht verbeugend. »Sie können sich auf mich verlassen.«

Nach ein paar weiteren Höflichkeitsformeln verließ er gemessenen Schrittes das Haus, um auf der Straße sofort in Laufschritt zu verfallen, bis er an der Ecke Niebuhrstraße zum Stehen kam und hastig das Geschenkpapier aufriss.

Da Paket enthielt ein paar einfache Manschettenknöpfe und einen Umschlag, dem Lucas einen Zwanzigmarkschein entnahm. Sein Raubzug war ein Reinfall, die wohlhabende Frau Krawczik bestätigte das Gerücht, dass reiche Menschen zum Geiz neigten. Er brauchte erst einmal ein Bier.

Nach dem hastig geleerten Glas Schultheiss im Zwiebelfisch fiel ihm ein, dass es wohl besser wäre, ohne Alkoholfahne vor der Tür seines nächsten Opfers aufzutauchen. Er zahlte und steuerte den Kiosk am Savignyplatz an, um eine Packung Kaugummi zu erstehen. Die Furcht, von der rüstigen Frau Krawczik entdeckt zu werden, trieb ihn dann nach Norden, wo er in der Leibnizstraße erneut eine Telefonzelle ansteuerte.

Im Telefonbuch entdeckte er diesmal in der Zillestraße einen Namen, der aus dem frühen 20. Jahrhundert zu stammen schien: Käthe Burow. Das Telefon klingelte lange. Niemand war zu Hause. Lucas hängte ein, blätterte weit vor: Irmgard Schepenbeck, auch ganz in der Nähe. Am anderen Ende meldete sich eine zerbrechlich wirkende, leicht heisere Frauenstimme. Wieder ließ Lucas die alte Dame raten, wer wohl am Telefon sei.

»David, mein Lieblingsenkel, das ist ja eine Überraschung!«

Lucas trug Großmutter Irmgard seine finanziellen Nöte vor und bat um einen Zuschuss von ein paar hundert Mark zu einem Autokauf. Ein absolutes Schnäppchen, ein zehn Jahre alter Golf, tiptop in Schuss. Nein, leider könne er nicht selber vorbeikommen, der Papierkram, haha, er schicke aber einen absolut vertrauenswürdigen Freund, Thomas, vorbei, um das Geld zu holen. Die alte Dame akzeptierte zu seiner Verwunderung sofort.

»Dann schick den Thomas gleich mal her!«

Irmgard Schepenbeck wohnte im Erdgeschoss eines rußiggrauen Altbaus in der Krumme Straße nahe dem Karl-August Platz. Als Lucas klingelte, öffnete sich ein Fenster. Die alte Dame hatte hinter der Gardine offenbar auf ihn gewartet.

»Sind Sie Thomas?«, fragte sie und lächelte ihn an. Lucas nickte und trat unter das Fenster.

»Thomas und wie weiter?«

»Müller. Thomas Müller.«

»Und jetzt wollen Sie das Geld für meinen Enkel?«

»Wenn es keine Umstände macht ...«

»Schämen Sie sich nicht, alte Leute zu beklauen?«, fragte Irmgard Schepenbeck mit kalter Stimme. Die Haustür öffnete sich, ein Polizist erschien.

Lucas rannte los. Er hetzte wie besinnungslos die Straße hoch, schlug einen Haken nach links in einen Innenhof, gelangte in die Sesenheimer, hinter sich die Rufe des Polizisten und Fetzen des Sprechfunkverkehrs. Irmgard Schepenbeck hatte ihn reingelegt. Er stürzte quer über die Straße, wieder in einen Hof, und sprang in einen offenen Müllcontainer voller blauer Plastiksäcke. Er schloss den Deckel über sich. Der Müll stank erbärmlich. Lucas glaubte, sein hechelnder Atem müsste ihn verraten, doch der Beamte blieb in der Hofeinfahrt stehen. Ein Krächzen des Sprechfunkgerätes, dann entfernten sich die Schritte.

Eine halbe Stunde lang wagte er sich nicht vom Fleck zu rühren, dann kroch er aus seinem Versteck und schleppte sich stinkend zum Bahnhof Zoo. Er duschte ausgiebig und zog die nach Müll riechende Kleidung nur widerwillig wieder an.

Er musste bis zum Abend auf einer Bank am Mierendorffplatz ausharren, bis er in sein Kellerversteck in der Lise-Meitner-Straße zurückkehren konnte.

Mittwoch, 25. Mai 1988

Den nächsten Tag begann Lucas mit einer Brezel und einem Kaffee beim Stehbäcker an der Kaiserin-Augusta-Allee. In der Telefonzelle fiel seine Wahl diesmal auf Hedwig Günzel.

»Ja bitte?«

Lucas glaubte, sein Herz schlagen zu hören.

»Rate mal, wer hier ist!« Wieder der eingeübte Spruch, diesmal mit sicherer Stimme und munterem Klang.

»Moritz, bist du das?«, fragte die alte Frau misstrauisch. War Moritz der Enkel?

»Ja, Oma, ich bin ganz in der Nähe.«

Stille. Die alte Dame schien zu überlegen.

»Du klingst so merkwürdig.«

»Ich bin erkältet«, sagte er hastig. »Wie geht es dir?«

»Ach, du weißt ja, der Zucker und die Beine.«

»Du musst dich eben schonen, Oma.«

Er kam langsam in Fahrt. Jetzt musste er zum Angriff übergehen.

»Oma, ich habe eine kleine Bitte. Ich bin bei einem Gebrauchtwagenhändler und der hat einen fantastischen gebrauchten Golf ...«

»Hast du nicht einen Wagen?«

Lucas kam ins Straucheln. »Nicht mehr«, log er. Er hatte noch keine Idee, was mit dem alten Wagen sein sollte. »Aber der Golf ist sehr günstig, nur dreitausend Mark.«

Es war still in der Leitung. Hatte er zu schnell das Geldthema angeschnitten? Lucas merkte, wie er zu schwitzen begann.

»Das Dumme ist nur«, fuhr er fort und räusperte sich noch einmal, »ich habe nur tausend Mark dabei, das reicht denen nicht.« Er merkte, wie er wieder kühner wurde. Was hatte er schon zu verlieren?

»Und jetzt brauchst du Geld?«, fragte die alte Dame.

»Nicht die ganze Summe, ich muss nur sicherstellen, dass der Händler mir den Wagen reserviert. Ich brauche eine Anzahlung, nur für ein paar Stunden, bis ich das restliche Geld von zu Hause holen kann.«

»Und du bist in der Nähe?«

»Ich bin in Charlottenburg.«

»Dann komm doch vorbei und ich sehe mal, was ich da habe.«

»Das würdest du tun, Oma?« Lucas legte so etwas wie ein freudiges Glucksen in seine Stimme.

»Du bist doch mein einziger Enkel.«

Er musste jetzt ganz vorsichtig sein. »Wie viel hast du denn da?«

»Sicher nicht tausend, aber achthundert bestimmt.«

Achthundert Mark! Der Schweiß lief ihm den Hals hinunter. »Einen Moment«, sprach er in die Muschel, dann hielt er den Hörer weg. »Sind tausendachthundert als Anzahlung in Ordnung?« Er wartete, als ob der Gebrauchtwagenhändler ihm gerade antwortete, und nahm den Hörer wieder an den Mund. »Super, es klappt. Und nachher machen wir eine Spritztour im neuen Golf, Oma!«

»Na, dann komm her, mein Junge!«

Lucas schluckte. »Ich muss hier den Vertrag machen. Ich kann dir nur einen Bekannten vorbeischicken, den Thomas. Ist das in Ordnung?«

»Den kenne ich nicht«, erwiderte Frau Günzel. Sie klang wieder kühler. »Ist der denn zuverlässig?«

»Ein seriöser Mann, für den lege ich meine Hand ins Feuer. Ich schick ihn dir gleich vorbei.«

Als eine Viertelstunde später der Türöffner an der Leibnizstraße surrte, merkte Lucas, dass sein Hemd durchgeschwitzt war und seine Hände zitterten. Er fühlte sich elend und musste an den schmuddeligen Privatdetektiv Harry Angel aus dem Film »Angel Heart« denken. Ein heruntergekommener Fahnder auf dem Weg in die Hölle, der nicht weiß, dass er schon lange in den Händen des Teufels ist.

Frau Günzel wohnte im zweiten Stock. Das Treppenhaus des Fünfzigerjahrebaus roch frisch geputzt. Lucas klingelte. Hinter der Tür sah jemand durch den Spion.

»Ich bin es, Thomas, der Freund von Moritz«, rief Lucas. Ein Riegel klackte, die Tür öffnete sich einen Spalt und das freundliche Gesicht einer kleinen weißhaarigen Frau tauchte auf. Eine Sicherungskette spannte sich zwischen Tür und Rahmen.

»Ich kann Sie leider nicht hereinlassen, heutzutage weiß man ja nie!«

Die alte Dame mit der goldenen Metallbrille musste um die achtzig sein. Sie tat ihm fürchterlich leid. Lucas setzte ein schüchternes Lächeln auf. »Sie machen Ihrem Enkel eine große Freude. Nachher will er Sie mit dem neuen Wagen besuchen.«

»Wenn er mal nur seine Ausbildung ordentlich zu Ende bringt«, sagte Frau Günzel mit besorgter Stimme und reichte ihm einen Briefumschlag. »Ich habe ihn zugeklebt, damit nichts wegkommt.«

Lucas war zum Heulen zumute.

Mit langen Schritten hastete er von der Otto-Suhr-Allee zur U-Bahn am Ernst-Reuter-Platz, der früher »Knie« hieß. Das Rondell war eine karge Rasenfläche mit einem flachen Wasserbassin, die weiträumig von grauen Hochhäusern umstellt war. Das kantige Telefunkenhaus mit über zwanzig Stockwerken beherrschte den Platz und konkurrierte mit dem am Zoo gelegenen Europacenter um den Titel des höchsten Bürogebäudes im Westteil der geteilten Stadt. Immer wenn Lucas die aufgeräumten, neu bebauten Plätze überquerte oder an den klar gegliederten Häuserreihen des Berliner Aufbau-Programms der Fünfzigerjahre entlangging, kamen ihm düstere Gedanken. Er musste an die Erzählungen seiner Mutter und der Großeltern über die Flächenbombardements denken, an die Geschichten vom ungleichen Häuserkampf zwischen der Roten Armee und den schlecht bewaffneten Greisen des Volkssturms.

In diese Kriegshölle war er hineingeboren worden. Gezeugt im Januar 1943 während des Fronturlaubs des Soldaten Friedrich Hermes. Die Erinnerung an den Bombenkeller des Elternhauses in Charlottenburg, an die Nächte im Zoobunker unter dem Beben der wummernden Flak war wie ausgelöscht, so sehr er sich auch anstrengte. Alle Versuche, sich als Säugling und Kleinkind auf dem Schoß der Mutter im Schutzraum vorzustellen, blieben vergeblich. Die Erzählungen der Mutter über das Kriegsende in Berlin waren so lebendig, dass er sich das alles vorstellen konnte, doch es gelang ihm nie, die Bilder von brennenden Häusern und unter den Ruinen Verschütteten mit seinen eigenen Erinnerungen zu verknüpfen. Die Geschichten von der Endphase des Krieges in Berlin waren wie Erzählungen aus einem fernen Land. Und dennoch trug er eine diffuse Erinnerung an den Krieg in sich. Kein Bild, aber die Ahnung eines stechend scharfen Geruchs und ein Gefühl der Schwere, das vom Magen ausging.

Zum Glück hatte Ahmet Altün Zeit für ihn. An ein Betreten der Milliyet-Redaktion sei nicht zu denken, hatte der Redakteur Lucas am Telefon erklärt. Die Treppe sei einsturzgefährdet und der Abriss des Hauses drohe – schlecht für die Redaktion, die bislang für eine lächerliche Miete in dem baufälligen Gebäude in der Oranienstraße untergekommen war. Als Treffpunkt machten sie eine türkische Teestube in der Oranienstraße aus.

»Hast du eine Ahnung, ob ihr gemeint wart oder die Beratungsstelle?«

Altün trank seinen Tee und blickte zum Haus schräg gegenüber. Noch immer stand sich dort ein Polizist die Beine in den Bauch. Er zuckte mit den Schultern und wandte sich wieder Lucas zu.

»Die Polizei hat uns völlig im Unklaren gelassen, nicht einmal die Bombe bestätigt. Die reden immer nur von einer Detonation.«

»Könnte denn jemand euch auf dem Kieker haben?«

»Schon möglich. Du weißt ja, vor neun Jahren wurde unser Chefredakteur Abdi Ipekci von Ali Agca ermordet. Also, wir haben schon mächtige Feinde.«

»*Der* Ali Agca?«

»Genau, der Papst-Attentäter. Erst hat der Scheißkerl Abdi Ipekci erschossen, dann verhalfen ihm die Militärs zur Flucht aus dem Knast, und dann konnte er in Ruhe das Attentat auf den Papst durchführen.«

»Du meinst, die Grauen Wölfe könnten hier in Berlin einen Anschlag auf euch verübt haben?«

»Kann sein, ist aber eigentlich nicht deren Handschrift. Die lieben es, martialische Attentate zu verüben, also Mann gegen Mann, mit der Knarre in der Hand. Die sehen sich als Soldaten und nicht als feige Attentäter.«

»Gab es denn schon Anschläge von Grauen Wölfen in Berlin?«

»Vor vier Jahren, ja. Da ist ein Mann einfach in eine Beratungsstelle für misshandelte Frauen gerannt und hat eine junge Frau erschossen und eine Jurastudentin lebensgefährlich verletzt.«

Galt der Anschlag also doch der Beratungsstelle? Lucas löcherte seinen Bekannten mit Detailfragen. Altün schilderte die Situation, beschrieb eindringlich den Knall und wie plötzlich die Wände gewackelt hatten. Wie bei einem Erdbeben, nur viel lauter sei es gewesen. Nein, ihm sei niemand aufgefallen, der um das Haus herumgeschlichen war.

»Drohbriefe gab es auch schon eine Weile nicht mehr.«

»Bekommt ihr die sonst öfter?«

»Immer wieder, besonders nach Artikeln über die Armenier oder Kurden.«

Sie vereinbarten, bald zu telefonieren. Bei der Zeugenvernehmung wollte Altün versuchen, möglichst viel über die Ermittlungen der Polizei in Erfahrung zu bringen, und Lucas Bericht erstatten. Er wusste, dass der Fernsehkollege unter dem Druck stand, mehr als einen reinen Hintergrundbericht über die Bombe bringen zu müssen. Natürlich würde er ihm als Interviewpartner zur Verfügung stehen.

Als die Dampflok das Entkoppelungsgleis erreicht, trennt er sie mit einem Knopfdruck vom D-Zug. Er lässt die Null-Drei vorziehen, schaltet die Weiche um, dreht den Trafoschalter nach links, bis das Relais surrend auf Rückwärtsfahrt umschaltet. Langsam rollt die Lok, den Tender voran, auf das Nebengleis. Das regelmäßige Brummen der Eisenbahn beruhigt ihn. Als der Hausmeister ihn im Treppenhaus überrascht hat, war er viel zu fahrig, hat sich das Paket einfach abnehmen lassen. Eine Schwäche, an der er noch arbeiten muss. Zum Glück hat alles doch noch geklappt. Er stellt sich die entsetzten Gesichter der schnauzbärtigen Männer und ihrer mit Kopftüchern und missfarbenen Gewändern verhüllten Weiber vor. Wie sagt man so schön: Den Überlebenden bot sich ein Bild des Grauens.

Er atmet ruhig durch, fährt sich mit der Hand über den Schädel und lächelt. Die Bombe hat funktioniert, auch der neue Sprengsatz, der fast fertig auf der Werkbank steht, wird funktionieren. Er muss vorsichtig bei jedem Handgriff sein. Behutsam befestigt er ein Kabel. Ein Schauder läuft durch seinen Körper, wenn er daran denkt, dass er einst in den Geschichtsbüchern stehen wird, neben den anderen Kriegern, die ihr Leben für die große Sache eingesetzt haben, für einen anderen, mächtigeren Staat.

Mittwoch, 25. Mai 1988

»Name und Adresse?« Der Grenzbeamte kniff die Augen zusammen und fixierte den aufgeklappten Reisepass in seinen Händen.

»Anna Rademacher, Goebelstraße 11«, sagte sie betont gelangweilt. Ihre Füße schmerzten. Eine blöde Idee, in hochhackigen Schuhen nach Ost-Berlin zu reisen. Eine geschlagene Stunde hatte sie in der Schlange vor dem Einreiseschalter am Bahnhof Friedrichstraße gewartet. Einzeln musste jeder Einreisende durch eine Tür in einen länglichen Container eintreten. Die Kabine war vollständig mit Holzimitat ausgekleidet und der Länge nach durch eine Wand mit einer Glasscheibe geteilt. Hinter dem Glas saß ein DDR-Grenzer, der die Pässe und Reisedokumente akribisch kontrollierte. Der junge Mann, dessen dunkelgrüne Uniform so gar nicht zu seiner Vokuhila-Frisur passte, hob den Kopf und blickte sie schweigend mit ausdruckslosem Gesicht an. »1000 Berlin 13«, fügte sie gedehnt hinzu.

»1000 Westberlin 13«, korrigierte der Beamte mit tonloser Stimme. Er starrte erneut in den Pass und verglich minutenlang ihr Foto, auf dem sie die Haare schwarz gefärbt hatte und eine struppig-punkige Strähnenfrisur trug, mit der jungen Frau mit langem, braunem Haar, die vor ihm stand. Er verglich die schwarz umrandeten Augen des Schwarz-Weiß-Bildes mit den strahlend grünen Augen der Frau vor ihm, die ihm, kaum geschminkt, viel freundlicher erschienen. Die meisten der Ringe, die sich auf dem Foto den ganzen Ohrbogen hochzogen, waren verschwunden und durch ein großes Paar Kreolen ersetzt worden. Er blätterte auf die Seiten vor, auf denen die Visa fremder Länder eingestempelt waren. Dorthin würde er wohl auch gerne mal reisen, ging es Anna durch den Kopf.

Der Grenzer hielt den Pass unter den Tresen, wo er ihren Blicken entzogen war, sie hörte ein Surren wie von einem Fotokopierer, Stempelgeräusche und das Kratzen eines Kugelschreibers auf Papier. Dann zog er den zugeklappten Pass wieder hervor und legte ihn zusammen mit der gelblichen Ausreisekarte und dem Visum auf den Tresen. »Einen schönen Aufenthalt in der Hauptstadt der Deutschen Demokratischen Republik!«

Sie nahm die Papiere mit kurzem Kopfnicken an sich. Als die Tür surrte, drückte sie sie auf und trat aus dem Kontrollgebäude hinaus in den östlichen Teil des Bahnhofs. An der Zollkontrolle wurde sie zu ihrem Erstaunen durchgewinkt und ging durch ein Labyrinth von Gängen auf den Ausgang zu.

An der Georgenstraße vor dem Bahnhof schlug ihr der Zweitaktmief der Trabis und Wartburgs entgegen. Die Luft lag wie graubrauner Nebel zwischen den Häusern. Sie ging ein paar Schritte, vorbei an einer altertümlichen Telefonzelle, und erreichte die Friedrichstraße. Den geschwungenen Schriftzug des Kabaretts Distel auf der gegenüberliegenden Seite sah sie wie durch einen Schleier. Anna Rademacher suchte ein Taxi. Am Stand neben dem Bahnhof war kein Wagen zu sehen. Sie blickte sich um und entdeckte auf der Weidendammer Brücke einen grauen Wolga mit beleuchtetem Taxischild, der langsam näherkam. Anna hob den Arm, doch der Fahrer reagierte nicht und fuhr einfach weiter, obwohl er keine Fahrgäste hatte.

West-Berlin war nur wenige Meter entfernt, doch hier klang und roch alles anders. Sie fühlte sich wie auf einer Zeitreise. Der Bahnhof war eine Schleuse, durch die sie in ein anderes Jahrzehnt gespült worden war. Das süßliche Aroma von Braunkohle, das Kreischen der verblichen gelblichen Straßenbahnen und das Nähmaschinenrattern der schwächlich motorisierten Autos waren fremd und doch irgendwie vertraut, erinnerten sie an die Klänge und Gerüche ihrer Kindheit und an die Besuche im Osten in den Sechzigerjahren.

Die Normalität des Straßenlebens irritierte sie. Die Zeitungen waren im Frühjahr voll gewesen mit Berichten über

Proteste gegen das Regime. Die DDR-Führung hatte Dissidenten verhaften lassen und anschließend in den Westen abgeschoben, die Anfang des Jahres gewagt hatten, ein Transparent mit einem Satz Rosa Luxemburgs zu enthüllen: *Freiheit ist immer die Freiheit des Andersdenkenden.* In den Ost-Berliner Kirchen wurden seither Mahngottesdienste abgehalten. Fast tausend Ausreisewillige, die offenbar die Angst vor der Staatsmacht verloren hatten, waren im Februar in der Zionskirche zusammengekommen. Doch von der explosiven Stimmung war jetzt im Frühsommer auf der Friedrichstraße nichts zu spüren. Autos hupten, Mütter schoben mit teilnahmslosen Mienen graublaue Kinderwagen mit großen Speichenrädern vor sich her. Anna nahm sich vor, demnächst heimlich in Ost-Berlin zu recherchieren. Seit dem Abschluss ihres Volontariats vor fünf Jahren war sie Reporterin im Lokalressort des Abendkuriers. Sie merkte, dass sie sich viel zu sehr mit dem Kleinkram in den West-Berliner Bezirken beschäftigt hatte. Mit Bäumen, die einem Baumarkt weichen sollten, oder Fahrradwegen, die auf den Hauptstraßen fehlten. Die wichtigen Themen waren nur ein paar Meter weiter zu finden, hinter der Mauer.

»Wo wollnse denn hin?« Ein untersetzter Mann mittleren Alters mit Vollbart hatte sich schräg hinter Anna gestellt. Als sie sich umdrehte, lächelte er und wies mit der Hand auf die gegenüberliegende Straßenseite.

»Nach Friedrichshain, Simplonstraße«, antwortete sie verwirrt.

»In die Richtung muss ich auch«, erwiderte der Bärtige, wartete kurz, bis eine Straßenbahn vorübergerattert war, und ging dann auf einen dunkelgrünen Lada zu, der auf der Friedrichstraße geparkt war. Anna folgte ihm und setzte sich auf den Beifahrersitz, der mit einem dunkelgrauen Kunstpelz überzogen war. Sie versuchte umständlich, den lose baumelnden Sicherheitsgurt anzulegen, bis der Mann das Ungetüm von Gurtschnalle in den komplizierten Mechanismus im

Schloss einrasten ließ. Sie fuhren die Linden hoch zum Alexanderplatz, dann die Karl-Marx-Allee mit den gekachelten Prachtbauten entlang, die langsam zu bröckeln begannen.

In der Simplonstraße zierte er sich erst, als Anna ihm ein Fünfmarkstück »für das Benzin« anbot, nahm die Münze aber schließlich mit einem dankbaren Lächeln an.

Anna entdeckte den Namen ihrer Großeltern rechts unten auf dem Klingelschild: Thiedemann. Sie läutete gegenüber bei Krüger im Erdgeschoss, so war es verabredet. Zu ihrem Erstaunen öffnete nicht ein brummeliger Hausmeister im grauen Kittel, sondern eine junge Frau, die kaum älter war als sie selber. Sie sah Anna ängstlich an.

»Da kommt gleich jemand von der KWV«, begann die schlanke Frau mit den glatten langen Haaren, ohne Anna zu begrüßen. »Kommunale Wohnungsverwaltung«, erklärte sie, weil die Besucherin aus dem Westen sie verständnislos ansah.

Beide standen verlegen vor der Tür herum, bis es Anna dämmerte, dass ihr Gegenüber sie nicht einfach hereinlassen konnte. Schließlich war sie der Klassenfeind, mit dem sich eine DDR-Bürgerin nicht ohne Konsequenzen verbrüdern konnte.

»Ich warte dann draußen«, sagte Anna und wandte sich ab. Die Frau schloss erleichtert die Tür. Anna konnte keine sich entfernenden Schritte hören. Frau Krüger blieb offenbar in ihrem Flur stehen und lauschte.

Minuten später fuhr knatternd ein Wartburg vor. Ein hagerer Mann um die vierzig im Anzug und mit einer Metallbrille, die man vielleicht vor zwanzig Jahren als modisch hätte bezeichnen können, kam ihr mit federndem Schritt entgegen und entblößte lange Zahnhälse zu einem Lächeln.

»Sie müssen die Enkelin von Frau Thiedemann sein. Herzliches Beileid!«

»Danke«, erwiderte Anna.

»Mein Name ist Voigt, Direktor des VEB Kommunale Wohnungsverwaltung«, stellte sich der Lächler vor. »Nach meinen Informationen sind Sie als Enkelin berechtigt, das Erbe, das Ihrer Mutter zusteht, entgegenzunehmen.« Er zückte einen Schlüssel und öffnete die Wohnungstür so leise, als wolle er Großmutter Thiedemann nicht erschrecken. Frau Krüger machte ihre Tür auf und nickte Voigt zur Begrüßung stumm zu.

»Es gibt ein Sparguthaben, das müssen Sie mit der Sparkasse regeln. Ansonsten ist die Wohnungseinrichtung das einzige Eigentum Ihrer Großmutter.«

Er führte sie in den Flur. Frau Krüger folgte in gebührendem Abstand. Die Wohnung erschien Anna viel kleiner, als sie sie in Erinnerung hatte, kahl und unpersönlich, wie frisch geputzt und unbewohnt. Seit die Großmutter Rentnerin war und in den Westen reisen konnte, hatte Anna die Wohnung nicht mehr betreten. Ihr letzter Besuch musste über zwanzig Jahre her sein.

Als Kind hatte sie es immer besonders aufregend gefunden, die Oma in dem dunklen Land hinter der Mauer zu besuchen. Damals wohnte Anna mit ihren Eltern in Köln. Ihre Mutter Christel hatte 1957 einen Rheinländer kennengelernt, der zu Besuch in der DDR war. Im Folgejahr hatten beide geheiratet. Ihre Mutter durfte in den Westen ziehen, im Spätsommer des Jahres kam Anna. 1961 baute die DDR eine Mauer quer durch Berlin, und ein paar Jahre lang traute sich Christel nicht zu ihrer Mutter. Ab 1965 besuchten sie dann doch mehrfach die Großmutter. Christel bestand aber darauf, mit dem Flugzeug und nicht mit dem bummeligen Interzonenzug nach Berlin zu reisen. Von dem Moment an, als die Großmutter Rentnerin wurde und besuchsweise in den Westen durfte, vermied Christel weitere Fahrten nach Ost-Berlin. Sie hatte jedes Mal Angst, an der Grenze verhaftet zu werden und nicht mehr zurück zu können.

Die Reise zur Großmutter mit dem Flugzeug war für Anna jedes Mal ein Abenteuer. In den Turboprop-Maschinen der British European Airways dauerte der Flug über zwei

Stunden. Stewardessen in engen dunkelblauen Uniformen mit schicken Käppis auf den wohlfrisierten Köpfen bedienten sie wie eine Königin, servierten auf Plastiktabletts warme Mahlzeiten. Gereicht wurden kleine Schweinemedaillons, die sie mit einer Art Kinderbesteck zerschnitt. Das Dessert bestand aus einem cremigen Kuchenstück in einer weißen Plastikschale, dekoriert mit Dosenmandarinen. Es gab Orangensaft in einem Plastikbecher, der mit einer Alufolie versiegelt war. Anna fand diese Art des Reisens ungemein luxuriös und modern, das Besteck hob sie noch jahrelang als Souvenir auf. Sie saß stets am Fenster und blickte beim Anflug auf Tempelhof in die Tiefe. Erst waren die gelblich beleuchteten leeren DDR-Straßen zu erkennen, dann tauchte der gleißende Todesstreifen auf und schließlich das bunte Lichtermeer West-Berlins. Die Maschine sank brummend immer tiefer, stürzte sich wie ein Raubvogel auf die Häuser, sodass Anna das Gefühl hatte, das Fahrwerk würde die Ziegel von den Dächern fegen.

Die Einreise nach Ost-Berlin war ein Abenteuer ganz anderer Art. Mit der U-Bahn fuhren sie vom Flughafen Tempelhof in Richtung Bahnhof Friedrichstraße. Die Bahn passierte ohne Halt den Ostsektor, den menschenleeren Geisterbahnhof Stadtmitte und kam an der Grenze am Bahnhof Friedrichstraße zum Stehen. Dann ging es in die große Halle, in der eine Menschenschlange am Einreiseschalter in die DDR wartete. Nach einer umständlichen Kontrolle, bei der auch Annas Koffer durchwühlt wurde, mussten sie eine braune Fahrkarte für die Ost-U-Bahn lösen. Der Wechsel von der dunkelgelben West-Berliner Bahn in die gelb-weiße U-Bahn im Osten mit den runden roten Warnlampen neben den Türen war seltsam. Fahrzeuge und Bahnhöfe ähnelten einander, und doch roch im Osten alles anders. Hier wirkten die Dinge abgenutzter, obwohl Bahnhöfe und Wagen peinlich sauber waren. Auch die Beleuchtung erschien ihr gelblicher und weniger hell als in der U-Bahn West-Berlins. Am Frankfurter Tor stiegen sie aus und erreichten die Wohnung der Großeltern nach einem kurzen Fußmarsch. Dort eine herzliche Begrüßung, der Kuchen schon auf dem Tisch und der Kaffee unter einer Wärmemütze. Kakao für Anna, natürlich Westware! Die Großeltern hatten kein Auto und der Versuch, die Verwandtschaft mit dem Taxi am Bahnhof Friedrichstraße abzuholen, war in den seltensten Fällen geglückt. Meist war keine Droschke zu bekommen und die ganze Sippe hatte gemeinsam mit der U-Bahn zur Simplonstraße fahren müssen.

Voigt, der Mann mit dem Dauerlächeln, ging voraus ins Wohnzimmer. Eine braune Couchgarnitur und eine Schrankwand aus Pressspan dominierten den Raum. Die Dielen waren dunkelrot gestrichen und von einem altmodischen Teppich bedeckt. In der Schrankwand stand ein DDR-Fernseher, hinter einer Glastür waren Sekt-, Wein- und Biergläser ordentlich aufgereiht. Über dem Sofa bog sich ein Regal unter der Last von Büchern. Romane aus DDR-Verlagen, nichts, was Anna wirklich interessierte. Sie griff nach den beiden Fotoalben, bevor Voigt intervenieren konnte.

»So geht das nicht«, sagte er und bemühte sich um ein freundliches Gesicht. »Wenn Sie das Erbe annehmen, müssen Sie die Wohnungseinrichtung von der Deutrans nach Westberlin bringen lassen.«

»Was kostet mich das?«

»Bei der Größe der Wohnung würde ich sagen: Ein Zweiachser reicht. Ein paar tausend Mark dürften es aber werden«, erklärte der Lächler. »D-Mark«, ergänzte er rasch und sah sie frech an.

Anna runzelte die Stirn. »Das sind die Sachen doch nicht wert.«

»Sie können das Erbe ausschlagen, auch Teile davon.« Voigt entblößte sein bedrohlich geschrumpftes Zahnfleisch, das die Zähne raubtierhaft lang erscheinen ließ.

»Aber die persönlichen Dinge möchte ich haben.«

»Selbstverständlich.«

Nach zwei Stunden hatte Anna Wohnung und Keller nach Brauchbarem durchwühlt. Die Ausbeute passte in einen beige karierten Pappkoffer, der sich in der Wohnung fand: einige Fotoalben und Kinderbücher, aus denen die Großmutter ihr früher vorgelesen hatte, ein vollständiger Satz Familiensilber. Sie quittierte Voigt jeden Gegenstand, den sie eingepackt hatte, auf einem Formular, auf dem sie außerdem bestätigen musste, auf den Rest der Wohnungseinrichtung zu verzichten. Die DDR-Schreibtischlampe, die auf dem Nachttisch der Großmutter stand, war der einzige Einrichtungsgegenstand, den sie mitnahm. Bei der Sparkasse am Frankfurter Tor füllte sie ein Formular aus, das ihr den Zugriff auf das Guthaben von fünftausendachthundert DDR-Mark abzüglich der Bestattungskosten ermöglichen sollte. Eigentlich wollte sie das Geld in D-Mark umtauschen und das Konto auflösen. Der Schalterbeamte hatte sie erschrocken angeblickt und ihr klargemacht, dass das nicht ginge. »Sie haben jetzt in der Hauptstadt der DDR ein schönes Konto, das ist doch was!«

Voigt hatte sich bei der Verabschiedung seltsam servil benommen, ihr die Tür aufgehalten und zähnefletschend eine gute Heimreise gewünscht. Er hatte sogar angeboten, sie im Wartburg zur U-Bahn zu bringen, was sie dankend abgelehnt hatte. Frau Krüger blieb wie vom Erdboden verschluckt, obwohl sie bei der Wohnungsbegehung anfangs neugierig hinter ihnen hergetrottet war. Anna wollte nach Hause, möglichst schnell. Die Proteste in den DDR-Kirchen mussten warten. Erst mal wollte sie den Koffer loswerden.

Donnerstag, 26. Mai 1988

»Was steht auf dem Schild?«, rief Rojda und hüpfte über die Kreidevierecke, die irgendjemand krakelig auf den Boden gemalt hatte. Doch Kani glotzte nur die Kasperlepuppe an, die aus dem Mülleimer ragte. Rojda beobachtete ihre große Schwester, wie sie da in der Hofmitte neben der rostigen Teppichstange stand, immer wieder die Augen zusammenkniff und mit den Lippen mühsam Worte formte. Gestern, als sie im Hof gespielt hatten wie jeden Tag, war die Handpuppe noch nicht da gewesen. Jemand musste sie weggeworfen haben, jemand, der genug Spielzeug hatte, um so eine Puppe wegzuschmeißen.

Die »Gemeinschaftsunterkunft für Asylbewerber« war seit über drei Monaten das Zuhause der beiden Mädchen. Ihre Mutter war mit ihnen auf dem Flughafen Tegel gelandet und hatte sich mit dem Wort »Asyl« an den Polizeibeamten an der Passkontrolle gewandt. Der Beamte hatte andere Polizisten herbeigerufen, die die kurdische Familie in einen sauberen, fensterlosen Raum führten. Erst dachte Kani, die Mutter und sie kämen jetzt ins Gefängnis wie der Vater in der Türkei.

Nach kurzer Wartezeit wurden sie mit einem Polizeiauto in das Lager gebracht. Es war ein hässliches fünfstöckiges Haus, in dem sie im Erdgeschoss ein kleines Zimmer mit Etagenbetten zugeteilt bekamen. Das Viertel, in dem das Wohnheim lag, hieß Wedding. Wenn man das Heim über den Parkplatz verließ, der mit einem weißen Metallzaun und einem Blechtor gegen Eindringlinge gesichert war, trat man auf eine große Einkaufsstraße. Es gab dort Dönerbuden, Teestuben, arabische Bäcker und sogar Supermärkte, in denen die Kassiererinnen Kopftücher trugen. Links vom Heim ging es über einen Fußweg zu einem schmutzigen Flüsschen, das die Anwohner Panke nannten. Dort zu spielen hatte ihnen die Mutter verboten.

Die beiden beigefarben verputzten Gebäudeflügel des Asylbewerberheims legten sich wie ein L um den Hof. Eine hohe Betonmauer, auf die noch ein mannshoher Maschendrahtzaun gesetzt war, schloss den Hof zur Panke hin ab. Ihr Spielplatz war ein asphaltiertes Viereck, darauf ein Holzgestell mit zwei Schaukeln, ein paar flache Sitzbänke und neben dem Mülleimer eine Teppichklopfstange aus Metall, an der man klettern üben konnte. Manchmal saßen fremde Männer rauchend auf den Bänken, sahen ihnen zu, wenn sie Fangen spielten, und redeten in unverständlichen Sprachen.

Die anderen Kinder im Heim gefielen ihnen nicht. Sie wirkten zerlumpt und schrien Dinge, die sie nicht verstanden. Rojda und Kani hatten viel Langeweile. Da half es auch nichts, dass die Mutter ihnen Lieder beibrachte und sie am Nachmittag im Zimmer gemeinsam sangen.

Sie warteten. Warteten auf die nächste Mahlzeit, die wieder nicht schmecken würde. Das Brot beim Frühstück war grau und trocken. Die Suppe mittags war ohne Geschmack. Und am Abend gab es wieder das saure Brot mit dem blassen Käse und den merkwürdigen roten Tee. Die Mutter bekam immer wieder Besuch von Frauen und Männern, mit denen sie sich aufgeregt besprach. Manchmal weinte sie. Oft hörte Kani das Wort »Abschiebung«, das immer wieder genannt wurde. Abschiebung schien nichts Gutes zu bedeuten. So vergingen die Wochen und Monate. Das kalte Frühjahr wurde von einem Frühsommer abgelöst, in dem die Mittagssonne nicht glühte wie in der Türkei, sondern ein gelbliches Herbstlicht in den Hof des Asylbewerberheims schickte. Die Mädchen verstanden nicht, worauf die Mutter wartete. Langsam gewöhnten sie sich an das Leben in dem fremden Land, in dem die Menschen wenig lachten und meistens traurig zu sein schienen.

»Du kannst gar nicht lesen«, rief Rojda.

»Kann ich wohl«, gab Kani zurück und starrte wieder auf das Schild, das die Puppe um den Hals trug. Ihr Kleid war offenbar über eine Dose gestülpt, die ganz oben im Mülleimer steckte. So thronte der Kasper kerzengerade und grinsend auf dem Mülleimer und machte sich lustig über Kani.

Arischer Kasperle: Haut ab! stand auf seiner Brust.

»Das ist eine blöde Puppe«, schrie Kani und riss den Kasper mit einer schnellen Bewegung herunter.

Die Mutter der Mädchen legte gerade frisch gewaschene Wäsche zusammen, als die Druckwelle sie zu Boden riss. Tausende von Glasssplittern schossen durch den Raum. Sie hörte die Explosion nicht, spürte nicht den harten Aufprall auf dem Boden. Sie fühlte nur, wie ihr das warme Blut über die Haut lief.

Als Lucas Hermes aus dem S-Bahnhof Savignyplatz hinaustrat, setzte ein trüber Nieselregen ein, der sich rasch zu einem Prasseln steigerte, das den Bürgersteig feucht glänzen ließ. Er schlug den Mantelkragen hoch. Seit der Wohnungskündigung vermied er nach Möglichkeit Fahrten in überfüllten Bussen und Bahnen und längere Aufenthalte bei schlechtem Wetter im Freien. Er fürchtete zugige Bahnsteige und windige Passagen wie den Durchgang von der Bleibtreustraße zum Savignyplatz. Die Vorstellung, zwischen Hunderten von Leibern in der U-Bahn eingequetscht zu sein und die Viren Infizierter einzuatmen, erfüllte ihn mit Panik. Er konnte nicht mit Fieber und kläffendem Husten wie ein verletztes Tier in seinem Versteck dahinvegetieren. Statt sich zu bessern, würde die Erkältung sich zu einer chronischen Bronchitis auswachsen.

Was, wenn er seine Wohnungssituation nicht bis zum Winter in den Griff bekäme? Dann müsste er tagsüber dick eingemummt im Freien in Bewegung bleiben oder sich stundenlang in Buchhandlungen oder Bibliotheken herumtreiben, an Orten, an denen er sich aufwärmen könnte, ohne etwas konsumieren zu müssen.

Er starrte auf das nasse Trottoir, fluchte leise und begann, im Slalom um die Pfützen herumzuhüpfen. Die Schuhe durften nicht noch mehr Feuchtigkeit abbekommen. Mal mit langen Schritten, mal mit kurzen Sprüngen stolperte er in einem grotesken Tanz über den Savignyplatz und hastete die Kantstraße entlang.

Sein blauer Übergangsmantel war durchnässt, als er das Schwarze Café betrat. Er stieg die dunkel lackierte Holztreppe hoch und spähte in den großen Gastraum mit der bröckelnden Stuckdecke, der schon jetzt gut gefüllt war: Studenten der Hochschule der Künste, die sich die Köpfe heiß redeten über die Kunst- und Galerienszene; einsame Tagediebe, die sich über Stunden an einer Tasse Kaffee festhielten, bis sie sämtliche Tageszeitungen durchgeblättert hatten, verkrachte Schriftsteller, die an den runden Bistrotischen Hof hielten und vorbeikommenden Bekannten Schilderungen ihre neuesten Buch- oder Drehbuchprojekte aufdrängten; außerdem ein paar brave TU-Studenten, die in kleinen Gruppen zusammensaßen, in tiefem Ernst über Tabellen und Aufgaben gebeugt.

Lucas war erleichtert, als er Klamm am Fenster in der Nähe des Balkons an einem kleinen runden Tisch erblickte. Der Kripo-Mann schien in die B.Z. vertieft zu sein.

»Sauwetter da draußen«, eröffnete Lucas das Gespräch und streckte dem Kommissar die regennasse Hand entgegen. Natürlich hatte der Ermittler schon den zweiten Cappuccino vor sich. Klamm hob betont langsam den Kopf, als hätte er den Nähertretenden längst bemerkt. Der Mann mit dem breiten grauen Katerkopf ließ sich immer einladen und meistens hatte er nicht viel zu erzählen. Mindestens zehn Mark würde ihn der Nachmittag kosten, überlegte Lucas und setzte sich.

»Einen Espresso bitte!«, rief er der Bedienung zu, die ihn kurz ausdruckslos ansah und weiterging, ohne auf seine Bestellung zu reagieren.

Ihre Treffen, mit denen sie vor zwei Jahren bei der Nordimex-Recherche angefangen hatten, als Klamm noch nicht für Mord, sondern für organisierte Kriminalität zuständig war, liefen wie ein Ritual ab. Der bullige Kripobeamte liebte es, sich jedes Detail aus der Nase ziehen zu lassen, um dann bedeutungsschwer zu schnaufen und nach einer wichtigtuerischen Pause Andeutungen von sich zu geben. Dann tanzten die groben Hände vor seinem Gesicht, drehten zierliche Pirouetten, um sich schließlich wie Prellböcke dem Gegenüber entgegenzustemmen, wenn allzu Heikles angeklungen war und eine Barriere zwischen Sprecher und Zuhörer errichtet werden musste. Am liebsten gab Klamm Klatsch aus dem Polizeipräsidium zum Besten. Dann lamentierte er über unfähige Vorgesetzte, falsche Ermittlungsansätze und den Beförderungsstau, dessen wichtigstes Opfer er, Ernst Klamm, war. »Aber das ist alles vertraulich!«, unterbrach er seinen Vortrag immer dann, wenn es interessant wurde, und hob abwehrend die Hand.

»An welcher Story bist du gerade dran?«, wollte der Kommissar wissen. Vor einem Jahr waren sie zum Du übergegangen.

»Die Explosion in Kreuzberg scheint mir interessanter zu sein, als es in der Presse dargestellt wird«, begann Lucas leise und blickte über die Schulter in das Lokal. Der Glatzkopf zwei Tische weiter starrte so konzentriert in die Zeitung, als wollte er davon ablenken, wie sehr er die Ohren spitzte. Lucas senkte die Stimme fast bis zum Flüstern. »Ich glaube nicht an eine Gasexplosion.«

»Ach nein?« Klamm zog belustigt die Mundwinkel hoch. Die Kellnerin, ein dünnes Mädchen in ärmellosem T-Shirt mit struppig kurzen, schwarz gefärbten Haaren und kajalumrandeten Augen, stellte Lucas wortlos den Espresso hin – eins achtzig, der günstigste Kaffee auf der Karte.

»Der Cappuccino ist ausgezeichnet!«, rief Klamm ihr zu und entblößte seine Zähne.

»Fürs Schleimen bekommst du ihn auch nicht umsonst«, blaffte das Mädchen zurück und machte ein betont gelangweiltes Gesicht, während sie sich abwandte.

Lucas musste sich das Lachen verbeißen und beugte sich mit wieder ernster Miene vor. »In dem Haus sitzen eine türkische Redaktion und eine Beratungsstelle für Flüchtlinge«, raunte er und blickte Klamm prüfend an.

»Die Polizei ermittelt in alle Richtungen«, erwiderte der Kommissar und nippte mit spitzen Lippen am Milchschaum.

»Bei einer Gasexplosion ermittelt man nicht in alle Richtungen.«

»Der Anschlag kann ja dem Hausmeister gegolten haben. Vielleicht eine Eifersuchtsgeschichte, ein Familiendrama ...«

Lucas horchte auf. Es ging also um einen Anschlag, nicht um einen Unfall.

»Ein ausländerfeindlicher Anschlag«, insistierte Lucas.

Klamm beugte sich ebenfalls vor und fixierte Lucas mit ernstem Blick. »Okay, du liegst nicht falsch, aber mehr kann ich dir nicht sagen. Sonst läuft das heute Abend in den Nachrichten.«

»Wir unterhalten uns nur«, erwiderte Lucas, »das ist noch überhaupt kein Film.«

Klamm schnaufte schwer. »Also, es war tatsächlich keine Gasexplosion, sondern eine Bombe. Wir haben das Haus geräumt und eine Nachrichtensperre verhängt, um am Tatort in Ruhe arbeiten zu können. Die Oranienstraße ist voll mit hysterischen Türken, die herumschreien und die Spurensicherung behindern. Darum sagen wir einfach nichts und halten die Leute im Ungewissen.«

Volltreffer. Das war eine Top-Information. Lucas versuchte, ein möglichst ausdrucksloses Gesicht zu machen. »Was für eine Bombe?«

»Irgendein Scheißding, eine Blechkiste mit Nägeln drin, um möglichst schlimme Verletzungen zu bewirken. Der Hauswart im Erdgeschoss hat das Paket offenbar vom Täter entgegengenommen, er wurde regelrecht durchlöchert.«

»Und wer steckt dahinter?«, bohrte Lucas nach.

»Keine Ahnung«, sagte der Ermittler.

»Aber der Hausmeister war nicht das Ziel, richtig?«

»Wie gesagt, wir wissen gar nichts«, seufzte Klamm. »Es können rechte Türken gewesen sein, die die linke Zeitung zum Teufel jagen wollen. Es können Leute sein, die etwas gegen die Beratungsstelle haben. Jedenfalls ging der Zeitzünder der Bombe zu dem Zeitpunkt los, als die Beratungsstelle gerade wieder geöffnet hatte.«

Klamm hob die Tasse und stellte fest, dass der Cappuccino nur noch lauwarm war. Mit einem Schluck trank er ihn aus und verzog das Gesicht.

»Der Einzige, der außer den Tätern weiß, für wen das Paket war, ist tot – der Hausmeister. Die Anschrift kann keiner mehr lesen, das Packpapier ist völlig zerfetzt worden.«

»Was ist deine These?«

Klamm zog die Schultern hoch. »Das Pech des Hausmeisters war wohl, dass das Paket bei ihm abgegeben wurde. Genau in dem Moment, als er es vielleicht in den vierten Stock zur Beratungsstelle oder in den fünften zur Zeitung bringen wollte, bekam er einen Anruf. Das wissen wir aus den Verbindungsdaten seines Telefonanschlusses. Als es klingelte, ist er vermutlich mit dem Paket in seine Wohnung zurückgekehrt, hat kurz telefoniert und dann, als er zurück im Treppenhaus war, ist das Scheißding wohl hochgegangen.«

Lucas jubelte innerlich. Er hatte in der Redaktion mit Insiderkenntnissen angegeben, die er jetzt tatsächlich besaß. Klamm blickte konzentriert in seine Tasse. Bis auf einen Rest Milchschaum, der am Boden klebte, war sie leer getrunken.

»Ach ja, eine merkwürdige Sache gibt es noch.«

Lucas spitzte die Ohren.

»Wir haben am Tatort ein Metallteil gefunden, das die Techniker nicht zuordnen können.«

Klamm nahm eine Serviette, zog einen Kugelschreiber aus der Jacke und zeichnete ein längliches Stück Kupferblech mit einer Einbuchtung in der Mitte, aus der ein kleiner Metallhaken ragte.

»Es könnte zur Zündvorrichtung gehören, irgendetwas mit Elektrik«, fuhr er fort und blickte sich wieder auffällig um, als wollte er jedem im Lokal klarmachen, dass er gerade Dienstgeheimnisse verriet. »Keiner weiß, wo man so ein Teil bekommen kann. Jedenfalls haben die Verkäufer in den Elektronikfachmärkten noch nie so etwas gesehen.«

Lucas glotzte verständnislos. Das war nichts, was ihn bei seiner Geschichte weiterbrachte.

Der Kommissar zuckte mit den Schultern. »Na ja, vielleicht lag das Teil auch vorher schon da herum. Ich muss jedenfalls los.«

Er stand auf und eilte die Treppe hinunter. Kurz vor dem Ausgang griff der Ermittler in die Manteltasche und holte seinen Piepser heraus, das neueste Spielzeug der Berliner Polizei. Lucas sah von oben, wie er am Tresen um das Telefon bat und wählte. Plötzlich versteinerte Klamms Gesicht. Er legte auf und stürzte davon, als wäre der Teufel hinter ihm her.

»Sieben Mark sechzig!«, nuschelte die Kellnerin.

Lucas legte acht Mark auf den Tisch und zückte sein Notizbuch. Selten war ein Treffen mit Klamm so gehaltvoll gewesen. Der Kommissar hatte ihm nicht nur bestätigt, dass in Kreuzberg eine Bombe mit Zeitzünder explodiert war, sondern auch, dass es vermutlich einen politischen Hintergrund gab. Die Nagelbombe, die vor zwei Tagen den Hauswart in der Oranienstraße zerfetzt hatte, war möglicherweise ein Angriff von Rechtsextremisten, die bisher in Berlin nicht mit Bomben in Erscheinung getreten waren.

Auf dem Parkplatz an der Koloniestraße, der vor dem Asylbewerberheim lag, wimmelte es von Schaulustigen. Ernst Klamm zwängte sich aus dem Wagen und bahnte sich einen Weg zum Tatort. Er betrat das Gebäude durch den Haupteingang und gelangte in einen verwinkelten muffigen Flur, in dem Kinder in verschlissenen Kleidern herumhüpften und Frauen mit langen Röcken und bunten Kopftüchern sich jammernd drängelten. Es roch nach Kohlsuppe. Einige Frauen redeten auf den vorbeieilenden Kommissar ein, einige versuchten, nach ihm zu greifen. Eine Frau warf sich schluchzend auf den Boden und packte Klamms Hosenbein. Er schüttelte sie ab und wich ihr mit einem Ausfallschritt aus, sodass die Frau beim zweiten Versuch ins Leere griff. Rasch gelangte er an die offene Hoftür, die mit einem Absperrband gesichert war. Klamm bückte sich, schlüpfte unter der Absperrung durch und richtete sich stöhnend wieder auf. In solchen Situationen merkte er, dass er über fünfzig war.

In der Mitte des von Mauern verschatteten Hofes gähnte ein Loch. Der Boden war in einem Umkreis von gut zehn Metern um das Loch braunschwarz verfärbt. Überall lagen undefinierbare Knäuel herum, man hätte sie auf den ersten Blick für zusammengerollte schmutzige Strümpfe halten können. Klamms Blick fiel auf zwei Beamte des Tatorterkennungsdienstes, die in weißen Schutzanzügen vor dem Loch knieten und Spuren sicherten. Fast wäre er auf einen Kinderschuh getreten, der außerhalb des dunklen Kreises vor seinen Füßen lag. Klamm streifte sich einen Gummihandschuh über und wollte nach dem Schuh greifen. Er zuckte zurück, als er bemerkte, dass in dem Schuh etwas steckte. Es war ein Kinderfuß, der oberhalb des Knöchels in einem blutigen Knochenstumpf endete. Dem Kommissar entfuhr ein hoher Schrei. Dann rannte er in die Hofecke, beugte sich über einen Busch und übergab sich.

Die beiden Kinderleichen waren unter Decken verborgen.

»Wollen Sie sie sehen?«, fragte ein Beamter von der Spurensicherung.

Ernst Klamm war versucht, den Kopf zu schütteln, doch er beherrschte sich und blickte gefasst auf die graue Behördendecke. Der Rumpf des jüngeren Mädchens war vollständig erhalten – der zerschmetterte Körper einer etwa Fünfjährigen. Die Kleider hingen in Fetzen. Kopf, Unterarme und Teile der Beine fehlten. Das muss das Mädchen sein, dessen Fuß ich vorhin fast in der Hand hatte, dachte Klamm und schüttelte sich wie ein Tier, das sein regennasses Fell trocknet. Der Beamte im weißen Kapuzenanzug blickte ihn fragend an. Klamm wandte sich ab, schluckte kurz und ging mit unsicheren Schritten zu der anderen Leiche. Der Kopf des größeren Mädchens wirkte fast unversehrt, ihr Gesicht hatte einen friedlichen Ausdruck, als ob sie schliefe. Ihr Rumpf und die Extremitäten waren wie von Schrotkugeln durchsiebt. Wieder die widerliche Mischung aus Sprengstoff, Schrauben und Nägeln, die schlimmste Verletzungen erzielte. Zwei Anschläge in einer Woche, das musste das Werk von Terroristen sein, überlegte Klamm. Der Gedanke entsetzte ihn, dass dies der Anfang einer Serie sein konnte – ein kalter und wohlüberlegter Angriff auf den Staat. Eine Kriegserklärung aus dem Dunkel der Anonymität heraus, um das politische System herauszufordern. Ernst Klamm hörte das Blut in seinem Kopf rauschen. Er spürte, wie die Zeit gegen ihn und die mit der Ermittlung befassten Kollegen lief. Ich sitze vor einem Schachbrett und kann die weißen Figuren nicht sehen, dachte er. Mir bleibt nur übrig, die schwarzen Bauern vor und zurück zu schieben und zuzusehen, wie einer nach dem anderen fällt.

Der Regen hatte aufgehört. Lucas hatte sich entschieden, zu Fuß zum Vereinsregister am Amtsgerichtsplatz in Charlottenburg zu gehen. Er fand fünf Personen im Registerauszug der Beratungsstelle für Migranten. Die beiden Männer mit deutschen Namen ließ er zunächst außer Acht, auch die Frau mit dem arabisch klingenden. Er konzentrierte sich auf Silvia Hager-Deetz und Wiebke Posselt, weil er sich einbildete, mit den Frauen am Telefon leichter ins Gespräch zu kommen. Beide standen im Telefonbuch, doch Frau Posselt war nicht da und hatte auch keinen Anrufbeantworter. Nach dreimaligem Klingeln ging Silvia Hager-Deetz ans Telefon.

»Ja bitte?«

»Frau Hager-Deetz«, begann Lucas in seiner samtigsten Stimmlage, »ich heiße Lucas Hermes und recherchiere über den Anschlag auf Ihre Beratungsstelle.«

»Und da halten Sie es für eine gute Idee, hier anzurufen?«

»Ich wüsste nicht, wo sonst. Haben Sie einen Verdacht ...«

»Sie haben wohl nicht kapiert, dass ein Mensch gestorben ist.« Ihre Stimme klang jetzt schriller.

Lucas musste versuchen, sie irgendwie am Telefon zu halten.

»Ich weiß sehr wohl, wie Sie sich fühlen ...«

»Ich kann mir nicht vorstellen, dass Sie das wissen«, kam es spitz zurück. Er nahm einen neuen Anlauf.

»Die Täter könnten aus der Ecke der Grauen Wölfe kommen.«

»Wie kommen Sie denn darauf?«

»Sie haben in Istanbul den Chefredakteur der Milliyet ermordet. Und in Berlin die Beratungsstelle angegriffen, in die Frauen vor ihren gewalttätigen Männern fliehen. Und in der Oranienstraße gibt es beides – die Milliyet und eine Beratungsstelle.«

»Daran habe ich noch gar nicht gedacht. Wir sind immer davon ausgegangen, dass die Gefahr aus einer ganz anderen Ecke droht, von gewalttätigen Ehemännern.«

»Sie sind vorher schon bedroht worden?« Jetzt hatte Lucas sie am Haken.

»Was denken Sie denn? Da draußen gibt es jede Menge Kerle, die ihre Frauen und uns zu gerne umbringen würden.«

»Man kann einfach so in das Haus hinein?«

»Nein, nein, die Tür ist eigentlich immer zu. Und der Hausmeister soll jeden abfangen, der ihm komisch vorkommt.«

»Hat die Polizei Ihnen etwas über die Spurensicherung gesagt?«

»Jetzt reicht's aber.« Die Frau hatte sich gefangen und klang verärgert. »Sie fragen mich hier aus, weil Sie eine möglichst reißerische Geschichte für Ihre Zeitung haben wollen.«

»Für das Fernsehen.«

»Noch schlimmer. Warten Sie ab, was die Ermittlungen ergeben. Und rufen Sie mich nicht mehr zu Hause an.«

Sie hatte aufgelegt. Er wartete eine Minute und wählte die Nummer erneut. Sie hob ab und legte sofort wieder auf. Damit war klar, dass sie definitiv nicht vorhatte, mit dem Journalisten Lucas Hermes mögliche Täterkreise zu diskutieren. Dummerweise hatte Silvia Hager-Deetz nur ihre Nummer ohne Adresse im Telefonbuch eintragen lassen. Er suchte die Nummern der anderen Mitarbeiter der Beratungsstelle heraus und gab nach zwanzig erfolglosen Minuten auf. Er verließ die Telefonzelle vor dem Amtsgericht und nahm sich vor, morgen früh vom Freienzimmer aus weiterzumachen.

Anna blickte sich im Wohnzimmer um. Zwei Wochen wohnte sie schon hier und hatte es nicht geschafft, die Kartons auszupacken, geschweige denn die Bücherregale aufzubauen. Die weißen Billy-Bretter lehnten an der kahlen Wand. Sie hatte die Raufasertapeten mühsam abgekratzt und die Wände eigenhändig geglättet und geweißt. Anna fand, dass die Wohnung dadurch edler wirkte. Sofa und Couchtisch bildeten eine wohnliche Insel in dem kahlen Raum, an dessen Wänden sich die Bücherkisten stapelten. Jedes Mal, wenn sie am Siemensdamm aus der U-Bahn kam, wunderte sie sich über ihre Entscheidung, aus dem aufregenden Kreuzberg in die Langeweile von Siemensstadt zu ziehen. Sie wollte, sie musste mit den Nächten im SO 36 und den Kneipentouren in der Bergmannstraße aufhören und ihr Leben in den Griff bekommen. Weg von Achim, mit dem sie viel zu lange zusammen gewesen war. Weg von seinen destruktiven Leuten. Weniger Partys, Abstürze und elende Ausnüchterungstage auf dem Sofa.

Beim Besichtigungstermin war sie angesichts der Lage der neuen Wohnung erschrocken. Siemensstadt! Die trostlose Fassade des endlosen grauen Blocks. War irgendjemand außer ihr so verrückt, hierher ziehen zu wollen? Die Räume im dritten Stock hatten sich aber als ein Juwel erwiesen. Zwei zusammengelegte Zweizimmerwohnungen mit dem Bauhaus-Charme der Zwanzigerjahre in einem Top-Zustand und sogar mit kleinem Balkon, der wie eine Loggia gegen Blicke abgeschirmt war und dank der Südlage ausreichend sonnig. Mit den Nachbarn würde sie wenig zu tun haben. Kleinbürger, Langweiler, Siemens-Angestellte. Die Wohnung nebenan schien auch nicht vermietet zu sein.

Sie nahm sich vor, den Abend mit dem Aufbau der Billy-Regale und dem Einräumen der Bücher zu verbringen. Dann könnte auch die Beute aus Ost-Berlin gleich mit ins Regal eingeordnet werden. Die grüne Blechleuchte mit dem altmodischen Kippschalter bekam einen Ehrenplatz auf ihrem Sekretär.

Freitag, 27. Mai 1988

»Wollen Sie es sehen?« Der Leiter des Asylbewerberheims legte die VHS-Cassette ein und zögerte, die Start-Taste zu drücken. Dass ein Teil des Innenhofs im Blickfeld der Kamera war, die zur Überwachung des Zaunes diente, war ihm reichlich spät eingefallen. Auch Ernst Klamm musste sich eingestehen, nicht sofort nach möglichen Videobildern vom Tatort gefragt zu haben.

Am unteren Bildrand lief ein Time-Code, die Uhrzeit der Aufnahme.

»Noch drei Minuten«, flüsterte der Heimleiter und blickte Klamm wie um Entschuldigung bittend an. Der Mülleimer war am äußersten Bildrand zu erkennen.

Ein Mädchen – Klamm schätzte sie auf etwa acht bis zehn Jahre – kam ins Bild, rannte zur Tonne, lief wieder weg, wohl um mit jemandem zu reden, der sich außerhalb des Kamerawinkels befand, und tauchte erneut neben dem Mülleimer auf. Sie stand lange davor, als versuchte sie, irgendetwas zu entziffern. Klamm konnte die Bilder kaum aushalten. Als das andere, offenbar jüngere Kind angehüpft kam, hatte er einen Kloß im Hals. Das ältere Mädchen trat noch dichter an die Mülltonne heran, griff nach etwas, das sich ganz oben im Eimer befand. Dann wurde das Bild weiß. Eine Überbelichtung, die die auf Automatik eingestellte Optik nicht so schnell ausgleichen konnte. Langsam veränderte sich die Blende wieder und zeigte den unbelebten Hof, in der Mitte der schwarze Krater, ringsum die Reste des Mülleimers und die Kinderleichen.

»Wer tut nur so was!« Der Heimleiter hatte sich abgewandt. Er wischte sich über die Augen, als unterdrückte er seine Tränen. Ernst Klamm spürte, wie die Übelkeit wieder in ihm hochstieg, doch er nahm sich zusammen.

»Ich will alle Bilder aus der Nacht sehen. Sind das Infrarotkameras?«

»Leider nein. Die Nachtaufnahmen sind in der Regel sehr dunkel, der Hof ist kaum beleuchtet.« Der Heimleiter griff die oberste Kassette von einem Stapel, den er neben dem Abspielgerät aufgetürmt hatte. Sie sichteten im Schnelllauf drei Kassetten, bis sie am Ende des dritten Bandes eine Veränderung auf dem leeren nächtlichen Hof bemerkten.

»Stopp!«, rief Klamm. Das Bild brach kurz zusammen, dann lief das Band in Normalgeschwindigkeit wieder an. Von der Seite, von der auch das Mädchen sich der Mülltonne genähert hatte, kam ein Mensch mit einer Tasche über der Schulter auf den Eimer zu. Den Bewegungen nach war es ein Mann, der jetzt geschäftig zu hantieren begann.

»Geht das heller?«, fragte Klamm. Allmählich hob sich die Gestalt deutlicher vom Hintergrund ab, das Videorauschen machte das Bild aber insgesamt unschärfer.

»Dreh dich um«, murmelte Klamm. Der Unbekannte auf dem Video zeigte der Kamera unverdrossen den Rücken. Nach etwa einer Minute zog er etwas aus der Sporttasche, die er neben dem Mülleimer abgestellt hatte, und stülpte es vorsichtig über einen Gegenstand, der offenbar aus dem Eimer herausragte.

»Eine Mütze?«, mutmaßte der Heimleiter.

»Irgendetwas Weiches, aus Stoff«, spekulierte Klamm und kniff die Augen zusammen. »Unsere Jungs in der Technik kriegen da bestimmt mehr raus als wir beide. Wie kommt man nachts in den Hof?«

Der Chef des Asylbewerberheims überlegte kurz.

»Das Tor ist abgeschlossen und war nicht beschädigt.«

»Und der Zaun weist keine Spuren eines Einbruchs auf.«

»Sie meinen, einer von uns?« Der Heimleiter sah den Kommissar erschrocken an.

»Wir müssen alle vernehmen, die Schlüssel zum Gebäude und zum Tor haben. Und alle, die drankommen könnten.«

Lucas wusste nicht mehr so recht, warum er im Zwiebelfisch gelandet war. Er wusste nur, dass es sein fünftes Schultheiss war, das vor ihm auf dem Tresen stand. Bis abends nach acht hatte er in der Redaktion am Telefon gehangen und versucht, mit den Mitarbeitern der Beratungsstelle zu sprechen. Die fünf Männer und Frauen waren – außer Silvia Hager-Deetz – unter ihren Privatnummern nicht erreichbar gewesen, auch im Büro lief seit dem Anschlag nur noch der Anrufbeantworter. Noch schlimmer aber war, dass Ernst Klamm entweder nicht an seinem Arbeitsplatz war oder sich verleugnen ließ. Lucas brauchte dringend Infos über die zweite Bombe. Eine Frauenstimme, vermutlich die Kollegin, die mit Klamm im Büro saß, hatte ihn immer wieder freundlich, zuletzt aber mit genervtem Tonfall abgewimmelt. Nein, Herr Klamm sei unterwegs und nicht zu sprechen. Nein, sie wüsste nicht, wo er sei oder wann er zurückkomme. Und eine Pressekonferenz sei bislang nicht geplant, in der Pressestelle würde man ihn schon auf dem Laufenden halten.

Den ganzen Vormittag hatte Lucas im Archiv des Senders über alten Zeitungen gebrütet. Er hatte sich auf einem Zettel ein Organigramm der Grauen Wölfe und ihrer internationalen Vereinsstrukturen angelegt. Unglaublich, dass der Führer der nationalistischen Truppe bis vor wenigen Jahren stellvertretender Ministerpräsident der Türkei gewesen war und seine Privatarmee ungehindert auf Kurden und politische Gegner hetzen konnte. Die Verfassungsschutzberichte bezeichneten die Grauen Wölfe als gefährliche Organisation, die in Deutschland allerdings nicht als Gruppe an Gewalttaten beteiligt war. Stets waren es Einzeltäter, die losen Kontakt zu den Grauen Wölfen hatten.

Der Mörder der jungen Frau in Berlin, der auch eine Mitarbeiterin der Beratungsstelle angeschossen hatte, war von einem Berliner Gericht freigesprochen worden und lebte unbehelligt in Kreuzberg. Sollte er versuchen, an ihn oder die Grauen Wölfe heranzukommen? Lucas war der Gedanke unbehaglich. Die Sprache der türkischen Nationalisten war eindeutig. Er hatte ein Zitat aus der Zeitung in sein Notizheft geschrieben, das aufgeklappt vor ihm auf dem Tresen lag: *»Unser Kampf geht bis zum letzten Mann, bis zum letzten Atemzug, bis zum letzten Tropfen Blut. Unser Kampf geht weiter, bis die nationalistische Türkei, bis das Reich Turan geschaffen ist.«*

Lucas drehte sich um und blickte in das verrauchte Lokal. Eine gemütliche Absturzkneipe. Einige Männer und Frauen an den Tischen sahen aus, als hätten sie sich schon vor Jahren entschieden, nicht die Studentenrevolte fortzusetzen, sondern Abend für Abend bis zur Besinnungslosigkeit Bier in sich hineinlaufen zu lassen und dabei Kette zu rauchen. Eine effektive Art, sich selber abzuschießen.

Anstatt eines Mittagessens hatte er in der »Visier«-Redaktion mehrere Stücke Kuchen verschlungen. Tine, die Redaktionsassistentin, hatte Geburtstag und ihm die heutigen Ausgaben für Kaffee und Essen erspart. Am Nachmittag hatten die Nachrichtenagenturen den Bombenanschlag auf das Asylbewerberheim gemeldet. Von zwei toten Kindern war die Rede, doch es gab keine Details über die Bombe und keinerlei Spekulation über Verdächtige. Die Polizeipressestelle mauerte eisern. Eine Trauerfeier war geplant, zu der auch der Innenminister aus Bonn anreisen wollte. Der fürchterliche Anschlag auf die Kinder beherrschte die Tickermeldungen und verdrängte die Nachrichten über die Bombe in Kreuzberg und den toten Hausmeister.

Das Einzige, was ihn in seinen Recherchen weiterbringen konnte, war ein Gespräch mit Klamm. Handelte es sich um eine Bombenserie? Lag er mit seinem Verdacht gegen die Grauen Wölfe richtig? Die toten Kinder waren Kurden gewesen, das würde passen.

Ernst Klamm steckte vermutlich bis über beide Ohren in der Ermittlung. Jetzt rächte sich, dass Lucas ihn nie nach seiner Privatadresse gefragt hatte. Da sie sich immer nur zum Kaffee getroffen hatten, nie aber auf ein abendliches Bier, vermutete er, dass Ernst Klamm eher am Stadtrand wohnte und mit dem Auto zum Dienst und wieder hinaus nach Spandau oder Marienfelde fuhr. Was wusste er schon über den brummeligen Kommissar? War Klamm verheiratet? Vermutlich schon, er trug einen Ring. Aber er erzählte nie von Frau oder Kindern. Wenn überhaupt, dann lebte Klamm, der völlig in seiner Arbeit aufzugehen schien, mit einer anspruchslosen Ehefrau zusammen, mit der er höchstens die späten Abende teilte – in einem piefigen Reihenhaus oder einer Fünfzigerjahrewohnung mit Balkon. Vielleicht hatten sie sich nie besser kennengelernt, weil der Kommissar eine bestimmte Linie der Vertraulichkeit mit dem Journalisten nicht überschreiten wollte und es daher vermied, mit Lucas Hermes zu trinken. Lucas hätte zu gerne gewusst, wo sich die Wohnung oder das Häuschen befand. Dann hätte er den Abend wartend vor Klamms Wohnung verbringen können. Derartige Hartnäckigkeit hatte sich schon bei früheren Recherchen ausgezahlt. Lucas war der Meinung, dass ein Reporter sich seine Geschichten durch entbehrungsreiche Ermittlungen verdienen musste.

Die Wirtin stellte ihm unaufgefordert ein frisches Pils hin. Sein sechstes.

Samstag, 28. Mai 1988

Gegen drei Uhr schreckte er aus dem Schlaf hoch. Er versuchte, sich im Dunkeln zu orientieren. Sein Kopf dröhnte, ein unangenehm ziehender Schmerz. Richtig, er lag in einem Schlafsack in seinem Bett, umstellt von Umzugskartons, im Kellerraum einer Spedition in Charlottenburg. Er staunte, wie schnell das Leben ohne Wohnung zur Routine geworden war. Wie selbstverständlich wusch Lucas sich jeden Morgen im Bahnhof, frühstückte im Stehen in einer Bäckerei oder verzichtete auf die Mahlzeit bis zur ersten nahrhaften Pressekonferenz. Bemerkten seine Kollegen, die in schicken Lofts oder Altbauwohnungen mit großzügigen Balkons lebten, vielleicht schon erste Anzeichen der Verwahrlosung an ihm? Verrieten ihn ungebügelte Hemden oder ungeputzte Schuhe? Er durfte nicht auffliegen, unter keinen Umständen. Ein freier Journalist, der es nötig hatte, um jeden Auftrag zu betteln, war wie ein von einer ansteckenden Krankheit Befallener. Mit dem wollte kein Redakteur in Berührung kommen.

Rechts vom Bett lag die Taschenlampe auf einem Karton. Er schaltete sie an und starrte auf die Tür des Verschlags. Er hatte geträumt, bis er plötzlich wach geworden war, mit bierschwerem Schädel.

Er sieht sich als kleiner Junge im Wohnzimmer mit der Mutter. Es ist Weihnachten und unter dem duftenden Tannenbaum liegt ein großes Paket. Er reißt das Geschenkpapier ab und schreit vor Freude. Seine erste Eisenbahn. Ein hellblauer Karton mit dem Bild einer rasenden Dampflok. In der mit Styropor ausgefüllten Packung stecken eine schwarze Tenderlok, Baureihe 89, ein roter, zweiachsiger Lorenwagen und ein brauner Niederbordwagen. Er packt die geraden und gebogenen Metallgleise aus und beginnt hitzig, ein Oval zusammenzustecken. Seine Mutter hilft ihm, den Trafo anzuschließen. Er setzt den Zug auf das Gleis. Der Trafo brummt. Langsam dreht er den roten Fahrschalter nach rechts. Der

Zug rollt an, wird schneller, jagt summend im Kreis herum. Vorne hat die Lok zwei elektrische Lampen. Ihm ist feierlich zumute.

Warum hatte er diesen Traum? Lucas blickte sich in seinem trostlosen Kellerquartier um. Denk nach, befahl er sich. Sieh dir die Dampflok genauer an: das Gestänge, der aufgesetzte Plastikkessel mit dem Führerhaus. Er drehte in Gedanken die Lok in der Hand hin und her. Richtig, oben auf dem Kessel befand sich eine versenkte Schraube. Wenn man sie löste, konnte man das Gehäuse abnehmen und ins Innere der Lok blicken. Schlagartig war er hellwach. Er sah das Innenleben der Lok vor sich. Auf dem Motor saß der Umschalter. Ein Messingblech, das durch Erhöhung der Stromspannung an die Magnetspule gezogen wurde und eine kleine Metallwippe mal nach links, mal nach rechts umlegte. Die Lok konnte damit von Vorwärts- auf Rückwärtsfahrt umgeschaltet werden. Ein Stück Messing mit einer Ausbuchtung, in der ein kleiner Haken angebracht war. Daran hing eine Feder, die den Umschalter immer wieder in die Ausgangsposition zurück zwang.

Ein Stück Messing, wie es in den Resten der Bombe gefunden worden war, die den Hausmeister der Oranienstraße 159 zerfetzt hatte.

Lucas suchte nach seiner Tasche, fand sie neben dem Bett und zog sein Notizbuch heraus, in dem Klamms Serviettenzeichnung steckte. »Umschalter Märklin!« schrieb er mit einem Ausrufezeichen auf die letzte Seite. Dann schaltete er die Taschenlampe aus und legte sich hin. Wieder ruhig werden. Noch ein paar Stunden schlafen.

Die dritte Verkündigung.

Verkündigung, das klingt feierlich, das ist erhaben. Er taucht den Füller in das Glasfläschchen und setzt erneut an:

»Wie einst Odins letztes Heer sind wir angetreten, unseren Heiligen Eid zu erfüllen. Unser Weckruf gilt allen Teutschen, die ihr Land nicht preisgeben möchten.«

Zu abgehoben? Nein, einfach ordentliches Deutsch. Die Sprache Goethes und Schillers, mit schwarzer Tusche in sauberer Sütterlin-Schrift. Den Begriff »Odins Heer« mag verstehen, wer sich die Mühe macht, jene Schriften zu studieren, in denen das größte Manöver des kommenden Reiches, die Expedition an den Südpol, nach Neuschwabenland, beschrieben wird. In den letzten Kriegstagen war es gelungen, bedeutende Truppenteile der Waffen-SS und die modernsten Vergeltungswaffen in der Antarktis vor den Alliierten zu verstecken.

Auf dem Tisch vor dem zweiflügeligen Fenster liegt das fast fertige Werkstück, das neue Modul. Auf einer ebenen Holzplatte windet sich das Gleis in einem sanften Bogen, führt durch das kleine Torgebäude, um sich dann mit Hilfe von zwei Weichen zu einem dreigleisigen Bahnhof zu vergrößern. Das Torhaus gibt es nirgendwo als Bausatz. Er hat es anhand von alten Fotos mühsam aus Holz und Prägefolien zusammengeleimt.

Nach etwa einem Meter verengt sich der Strang erneut durch zwei Weichen zu einem einzigen Gleis, an dessen Ende der Prellbock steht.

Der Bahnsteig ist schlicht, eine graue Holzrampe, neben der ein paar Peitschenlampen aufgereiht sind Die Prozession der braunen Güterwagen führt eine grau lackierte BR 52 mit Wannentender an.

Es war den deutschen Ingenieuren 1942, in Zeiten großer Materialknappheit, gelungen, die schwere Güterdampflok BR 50 durch einen einfacheren Blechrahmen und die Einsparung von fast eintausend der sechstausend Bauteile so zu gestalten, dass die neu geschaffene BR 52 drei Tonnen we-

niger wog als das Vorgängermodell. Die kriegsbedingt stark vereinfachten Windleitbleche ließen die Güterzuglok etwas plump erscheinen, doch im totalen Krieg war nicht Schönheit, sondern Effizienz gefragt.

Welche Liebe steckt in der Gestaltung der Menschenmasse! Die Figurengruppe, die mit ihren bunten Koffern in farbenfrohen Kleidern und Anzügen auf den Bahnsteigen von Tausenden von Modellbahnanlagen stehen, hat er in eine graue Masse umlackiert, die auf seinem Modul eine lange Schlange von Wartenden bildet.

Er hat sich nicht dazu durchringen können, seine Angriffe völlig aus dem Dunkeln zu führen, ohne ein Wort der Erklärung. Sein erstes Schreiben, das er auf den Briefkästen in der Oranienstraße abgelegt hat, haben die Behörden dem Volk glatt verschwiegen. Kein Wort stand davon in den Zeitungen. Bei seinem zweiten Schlag hat er nur einen kleinen Zettel hinterlassen, der vermutlich zerfetzt worden ist. Er muss ein Signal geben: Seine Taten sind nicht dumpfer Terror, sondern ein schmerzhafter Reinigungsprozess, der den Volkskörper wie nach einer schweren Krankheit gesunden lässt.

»Weg mit dem Rassengemisch. Für eine deutsche Volksgemeinschaft«, schreibt er und setzt schwungvoll eine Rune und den Schriftzug der Bewegung darunter:

»Die Teutschen. Freicorps Graf Yorck von Wartenburg.«

Montag, 30. Mai 1988

Es kam nicht oft vor, dass die Berliner Polizei Journalisten anlässlich einer laufenden Ermittlung zu einer Pressekonferenz lud. Die beiden Explosionen hatten jedoch zu einer derartigen Flut von Presseanfragen geführt, dass der Polizeipräsident die Flucht nach vorn antreten musste.

Auch offiziell war jetzt von einem Anschlag in der Oranienstraße die Rede. Der Polizeipräsident wollte die Öffentlichkeit überzeugen, dass seine Beamten den oder die Mörder fieberhaft suchten.

Lucas Hermes betrat das Foyer des Polizeigebäudes in der Keithstraße. Gewaltige, farbig gekachelte Säulen, die dem Eintretenden Ehrfurcht einflößen sollten, gliederten das zehn Meter hohe und zwanzig Meter tiefe Foyer und stützten eine kassettenförmig unterteilte Decke. In der Mitte des Eingangsbereichs führte eine breite graue Treppe in den ersten Stock. Lucas folgte dem Schild: *»Pressekonferenz LKA 1. Stock.«* Auch der speckige Treppenhandlauf war aus grauem Stein, den Tausende von Händen glatt geschliffen hatten.

Im Saal saßen zwei Dutzend Journalisten und warteten. Als Lucas sich in eine der hinteren Stuhlreihen setzte, erschien der oberste Polizist West-Berlins, gefolgt von seinem Pressesprecher, und nahm schweigend Platz.

»Meine Damen und Herren«, begann der Sprecher, ein mausgrauer Beamtentyp mit akkuratem Scheitel, »der Polizeipräsident gibt nun eine Erklärung zu den Ermittlungen in Sachen Sprengstoffattentat in der Koloniestraße ab.« Das klang nicht nach langer Pressekonferenz, eher wie die Ankündigung eines kurzen Statements, nach dem Nachfragen unerwünscht waren.

»Am vergangenen Mittwoch tötete ein Sprengsatz im Hof des Asylbewerberheims in der Koloniestraße zwei Kinder«, begann Polizeipräsident Schertz mit sorgenzerfurchter Stirn. »Sie können sich vorstellen, dass die Berliner Polizei angesichts dieses unfassbaren Verbrechens alles unternimmt, um der Täter so schnell wie möglich habhaft zu werden.« Er musterte die Runde mit misstrauischem Blick. Die Reporter hatten Schreibblöcke und Diktiergeräte gezückt und sahen den Polizeichef mit typischem Journalistengesicht an: neugierig, doch etwas blasiert, mit spöttisch verzogenen Mundwinkeln. Schertz hatte seine Gesichtszüge nicht ganz unter Kontrolle und konnte seine Abneigung gegen die »Journaille«, wie er die Presseleute intern manchmal nannte, nicht verbergen. Er wusste, dass sie jedes seiner Worte auf die Goldwaage legen würden, dass sie begierig auf mögliche Fehler bei den Ermittlungen lauerten, um dann triumphierend in ihren Käseblättern die Arbeit der Polizei madig zu machen.

Der Polizeichef berichtete, dass der Sprengsatz am Mittwochvormittag um 10 Uhr 16 explodiert war und zwei Bewohnerinnen des Heims, ein fünf- und ein zehnjähriges Mädchen, getötet hatte. Der oder die Täter, sagte er, hätten sich in der Nacht auf das Gelände geschlichen und die Bombe in einem Mülleimer platziert.

»Es war offenbar ein Kontaktzünder, also eine Sprengfalle, die bei Berührung die Detonation auslöste.«

Ein Raunen ging durch den Saal, einige Arme hoben sich.

»Die Bombe«, fuhr der Präsident mit einer unwirschen Handbewegung fort, »war dem Sprengsatz in der Oranienstraße ähnlich, aber nicht baugleich. Wir haben es also mit zwei Anschlägen zu tun. Das wollen Sie doch wissen, oder? Wir können noch nicht sagen, ob es ein und derselbe Täter oder dieselbe Tätergruppe ist. Bitte haben Sie Verständnis dafür, dass wir Ihnen aus ermittlungstaktischen Gründen keine weiteren Details über die Bomben sagen können.«

Wieder ein enttäuschtes Raunen. »Unverschämtheit!«, kam es von ganz hinten.

»Gehen Sie in beiden Fällen von ausländerfeindlichen Anschlägen aus?«, rief eine junge Reporterin von der B.Z. Der

Pressesprecher sah zum Präsidenten und sprach erst, nachdem er sich vergewissert hatte, nicht dem Chef ins Wort zu fallen.

»Bitte verstehen Sie, dass wir Ihre Fragen zum jetzige Zeitpunkt nicht beantworten können«, sagte er und lächelte verlegen.

Das Statement des Polizeipräsidenten war für alle eine Enttäuschung. Nach nicht einmal zehn Minuten stand Schertz auf und verließ den Saal.

Lucas war zufrieden. Die anderen hatten nichts erfahren, was seinen Informationsvorsprung gefährden könnte. Die »Visier«-Reporter vermieden es, in Pressekonferenzen Fragen zu stellen. Sie bevorzugten Einzelgespräche mit Informanten und Offiziellen, damit ihre Konkurrenten nicht die Richtung ihrer Recherchen mitbekamen.

Dienstag, 31. Mai 1988

Lucas hatte den ganzen Tag noch nichts Vernünftiges gegessen. Morgens ein Brötchen am Bahnhof Zoo, mittags ein Müsliriegel. Am Abend, beim Bürgerempfang, wollte er zuschlagen. Jedes Jahr gab der Regierende Bürgermeister ein Fest für die Berlinerinnen und Berliner, und auch die Journalisten der Landespressekonferenz kamen gern zu diesem Termin. Abendgarderobe war erwünscht. Lucas trug seit dem Vormittag seinen Sommeranzug, den er aus den Umzugskartons gefischt hatte. Zum Glück war er nicht verknittert, doch er roch muffig nach der tagelangen Lagerung im Keller. Lucas lief durch die Stadt, um den Anzug zu lüften. Bei Wertheim am Zoo staubte er ein Pröbchen »Kenzo pour Homme« ab, das neueste Herrenparfüm. In der Jackettinnentasche hatte er Zahnbürste und Zahnpasta verstaut. Zum Glück trug die Tube nicht auf. Dass die Ärmel seines weißen Hemdes ungebügelt waren, war unter der Jacke nicht zu bemerken. Hinter einer Säule vor dem Bilka-Kaufhaus schnüffelte er unauffällig am Ärmelstoff, blickte sich nach möglichen Beobachtern um und hob dann rasch den Arm, um den Geruch unter den Achseln zu prüfen. Zwar konnte er keinen Schweißgeruch an dem Stoff wahrnehmen, doch das Jackett strömte noch immer den muffigen Hauch seines Kellerverstecks aus. So konnte er sich nicht beim Regierenden sehen lassen.

Er tastete in seiner Hosentasche nach dem Portemonnaie. Seine Diebesbeute aus der Leibnizstraße hatte er gerade erst angebrochen. Einen Anzug bei Wertheim kaufen? Zu riskant angesichts seiner Finanzlage. Und wenn er ihn zwar kaufte, aber am nächsten Tag zum Umtausch zurückbrächte? Dann wäre er am Abend tipptopp gekleidet und trotzdem nicht ruiniert. Er schlenderte zurück zum Ku'damm und erstand in der Herrenabteilung einen petrolfarbenen Anzug mit Schulterpolstern und schmalem Revers. In der Toilette des Bahnhofs Zoo entschied er sich, die Preis- und Größenschilder in der Jackettinnentasche nicht herauszutrennen. Er wollte nichts riskieren, was den Umtausch am nächsten Tag gefährden würde. Zweihundertachtzig Mark hatte er für den Anzug hingelegt, viel zu viel für einen Mann in seiner Lage. Lucas verstaute die helle Sommerjacke samt Wertheimtüte in einem Schließfach und schlenderte auf den Bahnhofsvorplatz hinaus. Jetzt fühlte er sich frisch. Bereit zum Ausgehen.

Am Nachmittag ließ er sich kurz in der Redaktion blicken.

»Wird's was mit der Bombengeschichte?«, rief Britta Hensel ihm von ihrem Schreibtisch aus zu, als er am CvD-Büro vorüberging. Lucas blieb im Türrahmen stehen und zuckte mit den Schultern.

»Sicher nicht vor übernächster Woche«, sagte er. »Ich habe eine gute Spur. Von einer Quelle weiß ich, dass der oder die Bombenbauer aus dem Modelleisenbahner-Milieu kommen.«

»Ich wusste immer, dass die verrückt sind«, sagte Britta lachend und ergänzte: »Mir wäre es lieber, wenn sie aus einer politischen Ecke kämen.«

»Modellbahner sind sehr konservative Leute, vielleicht sogar ziemlich rechts.«

»Also, ich plane es für die übernächste Sendung ein.« Britta war wieder ernst und klebte einen Zettel auf ihre Planungswand: »Hintergrund Bombe«. Nur zwei Wochen Zeit für Recherche und Dreh. Das war knapp für eine Geschichte, die er noch nicht einmal in ihren Umrissen kannte.

Im Foyer des Schöneberger Rathauses war es bereits brechend voll. Lucas drängte sich durch die Menge, winkte einem Kollegen vom Tagesspiegel zu, grüßte mit fröhlichem Kopfnicken einen Landespolitiker und versuchte, zum Büffet vorzudringen, ohne gehetzt oder gierig zu wirken. Er konnte die kupfernen Warmhalteplatten sehen, in denen vermutlich Geschnetzeltes mit Rösti und Gulasch mit Spätzle auf ihn warteten. Links davon standen Schüsseln mit Salaten und eine Platte mit Buletten und Gürkchen. Berliner Büffet. Auf der anderen Seite des Tisches sah er mehrere Käseplatten, Brotkörbe und kleine Schälchen mit hellen Desserts. Panna Cotta, vermutete Lucas. Er nahm sich vor, nur zu solchen Speisen zu greifen, die möglichst keine Flecken auf dem Jackett hinterließen, falls er angerempelt würde.

Als er sich dem umlagerten Tisch bis auf Armlänge genähert hatte, trat Eberhard Diepgen ans Mikrofon. Die traditionelle Begrüßungsrede. Jetzt war es unmöglich, sich den Teller vollzuschaufeln. Lucas biss verärgert in eine saure Gurke.

Der Regierende Bürgermeister nahm sich wie stets bei seinem alljährlichen »Bürgertreff« Zeit für die Berliner und für die Presse der Mauerstadt. In einem langen Bogen blickte er auf die politischen Ereignisse der vergangenen Monate zurück. Er erinnerte an die Unruhen in der DDR und Ost-Berlin und pries ausführlich die Erfolge seiner Regierung. Er fand harte Worte für die Randalierer vom 1. Mai, lobte das konsequente Durchgreifen der Berliner Polizei und des Innensenators Kewenig. Die Datensammelwut des Senators, der sogar Oppositionspolitiker durch den Verfassungsschutz bespitzeln ließ, verschwieg der Regierende geflissentlich. Lucas knurrte der Magen.

Eine gefühlte Stunde später, in Wirklichkeit nach nur zwanzig Minuten, füllte er sich endlich genüsslich den Teller. Bei jedem Bissen beugte er sich vor, um zu verhindern, dass der Senf von den Buletten auf das Jackett tropfte.

»Sie haben ja einen ordentlichen Appetit!«, hörte er eine weibliche Stimme hinter sich und drehte sich um. Er kannte die junge brünette Frau im kleinen Schwarzen nicht.

»Anna Rademacher«, sagte sie und streckte ihm mit einem herausfordernden Grinsen die rechte Hand entgegen. In der Linken hielt sie ein schlankes Weißweinglas. »Sie müssen mich retten!«, sagte sie. »So ein Idiot versucht die ganze Zeit, mich anzumachen.« Sie verdrehte die Augen und deutete mit dem Kopf hinter sich. Lucas sah einen schmächtigen jungen Mann in der Menge verschwinden, vermutlich der abgewiesene Verehrer der jungen Frau.

»Lucas Hermes«, murmelte er lässig und fuhr sich unauffällig mit der Zunge über die Zähne, um sicherzustellen, dass nirgendwo Fleischreste hingen.

»Ich weiß, der große Enthüller.«

Ganz schön kess. Der Abend fing an, interessant zu werden.

»Enthüller ist etwas hoch gegriffen«, erwiderte er kokett. »Was machen Sie so, Anna?«

»Was glauben Sie denn, was ich so mache?«, fragte Anna und strich sich ihren Pony aus dem Gesicht. Dass sie dabei ganz kurz die Augen schloss, warf ihn schier um.

Es sind ganz kleine Gesten, die uns verzaubern, dachte Lucas. Ein Blick, eine kaum wahrnehmbare Bewegung. Ein Geruch, ein Lachen im richtigen Moment, wenn wir genau dafür empfänglich sind. Ihr wie in Zeitlupe fallendes Haar.

Ist das, was wir für das Aufflammen der Liebe halten, nur der Wunsch, dass dieser erste verzauberte Moment immer wiederkehrt? Ein Bild, das wir nur für einen Augenblick wahrnehmen und für so bedeutend halten, dass wir es immer wieder vor unser Auge zwingen wollen? Das Bild von Martina blitzte auf. Die Liebe ist ein großes Missverständnis, dachte er. Doch wir wollen jedes Mal glauben, es hätte gefunkt.

»Sicher machen Sie etwas Aufregendes«, hörte Lucas sich sagen. Er taxierte Anna mit einem Blick, den er für verführerisch hielt.

Eine junge Frau von ausreichender Schönheit, wie er fand: Die rabenschwarz umrandeten grünen Augen standen ein bisschen zu weit auseinander, der eher schmale Mund war mit knallrotem Lippenstift betont, das Kleid mit dem tiefen Ausschnitt war alles andere als klassisch, die Beine ziemlich gut. »Künstlerin!«, riet Lucas und ertappte sich dabei, auf ihre Brüste zu starren. Klein und rund lugten sie aus ihrem Kleid hervor.

Reiß dich zusammen, ermahnte er sich. Du willst doch souverän rüberkommen. Er griff sich schwungvoll ein Glas Rotwein vom Tablett der vorbeigehenden Kellnerin und hob es Anna entgegen.

»Alle sind doch Künstler, oder?«, lachte sie und beugte sich vor zu ihm: »Trinken wir auf die Kunst!«

Ihr Atem roch nach Wein, doch aus ihrem Haar wehte ein weicher Duft zu ihm.

»Ich bin alles andere als ein Künstler«, erwiderte Lucas bescheiden und sah ihr tief in die Augen, nachdem er einen großen Schluck genommen hatte.

»Nein, im Ernst, ich bin Journalistin und beim Abendkurier, Regionalteil. Nicht so spannend wie ›Im Visier‹.« Sie schlug die Augen nieder, doch der als bescheidene Geste gedachte Lidschlag wirkte nur wie ein wohlinszenierter Anlauf zu einem erneuten strahlenden Blick.

»Journalistin! Toll!«, rief Lucas.

Lucas hasste es, wenn Kollegen seine Redaktion übertrieben lobten. Sie wussten nichts über die tausend faulen

Kompromisse, die er tagtäglich eingehen musste. Plattitüden, die Stövenhagen und Hensel ihm in seine angeblich zu anspruchsvollen Texte hineinredigierten – »damit der Zuschauer das Ganze besser versteht«.

Anna kniff die Augen zusammen. Die Haut auf ihrem Nasenrücken kräuselte sich.

»Ich schreibe nicht nur, ich singe auch – oder ich versuche zu singen.« Plötzlich hatte ihr Blick etwas Offenes, zugleich Verlorenes, als ließe sie ihn für eine Sekunde in ihr Innerstes blicken.

»Singen klingt toll«, sagte Lucas und trank einen Schluck.

»Wenn Sie mögen, kommen Sie doch nächste Woche zu meinem Auftritt.«

Das ließ Lucas sich nicht zweimal sagen. »Wenn es die Zeit erlaubt, komme ich sehr gerne. Wo treten Sie denn auf?«

Anna griff nach einem frisch gefüllten Glas, das gerade vorbeischwebte.

»Das klärt sich noch. Ich schicke Ihnen eine Einladung.« Sie drehte sich wie zum Gehen.

Verdammt! Lucas musste jetzt schnell sein. »Wie erreiche ich Sie?«

»Ich erreiche Sie«, gab Anna zurück. »Ihre Anschrift bitte, Sie kriegen eine persönliche Einladung.«

»Maybachufer 11«, stammelte er und hätte sich am liebsten auf die Zunge gebissen. Seine alte Adresse, an der längst jemand anderes wohnte.

»Wie lustig, ich wohne auch in einer Nummer 11! Sie hören von mir!«, sagte Anna und wischte sich eine Haarsträhne aus der Stirn. »Ihr Etikett!«, sagte sie noch und deutete lachend mit dem Finger in ihren Nacken. Mit einer weiteren Drehung verschwand sie tänzelnd in der Menge. Sie genoss es offenbar, wie er ihr auf den Hintern starrte, und wedelte, ohne sich noch einmal umzusehen, zum Abschied spielerisch mit der Hand.

Lucas tastete nervös seinen Nacken ab. Das Preisschild hatte er übersehen. Verdammt!

Was konnte das Motiv für den grausamen Mordanschlag auf die Kinder sein? Beide Attentate hatten möglicherweise einen ausländerfeindlichen Hintergrund, da waren sich Ernst Klamm und seine Kollegin Jasmin Berger einig. Das Landeskriminalamt und der Innensenator liebten solche Ermittlungsergebnisse allerdings überhaupt nicht. Sie waren froh, wenn Überfälle auf Migranten als bloßes Rowdytum und nicht als rassistische Gewalttaten in der Polizeistatistik auftauchten. Klamm hatte mitbekommen, wie die LKA-Leute einmal einen Skinhead-Angriff auf arabische Jugendliche am U-Bahnhof Rudow als bloße Streitigkeit unter Jugendlichen aus der Liste der politischen Straftaten herausgemogelt hatten.

Die Befragungen der Mitarbeiter des Asylbewerberheims an der Koloniestraße hatten bis zum späten Abend gedauert und nichts Wesentliches ergeben. Ernst Klamm und Jasmin Berger hatten lustlos die Protokolle in die Ermittlungsakte geheftet. Acht Leute mit Zugang zum Hof und zum Heim zählten sie, und alle hatten Alibis. Niemand vermisste seinen Schlüssel. Dass der Täter mit einer Leiter über die vier Meter hohe Mauer und von dort über den Zaun geklettert sein könnte, war nicht anzunehmen. Eher hätte er über das Dach des flachen Nebengebäudes in den Hof eindringen können. Dann gäbe es zwar keinerlei Beschädigungen an den Schlössern und keine verzogenen Maschen am Zaun, vielleicht aber leichte Kratzspuren einer Metallleiter am Mauerwerk der kleinen Fabrikhalle.

Ernst Klamm fuhr auf dem Nachhauseweg noch einmal in die Koloniestraße und ging langsam um das Industriegebäude herum, bis er zu der grauen Betonmauer gelangte. Mit bloßem Auge waren keine Schrammen zu erkennen, das könnte nur die Spurensicherung klären. Die würde er am nächsten Morgen noch einmal herschicken.

Dienstag, 31. Mai 1988, 23.30 Uhr

Daniel Schwieger bemerkte den Mann sofort, als er aus dem Haus trat. Der Fremde stand halb verdeckt im Hauseingang gegenüber und vermied es, direkt zu ihm hinüberzublicken. War der Verfassungsschutz auf ihn aufmerksam geworden? Oder war der Mann im Dunkeln ein Zivilfahnder, der ihm auf Schritt und Tritt folgte, um mehr über die Hintergründe der Anschläge zu erfahren? Unmöglich, dass die ihm auf der Spur waren! War der Fremde vielleicht ein Agent von drüben? Schon am Nachmittag, als er zur Wohnung gelaufen war, hatte er das Gefühl gehabt, dass ihm jemand folgte. Er hatte die Kontaktnummer gewählt und den Verdacht gemeldet. Ruhe bewahren, lautete die Anweisung. Nichts Auffälliges unternehmen, keinerlei Vorbereitungen treffen für den nächsten Angriff.

Wie er es gelernt hatte, prüfte er das Verhalten seines Beschatters. Er ging die Obentrautstraße hoch und blieb beim Zigarettenautomaten stehen. Sein Beschatter musste davon ausgehen, dass er mit den Zigaretten zur Wohnung zurückkehren würde, und einfach in der Deckung stehen bleiben.

Er zog ein Päckchen Marlboro und ging mit gemächlichem Schritt weiter, um dann plötzlich nach links Richtung Hallesches Tor abzubiegen. Ein Blick über die Schulter: Der Mann folgte ihm, schneller als er selber, aber bemüht, nicht hektisch zu wirken. Der Fremde kam näher und gab sich erstaunlicherweise kaum Mühe, unentdeckt zu bleiben.

Mach dich nicht verrückt, beruhigte er sich. Noch war es möglich, dass der andere ein normaler Passant war und seine übersteigerte Wachsamkeit jede Bewegung überinterpretierte. Ein paar Meter vor ihm waren Stimmen zu hören. Eine kleine Kneipe mit zwei Tischen vor der Tür. Vor dem Eingang schwenkte er blitzschnell in den Gastraum und beobachtete aus den Augenwinkeln, was sich hinter seinem Rücken tat. Sein Verfolger war nirgendwo zu sehen.

Daniel Schwieger bestellte ein kleines Bier und platzierte sich so am Tresen, dass er den Raum und die Tür im Auge behielt. Während er die grünen Butzenscheiben des Eingangs betrachtete und das Bier in kleinen Schlucken trank, ging er die Ereignisse der letzten Tage noch einmal durch.

Niemand in der Organisation konnte ahnen, dass er aussteigen und auspacken wollte. Er hatte sich aus Patriotismus verpflichtet. Doch die schmutzigen Operationen, die angeblich zum Wohl des Landes waren, konnte er mit seinem Gewissen nicht mehr vereinbaren.

Die Unterlagen waren sicher und würden erst in ein paar Tagen ihre Empfängerin erreichen, dafür hatte er gesorgt. Auch am Telefon hatte er nichts Verräterisches mitgeteilt. Also konnten sie ihm noch nicht auf der Spur sein.

Jedes Mal, wenn die Tür aufging, schlug sein Herz schneller. Doch immer waren es nur Kreuzberger Kneipengänger, die im Schankraum mit kurzem Gruß oder Kopfnicken begrüßt wurden. Er nippte an seinem alkoholfreien Bier und lauerte. Jetzt kam ein gut gebauter junger Mann herein, der irgendwie nicht hierher passte. War das der Typ, der ihm die ganze Zeit nachgegangen war? Ein ernstes Allerweltsgesicht mit vollem, kurz geschnittenem Haar. Ein breiter Nacken und ein Kiefer, mit dem man Nüsse knacken konnte. Der Mann trug eine weite sandfarbene Jacke, die nicht erkennen ließ, ob sich darunter eine Waffe verbarg. Er blieb vorne am Tresen stehen, ohne nach ihm Ausschau zu halten, und bestellte. Er sprach so leise, dass sein Getränkewunsch nicht zu verstehen war.

Der Wirt stellte dem Mann eine Cola hin. Das würde zu jemandem passen, der auf der Jagd war. Kein Alkohol im Einsatz, das war eiserne Regel bei den Fallschirmjägern. Daniel Schwieger beobachtete den Mann unauffällig. Der schien seine vorsichtigen Blicke nicht zu bemerken, sah sich suchend auf dem Tresen um und griff nach einer Sportzeitung.

Daniel atmete auf. So abgebrüht konnte kein Verfolger

sein. Beruhigt nahm er einen größeren Schluck. Er wartete, wollte auf keinen Fall vor dem Unbekannten durch die Tür.

Der Mann schlug die Zeitung zu, trank aus und legte Geld auf den Tresen. Er ging, ohne sich noch einmal umzublicken. Einfach so.

Falscher Alarm, dachte Daniel und winkte dem Wirt. Zahlen.

Er bewegte sich auf der Straße wie ein Soldat, der sich im Straßenkampf Block um Block, Eingang um Eingang vorarbeitet. Niemand zu sehen. Wieder drehte er sich abrupt zur Seite und ging zügig das Waterloufer entlang. Als über seinem Kopf eine U-Bahn vorbeidröhnte und das Licht aus ihren Fenstern über die dunklen Fassaden jagte, ließ er sich blitzartig fallen und kroch geschmeidig wie ein Salamander zur Uferböschung hinunter. Selbst wenn der andere ein routinierter Verfolger war, dürfte er ihn jetzt endgültig abgeschüttelt haben.

Bewegungslos lauerte er in der Dunkelheit und sog vorsichtig die Sommerluft ein. Plötzlich sah er in den Augenwinkeln, dass hinter dem Hochbahnträger ein schwarzer Schatten wie aus dem Nichts auftauchte. Eine kurze Bewegung – der andere griff in seine Tasche. Eine Waffe! Blitzschnell fuhr Daniel herum und stürzte auf den Fremden zu. Ich muss ihn entwaffnen, schrie es in seinem Kopf. Er hörte keinen Knall, doch er wusste, dass ihn etwas getroffen hatte, das ihn in die Knie zwang. Dann wurde es schwarz vor seinen Augen.

Daniel Schwieger lag völlig reglos, als der athletische Fremde wie eine Raubkatze auf ihn zusprang, sich auf seinen Brustkorb setzte und den Pfeil des Elektroschockers aus seinem Bauch zog. Er griff um den Oberkörper seines Opfers, als wollte er den Hilflosen umarmen, und zerrte ihn zum Wasser. Dann drehte er den Bewusstlosen um und drückte Kopf und Oberkörper in den Kanal. Endlich war das Gesicht vollständig unter Wasser. Es dauerte nur wenige Sekunden, bis der Rumpf des Mannes auf der Uferböschung wild zu zappeln begann. Der Athlet wusste, dass er nun alle Kraft benötigen würde. Er drückte den Körper weiter nach unten und presste die Hände dabei nur auf den Hinterkopf, damit sich keine Hämatome an Hals und Schultern bildeten. Unter dem Haar, hatte er gelernt, sah kaum jemand nach. Natürlich hatte er Gummihandschuhe an. Jetzt fing der Mann im Wasser an, wie irre mit Armen und Beinen zu strampeln. Der Athlet legte sich mit seinem ganzen Gewicht von neunzig Kilo auf den zuckenden Körper und beobachtete die Luftblasen, die aus dem Wasser aufstiegen.

Schwieger schnappte verzweifelt nach Luft, bekam Wasser in die Lunge und schüttelte sich im Todeskampf. Die beiden ineinander verkeilten Männer rutschten mit lautem Platschen in den Kanal. Schwiegers Kopf tauchte aus dem Wasser auf – mit ungläubig aufgerissenen Augen. Doch der Athlet bekam den Schädel zu fassen und drückte ihn wieder hinunter. Nach einer Minute ließ das Strampeln nach. Er drückte weiter und wartete, bis die Bewegungen immer schwächer wurden. Endlich schwebte der Körper regungslos unter ihm. Er packte den Toten unter den Armen und erreichte mit zwei kräftigen Schwimmstößen das Ufer. Dort wuchtete er den Oberkörper des Leblosen auf die Böschung und schwang sich mit einem Ruck aus dem Kanal. Seine Kleidung war völlig durchnässt. Jetzt begann der Routineteil der Arbeit.

Mit der Linken presste er die Kiefer seines Opfers auseinander und zog mit der anderen Hand die Whisky-Flasche aus der triefend nassen Jacke. Er schob den Flaschenhals tief in den Rachen des Toten. Es dauerte eine Ewigkeit, bis die goldgelbe Flüssigkeit in den Körper geflossen war. Dann griff er die schlaffe rechte Hand des Mannes und drückte die Finger fest an die fast leere Flasche. Er hoffte, dass die Pathologen darauf hereinfallen würden. Wenn auch nur Spuren von Whisky bei der Obduktion im Körper gefunden wurden, würden die Mediziner sich nicht übermäßig bei der Aufklärung des Todesfalls anstrengen, wenn sie keine Druckstellen oder sonstigen Hinweise auf Gewalteinwirkung fänden. Nach einer schlampigen Obduktion würden sie den Totenschein ausstellen. Todesursache: Ertrinken nach Alkoholgenuss.

Er tastete vorsichtig nach der Stelle am Bauch, an der der Pfeil des Tasers in die Haut gedrungen war. Eine oberflächliche kleine Wunde, die beim Herausziehen des Pfeils mit den Widerhaken etwas ausgerissen war. Er griff in die Jackentasche und holte ein schmutziges Stück Draht hervor. Er bohrte den Draht in das offene Fleisch. Dann drehte er den Toten auf den Bauch und schob ihn mit dem Gesicht nach unten zurück ins Wasser. Im Weggehen streifte er seine Gummihandschuhe ab, steckte sie in eine Plastiktüte und ließ sie in der Jacke verschwinden.

Zur gleichen Zeit, als der Körper Daniel Schwiegers im Landwehrkanal langsam Richtung Baerwaldbrücke trieb und sein Mörder in den Straßen Kreuzbergs verschwand, lief ein paar Kilometer entfernt ein Mann beschwingt über den Mierendorffplatz. Lucas Hermes bemerkte nicht die Trostlosigkeit der Fassaden von Charlottenburg-Nord. Sah nicht die finsteren Kneipen und Spielcasinos auf der Kaiserin-Augusta-Allee, deren prachtvoller Name über den elenden Zustand des Kiezes hinwegtäuschte. Er wusste auch nichts von dem Rotweinfleck auf seiner Schulter, den ihm irgendein Idiot in der Menschenmenge im Schöneberger Rathaus verpasst hatte und der seinen Umtauschversuch am nächsten Tag zum Scheitern bringen würde.

Lucas stellte sich vor, wie Anna Rademacher in diesem Moment ihre Haustür aufschloss und sich fragte, warum der reife, gut aussehende Reporter ständig in ihrem Kopf herumspukte.

Was für eine schöne Sommernacht, dachte er.

Er wusste nicht, dass in diesem Moment Annas hartnäckiger Verehrer, der ihr vom Rathaus heimlich gefolgt war, sie von der gegenüberliegenden Straßenseite ihres Hauses beobachtete.

Klamm tobte. Ob er nur von Wahnsinnigen umgeben sei, schrie er in die Runde: Ein toter Hausmeister, zwei zerfetzte Kinder und jetzt noch ein Toter im Landwehrkanal! Und dann musste er, Kriminalhauptkommissar Ernst Klamm von der LKA-Abteilung Delikte am Menschen, seinen Kollegen vom Staatsschutz, die für die Aufklärung politischer Verbrechen verantwortlich waren, mühsam die ganze Geschichte aus der Nase ziehen. Ach ja, es hatte schon vorher zwei Bombenanschläge gegeben! Die Bombe vor der Ahmadiyya-Moschee in Wilmersdorf war nicht hochgegangen. Und die zweite Bombe, ein Paket, hatte niemanden verletzt, nur ein bisschen Sachschaden im Postverteilungszentrum angerichtet. Das hatte man doch glatt vergessen ... Solche wichtigen Informationen musste man ihm, dem Ermittlungsführer in der Bombensache, offensichtlich nicht mitteilen.

»Kommen Sie mal runter!«, sagte Dr. Herbert. Der promovierte Staatsschützer saß am Kopf des Besprechungstisches und verschränkte missmutig die Arme. »Wir wollten keine Panik in der Ausländerszene. Und wir haben Ihnen die Informationen unverzüglich zur Verfügung gestellt, als Sie nach dem Bombenanschlag auf das Asylbewerberheim in die entscheidende Ermittlungsphase eingetreten waren.«

»Das entscheiden Sie, wann die entscheidende Ermittlungsphase beginnt?«, blaffte Klamm zurück.

Herbert blickte zu Boden. »Der Zusammenhang ist noch überhaupt nicht klar. Und der Tote von gestern hat nichts mit Ihrem Fall zu tun.« Er erhob sich und ging zur Wand, auf der auf einer langen Papierrolle ein Zeitstrahl aufgemalt war, darunter klebten Tatortfotos und die Bilder der Gesichter der Opfer.

»Ich fasse mal zusammen«, begann der Staatsschützer. »Am 2. Mai wird ein Sprengkörper an einem Nebeneingang der Wilmersdorfer Moschee gefunden, dessen Zünder nicht funktionierte. Kein Bekennerschreiben, kein ermittelter Täter. Zwei

Wochen später geht eine Paketbombe im Briefverteilungszentrum Charlottenburg hoch. Keine Verletzten, nur Sachschaden. Das Paket war an den Verein der Aleviten adressiert.«

Herbert nahm einen Schluck aus seiner Tasse und machte ein angewidertes Gesicht. Der Kaffee hatte schon eine Zeit lang auf der Warmhalteplatte geköchelt.

»Am 23. Mai detoniert eine Paketbombe im Hausflur in der Oranienstraße. Das Päckchen war möglicherweise an die Beratungsstelle für Asylbewerber oder an die türkische Redaktion adressiert, also vielleicht ein ausländerfeindlicher Anschlag. Allerdings war diese Bombe völlig anders gebaut als die aus dem Briefzentrum. Weil der Hausmeister getötet wurde, kommen Sie, Kriminalhauptkommissar Klamm, mit Ihrer Ersten Inspektion ins Spiel. Drei Tage später, am 26. Mai, dann die Bombe im Mülleimer in der Zentralen Aufnahmestelle für Asylbewerber. Wieder sollen Ausländer getroffen werden, was ja hier in besonders heimtückischer Weise gelungen ist. Dennoch, die Bombe war nicht baugleich mit dem Sprengsatz aus der Oranienstraße. Das eine war ein Zeitzünder, die Bombe in der Mülltonne explodierte mit Hilfe eines Kontaktzünders, als sie berührt wurde.«

Klamm erhob sich, er versuchte, ruhig zu wirken. »Herr Dr. Herbert, das sind vier ausländerfeindliche Anschläge, vielleicht eine Serie. Und das sollte ich rechtzeitig wissen.«

»Ich darf Sie korrigieren«, erwiderte Herbert und äugte listig über seine Lesebrille. »Die vier Anschläge richten sich nicht zwangsläufig gegen Ausländer. Vielleicht sind ja auch die deutschen Mitarbeiter in der Beratungsstelle gemeint gewesen. Oder es geht gegen Menschen islamischen Glaubens, und das sind nicht nur Ausländer. Oder die Anschläge sind nicht von ein und demselben Täterkreis. Und nur die beiden letzten Anschläge fallen in Ihre Zuständigkeit.«

Klamm setzte sich wieder.

Dr. Herbert war noch nicht fertig. »Der Tote aus dem Landwehrkanal ist übrigens identifiziert: Daniel Schwieger, ein unbeschriebenes Blatt. Neunundzwanzig Jahre alt, Rettungsassistent von Beruf, davor Zeitsoldat. Keine Vorstrafen. Der fällt zwar eventuell in Ihre Zuständigkeit, wenn's denn Mord war, aber er dürfte mit Ihrer Bombenserie nichts zu tun haben.«

Klamm beugte sich angriffslustig vor. »Das weiß ich bereits. Dieser unbescholtene Schwieger taucht in der Ermittlungsakte zur Wilmersdorfer Moschee auf. Er wurde Anfang Mai von Zeugen in Tatortnähe gesehen.«

»Vorbildlich, Sie haben schon in der Akte gelesen. Die Ermittlung gegen Schwieger wurde eingestellt«, erwiderte Herbert.

»Wo ist die Leiche?«

»In der Pathologie bei Dr. Petersen. Der hat aber schon angerufen und signalisiert, dass wir da keine großen Überraschungen erwarten dürfen.«

Klamm lehnte sich schnaufend zurück. Er nahm sich vor, den Pathologen anzurufen. Oder, noch besser, ihn in seinem Institut zu besuchen.

»Was tippst du denn ständig deinen Namen?«, wollte eine Stimme hinter Lucas wissen. Er fuhr erschrocken herum. Es war kurz vor neun und so früh am Morgen hatte er niemanden im Freienzimmer vermutet.

»Der Profi-Checker!«, entfuhr es Lucas, als er den mächtigen Leib Heiner C. Schmitts im Türrahmen wahrnahm. »Damit ich ihn nicht vergesse«, sagte er laut.

»Gut so. Ich bin dann auf Dreh«, kam es zurück. Schmitt gab sich mit der Antwort zufrieden und verschwand so lautlos, wie er gekommen war.

Lucas nahm den Selbstklebebogen aus der Maschine und fing an, mit der Schere kleine Schilder auszuschneiden. Eine halbe Stunde später stand er vor seiner ehemaligen Wohnung am Maybachufer. Die Haustür war nur angelehnt, sodass er unbemerkt ins Treppenhaus gelangte. Auf seinem früheren Briefkasten stand schwach lesbar »Imhausen«. Lucas klebte seinen Namen darüber und trat ein paar Schritte zurück.

Dann suchte er sich einen Platz an der Tür zum Hof, an dem ihn Bewohner, die die Treppe hinunterkamen oder das Haus betraten, nicht sofort bemerkten.

Das Warten war eine Geduldsprobe. Lucas vertrieb sich die Zeit, indem er die verschiedenen Rechercheansätze noch einmal durchging. Vieles sprach dafür, dass die türkische Zeitung, die Beratungsstelle und die kurdischen Kinder Opfer einer Bombenserie waren. Alle passten in das Feindbild der rechtsextremen Nationalisten. Dagegen sprach, dass in allen Verfassungsschutzberichten Deutschland als Rückzugsraum der Grauen Wölfe bezeichnet wurde, dass die Organisation also gar kein Interesse hatte, noch mehr ins Fadenkreuz der Staatsschützer zu geraten. Das einzige Detail, das gegen die These vom innertürkischen Konflikt sprach, hatte er bis jetzt nur im Traum gesehen. Warum ließ ihn der Märklin-Umschalter, dieses lächerliche kleine Messingding, nicht mehr los? Kindheitserinnerungen. Oder der Traum eines Reporters, anhand eines winzigen Details einem komplizierten Fall eine überraschende Wendung zu geben. Und warum sollte ein türkischer Nationalist seine Bombe nicht mit Modellbahnzubehör basteln?

Er nahm sich vor, der Spur nachzugehen und sich das Ding in einem Fachgeschäft anzusehen.

Die Post konnte um zehn, manchmal auch erst um elf Uhr kommen. Zeit, während der er sinnlos im Treppenhaus herumlungern musste, um den Brief, *ihren Brief!*, abzufangen. Kurz vor elf stellte die Briefträgerin ihr Rad vor dem Haus ab und ging mit Schwung hinein. Das Warten war ihm endlos erschienen. Zweimal wäre er fast entdeckt worden, doch zum Glück war kein Bewohner an diesem Morgen auf die Idee gekommen, die Hoftür zu benutzen.

Lucas klapperte mit der Tür, als ob er gerade vom Hof käme, und lief auf die Briefträgerin zu, die schon eifrig Werbung in die Kästen stopfte.

»Guten Morgen!«, rief er beschwingt. »Haben Sie etwas für Hermes?«

»Hermes? Nö.« Sie wandte sich sofort wieder ihrer Verteilaktion zu. Lucas zog ab und nahm sich vor, am nächsten Morgen vor dem Haus zu warten.

Samstag, 4. Juni 1988

Zwei entsetzliche Tage hatte Lucas bereits hinter sich, einer davon war noch dazu verregnet gewesen, als sich das Postfahrrad wieder dem Maybachufer näherte. Wie jeden Morgen war sein ehemaliger Briefkasten mit dem Namensaufkleber präpariert, den er immer gegen elf Uhr dreißig wieder vorsichtig vom Imhausen-Schild abpulte. Den Namen des Nachmieters konnte man fast nicht mehr lesen, weil sein Schild ein einfacher Papieraufkleber war.

Diesmal war es ein Mann, der die Post brachte. Lucas wartete, bis der Briefträger im Hausflur verschwunden war, dann setzte er blitzschnell nach.

»Guten Morgen! Etwas für Hermes dabei?«

»Können doch selba kieken«, brummte der Postbote und warf Brief auf Brief ungerührt in die Kästen. Ehe Lucas aufschreien konnte, war ein weißer Umschlag bei Hermes verschwunden. Grußlos verließ der Mann das Treppenhaus.

Lucas griff mit der ausgestreckten Hand in den Schlitz und musste feststellen, dass er mit bloßen Händen nicht an den Brief herankam. Die Zahnbürste! Gut, dass er sie immer bei sich trug. Er benötigte fast fünf schweißtreibende Minuten, bis er durch Stochern mit der Bürste den Umschlag so weit angehoben hatte, dass er ihn herausziehen konnte. Die Haut an seinen Fingern war aufgeschürft und schmerzte.

Er öffnete vorsichtig den Umschlag und roch am Papier in der Hoffnung, einen Hauch ihres Parfums zu erschnüffeln. Das Din-A5-Blatt roch nach nichts. Er las den Brief atemlos noch im Hausflur durch: Nächsten Samstag war er zu Annas Konzert eingeladen. »Punk's not dead« – das Motto des Abends war wenig originell. Die Adresse ließ ihn stutzen: Goebelstraße 11, Berlin-Siemensstadt.

Siemensstadt? Als Veranstaltungsort für einen Punk-Abend war das allerdings gewagt. Höchstens ein leer stehendes Ladengeschäft mit zerbrochenen Scheiben in dem heruntergewohnten Zwanzigerjahreviertel im Nordwesten der Stadt kam für so etwas infrage. Ein leerer Raum mit rohem Estrichboden, auf dem ein paar Bierkisten und Holzpaletten eine provisorische Bühne bildeten.

An seinen letzten Konzertbesuch konnte er sich noch gut erinnern. Vor ungefähr drei Jahren musste das gewesen sein, kurz bevor das Schweigen zwischen ihnen immer größer und unbehaglicher geworden war. Martina hatte damals von den Dead Kennedys geschwärmt, einer, wie sie sagte, Anarcho-Punk-Band. Sie hatte Tickets, und er hatte sich ins SO 36 mitschleppen lassen. Momentan war sein Interesse an aktueller Musik fast erloschen. Mit der neuen Modeströmung Grunge aus Amerika konnte er nicht viel anfangen. Irgendwie war er in den späten Sechzigern stecken geblieben.

Donnerstag, 9. Juni 1988

Sie hatte es eilig, die Wohnungstür aufzuschließen und aus dem Mantel zu schlüpfen. Wo war das Album? Anna blätterte aufgeregt zu den Fotos vor, auf denen Großvater und Großmutter in der Simplonstraße zu sehen waren. Noch etwas jünger, fröhlich in Richtung Kamera prostend. Den beiden gegenüber saßen am festlich gedeckten Tisch zwei ausgelassen wirkende Paare, die Anna völlig unbekannt waren. Im Hintergrund der Feierszene standen zwei Biedermeierkommoden mit auffällig geschwungenen Türgriffen. Genau so eine Kommode hatte Anna heute gesehen.

Sie hatte die Redaktion in der Potsdamer Straße frustriert am späten Nachmittag verlassen. Ihr Artikel über die Geschichte der Ska-Punk-Szene in Berlin, der wunderbar in die Wochenendausgabe gepasst hätte und für den Samstag fest eingeplant war, sollte geschoben werden. Irgendein Modedesigner feierte sein Jubiläum und die Redaktion hielt diesen Mainstream-Quatsch für bedeutender. Terminjournalismus, hatte sie verächtlich gedacht und war ins KaDeWe gefahren.

Einerseits verachtete sie den Konsumrausch, den das Kaufhaus am Tauentzien verhieß. Sie fand es aber auch beruhigend, durch die Kosmetikabteilung zu schlendern und die Düfte von Parfums und Cremes einzuatmen, sich hier und da ein Pröbchen auf das Handgelenk oder hinter das Ohr zu sprühen. Ihre Laune besserte sich spürbar, als sie mit der Rolltreppe in die Wäscheabteilung fuhr.

Sie wühlte sich genussvoll durch die Dessous und entschied sich schließlich für einen fast transparenten schwarzen Spitzen-BH, der unter ihrer durchsichtigen dunklen Bluse die reine Provokation wäre. Das würde sie am Samstag beim Konzert tragen, nahm sie sich vor.

Den Antik-Shop neben der Dessous-Abteilung hatte sie früher nie bemerkt. Sie trat näher, ohne zu wissen, was sie in den kleinen, eleganten Laden zog. Prachtvoll polierte Barockschränke standen da, blank geputzte silberne Kerzenhalter und ein Empire-Sekretär, an dem vermutlich Napoleon persönlich gesessen hatte, sonst wäre der unverschämte Preis nicht erklärbar gewesen.

In der Ecke stand eine Biedermeierkommode, die sie magisch anzog. Sie streichelte mit der Hand darüber. Das glatt lackierte Material weckte sofort Erinnerungen, so wie Gerüche es schaffen, das Gedächtnis zu mobilisieren und längst Vergessenes hervorzuholen. Anna kannte das Gefühl, mit den Fingerspitzen über den Lack zu streichen. Ein Gefühl, das sie an einen Besuch in der Simplonstraße erinnerte.

»Was soll diese Kommode kosten?«, wollte Anna von der sorgfältig geschminkten Verkäuferin wissen, die sich für mindestens so kultiviert wie ihre Kundschaft hielt.

»Dreiundzwanzigtausend«, kam es kühl zurück. »Ein sehr exquisites Stück.«

Anna lächelte die Verkäuferin an, um ihr zu signalisieren, dass der Preis für sie selbstverständlich kein Problem war. »Wie sind Sie an die herrliche Kommode gekommen?«

»Das kann ich Ihnen nicht sagen«, gab die Dame mit gefrorenem Lächeln zurück. »Wir haben so viele internationale Quellen.«

»Ich meine, genau so eine Kommode schon einmal in der DDR gesehen zu haben.«

»Das kann ich mir beim besten Willen nicht vorstellen.« Die Antwort kam ein bisschen zu schnell, wie auswendig gelernt.

»Ich muss noch überlegen, ob sie in unser Haus passt«, sagte Anna und zog blitzschnell ihren Fotoapparat aus der Handtasche. »Ich darf doch?«

Bevor die Verkäuferin protestieren konnte, hatte Anna ein Bild von der Kommode gemacht. »Das müsste ich erst mit der Geschäftsführung klären«, näselte die Dame verärgert.

»Für meinen Mann – er hat keine Zeit, sich das gute Stück hier anzusehen.«

»Ich verstehe.«

Anna machte sich eilig davon. Die Vorstellung, dass die Kommode ihrer Großeltern hier in den Antik-Shop gelangt sein könnte, ließ sie nicht mehr los.

In einem Schaufenster des Modellbahnladens am Mierendorffplatz fuhr eine kleine Dampflok mit grünen Waggons über eine Eisenbrücke, verschwand in einem Tunnel und tauchte erst im nächsten Fenster wieder auf. Plötzlich stoppte sie und der ganze Zug rollte rückwärts zurück in das andere Schaufenster, wo er erneut vor einem Prellbock zum Halten kam. Ein kleines Signal klappte hoch, und wieder ging es zurück.

Seit seiner Kindheit hatte Lucas kein Modellbahngeschäft mehr betreten. Damals waren solche Läden das Paradies für ihn, den Besitzer einer dreiachsigen Dampflok und einiger Waggons. Unermesslich schien die Auswahl an Elektro-, Diesel- und Dampfloks in allen Farben und Größen, aber nur zu Weihnachten und zu Geburtstagen gab es die Hoffnung, dass einer dieser Schätze in seinen Besitz gelangen könnte.

Der Laden wirkte innen viel geräumiger als von außen. Weil er keinen Verkäufer sah, lief Lucas unschlüssig zwischen den vollgestopften Regalen hin und her. Ein Mann und ein Junge, vermutlich Vater und Sohn, suchten im hinteren Teil des Geschäfts fachmännisch Gleispackungen zusammen. Der Vater, ein schrulliger dürrer Mann mit Schnäuzer in einem billigen Lederblouson, der Sohn eher schon in einem Alter, in dem er sich nicht für kleine Loks und Waggons, sondern für Mädchen interessieren sollte.

»Und?«, fragte unvermittelt ein rundlicher Mann in einem eng anliegenden, beigefarbenen Rollkragenpullover, der plötzlich hinter dem Tresen stand, beide Hände auf die Holzplatte gestützt. Offenbar der Chef. Lucas fragte nach einem Märklin-Umschalter.

»Für welches Modell?«

Lucas überlegte kurz.

»Baureihe 89.« Seine eigene kleine Dampflok.

»Modell 3000 also, der Standard-Umschalter«, nuschelte der Händler und verschwand.

Vater und Sohn wuchteten mit glühenden Wangen ihre Gleisbeute auf den Tresen. Der Verkäufer kam zurück und legte eine Pappschachtel so vor sich hin, dass Lucas sie nicht erreichen konnte.

»Ich muss erst mal kassieren.«

Erst nachdem Vater und Sohn den Laden mit zwei vollen Tüten verlassen hatten, war Lucas dran. Er öffnete die Schachtel und entnahm ihr die kupferfarbene Spule, auf der der Umschaltmechanismus angebracht war. Der Schalter sah genauso aus wie der in der Lok seiner Kinderzeit. Er erinnerte sich plötzlich, wie er den Kupferhaken immer wieder neu einstellen musste, damit die Feder den Schalter zuverlässig in die Vorwärts- oder Rückwärtsfahrtposition brachte.

Der kleine Schalter war ganz schön teuer: zwölf Mark fünfzig, davon lebte er normalerweise zwei Tage lang. Nein, das Kupferblech gäbe es nicht als Einzelteil. Lucas zahlte und dachte erleichtert an den Abend, der sein Budget nicht weiter strapazieren und seinen aufkommenden Hunger stillen würde. Um 19 Uhr fand ein »Get together« der Industrie- und Handelskammer für die Berliner Presse im neuen Grand Hotel Esplanade am Lützowufer statt und verschaffte Lucas eine Einladung zu kostenlosem Schlemmen und Trinken. Stövenhagen hatte sicher nicht gemerkt, dass unter den zahlreichen Einladungen in seinem Postfach in der Redaktion die Karte vom Esplanade fehlte.

Der Schalter war eine gute Investition, um Klamm zu beeindrucken und ihm vielleicht mehr über seine Ermittlungen zu entlocken. Er musste den Kommissar unbedingt treffen. Im Hinausgehen entdeckte Lucas eine kleine Pinwand neben der Tür. Modellbahner boten dort gebrauchte Loks an oder wollten seltene Stücke tauschen. Einen Zettel fand Lucas besonders interessant: *»Modellbahnfreunde Berlin e.V. Clubtreffen jeden zweiten Dienstag auch für Interessenten.«* Darunter die Telefonnummer eines gewissen Jachowiak.

»Kennen Sie die Modellbahnfreunde Berlin?«, rief Lucas in Richtung eines Regals voller Lokomotiven. Dahinter vermutete er den Verkäufer.

»Na klar, der größte Märklinclub der Stadt!«, brummte der Mann im Rollkragenpullover.

Na also. Da musste er hin. Die Fährte aufnehmen.

Samstag, 11. Juni 1988

Am Abend stand Lucas vor dem »Langen Jammer«, dem größten und reizlosesten Gebäude der Siedlung Siemensstadt. Ein Band von gleichförmigen Fenstern über vier Stockwerke in einer gebogenen, zweihundert Meter breiten grauen Front, deren Eintönigkeit nur durch die kleinen Regenschutzdächer über den schmucklosen Hauseingängen unterbrochen wurde.

»Bei Rademacher klingeln« hatte Anna in die Einladung geschrieben. Er entdeckte das Klingelschild, auf dem ihr Name in einer ordentlichen Mädchenschrift stand. Es surrte und er trat in ein Treppenhaus, das blitzblank geputzt war und nach Scheuermittel roch. An der Wand hing ein Glaskasten mit den Nummern des Hauswartdienstes und Verhaltensregeln im Brandfall, daneben ein Zettel:

»Liebe Nachbarn,

ich feiere heute meinen Einzug und bitte um Verständnis, wenn es etwas laut wird.

Anna Rademacher.«

Sie lud ihn in ihre Privatwohnung, die sie offenbar gerade erst bezogen hatte. Eine merkwürdige Entscheidung für eine junge Frau, nach Siemensstadt zu ziehen, dachte Lucas. Er hörte Musik aus einem der oberen Stockwerke. Vor ihm eilte ein Mann die Treppe hoch. Auch ein Gast, dachte Lucas, doch der andere jagte die Stufen hinauf, als würde er verfolgt. Als Lucas den dritten Stock erreichte, wo Musik aus einer angelehnten Tür schallte, lief der Mann weiter nach oben.

Niemand beachtete Lucas, als er Annas Wohnung betrat. Er schlängelte sich an dicht gedrängt stehenden Leuten vorbei bis zum Wohnzimmer. Etwa vierzig Gäste standen mit Gläsern oder Bierflaschen in der Hand herum und unterhielten sich angeregt. Alle wirkten jünger als er, so zwischen Anfang zwanzig und Mitte dreißig. Die dominierende Farbe war Schwarz: schwarze Tops bei den Frauen, schwarze Lederjacken oder T-Shirts bei den Männern, der übliche Kreuzberger Kneipenlook. Lucas schätzte, dass Annas Wohnung drei Zimmer haben dürfte, wobei das große Wohnzimmer offenbar aus der Zusammenlegung von zwei kleineren Räumen entstanden war. Ein Deckensturz von wenigen Zentimetern Tiefe teilte den Raum in der Mitte. Anna war nicht zu sehen. Auf dem Parkett standen ein Schlagzeug, eine Gitarre und ein Synthesizer. Hier war offenbar der Auftrittsort. Lucas schlug sich zu der kleinen Küche durch, in der sich weitere Besucher befanden, suchte erfolglos nach einem bekannten Gesicht und entdeckte schließlich einen Kasten Beck's, aus dem er sich eine der ungekühlten Flaschen angelte. Zum Festhalten. Auch bei seinem Weg zurück fand er niemanden, der seinen Blick erwiderte. Es war wie eine Erlösung, als drei junge Männer an die Instrumente traten. Ein Gitarrenriff, ein paar Probeschläge auf dem Schlagzeug, und dann sah er sie.

Anna hatte die Haare wild toupiert, trug einen unverschämt kurzen Schottenrock und eine fast durchsichtige, ärmellose dunkle Bluse, die Lucas unmissverständlich die Schönheit ihrer Brüste demonstrierte. Auch der BH war aus derart zartem Material, dass er den Blick auf ihre Nippel kaum behinderte. Lucas schluckte und stürzte einen großen Schluck Bier hinunter. Die Musik setzte ein, und Anna flüsterte, wimmerte, schrie und sang mit einer Stimme, die nach Rauch und Whisky klang. Harte Punkrock-Songs wechselten sich mit schrammeligen Balladen ab. Die Köpfe der Gäste wippten wild, bis nach nur zwanzig Minuten alles vorbei war.

»Sorry«, hauchte Anna, »mehr Lieder habe ich noch nicht geschrieben.« Sie legte das Mikro aus der Hand, genoss den Applaus und die Jubelschreie ihrer Freunde und ging plötzlich unvermittelt auf Lucas zu. »Schön, dass du da bist!« Sie waren offenbar beim Du angekommen. Lucas beugte sich vor, küsste sie auf beide Wangen und pries ihre Gesangskunst. Ihre Haut war feucht vom Schweiß und glühte. Chanel, tippte er.

So plötzlich sie ihm ihren warmen Hals dargeboten hatte, so schnell war sie wieder in der Menge verschwunden. Er reckte den Kopf, um zuzusehen, wie Anna von ihren Freunden umarmt und geküsst wurde. Es schien, als schwebte Anna im Takt der Musik, die jetzt laut aus der Anlage schallte, durch die Gruppen von Gästen. Lucas klammerte sich an sein Beck's und sah sich nach Gesprächspartnern um. Er hatte das Gefühl, als bildeten die Gruppen junger Leute einen Kordon, der sich jedes Mal schloss, wenn er näherkam, und in den er nicht einzudringen vermochte. So schob er sich wieder durch die Räume, im Gesicht ein nur scheinbar entspanntes Lächeln, und fand schließlich in der Küche Anschluss an ein paar Leute, die ihn an ihrem Joint teilhaben ließen. Er brüllte Männern und Frauen gegen den Lärm der Musik Belanglosigkeiten ins Ohr und hörte sich heftig nickend ihre öden Geschichten an: Der eine, ein spindeldürrer Bartträger mit schwarzer Intellektuellen-Hornbrille, berichtete, er schreibe seit Ewigkeiten an einem Roman, einer Art »On the Road« in der Tradition Jack Kerouacs, allerdings in der Zukunft angesiedelt, im beginnenden 21. Jahrhundert, und ungemein gesellschaftskritisch. Eine zerstörte Umwelt mit radioaktiv verseuchten Zonen und stinkenden Flüssen als Kulisse für eine Reise zu sich selbst. Ein üppiges blondes Mädchen, offenbar die Freundin des Bartmannes, versuchte ihren Freund mit Berichten über ihr multimediales Theaterprojekt zu übertrumpfen, für das sich leider bislang keine Bühne interessiere. Na ja, dann studiere sie eben weiter »TeFiFe« – Theater-, Film- und Fernsehwissenschaft – und inszeniere das Stück wohl oder übel auf der Probebühne der Fakultät. Lucas fragte mit geheucheltem Interesse nach dem Aufführungstermin und nach Details der Handlung, schließlich war er als Fernsehmann ja vom Fach und fand das Mädchen ganz verführerisch. Sie reagierte äußerst dankbar auf sein Interesse und führte haarklein aus, wie sie ihr Stück, ein Ein-Personen-Drama mit Rückprojektionen, zu inszenieren gedenke. Lucas war mit den Augen auf der Suche nach Anna, während die Blondine ihm ihren Mutter-Tochter-Konflikt ins Ohr schrie: Eine Frau, allein auf der Bühne und zum Publikum gewandt – episches Theater! Verfremdungseffekt! –, schreit ihren Hass auf die Mutter heraus, die das Kind am liebsten abgetrieben hätte, während sich eine alte Frau, die Mutter, hinter ihr auf der Leinwand überlebensgroß und stumm im Schmerz über das Gehörte auf einem Sofa krümmt. Kein Bühnenbild, kein Szenenwechsel, nur der reine, entfesselte Schmerz!

Immer wieder tauchte Anna in Lucas' Blickfeld auf, lächelte ihm zu, um erneut in einem Pulk zu verschwinden. Erst weit nach Mitternacht lichteten sich die Reihen und Lucas fand sich mit Anna und etwa zehn ihrer Freunde auf dem Wohnzimmerboden wieder. Er versuchte herauszufinden, wer von den Männern wohl ihr Liebhaber sein könnte, und freute sich über jeden, der sich schließlich verabschiedete und durch einen zarten Wangenkuss klarmachte, dass er Lucas Hermes bei seiner Eroberung nicht im Weg sein würde.

Irgendwann lag Anna auf dem Sofa, ihr zu Füßen die letzten Besucher.

»Sie ist eingeschlafen«, sagte eine Frau, die neben Lucas saß. »Wir sollten auch so langsam gehen.«

Lucas half den anderen, Anna auf ihr Bett im Schlafzimmer zu tragen.

»Das macht sie immer so.« Das Mädchen lächelte und forderte ihn mit einer Kopfbewegung zum Gehen auf. Enttäuscht zog er die Tür hinter sich zu und folgte der Gruppe nach draußen.

Als die Haustür ins Schloss gefallen war und die Stimmen sich draußen entfernt hatten, schlich ein Schatten vom Keller kommend die Treppen hinauf. Der schmächtige Mann war beruhigt, dass alle Gäste gegangen waren. Als es ihm am frühen Abend gelungen war, unbemerkt hinter den Besuchern in das Treppenhaus zu huschen, hatte er überlegt, ob er sich unter die Partygäste mischen sollte, nur um sie zu sehen. Doch er hatte gewartet. Oben im Treppenhaus, später im Keller. Jetzt stand er vor Annas Wohnungstür und stellte fest, dass sie mit leisem Klicken nachgab. Der letzte Besucher hatte die Tür nicht fest genug zugezogen.

Vorsichtig tappte er ins Dunkle. Es roch nach Rauch und Bierdunst. Als er gegen eine Batterie leerer Bierflaschen im Wohnungsflur trat, klirrte es leise, ohne dass eine Flasche fiel. Er tastete sich weiter bis zur offenen Schlafzimmertür. Seine Augen hatten sich an die Dunkelheit gewöhnt. Da lag sie auf dem Bett, hingegossen wie eine Filmgöttin. Ihr Unterleib war von der Bettdecke verhüllt. Er näherte sein Gesicht ihrem Körper, horchte auf ihren ruhigen Atem und schob sich ganz nah an ihre Brüste heran, die schamlos unter der Bluse hervorschimmerten. Sie roch nach Schweiß und Parfum. Gierig saugte er ihren Geruch ein. Er wagte nicht, sie mit der Hand zu berühren, doch er genoss die körperliche Nähe. Er hob die Decke und legte sich vorsichtig neben sie. Sie hatte sich auf die rechte Seite gedreht. Vorsichtig brachte er seinen Körper in die gleiche Haltung und lag in der Löffelstellung ganz dicht hinter ihr. Wach nicht auf, Anna, dachte er und rollte sich vorsichtig wieder vom Bett. Er schlich zur Tür und probierte ihre Schlüssel so lange durch, bis er feststellte, dass drei von ihnen in das Schloss der Wohnungstür passten. Einen nahm er vom Schlüsselbund und steckte ihn in die Hosentasche. Dann zog er die Tür behutsam von außen zu.

Montag. 13. Juni 1988

Endlich hob Klamm ab.

»Kriminalhauptkommissar Klamm? Mein Name ist Lucas Hermes von der Redaktion ›Im Visier‹.« Lucas siezte den

Fahnder, um zu vermeiden, dass etwaige Kollegen im Raum etwas von ihrem Vertrauensverhältnis mitbekamen.

»Sie wissen doch, dass Sie sich an die Pressestelle wenden müssen«, brummte Klamm.

»Ich habe eine Frage zum Umschalter der Märklin-Lokomotive, der möglicherweise bei einer Straftat eine Rolle spielt.«

Nicht blöd, der Reporter, dachte Klamm. Gibt mir eine Information, ohne dass man mir etwas anhängen kann, falls einer mithört.

»Da kann ich Ihnen nicht weiterhelfen. Wie gesagt, die Pressestelle ...«

Kriminalkommissarin Berger steckte den Kopf zur Tür herein. »Ricky von der Sitte hat Geburtstag und macht ein Frühstück. Kommst du?«

»In fünf Minuten!«, rief Klamm fröhlich. Als sie verschwunden war, zischte er in den Hörer: »Freitag um drei.«

Lucas protestierte, es sei wichtig.

»Freitag!« Klamm legte auf und ging zu den anderen. Hermes meinte, etwas herausgefunden zu haben, und wollte sicher im Gegenzug die eine oder andere Information aus der Polizeiarbeit schnorren. In ein paar Tagen würden sie im Schwarzen Café alles in Ruhe besprechen.

Im Großraumbüro der Sitte ließ Klamm sich seine Unruhe nicht anmerken. Er wollte unbedingt das Metallplättchen noch einmal untersuchen. Doch jetzt gab es erst einmal Polizistenfrühstück. Auf einem Schreibtisch stand ein Korb mit aufgeschnittenen Brötchen, daneben eine Plastikschüssel mit kleingehackten Zwiebeln und eine große Schale mit rohem Mett. Für die Vegetarier ein Teller mit in Folie verpackten Schmelzkäsescheiben. Jasmin Berger strich sich genüsslich Mett auf eine Brötchenhälfte und drückte sie in die Zwiebelschüssel.

Die willst du nicht mehr küssen, dachte Ernst Klamm. Eigentlich gefiel ihm die sportliche Enddreißigerin mit den kurzen schwarzen Haaren und den von kräftigen Augenbrauen betonten kastanienbraunen Augen. Er schüttelte sich und nahm nur einen Kaffee.

Eine halbe Stunde später betrachtete Klamm eingehend das Messingstück vom Tatort Oranienstraße Tatsächlich, der Journalist war offenbar auf einer guten Spur. Wie er Hermes kannte, tauchte der gerade in die Modellbahnszene ein – bestimmt *under cover* wie der Kölner Enthüller Günter Wallraff. War er vielleicht schon an den Tätern dran? Klamm überlegte. Hermes würde sein Wissen erst dann mit der Polizei teilen, wenn er seine Geschichte unter Dach und Fach hatte. Aber es wäre gut, schon vor der Veröffentlichung des Filmbeitrags zu wissen, wo Hermes sich herumtrieb und welcher Spur er gerade folgte. Zum einen, um den Journalisten zu schützen, zum anderen, um von seinen Recherchen zu profitieren. Das LKA hatte vor einiger Zeit Geräte bekommen, die für eine unauffällige Überwachung von Zielpersonen geeignet waren. War Lucas Hermes nicht eine Art Zielperson?

Ernst Klamm blickte unschlüssig auf die vor ihm stehenden Schachteln, denen er die Messingplatte entnommen hatte. Eigentlich ein guter Moment, die Beweismittel noch einmal durchzuschauen. Vielleicht hatte er eine Winzigkeit übersehen. Etwas, das doch noch auf eine Verbindung zwischen den vier Anschlägen hinwies.

Er stutzte, als er den Karton vom Tatort Oranienstraße öffnete: Obenauf lag ein in eine Folie geschobenes Blatt. Er las den Text wieder und wieder durch:

»Es lebe die deutsche Volksgruppe!

Durch den massenhaften Zuzug fremder Ethnien islamischen Bekenntnisses soll unser Volk unter Scharia und Burka gezwungen werden.«

Unterschrieben war das maschinengetippte Blatt mit den Worten:

»Die Teutschen.

Freicorps Graf Yorck von Wartenburg.«

Um die Unterschrift herum war mit feinem Strich ein Kreis gezogen, wie mit einer Schablone gezeichnet.

Ein Beweismittel, das er vorher noch nie gesehen hatte.

Hier läuft ein faules Spiel, dachte er und drehte das Dokument in seinen Händen hin und her, das merkwürdigerweise in seiner Ermittlungsakte nicht erwähnt wurde. War das Blatt echt oder war es in die Beweismittelkiste geraten, um eine falsche Spur zu legen? Klamm atmete tief durch. Beweise zu manipulieren traute er niemandem in der Polizei zu, den Schlapphüten vom Verfassungsschutz allerdings schon. Wenn das Schreiben also echt war, dann warf es furchterregende Fragen auf. Dann stand möglicherweise eine ganze Gruppe hinter den Anschlägen. Rechtsterroristen, schoss es ihm durch den Kopf. Eine zweite RAF, nur mit anderen politischen Vorzeichen. Verstört ging der Kommissar zum Kopierer und fertigte zwei Duplikate des einseitigen Schreibens. Trotz der Folie um das Original waren die Kopien gut lesbar. Er nahm sich vor, das Papier auf Fingerabdrücke und andere Spuren untersuchen zu lassen. Außerdem hatte vermutlich noch kein Mitarbeiter der Ermittlungsgruppe »Bombe« eine Sprach- und Schriftanalyse in Auftrag gegeben. Das LKA hatte Spezialisten, die den ganzen Tag nichts anderes taten, als Sprache und Aufmachung solcher Schreiben zu analysieren. Klamm schrieb den Namen des Sprachanalytikers auf einen Hauspostumschlag, steckte das Blatt mitsamt einem kurzen Anschreiben hinein und legte den Umschlag in den Postausgangskorb.

Dienstag, 14. Juni 1988

Zu ihrer Überraschung hatte ihr Gesprächspartner einem Treffen zugestimmt. Ein Kollege hatte Anna von einem Geschäftsmann erzählt, der wegen dubioser Antiquitätengeschäfte mit der DDR ins Visier der Justiz geraten war. Vielleicht konnte dieser Schäfer ihr sagen, wie die Kommode ihrer Großeltern ins KaDeWe gekommen war? Sie schätzte Schäfer von der Stimme her auf etwa fünfzig. Als Treffpunkt hatte er die Schlemmeretage im KaDeWe vorgeschlagen.

Anna kam wie stets auf den letzten Drücker und stieg die Stufen der Rolltreppe ungeduldig hoch, vorbei an den anderen Kunden. Im obersten Stockwerk des Kaufhauses sah sie sich suchend um.

»Frau Rademacher?«

Ein großer braun gebrannter Mann mit vollem grauem Haar kam auf sie zu und streckte ihr die Hand entgegen.

»Schäfer. Mögen Sie Austern?«

Ein Charmeur, gut angezogen: tadellos sitzender geschlossener Zweireiher mit Goldknöpfen, helle Hose. Schäfer entblößte ein makelloses Gebiss zu einem Lächeln. Anna quittierte die Einladung mit einem Nicken und ließ sich zu einem der kleinen runden Bistrotische geleiten.

»Sie interessieren sich also dafür, woher der Antik-Shop seine schönen Stücke hat?«

Er fixierte sie mit funkelnden blauen Augen.

Der bildet sich ganz schön was ein, ging es ihr durch den Kopf. Anna berichtete von ihrer Entdeckung der Biedermeierkommode im Antik-Shop zwei Etagen tiefer.

»Ich habe mit denen mal Geschäfte gemacht«, sagte der Grauschopf und winkte mit einer dezenten Geste dem Kellner. »Zweimal sechs Austern und zwei Glas Sancerre bitte!«

Anna widersprach nicht.

»Die Ware im Antik-Shop stammt fast ausschließlich aus dem Ostblock«, erklärte er. »Äußerst dubiose Herkunft!« Er machte eine abwehrende Bewegung mit der linken Hand. Die Nägel waren perfekt manikürt. Kein Ring.

»Woher wissen Sie das so genau?«

»Ich weiß es eben.« Schäfer lächelte. Der Kellner servierte und er griff zum Glas.

»Zum Wohl! Diese Geschäfte sind ziemlich lukrativ, aber es ist eine Gratwanderung. Sie haben immer die Schlapphüte im Nacken.«

»Die Schlapphüte?« Anna nippte am Wein.

»Die Geheimdienste – West und Ost. Das ist auf Dauer ziemlich enervierend.«

Anna ließ die erste Auster die Kehle hinuntergleiten und spülte mit einem Schluck Weißwein nach. Sie schien ihm zu gefallen, umso besser. Anna fühlte sich etwas underdressed in ihrem schlichten schwarzen Top und der Jeans. Sie warf die Haare in den Nacken, woraufhin er sie überlegen anlächelte. Schäfer erzählte, dass er eine Firma in Hamburg leite und regelmäßig zwischen der Hansestadt und einem weiteren Büro in West-Berlin pendle.

»Die Devisenbeschaffung in Ost-Berlin organisiert den Handel mit Antiquitäten«, fuhr er fort. »Es gibt einen volkseigenen Betrieb, der alte Möbel im ganzen Ostblock gegen Ostmark oder Rubel aufkauft, sie restauriert und dann im Westen weiterverkauft – gegen Devisen natürlich. Ein ziemlich gutes Geschäft.«

»Und Sie waren einer der Westhändler, die die Sachen dann weiterverkauft haben?«

»Genau, die Herkunft der Möbel sollte ja verschleiert werden. Wir haben fifty-fifty geteilt, der ostdeutsche VEB und meine Firma. Ich gebe Ihnen mal eine interessante Adresse in der DDR.«

Er zog ein Stück Papier aus der Jackettinnentasche und schrieb etwas auf.

»Warum erzählen Sie mir das?« Anna las den Zettel, den er ihr zusteckte. Seine Visitenkarte. Auf der Rückseite stand in schöner Handschrift mit schwarzer Tinte geschrieben: VEB Pirna.

»Warum ich Ihnen das erzähle?«, fragte Schäfer zurück. »Weil man nicht ohne zu bezahlen mit dem Teufel tanzen kann.«

»Die haben Sie übers Ohr gehauen?«

»Genau. Nach dem letzten Geschäft hieß es, mein Anteil gehe künftig auf ein Devisenkonto in Ost-Berlin, ich könne das Geld nur zur Hälfte ausgezahlt bekommen.«

Anna nickte nachdenklich. Jede Quelle hat ein Eigeninteresse, dachte sie. Schäfer hatte seine Gründe, ihr von den Geschäften der Devisenbeschaffer zu erzählen. Er empfahl ihr, unauffällig in Pirna zu recherchieren.

»Wie Sie das anpacken, ist Ihre Sache.«

Nach über zwei Stunden verabschiedeten sie sich. Anna gab Schäfer ihre Visitenkarte mit der Redaktionstelefonnummer. Als sie auf den Wittenbergplatz trat, fühlte sie sich beschwingt.

Die Leute haben keine Augen im Kopf, dachte Klamm. Seit vier Stunden vernahm er die Mitarbeiterinnen der Beratungsstelle, ohne wesentlich weitergekommen zu sein. Er hatte die Erstvernehmungen seiner Mitarbeiter als zu oberflächlich empfunden und hakte nun selber noch einmal nach. Doch nur Frau Posselt hatte etwas Interessantes beobachtet. Sie beschrieb einen Mann, der ihr vor dem Haus in der Oranienstraße aufgefallen war. Klamm ließ sie stundenlang die Listen mit Verdächtigen durchblättern, ohne Erfolg. Jetzt saß sie neben einer Beamtin, die geduldig Augen und Bärte, Haaransätze und Ohren zu Gesichtern zusammensetzte. Klamm beobachtete von seinem Schreibtisch aus, wie die Frau immer wieder zögerte, den Kopf schüttelte, nach Worten rang, um das Aussehen des Verdächtigen noch detaillierter zu beschreiben.

Die Polizistin hatte der Identi-Kit-Mappe ein schmales Gesichtsoval entnommen und platzierte neue Schnurrbartformen. Offenbar war die Erinnerung der Zeugin an ein dünnes Oberlippenbärtchen besonders präsent.

Klamm hatte die zweite Kopie des merkwürdigen Bekennerschreibens aus der Asservatenkammer in seiner Ermittlungsakte abgeheftet. Das Beweisstück war, so eine handschriftliche Notiz am Ende der Asservatenliste, angeblich im Hausflur vor der Wohnung des Bombenopfers gefunden worden. Er ärgerte sich, dass er bei der Durchsuchung des Tatorts nicht vor Ort gewesen war. War es Schlamperei, dass er so spät von der wichtigen Spur erfahren hatte? Wohl kaum. Genauso wenig wie es Schlamperei war, dass ihm die Staatsschützer von den ersten beiden Anschlägen zunächst nichts mitgeteilt hatten. Solche Tricksereien sind üblich, wenn der Verfassungsschutz im Spiel ist, überlegte er. Vielleicht war das Bundesamt in Köln den Rechtsterroristen längst auf der Spur und wollte durch Klamms Ermittlungen nicht gestört werden. Die Verfassungsschützer arbeiteten oft mit V-Leuten aus der politischen Szene zusammen. Bei mehreren Verfahren hatte Ernst Klamm erlebt, dass die Schlapphüte eher einen Prozess platzen ließen, als dass sie Auftritte ihrer Quellen als Zeugen vor Gericht erlaubten. Klamm hielt nichts von solchen Spielchen. Was war gewonnen, wenn man Spitzel in kriminellen politischen Milieus platzierte und dann nur jahrelang die Szene beobachtete, anstatt gerichtsfeste Beweise für Straftaten zusammenzutragen? Schließlich gab es die Kronzeugenregelung und die Möglichkeit, den Insidern nach der Aussage eine neue Identität zu verschaffen.

Klamm leerte die Tasse, schaltete den Wasserkocher an und goss sich erneut einen Instant-Kaffee auf. Er wusste, dass er zu viel Kaffee trank, doch der half ihm beim Nachdenken.

Nein, es musste noch mehr dran sein an der Bombengeschichte. War vielleicht ein Spitzel des Verfassungsschutzes an den Anschlägen beteiligt und man wollte ihn decken? Das wäre eine unglaubliche Sauerei. Unmöglich ist nichts, dachte Klamm und machte ein Dutzend Kopien des Schreibens aus der Asservatenkammer. Alle sollten es in der Akte haben: die gesamte Ermittlungsgruppe »Bombe«, der Staatsschutz und auch der Verfassungsschutz. Dann tippte er eine Anfrage an das Bundesamt für Verfassungsschutz in Köln. Die Auskunft vorhin am Telefon hatte ihn nicht zufriedengestellt: Nein, man kenne keine Gruppe, die sich »Die Teutschen« nenne. Klamm steckte die Anfrage und das kopierte Blatt in einen

Umschlag. Sie sollten ihm gefälligst schriftlich bestätigen, dass sie nichts über die Gruppe wussten, die den Hausmeister in der Oranienstraße getötet hatte.

Es zog Lucas wieder zu dem Haus, in dem die Bombe vor über zwei Wochen explodiert und in dem ein Mensch auf grausame Weise zu Tode gekommen war. Er sah schon von weitem, dass es nicht mehr von der Polizei bewacht wurde. Die Eingangstür war provisorisch mit Brettern repariert worden. Lucas vergewisserte sich, dass ihn niemand beobachtete, und rüttelte vorsichtig an einem Brett, das quer über das Türblatt genagelt war. Das müsste sich unauffällig lösen lassen. Dann könnte er durch die Tür nach innen greifen und die Klinke herunterdrücken. Lucas hob den Blick: Oben am Türrahmen klebte ein kleiner Zettel. Ein Polizeisiegel, fuhr es ihm durch den Kopf, über Tür und Türrahmen geklebt. In schlechten Krimis rissen die Gangster die Siegel einfach auf und drangen in die Tatorte ein. Lucas wusste, dass das zu gefährlich war, und trat vom Eingang zurück. Er prüfte die Erdgeschossfenster: alle fest verschlossen, nichts zu machen. Seine Hoffnung, exklusive Bilder vom Anschlagsort zu machen und vielleicht mehr über die Bombe und den Täter zu erfahren, war dahin. Er hatte vorgehabt, in der Oranienstraße ein bisschen herumzuschnüffeln, um dann die Mitarbeiter der Beratungsstelle gezielter befragen zu können.

Im Einwohnermeldeamt in der Friedrichstraße hatte er die Adresse von Wiebke Posselt bekommen, der Sozialarbeiterin aus der Ausländer-Beratungsstelle. Er hatte der jungen Beamtin vorgelogen, er müsse ein Einschreiben an seine frühere Mieterin zustellen lassen. Da Frau Posselt erst vor kurzem umgezogen war, glaubte ihm die Beamtin und kassierte fünf Mark für den Zettel mit der Anschrift.

Sein Ziel war jetzt die Prinzenstraße. Lucas machte sich auf den Weg Richtung Moritzplatz und blieb nach ein paar Schritten auf der Oranienstraße wieder stehen.

»Nieder mit den faschistischen Mördern!«

Das riesige Transparent spannte sich quer über die Straße. Neben der schwarzen Schrift war ein roter Stern aufgemalt, darunter stand in roten Buchstaben: *Antifa SO 36*.

Ein Junge mit Rasta-Frisur war gerade dabei, das Spruchband festzuknoten. Er beugte sich aus einem Fenster im dritten Stock so weit vor, dass Lucas sich kaum traute, ihn anzusprechen. Er stellte sich vor, wie sich der Junge in dem Moment, da er ihm etwas zurief, noch weiter aus dem Fenster streckte, den Halt verlor und abstürzte. Lucas wartete, bis das Transparent befestigt war und der Junge mit dem wüsten Haarschopf in die Wohnung zurückkehren wollte.

»Hallo!«, schrie Lucas. Der Rastafari kam wieder zum Vorschein und blickte ihn mürrisch an.

»Wer von euch kann mir etwas zu den Faschos sagen?«, brüllte Lucas und deutete auf das Transparent. Das Junge schloss das Fenster und stand kurz darauf vor ihm auf der Straße.

Lucas stellte sich vor und berichtete hastig von seinen Recherchen. Der Junge hörte ihm mit misstrauischem Gesicht zu und begann, sich eine Zigarette zu drehen.

»Da musste den Franke fragen, der weiß viel«, sagte er und leckte über das Blättchen.

»Den Franke?«

»Alias Franke, den kennt hier jeder.«

Der Junge mit den Rastalocken ließ sich die Informationen scheibchenweise aus der Nase ziehen. Heinz Franke, der sich im Kiez »Alias Franke« nennen ließ, war ein Altlinker, der offenbar bei jeder Antifa-Aktion in Berlin mitmischte. Franke war Initiator des Transparents. Vielleicht wusste die Antifa in SO 36, dem schäbigeren Teil von Kreuzberg, etwas über das Attentat und mögliche Hintermänner. Lucas notierte die Adresse, an der er Franke treffen konnte. Doch erst einmal musste er zur Prinzenstraße.

Er erkannte die zierliche grauhaarige Frau mit der burschikosen Frisur schon von weitem. In der taz hatte sie vor einem knappen Jahr ein Interview über die Probleme illegaler Einwanderer in Berlin gegeben. Sie sah ihrem Foto ähnlich. Lucas trat auf sie zu, bevor sie den Schlüssel in die Haustür stecken konnte.

»Frau Posselt, entschuldigen Sie bitte, dass ich Sie so überfalle«, eröffnete er das Gespräch und schnitt ein seriöses und sorgenvolles Gesicht. Bevor sie antworten konnte, streckte er ihr die Hand entgegen. »Ich bin Lucas Hermes von der Redaktion ›Im Visier‹.«

Die Frau gab ihm nicht die Hand, blieb aber stehen und blickte ihn ruhig an. »Sie wollen wissen, was passiert ist?«

»Ich habe Hinweise auf einen rechtsextremen Hintergrund des Anschlags«, begann Lucas sein Werben um ein Interview. »Ich habe Details über die Bombe erfahren.«

Wiebke Posselt zog die Augenbrauen hoch und ließ den Schlüssel sinken. »Und wer tut etwas so Verrücktes?«

»Türkische Nationalisten, zum Beispiel. Oder deutsche Nazis, aber aus einer sehr speziellen Ecke. Der Bombenbauer bastelt Modelleisenbahnen.«

Das Interesse der Sozialarbeiterin war geweckt. »Woher wissen Sie das denn? Die Polizei hat uns nichts davon gesagt.«

»Ein Bauteil der Bombe stammt aus dem Modellbau.« Er machte eine verschwörerische Miene. »Aber behalten Sie das für sich.«

Er hatte Wiebke Posselt ein Geheimnis verraten. Nun war die Frau dran. Sie blickte ihn schweigend an. Offenbar wollte es nach seiner Enthüllung nicht so recht aus ihr heraussprudeln.

»Hat die Polizei schon einen Verdacht?«, hakte Lucas nach.

»Wir haben den Beamten gesagt, was uns aufgefallen ist.«

»Und was ist Ihnen aufgefallen?«

»Na ja, dieses rote Auto«, begann Posselt zögerlich. »Es fuhr in den Tagen vor dem Anschlag« – sie schluckte – »... es fuhr immer wieder langsam am Haus vorbei. Und es saß ein junger Mann drin. Einmal stand er auch an den Wagen gelehnt direkt gegenüber der Beratungsstelle, als ich gerade herauskam.«

»Können Sie den Wagen beschreiben?«

»Was weiß ich denn ich von Autotypen! So ein kleines rotes.«

»Und der Fahrer?«

»Schlank, hohe Stirn. Eher klein und unauffällig.«

Lucas fragte weiter nach, entlockte der Frau immer mehr Details über den Verdächtigen. Nein, der Wagen war kein Polo, den hätte ihre Kollegin, der sähe anders aus. Und das Rot war so richtig knallrot. Der Mann war offenbar Deutscher, jung und mit dünnem rotblondem Haar, um die dreißig. Langsam fügte sich ein Bild zusammen, das Lucas' bisherige These völlig über den Haufen warf.

»Hat die Polizei Ihnen eine Lichtbildmappe vorgelegt?«

»Ja, aber da war er nicht dabei.«

»Könnten Sie ihn einem Zeichner so beschreiben, wie Sie ihn mir geschildert haben?«

»Das hat die Polizei schon versucht, die haben so einen Apparat, in dem Gesichtsteile zu einem Bild zusammengefügt werden. Es hat aber nicht geklappt. Aber wenn ich ihn sehe, würde ich ihn vielleicht wiedererkennen.«

Sie schloss die Haustür auf und machte Lucas klar, dass das Gespräch nun beendet war. Im Hausflur drehte sie sich noch einmal zu ihm um. »Ach ja, er hatte so einen dünnen Oberlippenbart.« Sie ließ ihn stehen, bevor Lucas ihr seine Visitenkarte geben konnte, und eilte die Treppe hoch.

Am frühen Dienstagabend hielt Heinz Franke Hof in der Charlottenburger Szenekneipe Diener. Links vom Eingang stand ein rot bezogenes Ecksofa, auf dem der selbst ernannte Revolutionär thronte. Franke, ein untersetzter unauffälliger Mann um die fünfzig mit grauem Haar und Bart und beginnender rötlich glänzender Stirnglatze, konnte von hier den Eingang und beide Räume des Lokals überblicken, war jedoch für die Eintretenden nicht sofort sichtbar. Wenn ein Student hereinkam, der zu seiner Gruppe, der »Antifaschistischen Aktionsgruppe« AAG, gehörte, rief Franke laut »Freundschaft!« und ballte die Faust. Das galt als Einladung, ihm gegenüber an dem runden Holztisch Platz zu nehmen.

Vor sich auf dem Tisch hatte er ein Schultheiss und eine Schachtel Roth-Händle – und ab und zu ein Glas Wodka: seine Verneigung vor den Errungenschaften der Sowjetunion. Und er erzählte, rauchend und trinkend, vom antifaschistischen Widerstand des Charlottenburger Originals und »Kunsttrinkers« Oskar Huth, der im Krieg Lebensmittelkarten gefälscht, Juden das Leben gerettet und der – an diesem Tisch! – mitten im Krieg Klartext geredet hatte. Und der sogar einen Nazifunktionär tötete.

Lucas entdeckte den Berufsrevolutionär auf dem roten Sofa sofort. Er wunderte sich, dass dieser unscheinbare ältere Mann eine Rolle in der von viel Jüngeren geprägten Antifa spielte. Er trat auf das Sofa zu und stellte sich artig vor. Franke machte mit der Rechten eine einladende Bewegung, ohne den Blick von seinem Getränk abzuwenden. Es war offenbar nicht sein erstes Schultheiss.

Ohne jede weitere Begrüßung fing Franke zu reden an, fixierte Lucas und griff nach dessen Arm, wenn er das Gefühl hatte, dass die Konzentration des Journalisten nachzulassen schien.

»Hier, an diesem Tisch«, dozierte er, »hat Huth in den Sechzigerjahren oft gesessen, immer korrekt mit Fliege, Jackett und einem kleinen Menjou-Bärtchen – ein echter Dandy, aber auch ein großer Antifaschist. Seine Runde begann er am frühen Abend im Diener, dann wechselte er meist in den Zwiebelfisch schräg gegenüber, um dann am späten Abend im Leierkasten aufzutauchen. Den Leierkasten betrat er gegen Mitternacht, nie früher!, und zwar durch das Seitenfenster.« Franke senkte bei den letzten Worten die Stimme und wartete ab, bis Lucas ihm neugierig den Kopf entgegenstreckte, um kein Wort zu verpassen.

»Er stieg im wehenden Mantel durch das Fenster«, erzählte Franke weiter mit sonorer Märchenstimme, um dann in einer Kunstpause seinen eigenen Worten nachzulauschen. »Oskar Huth setzte sich, ohne die Kneipengäste eines Blickes zu würdigen, an das Klavier und spielte Chopin. Wenn er sein Spiel beendet hatte, stand er auf und ging von Tisch zu Tisch und mit jedem, wirklich jedem, kam er ins Gespräch, hatte immer etwas Interessantes zu sagen, meistens Philosophisches.«

Franke nahm einen Schluck Bier und wischte sich mit dem Handrücken über den Mund, den ein struppiger grauer Bart verdeckte. Seine Augen leuchteten und ein zufriedenes Lächeln lag auf seinem Gesicht. Jetzt war der Moment gekommen, die ganze Geschichte Huths zu erzählen.

Lucas brannte darauf, endlich seine Fragen zum Bombenanschlag loszuwerden, doch er biss sich auf die Zunge. Kein Zweifel, Franke hatte schon ein paar Bier zu viel intus und würde sich nur schwer dazu verleiten lassen, das Thema zu wechseln.

Der Alte merkte, dass sein Zuhörer sich zu langweilen begann. Jetzt war es Zeit, den großen Bogen zu schlagen.

»Wie kommt ein einfacher Klavierbauer dazu, ein Held zu werden?«, fragte Franke unvermittelt. Lucas machte ein verdutztes Gesicht.

»Oskar Huth war es 1939 gelungen, sich von einem Stabsarzt wehruntauglich schreiben zu lassen. Während andere Männer sich an der Front für ihren Führer zusammenschießen ließen, fälschte er auf einer Druckerpresse Lebensmittelmarken und half Dutzenden von versteckten Juden, in Berlin zu überleben.« Franke unterbrach seine Rede erneut, steckte sich eine Roth-Händle an und lehnte sich auf seinem Sofa zurück.

»Gegen Ende des Krieges brachte Huth sogar einen Nazi um«, fuhr er schließlich fort. »Der saß im Rollstuhl – wohl ein verwundeter Frontkämpfer – und kommandierte alle im Luftschutzkeller herum. Da hat Huth ihn zu einer Bunkertür gelockt, die schon rot glühte. Im Raum dahinter war eine Brandbombe eingeschlagen. Huth trat die Tür mit dem Fuß auf und rollte den Rollstuhl in den Raum, in dem es lichterloh brannte. Keiner im Luftschutzkeller hat ihn verpfiffen. Und dann, nach dem Krieg, hat er nie von seinen Heldentaten erzählt, sondern ging plaudernd durch die Lokale.«

Franke setzte das Bierglas an und prüfte die Wirkung seiner Worte. Konnte sein Zuhörer, dieser Reporter, jetzt noch einen Zweifel haben, dass er, Heinz Franke, der so bescheiden wie einst Oskar Huth hier vor ihm saß, insgeheim dabei war, das System West-Berlins aus den Angeln zu heben?

Der Moment war gekommen, den Revolutionär zum Anschlag in der Oranienstraße zu befragen. Lucas begann mit einer schmeichelhaften Eröffnung. »Wenn irgendjemand in dieser Stadt Ahnung von den Faschisten hat, dann sind Sie das, hat man mir erzählt.«

»Wer hat das erzählt?«, grummelte der Alte.

»Einer von der Antifa.«

»Die Antifa wird's ja wissen«, knurrte Franke in sein Bierglas. »Was willlste denn hören?« Er duzte grundsätzlich jeden.

»Der Nazi, der die Bombe in der Oranienstraße gelegt hat – wissen Sie etwas darüber?«

Franke schwieg.

»Es soll ein junger Mann mit dünnem Schnurrbart und rotem Kleinwagen sein«, fuhr Lucas fort.

In Frankes Gesicht kam Leben. Er fuhr sich bedächtig mit der Hand durch den Bart und schien nachzudenken.

»Hast du ein Bild von dem?«

Lucas schüttelte bedauernd den Kopf.

»Diese Scheißfaschos haben meist 'ne kahle Bombe. Ist der kahl rasiert?«

Lucas schüttelte wieder den Kopf. »Dünnes rotblondes Haar, sagt eine Augenzeugin.«

»Ohne Foto wird's schwer«, fuhr Franke leise fort. »Die Antifa hat eine Fotosammlung gehabt, da hätte man das mit der Zeugin abgleichen können.«

Jetzt war Lucas hellwach. Er stellte sich vor, wie er die Bilder von Nazi-Aufmärschen, die die Antifa über Jahre gesammelt hatte, Wiebke Posselt vorlegte und so auf den Bombenbauer kommen würde. Doch der Alte zog die Stirn in Falten.

»Die Fotos sind mitsamt den Negativen vor ein paar Wochen verbrannt.« Franke nahm wieder einen Schluck Bier und zog danach gierig an der Zigarette. »Einer von den Antifa-Jungs meinte, er müsste in 'nem besetzten Haus ein Feuerchen machen, um drauf zu kochen.«

Franke schmunzelte und stieß dann ein hustendes Lachen aus. »Blöd nur, dass der Boden mit Zeitungspapier ausgelegt war. Die ganze Bude stand in Flammen.« Frankes Blick verfinsterte sich schlagartig. »Ist aber niemandem was passiert. Nur die Fotosammlung ist hin.«

Was für Penner, dachte Lucas. Da sammelte die Antifa über Jahre Bilder von der Berliner Naziszene und ließ sie in einem besetzen Haus einfach herumliegen. Lucas winkte der Kellnerin. Jetzt brauchte er erst mal ein Bier.

Zwei Stunden und einige Biere später verließ der Reporter den Diener. Franke sah ihm nachdenklich hinterher. Er hatte dem Fernsehmann nicht zu viel verraten, so sehr der Journalist auch gebohrt hatte. Man konnte nie vorsichtig genug sein. Vielleicht war der Kerl, so sympathisch er sich auch gab, ein Verfassungsschutz-Spitzel. Seit mehreren Jahren hielt die Tarnung, niemand aus der Antifaschistischen Aktionsgruppe oder anderen Antifa-Kreisen hatte Alias Franke bisher verpfiffen. Er hatte Zeit, den großen Schlag gegen das System in aller Ruhe vorzubereiten.

Lucas trabte durch Charlottenburg, auf der Suche nach einer Telefonzelle. Das Gespräch mit Franke hatte nichts gebracht. Außer der Behauptung, dass die Bombe in der Oranienstraße das Werk von Neonazis und nicht von Grauen Wölfen sein *musste*, hatte der Alte nichts zu bieten gehabt. Jetzt brauchte Lucas etwas, das ihn aufbaute. Auf der Konzert-Einladung hatte Anna ihre Telefonnummer angegeben. Es war Zeit, ihr für den Abend zu danken.

Am Richard-Wagner-Platz fand Lucas einen intakten, nur wenig mit Graffiti beschmierten öffentlichen Fernsprecher.

Tatsächlich ging sie ans Telefon. Er lehnte sich behaglich gegen die Tür der Telefonzelle, um die frische Luft hereinzulassen, sagte dankeschön für den tollen Abend, lobte ihren Gesang.

»Was ist denn das für ein Lärm?«, wollte Anna wissen.

»Ich bin unterwegs, auf Recherche.«

»Der rasende Reporter ist immer im Einsatz. War ich schlimm an dem Abend?«

Ihre Frage kam unvermittelt.

»In welcher Hinsicht schlimm?«

»Ich muss irgendwann eingeschlafen sein. Und seit dem Samstag finde ich einen von den Wohnungsschlüsseln nicht mehr.«

»Glaubst du, den hat jemand mitgehen lassen?« Sie waren seit der Begrüßung wieder beim Du.

»Ach was. Übrigens – hast du in den nächsten Tagen mal etwas länger Zeit?«

Lucas musste tief durchatmen. Er hatte bis eben nicht gewusst, wie er ein Rendezvous mit Anna einfädeln sollte. Jetzt bot sie es selber an.

»Länger heißt was?«

»Ich bräuchte deine Hilfe und es kann den ganzen Tag dauern.«

Sie will, dass ich ihr beim Möbelrücken helfe, dachte Lucas grimmig.

»Worum geht's denn?«

»Ich muss was in der DDR klären. Eine üble Sache.«

Anna war kaum zu verstehen, weil plötzlich ein lautes Bohrergeräusch einsetzte. »Du willst in der DDR recherchieren? Ziemlich riskant. Was ist das jetzt überhaupt für ein Krach bei dir?«

»Nebenan ist jemand eingezogen, der bringt wohl ein paar Regale an. Also, kommst du mit? Es geht um meine Familie.« Und dann erzählte Anna ihm die ganze Geschichte von der Wohnungsauflösung, den Fotoalben mit den Bildern der Biedermeierkommoden und von ihrem Erlebnis im KaDeWe. Ihre Quelle nannte sie nicht.

»Nicht schlecht«, sagte Lucas und pfiff durch die Zähne.

»Nicht schlecht? Das ist eine Riesensauerei«, blaffte sie zurück. »Und es ist eine gute Geschichte, wenn wir sie rund kriegen.«

Wir! Lucas fühlte sich plötzlich leicht. Wir fahren zusammen in die DDR auf ein Rechercheabenteuer.

Nachdem er aufgelegt hatte, sog er die warme Abendluft in tiefen Zügen ein. Im Sommer roch die Stadt manchmal wie ein Tag am See. Offenbar trug der Südwestwind den Geruch des Wannsees bis in die Häuserschluchten Charlottenburgs und Schönebergs, wo er sich mit dem Duft der blühenden Linden mischte.

Ja, er war verliebt. Ein Doppeldeckerbus fuhr vorbei und machte mit seiner schwarzen Dieselfahne die Stimmung schlagartig zunichte. Der Termin! In einer halben Stunde begann das Treffen der Modellbahner. Lucas hustete und lief die U-Bahntreppe hinunter. Zwanzig Minuten später stand er vor der »Bimmelbahn«, einer typischen Reinickendorfer Eckkneipe mit Engelhardt-Schild und Butzenscheiben. Er öffnete die Tür und drängte sich am dunkel gebeizten Tresen vorbei, der von rauchenden und Bier trinkenden Männern belagert war. Hinter dem Schankraum ging es in ein großes Zimmer, das zweifellos das Vereinslokal der Modellbahnfreunde Berlin e.V. war. Die Wände waren mit Andreaskreuzen, Zuglaufschildern, weiß-roten Signalflügeln und dunklen Weichenlampen dekoriert. Zwischen den Blechschildern waren Glasvitrinen angebracht, in denen

Lokomotiven und Wagen aufgereiht waren, fein säuberlich nach Epochen sortiert.

»Kommen Sie, wir tagen heute am Sommertisch!«

Lucas bemerkte eine Gruppe von Männern im hinteren Bereich des Raumes. Ein rundlicher Mann im blauen Karohemd winkte ihm zu. Fünf weitere Männer saßen an einem rechteckigen Tisch und blickten den Neuling neugierig an.

»Sie müssen der Journalist sein«, fuhr der Rundliche fort und erhob sich. Er reichte eine rosige Pranke über den Tisch und schüttelte Lucas' Hand kräftig.

»Dieter Jachowiak.« Das war der Präsident des Vereins, dessen Nummer auf dem Zettel im Modellbahnladen stand und der ihn in die Bimmelbahn eingeladen hatte.

Lucas nickte in die Runde und setzte sich an die Schmalseite. Der Tisch war mit einer Glasplatte bedeckt. Darunter entdeckte Lucas eine Landschaft mit saftig-grünem Gras und weiß blühenden Obstbäumen, die eine schwarze Dampflok mit vier grünen Personenwagen schnurrend umrundete. In der Tischmitte war eine matte Glasplatte in die Landschaft eingelassen, die einen Badesee mit schmalem Strandstreifen darstellte. Einige nackte Figuren tummelten sich unter dem Schild »FKK-Strand«.

»Eine BR 89 mit Donnerbüchsen!«, entfuhr es Lucas. Die Männer sahen ihn anerkennend an. Dann konzentrierten sie sich wieder auf die vor ihnen stehenden Biergläser.

»Jeder der Tische hier hat ein Motiv«, sagte Jachowiak. Tatsächlich waren auch in die übrigen drei Tische im Raum Modellbahnanlagen eingelassen. Es gab einen besonders großen Tisch, in dem ein TEE seine Runden in einer Frühlingslandschaft mit Ententeich drehte, einen Herbsttisch mit langem Güterzug und eine verschneite Winterlandschaft, durch die ein zweiteiliger roter Schienenbus rollte und dabei immer wieder am Dorfbahnhof Hintertupfingen vorbeikam.

»Wir haben pro Tisch über hundert Stunden gebraucht«, erklärte ein schmaler junger Mann.

»Modellbahnfreund Greger, unser Technik-As«, strahlte Jachowiak. Lucas musterte den dunkelhaarigen Schmalen enttäuscht. Er und die anderen am Tisch hatten keine Ähnlichkeit mit dem Mann, den Wiebke Posselt vor der Beratungsstelle für Migranten gesehen hatte.

Lucas stellte sich den Männern vor und erläuterte sein Vorhaben. Er wolle für den Abendkurier eine Reportage über die Modellbahner schreiben, log er. Dazu müsste er, sofern sie ihm das erlaubten, an ihren Vereinstreffen teilnehmen, vielleicht einen von ihnen besonders intensiv interviewen und begleiten. Lucas fragte alle sechs, wie sie zu ihrem Hobby gekommen waren, machte sich brav Notizen, ließ sie weitschweifig ihr Expertenwissen vortragen. Die Männer gaben wenig von sich preis, blühten nur bei technischen Details auf. Auf Lucas' Frage, wie ihre Frauen auf das Hobby reagierten, kamen nur knappe Antworten zurück. Entweder hatten die Modellbahnfreunde keine Frauen oder ihre Partnerinnen interessierten sich nicht sonderlich für die Leidenschaft, die ihre Männer in die Hobbykeller oder auf die Dachböden trieb. Er legte den Stift aus der Hand. Jetzt durfte er nicht weiter nachbohren, sonst waren die Schotten dicht. Er stellte reihum harmlose Fragen nach den Lieblingsepochen der Modellbahner und bekam allmählich den Eindruck, dass er seine Zeit verschwendete. Nein, zu einem weiteren Treffen in der Bimmelbahn müsse er nicht kommen, wehrte er ab, verabschiedete sich höflich, trat ins Freie und atmete tief durch.

Nach einem langen Fußmarsch vorbei an den räudigen Brandmauern der Nordcharlottenburger Altbauten erreichte Lucas seinen Unterschlupf. Er kletterte über den Zaun, ohne auf den Zustand seiner Kleidung zu achten, stieß das angelehnte Fenster vorsichtig auf und verschanzte sich in seinem Keller. Wieder eine Nacht zwischen den inzwischen muffig riechenden Kartons, in der er bei jedem Geräusch aus dem Schlaf hochschrecken und am Morgen zerschlagen aufwachen würde.

Donnerstag, 16. Juni 1988

Anna war natürlich unpünktlich. Lucas sah sich die dürren Stricher mit den leeren Blicken an, die hinter dem Bahnhof auf und ab gingen. Ein dunkler Opel Rekord hielt in der Jebensstraße. Die Seitenscheibe wurde heruntergekurbelt, und ein schmuddeliger Junge, den Lucas auf gerade einmal sechzehn, siebzehn Jahre schätzte, ging zu dem Wagen, verhandelte kurz mit dem Fahrer und stieg ein.

»Sorry, ich bin aufgehalten worden!« Anna stand plötzlich hinter ihm. Ein Kuss links und rechts auf ihre Wangen, dann gingen sie hinüber in das »Büro für Besuchs- und Reiseangelegenheiten«, zogen eine Wartenummer und füllten die Reiseanträge aus.

Nach einer halben Stunde Wartezeit, in der Anna Lucas die Geschichte vom DDR-Antiquitätenhandel detailliert berichtet hatte, durften sie an einen der Tische vortreten, hinter dem ein Mann in einem altmodischen braunen Jackett die Reiseanträge entgegennahm.

»In zwei Tagen können Sie Ihre Berechtigungsscheine abholen«, sagte er mit tonloser Stimme.

»Das muss ja ein Hundertfünfzigprozentiger sein, wenn der im Westen arbeitet und nicht abhaut«, sagte Lucas vor der Tür. »Noch ein Kaffee im Hardenberg?«

Anna schüttelte den Kopf. »Keine Zeit!« Sie verabschiedete sich ohne Wangenkuss und eilte zur U-Bahn.

Anna. Wie schön sie war! Er freute sich am Klang ihrer Absätze, wenn sie die Treppe hochkam. Durch den Spion konnte er meist nur einen kurzen Blick auf sie erhaschen, dann war sie in der Tür verschwunden. Immer schloss sie hinter sich ab. Sehr gut, es sind gefährliche Zeiten, dachte er.

Er hatte am Vortag versucht, sie im Treppenhaus abzupassen und ein unverbindliches Gespräch anzufangen. Eigentlich hatte er so beginnen wollen: Was für ein toller Zufall, dass sie nun Nachbarn wären! Sie hatte sich, bevor er überhaupt über die Begrüßung hinausgekommen war, unwirsch abgewandt und das Schlüsselbund hervorgekramt. Sie schien sich nicht an ihre erste Begegnung zu erinnern.

Er stand ganz nah an der Wand und horchte. Für gewöhnlich klapperte sie erst ins Bad und setzte sich auf die Schüssel. Wenn er sich konzentrierte, konnte er das Plätschern hören. Sie zog die Spülung, streifte die hochhackigen Schuhe ab und tappte auf Strümpfen davon. Am anderen Ende der Wohnung war die Küche. Vermutlich machte sie sich einen Espresso, den nahm sie gerne auf dem Balkon ein. Er lauschte ihren Bewegungen nach und stellte sich vor, wie sie die Tasse in der Linken balancierte und mit der Rechten die Balkontür öffnete, um sich dann entspannt in den Liegestuhl zu setzen. Vorsichtig öffnete er die Tür zum Balkon und atmete gierig die Sommerluft ein, die jetzt auch ihre Haut streichelte. Er griff sich in die Hose und war über seinen beachtlichen Ständer hocherfreut. Mit geschlossenen Augen stellte er sich vor, wie sie da saß, die Schenkel leicht geöffnet. Mit jedem Atemzug hob und senkte sich ihr Busen. Die Sonne schien direkt auf ihren im Liegestuhl hingestreckten Körper. Vielleicht schwitzte sie ein bisschen, so wie neulich nachts auf dem Bett? Sie stellte die Tasse mit leisem Klirren ab, blätterte offenbar in einem Buch. Wie schade, dass sein Balkon durch eine mannshohe Wand von ihrem getrennt war, sodass er nicht hinüberlinsen konnte. Er wagte es nicht, sich mit der Gießkanne in der Hand über die Brüstung zu lehnen und wie zufällig ein Gespräch mit ihr zu beginnen. Was, wenn er noch einmal die Kühnheit aufbrächte, sie anzusprechen und sie auf seine Bitte einginge, auf einen Drink hinüberzukommen? Er brauchte ein Taschentuch und stürzte mit offener Hose in seine Küche. Morgen, nahm er sich vor, würde er die Kästen auf dem Balkon bepflanzen.

Im Eisenbahnladen am Mierendorffplatz hatte Lucas sich nach weiteren Modellbahnern erkundigt, die es wert wären, in einem Zeitungsartikel erwähnt zu werden.

»Na, Borowski und seine Truppe«, sagte der Händler. »Die bauen gerade ein großes Ding, eine Anlage, die dann auf der Messe gezeigt werden soll. Richtige Künstler!«

Auch Heinz Borowski, Vorsitzender des HO-Clubs Spandau, schlug als Treffpunkt eine Kneipe vor. Lucas war vor ihm da und saß bereits am Tresen, als der Modellbahner eintrat, auch er ein stämmiger Mann. Zu Lucas' Enttäuschung kam Borowski allein.

Nach ein paar Bieren hatte der Dicke sich in Rage geredet.

»Eine Modellbahn ist nicht nur Technik«, dozierte er, »eine Modellbahn ist auch ein Lebensgefühl.«

»Das müssen Sie aber genauer erklären.«

»Ist doch klar: Natürlich könnten wir auch Kreuzberger Hinterhöfe und die gammeligen Yorckbrücken mit der Hochbahn nachbauen«, fuhr Borowski fort. »Aber Modellbahner sind auch irgendwo Romantiker. Auf unserer Clubanlage gibt es eine Alpenlandschaft mit schönen Tunnels und Bauernhöfen auf den Almen. Eben so richtig heile Welt!«

»Was gefällt Ihnen daran besonders?«

»Na ja, das Schöne eben. Da ist noch die Welt in Ordnung, alles sauber und überschaubar. Schön deutsch«, sagte Borowski lachend. Als er merkte, dass Lucas eifrig mitschrieb, verfinsterte sich sein Gesicht. »Das schreiben Sie aber nicht!«

»Versprochen!«, kam es zurück. Lucas strich demonstrativ einen Absatz in seinem Notizbuch durch und ließ den Vereinspräsidenten von den Basteltagen berichten, an denen sie an der Gemeinschaftsanlage im Clubheim arbeiteten. Borowski erzählte begeistert, dass er und einige Mitstreiter an einer sogenannten Modulanlage arbeiteten. Das hatte den Vorteil, dass sie immer weitere Einzelteile der Anlage fertigen konnten, ohne den Betrieb auf der restlichen Anlage einstellen zu müssen. Im Moment würden sie einen Güterrangierbahnhof bauen, erzählte er mit leuchtenden Augen. Mit richtigem Abrollberg! Ob er, der Abendkurier-Reporter, denn mal zu einem Basteltag kommen wolle?

Mit der Einladung für den kommenden Nachmittag verließ Lucas die Spandauer Eckkneipe. An so einem Basteltag, hatte ihm Borowski verraten, würden bis zu einem Dutzend Vereinsmitglieder teilnehmen. Es gibt zehntausende Modellbahnverrückte in Berlin, sagte Lucas sich im Gehen. Was für ein Quatsch, den Täter ausgerechnet bei den organisierten Modellbahnfreunden zu suchen!

Freitag, 17. Juni 1988

Im Pressearchiv des Senders wühlte Lucas sich durch alte Lokalzeitungen. Die Verabredung mit Klamm war zu seinem Ärger geplatzt. Klamm hatte vergessen, dass ihr geplantes Treffen auf den Gedenktag für den Volksaufstand in der DDR fiel und Feiertag war. Lucas hatte vergeblich im Schwarzen Café gewartet und war nach zwei Tassen Kaffee gegangen. Jetzt beugte er sich über die Mappe mit den Morgenpost-Ausgaben. Zum Glück hatte das Archiv in Notbesetzung geöffnet, weil Sendungen vorzubereiten waren. Vielleicht hatte Modellbahner Heinz Borowski irgendeine Spur in den Medien hinterlassen.

Nach vier Stunden fand Lucas ihn auf der Kandidatenliste einer rechten Splitterpartei, die vor drei Jahren erfolglos für das Berliner Abgeordnetenhaus kandidiert hatte. Das war die Spur, auf die er gehofft hatte. Er ließ sich vom Archivar alles zur »Berliner Alternative« bringen und studierte die Artikel über die Kleinpartei gründlich.

Lucas brummte der Schädel. Er wusste jetzt, dass Borowski Unterstützer einer Partei war, die zwar rechts von der CDU stand, aber nicht durch direkte Kontakte zur Nazi-Szene aufgefallen war. Er hatte herausgefunden, dass der Modellbahner Angestellter der Berliner Stadtverwaltung war, zuständig für die Sicherheit elektrischer Anlagen in öffentlichen Gebäuden. Einer, der sich nicht nur hobbymäßig mit Elektrik gut auskennt, ging es Lucas durch den Kopf. Borowski wohnte laut Adressbuch in Spandau. Nach den Unterlagen der Bezirksverordnetenversammlung hatte er dort mehrfach Anträge gestellt, die auf Querulantentum oder fanatische Ordnungsliebe schließen ließen: Anträge zu liegen gebliebenem Laub und angeblich zugemüllten Parks. Lucas sah auf die Uhr: schon kurz vor vier, Zeit für sein zweites Treffen mit den Modellbahnfreaks.

Das Clubheim erwies sich als der Dachboden eines Reihenhauses in Spandau, bewohnt vom städtischen Angestellten Heinz Borowski und seiner Familie. Lucas musste unten am Eingang die Schuhe ausziehen und stapfte hinter Borowski auf Socken die Treppe hoch. Im Haus roch es nach deutscher Hausmannskost. Lucas tippte auf Kasseler mit Sauerkraut. An der Tür zum Obergeschoss hing ein Schild: *»Das Hinauslehnen während der Fahrt ist verboten.«*

Im Raum dahinter, dem Clubheim, waren drei Männer damit beschäftigt, eine Holzkonstruktion an eine gigantische Modellbahnlandschaft anzuschrauben. Die Gleise auf dem neuen Teilstück lagen noch nackt da.

»Der große Berg ist fertig«, strahlte Borowski, »jetzt ist der Rangierbereich an der Reihe!«

Lucas reichte den Modellbahnern die Hand: ein dicklicher blonder Junge in Handwerkerlatzhose, ein schmächtiger Glatzkopf Mitte zwanzig im beigefarbenen Hemd und ein hagerer Riese mit schwarz gefärbtem Haar, der ein Heavy-Metal-T-Shirt trug. Auf keinen der Männer passte die Beschreibung von Wiebke Posselt. Lucas ließ sich seine Enttäuschung nicht anmerken und fragte drauflos. Wie viele Stunden sie pro Woche an der Anlage arbeiteten? Was ihr schönstes Eisenbahnerlebnis gewesen sei? Der Heavy-Metal-Fan erwies sich als besonders gesprächig.

»Hier bin ich einfach alles: Architekt oder Städteplaner, Fahrdienstleiter auf dem Stellwerk oder nur Lokführer.« Der Mann, der sich als Günter – »ohne h!« – vorgestellt hatte, strahlte und drehte wie zum Beweis einen Regler auf. Eine Dampflok mit grünen Personenwagen tauchte aus der Kurve auf und kam genau vor dem Signal im Bahnhof zum Stehen.

Hätte Lucas einen Film über Modelleisenbahner in Arbeit gehabt, das wäre sein Mann gewesen. Der Glatzkopf hielt sich etwas abseits und schraubte am neuen Abrollberg vor sich hin. Als Lucas ihn ansprach, unterbrach er seine Arbeit und lächelte den Reporter unsicher an.

»Was für mich das Schönste ist?«, wiederholte er die Frage. »Ich glaube, wenn eine technische Lösung gelingt, wenn alles klappt, das ist schon toll.«

Er beugte sich eifrig über die Bahnhofsgleise und deutete auf die Oberleitung. »Hier zum Beispiel: Wir haben sechs Stromkreise. Drei getrennte Strecken mit Oberleitung und drei eigene Stromkreise für die Stromabnehmer zwischen den Gleisen. Es können also zwei Loks auf derselben Strecke fahren und insgesamt sechs Züge mit individuell geregelter Geschwindigkeit.« Er strich mit der Hand zärtlich über die sechs Fahrpulte. »Natürlich kann jede Lok ihren Stromkreis verlassen und in den andern fahren, dann muss man nur die anderen Züge auf der Strecke auf ein totes Gleis führen.«

»Ein totes Gleis?«

»Ein stromloses Gleisstück«, kam Borowski zu Hilfe.

»Ja, stromlos«, echote der Kahlköpfige, den die anderen Gerd nannten. »Wenn ich ein Signal auf Rot stelle, schalte ich auf zwei Gleislängen davor den Strom ab. Die Lok kann dann nicht fahren, aber ich kann auf der gleichen Strecke zum Beispiel von hinten eine Lok an den stehenden Zug heranführen und die Wagen von der stehenden Lok rückwärts abziehen.«

Gerd merkte, dass er den Journalisten überforderte.

»Alle unsere Endgleise mit Prellbock sind solche toten Gleise«, sagte der dicke Blonde, der bisher geschwiegen hatte, und drückte einen roten Knopf auf einem der vielen Schaltpulte. »Wir können also jedes Abstellgleis totschalten und dort eine Lok parken, auch wenn dort kein Signal steht.«

»Wollen Sie das mal sehen?«, fragte Borowski.

Natürlich, erwiderte Lucas. Nichts spannender als das. Und dann durfte er staunend zuschauen, wie die Männer minutenlang und voller Begeisterung Züge vor und zurück rangierten, Waggons abkoppelten und auf andere Gleise umsetzten, während die Lokomotiven geduldig stehen blieben, bis sie neue Waggons zugeteilt bekamen und auf Knopfdruck wieder anrollten. Lucas erinnerte sich an die eigene Begeisterung, mit der er als Kind stundenlang im Keller vor seiner Anlage gesessen hatte.

»Ohne den Gerd würde das hier alles nicht laufen«, sagte Borowski. »Wenn die anderen schon gegangen sind, macht er manchmal bis in den späten Abend weiter. Auch wenn ich nicht mehr kann. Aber er kommt viel zu selten.«

Lucas sah Borowski und den Glatzkopf erwartungsvoll an. »Vielleicht kann ich Sie beide porträtieren?« Er nahm den Fotoapparat aus der Tasche und hielt ihn hoch.

Gerd hob abwehrend die Hände. »Nee, lassen Sie mal, das macht der Heinz schon ganz gut alleine.«

Lucas schmeichelte, doch der junge Mann mit der Glatze war nicht zu erweichen. Dafür sprudelte es aus Borowski nur so heraus. Lucas fotografierte Details der Anlage, machte Bilder von Borowski, der für ihn Lokomotiven aufgleiste und Grasimitat durch ein Sieb auf eine mit Holzleim präparierte halbfertige Landschaft rieseln ließ. Der Reporter schrieb artig seinen Block voll, ließ sich weitere Fachbegriffe erklären und fand gegen neunzehn Uhr, dass es Zeit wäre zu gehen. Nicht einmal ein Mineralwasser hatten die Modellbahner ihm angeboten. Seine Kehle war ausgedörrt, als er sich verabschiedete und den Männern versprach, am nächsten Mittwoch wiederzukommen. Dann gäbe es eine große Überraschung, versprach Borowski. Lucas nahm sich vor, den Vereinspräsidenten beim nächsten Treffen um Fotos von möglichst vielen Clubmitgliedern zu bitten. Vielleicht war der Rotschopf, den er so verzweifelt suchte, doch darunter.

Montag, 20. Juni 1988

Nach und nach wurden Häuser und Straßen reizloser. Während die Innenstadt Pirnas noch die Gemütlichkeit eines verfallenen mittelalterlichen Marktfleckens ausstrahlte, reihten sich beim Weg aus dem Stadtkern hinaus graue, baufällige Altbauten aneinander, unterbrochen von brutal auf Brachflächen gesetzten Plattenbauten, die ihre besten Tage hinter sich hatten.

Anna hatte ihm erzählt, sie wüsste von einem Informanten, dass es in der Nähe von Pirna eine Firma gab, die einen schwunghaften Handel mit Antiquitäten betrieb. Alte Möbel, die DDR-Bürger an staatliche Aufkäufer veräußerten und die dann gegen Devisen in den Westen verkauft wurden. Wer der Informant war, verriet sie ihm trotz seiner drängenden Nachfragen nicht. Es ging Lucas nichts an, dass Hanns A. Schäfer ihr den entscheidenden Tipp vom Antikhandel im sächsischen Pirna gegeben hatte. Und dass der Geschäftsmann seit dem Treffen im KaDeWe heftig flirtete und baggerte und ihr riesige Blumensträuße ins Büro schickte, musste Lucas auch nicht wissen. Schäfer war älter als Lucas, aber irgendwie männlicher. Ein Gentleman der alten Schule.

»Wann hast du die Biedermeierkommoden bei deinen Großeltern zuletzt gesehen?«, wollte Lucas wissen.

»Keine Ahnung«, sagte Anna und zündete sich eine Zigarette an. »Ich erinnere mich noch gut, dass sie bis auf eine Stelle mit Intarsien so schön glatt waren, wenn man über die Oberfläche strich.«

»Deine Großeltern können sie vor Jahren verkauft haben.«

Anna sah ihn beleidigt an. »Solche Familiestücke verkauft man nicht. Nie und nimmer.«

Lucas war bester Laune. Ein Abenteuer schweißt zusammen, dachte er. Immer wieder drehte er den Kopf zu Anna, die entspannt die öde Gegend betrachtete. Sie hatten das Stoffdach zurückgerollt und Anna saß sonnenbeschienen mit flatterndem Haar neben ihm, die nackten Beine übereinandergeschlagen. Die Ray-Ban-Sonnenbrille ließ sie noch geheimnisvoller erscheinen. Sicher, es nervte ihn, wie sie sich als Beifahrerin verhielt. Wenn er ein knappes Überholmanöver auf den schmalen DDR-Alleen vollführte, zog sie scharf die Luft durch die geschlossenen Zähne ein. Wenn er die Ente richtig in die Kurve legte, griff sie nach der grauen Halteschlaufe über der Tür. Kein Fahrmanöver blieb unkommentiert.

Sie hatten sich wieder am Bahnhof Zoo getroffen, um ihre »Berechtigungscheine« für den Grenzübertritt abzuholen. Anna war mit ihrem weißen Citroen 2 CV vorgefahren. Ob er nicht fahren könne? Sie bekomme ihren Führerschein erst in zwei Monaten wieder. Ein netter Abend, ein, zwei Gläschen zu viel und dann prompt eine Zivilstreife, die einen mitten in der Nacht rechts ran winkt.

Die Fahrt von Siemensstadt zum Zoo hatte sie riskiert, aber über die Grenze kämen sie sicher nicht. Lucas tadelte sie, dass sie ihn nicht nach Siemensstadt bestellt hatte, um ihn von Anfang an ans Steuer zu lassen, schnappte sich den Schlüssel und knatterte mit dem Zweizylinder los.

Jetzt ging die Asphaltstraße in ein Kopfsteinpflaster über, das plötzlich von einer Sandfläche abgelöst wurde. »Chhhhhhh!« Anna zog geräuschvoll die Luft ein, als er ohne zu bremsen durch eine Kurve der rutschigen Piste fuhr. Pfosten säumten den staubigen Pfad in den Wald.

Annas Ente schaukelte von Schlagloch zu Schlagloch. Sie klammerte sich an die Halteschlaufe und genoss die Fahrt offenbar weniger als Lucas. Anna Rademacher, das wilde Punkmädchen, ist im Innersten eine Spießerin, dachte er. Und sie trinkt gern mal zu viel. Er nahm sich vor, die Sache mit dem Alkohol im Auge zu behalten.

Sie tasteten einander vorsichtig ab. Anna fragte ihn nach seiner letzten Beziehung.

»Warum hast du keine Kinder?«

»Kinder sollte man nur mit dem Partner haben, den man wirklich liebt. Aber bei Martina war ich unsicher, ob ich sie wirklich liebte.«

»Aber man ist doch nur dann mit jemandem zusammen, wenn man ihn liebt.«

»Oder wenn man glaubt, ihn zu lieben.« Lucas wurde unbehaglich zumute. Bohr nicht weiter nach, dachte er. »Hast du jemals daran gedacht, Kinder zu haben?«

Anna schwieg und blickte ihn über den Rand der Sonnenbrille hinweg an.

»Schon oft, aber nicht mit Achim.«

»Ist das dein Freund?«

»Mein Ex-Freund. Aber ich habe ja noch Zeit.« Sie musterte ihn aufmerksam.

»Was lief falsch mit Martina?«

»Wir hatten uns irgendwie auseinandergelebt.«

»Vielleicht hast du sie von Anfang an nicht richtig geliebt«, sagte Anna.

»Menschen verändern sich«, erwiderte Lucas. »Und Gefühle verändern sich.«

»Das klingt jetzt sehr allgemein.«

»Ich weiß nicht, es hat vielleicht einfach nicht gepasst«, wich Lucas aus. Er merkte, dass er sich Annas Sympathien verscherzte, wenn er weiter so herumeierte.

»Du bist komisch«, sagte Anna und wandte den Blick wieder nach vorne.

Sie nervte. Seit Beginn der Fahrt hatte sie versucht, ihm persönlichste Dinge aus der Nase zu ziehen. Fragte nach seinen

Eltern, nach Geschwistern. Nein, Geschwister habe er nicht. Den Vater habe er kaum gekannt, log er. Er war acht gewesen, als sein Vater sich auf dem Dachboden erhängte. Der stumme Spätheimkehrer, der drei Jahre in Russland im Lager gewesen war. Kurz vor seiner Einschulung hatte der dürre Mann vor der Tür gestanden. Nie hatte er für den klapprigen Schweiger im Wohnzimmersessel Gefühle entwickeln können. Nach seinem Tod hatten seine Mutter und er diesen Mann aus ihrem Leben gelöscht. Zum Grab ging er nie mit und sie sprachen nicht von ihm. Warum auch? Der Vater war allen Fragen zu seinen Erlebnissen im Krieg und im Gefangenenlager ausgewichen, hatte sich hinter seiner Zeitung verschanzt. Lass ihn mal in Ruhe, sagte die Mutter dann und strich Lucas über den Kopf. So blieb seine Vergangenheit im Dunkeln, und das sollte so bleiben, hatte Lucas irgendwann beschlossen. Eine gut verheilte Wunde, an der niemand zu kratzen hatte.

»Da vorne ist die Halle!«, rief Anna und deutete auf einen geduckten grauen Bau, der hinter Bäumen verschwand. Lucas war erleichtert, das Thema wechseln zu können.

Das Gebäude lag wie tot, doch das musste der Antiquitätenbetrieb sein. Sie parkten die Ente im Schatten eines Baumes und gingen auf die Halle zu. Drei Barkas-Lieferwagen standen vor dem Flachbau, in dem leise Musik dudelte.

An der Gebäudeseite fanden sie ein halb offen stehendes Tor. Bevor Lucas etwas sagen konnte, war Anna hineingeschlüpft. Er folgte ihr.

Die lange Halle war mit Möbeln vollgestapelt. Dutzende von Schränken und Sesseln waren mit Kunststofffolie überzogen. Im hinteren Bereich stand eine Art Bürocontainer, aus dem die Radioklänge kamen. Seit sie die Halle betreten hatten, war neben der Musik ein rhythmisches Brummen wie von einer Alarmanlage zu hören. Ein Mann riss die Bürotür auf und starrte die beiden an. »Was wollen Sie denn hier?«

Lucas und Anna gingen mit freundlichem Lächeln auf ihn zu. »Ist das hier der VEB Antikhandel?«

»Ja, warum?«

»Na, wir wollten uns mal umsehen und fragen, ob Sie ein schönes Stück für uns haben«, sagte Anna und linste in das offene Büro. Zwei Männer am Tisch waren damit beschäftigt, hastig Spielkarten und eine Keksdose im Regal verschwinden zu lassen.

Der Mann hatte sofort erkannt, dass sie aus dem Westen waren.

»Hier gibt's nüscht zu kaufen«, knurrte er. »Da müssen Sie nach Berlin.«

Das Alarmbrummen, das kurz aufgehört hatte, begann erneut. Im Hallentor stand ein Mann im Anzug, der sie verärgert musterte. Lucas musste ein Lachen unterdrücken. Offenbar hatten die Arbeiter des Antikhandels eine Lichtschranke am Hallentor angebracht. Wenn sich ein Vorgesetzter oder ein Fremder dem Büro näherte, hatten sie genug Zeit, die Spielkarten oder was sie sonst auf den Schreibtischen hatten, verschwinden zu lassen. Er war überzeugt, dass Kartenspielen die Hauptbeschäftigung der Männer war.

Der Anzugträger kam näher.

»Lucas Hermes!«, rief der Reporter und streckte ihm die Hand entgegen. Eben wollte er Anna vorstellen, da reckte der Mann den rechten Arm in Richtung Tor, ohne auf die Vorstellung einzugehen.

»Raus!«, schrie er mit hochrotem Kopf. »Sonst hole ich die Polizei.«

»Wir wollten doch nur nach Antiquitäten fragen«, sagte Anna mit trotziger Stimme.

»Raus, sonst hole ich ...«

»... die Polizei!«, echote Lucas und zog Anna Richtung Ausgang.

»Sind Sie hier zuständig?«, fragte sie im Gehen.

Langsam beruhigte sich der Funktionär. »Sie können hier nicht einfach eindringen«, erklärte er mit sachlicher Stimme. »Für Abverkäufe in das NSW ist die Zentrale in Mühlenbeck zuständig. Und in West-Berlin können Sie unsere Produkte auch erwerben.«

»Das wissen wir.« Sie waren aus der Halle getreten, um den Mann nicht weiter zu provozieren. »Wir suchen eine bestimmte Kommode aus dem 19. Jahrhundert.«

Lucas nutzte die Verdutztheit des Anzugträgers und holte das Foto aus der Jacketttasche, das Anna aus dem Album der Großmutter genommen und vergrößert hatte.

Der Mann griff nach dem Bild, fixierte es kurz und schüttelte energisch den Kopf. »Eine sehr seltene Biedermeierkommode. Ist mir noch nicht untergekommen.«

»Da sind Sie ganz sicher?«

»Bitte verlassen Sie das Betriebsgelände.«

Als der Mann im Rückspiegel nicht mehr zu sehen war, wandte Anna sich zu Lucas:

»Das Schwein wusste ganz genau, welche Kommode das war. Ist doch merkwürdig, dass der Chef einer kleinen Firma im tiefsten Sachsen so nervös auf ein Foto aus Berlin reagiert.«

»Wir müssen mehr über den staatlichen Antikhandel erfahren«, überlegte Lucas.

»Wir fahren zur zweiten Adresse«, sagte Anna entschlossen. »Der Mann hat von Mühlenbeck gesprochen, das ist bei Berlin. Und wir müssen DDR-Flüchtlinge befragen. Die wissen bestimmt, ob der Staat systematisch Antiquitäten von Leuten einkassiert, die Ausreiseanträge gestellt haben.«

Lucas setzte den Blinker, trat das Gaspedal durch und freute sich schon auf ihre Reaktion, als er das Lenkrad zum Wenden drehte.

»Chhhhh!«

Anna beugte sich vor und schloss ihren Discman mit einem Adapter an das Kassettendeck an. Lucas sah ihr aus den Augenwinkeln in den Ausschnitt. Sie trug einen weißen spitzenverzierten BH unter dem Kleid.

»Wir brauchen Musik«, sagte sie bestimmt und wühlte in dem CD-Stapel auf der Ablage vor ihren Knien. Zielsicher griff sie eine CD und legte sie ein.

»We're flying high
We're watching the world pass us by
Never want to come down
Never want to put my feet back down
On the ground.«

Mit der Musik von Depeche Mode – Mainstream, fand Lucas – schaukelten sie über die Landstraßen. Anna stemmte den rechten nackten Fuß gegen die Frontscheibe und saß jetzt entspannt auf dem weinroten Sitz, die Lehne leicht schräg nach hinten gestellt. Das Kleid war an der Seite bis zum Slip hochgerutscht, was ihr nichts auszumachen schien. Lucas fand es ungemein lasziv, wie sie zurückgelehnt genüsslich an ihrer Zigarette zog. Er wäre am liebsten rechts ran gefahren, um über Anna herzufallen. Doch er spürte, dass sie sich nicht im Klaren darüber war, ob er für sie nur der gute Kumpel war oder als möglicher Liebhaber infrage kam. Vielleicht wartete sie aber auch auf ein Zeichen der Leidenschaft? Ein überwältigender Kuss, wilder Sex in einem Weizenfeld? Bleib cool, verordnete Lucas sich und schauderte vor Erregung. Mach jetzt bloß keinen Fehler.

In Mühlenbeck, einem Dorf nördlich von Berlin, stießen sie am Ortseingang auf eine weiße nagelneue Lagerhalle. Ein Schild am Zaun wies darauf hin, dass sich hier die »Kunst- und Antiquitäten GmbH« befand. Merkwürdig, eine GmbH in der DDR, dachte Lucas. Hier waren doch alle Betriebe volkseigen, also VEBs.

»Lass uns erst mal Abstand halten«, sagte Anna und machte mit der Rechten eine abbremsende Bewegung.

»Erste Journalistenregel: von außen nach innen recherchieren, nicht sofort ran an das Rechercheobjekt«, dozierte Lucas.

»Jawohl, Meister«, sagte Anna ironisch.

Die Halle war von einem mannshohen Zaun umgeben und konnte offenbar nur durch eine Lkw-Einfahrt betreten werden. Das blau gestrichene Eisentor war verschlossen. Kundschaft war hier wohl nicht erwünscht. Lucas erinnerte sich an einen alten Spiegel-Artikel: Westdeutschen Künstlern, die in der DDR auftraten, wurden angeblich statt eines Honorars, für das die DDR Devisen hätte aufbringen müssen, Antiquitäten angeboten. Die weiße Halle vor ihnen schien der Ort zu sein, an dem sich die Westkünstler wertvolle Objekte aussuchen durften: Möbel, historisches Meissener Porzellan. Das alles geschah offenbar höchst konspirativ, denn auch die DDR hatte sich in internationalen Verträgen verpflichtet, nationale Kulturgüter zu bewahren. Tatsächlich, so der Spiegel, würden aber systematisch Museumsdepots geplündert, um einige weniger bekannte Kunstwerke in den Westen zu verkaufen und zu Devisen zu machen. Wurden auch die Nachlässe verstorbener Antiquitätenbesitzer auf diese Art versilbert? Die notorisch klamme DDR konnte jede D-Mark gebrauchen.

»Guck mal, da laden sie gerade etwas aus!«

Anna zeigte auf das Tor, hinter dem ein kleiner Robur-Laster stand. Zwei Arbeiter begannen, den Lkw zu entleeren. Sie fuhren in Folie verpackte Gegenstände mit einem Elektrokarren in die Halle, hinter dem sich ein Rolltor schloss. Der Robur sprang mit lautem Knattern an und verschwand hinter der Halle.

»Ich weiß, was du denkst«, sagte Lucas mit einem Seitenblick auf Anna, deren Augen abenteuerlustig funkelten. »Vergiss es! Wir werden nicht da reinmarschieren und uns als Westkünstler ausgeben, die ihre Kommode abholen wollen.«

»Das habe ich gar nicht gedacht.« Anna grinste. »Wir könnten uns doch als Mitarbeiter der Partei ausgeben und uns die Inventarliste zeigen lassen. Dann stehen die stramm.«

Lucas schüttelte den Kopf. »Wenn wir nicht angemeldet sind und kein offizielles Papier haben, geht gar nichts. Außer dass wir die Nacht im Stasi-Knast verbringen.«

»Wie romantisch.«

»Du im Frauenknast, ich Hunderte von Kilometern von dir entfernt im Männergefängnis.«

»Bei Wasser und Brot«, ergänzte Anna belustigt.

Sie hat keine Ahnung, wie gefährlich unser Trip ist, dachte Lucas. War jetzt der Moment, ihr ins Haar zu fassen und sie zu einem Kuss auf die Fahrerseite zu ziehen?

Sie beschlossen, das Gebäude geduldig im Auge zu behalten und keinen unüberlegten Schritt zu tun.

Sie hatten über zwei Stunden gewartet und kaum gesprochen, als es am Tor plötzlich Bewegung gab. Anna stieß Lucas in die Seite. Er war kurz eingenickt. Ein Mann im Overall öffnete und sah sich um. Dann winkte er einen weißen Mercedes-Lkw hinaus. Anna hob ihren Fotoapparat mit dem Teleobjektiv.

»Ein West-Berliner Kennzeichen!«

Lucas startete die Ente. Sie hielten Abstand, folgten dem Lastwagen durch die engen Holpergassen. Über Pankow kamen sie nach Ost-Berlin, vorbei an endlosen Plattenbauten und verfallenen Jahrhundertwendehäusern.

Am Alexanderplatz bog der weiße Lkw ab und erreichte schließlich den Grenzübergang Invalidenstraße. Während Lucas die Ente in die Pkw-Spur lenkte, scherte der Laster nach rechts aus. Er kam jedoch nicht in der Lkw-Schlange zum Stehen, sondern verschwand hinter einem Wachgebäude. Offenbar genossen die Fahrer des Mühlenbecker Wagens die besondere Fürsorge der DDR-Grenzer und würden schneller durch die Grenzanlagen gelangen. Lucas und Anna hatten mehrere Dutzend Pkw vor sich.

»Geh zu Fuß rüber!«, sagte Lucas ernst. »Mit der U-Bahn bist du schneller als ich mit der Ente.«

»Ich fahre zum KaDeWe!«, rief Anna beim Aussteigen.

Während er im Schritttempo auf das Fließband zurollte, auf das er gleich seinen Pass legen musste, kam Anna in der Fußgängerschlange gut voran. Bald war sie nicht mehr zu sehen.

Eine knappe Stunde später stürzte Anna aus der U-Bahnstation Wittenbergplatz und rannte atemlos auf das KaDeWe zu. Sie hatte viel Zeit an der Grenze verloren. Die DDR-Beamten hatten sie nicht ausreisen lassen wollen, weil sie ohne das Auto zurückkam. Sie konnte den jungen Männern mit einem verheißungsvollen Lächeln klarmachen, dass der Wagen ganz in der Nähe in der Schlange stehe und sie ganz schnell zu ihrer kranken Mutter müsse. Der Grenzbeamte, der unter seiner Mütze ziemlich schwitzte, glotzte sie an und ließ sie nach kurzem Zögern hinüber. In der Bahn hatte sie einen neuen Film in den Fotoapparat eingelegt. Die Fotos, die sie in Mühlenbeck geschossen hatte, waren bei Lucas. Hoffentlich wurde er nicht zu gründlich gefilzt.

Sie lief um das Kaufhaus herum und entdeckte an der Rückseite ein hohes Tor, den Lieferanteneingang. Sie wartete zehn Minuten, blickte immer wieder in die Zufahrtsstraßen, doch der weiße Lkw tauchte nicht auf. Pech. Anna entschied sich für ein Café, vor dem Stühle auf der Straße standen. Von dort aus konnte sie zwar nicht mehr alle Straßen, aber das Tor im Auge behalten. Sie hatte Hunger und bestellte ein Mozzarella-Tomaten-Sandwich mit Milchkaffee. Am Tor tat sich nichts. Nur einmal hob sich das Rolltor und ein Mann im grauen Arbeitskittel kam heraus. Nach einer halben Stunde war es Zeit für eine Erfrischung. Einen Weißwein bitte!

Das Tor ging ein weiteres Mal auf. Anna hatte längst die Hoffnung begraben, den einfahrenden Lkw fotografieren zu können, aber jetzt kam ein weißer Lastwagen heraus. Anna riss die Kamera hoch und stellte das Bild scharf. Sie drückte wieder und wieder ab. Es war tatsächlich der weiße Laster, der vor drei Stunden vom Hof des DDR-Antikhandels gerollt war. Hastig warf sie einen Zehnmarkschein auf den Tisch und lief dem Wagen hinterher. Wenn Lucas nur hier wäre! Dann könnte man dem Lkw folgen. Vielleicht gab es in West-Berlin noch einen Abnehmer für die Schränke und Kommoden aus Ostdeutschland. Doch ihre Ente war weit und breit nicht zu sehen.

Lucas hatte die Rückbank wieder in den 2CV eingebaut und rollte am Lehrter Bahnhof vorbei. Die Grenzer hatten ihn gezwungen, den Wagen zu zerlegen. Reine Schikane. Den Kleinbildfilm in seiner Jackentasche hatten sie nicht gefunden. Als er das KaDeWe erreichte, umrundete er das Straßengeviert um das Kaufhaus immer wieder, doch er konnte Anna nirgendwo entdecken. Vielleicht war sie schon nach Hause gefahren.

Er erreichte die Goebelstraße nach gut zwanzig Minuten, schloss die Ente ab und klingelte erwartungsvoll bei Anna. Sie ist zu Hause!, freute er sich, als es surrte. In dem Moment, als er ihre Etage erreichte, ging die Tür der Nachbarwohnung zu. Anna winkte ihn herein und deutete mit dem Kopf in Richtung der Nebenwohnung.

»Ein widerlicher Spanner«, erklärte sie und schloss die Tür. Ein leichter Chanel-Duft lag im Flur.

»Belästigt er dich?«

»Nicht direkt, er ist nur ständig an der Tür und glotzt blöd, wenn ich gehe oder komme.« Sie machte eine abwehrende Handbewegung und verzog das Gesicht zu einem Grinsen. »Vergessen wir den Idioten. Es gibt viel Wichtigeres. Bedeutenderes!«

Lucas folgte ihr ins Wohnzimmer. Er war gespannt, was Anna in Erfahrung gebracht hatte.

»Der Laster hat die Ladung echt ins KaDeWe gebracht, alles hier drauf!« Sie nahm die Kamera und tippte auf das Gehäuse.

Lucas griff in die Jacketttasche und zückte den Kleinbildfilm. »Wir haben noch mehr, nämlich die ganze Geschichte in Bildern!«

»Danke!« Anna griff nach der Filmrolle und hauchte ihm einen Kuss auf die Wange, den er bis in die Fußspitzen spürte. Bevor er die Hand an ihrer Hüfte hatte, war sie ihm schon wieder entwischt und legte Film und Kamera auf den Sekretär im Wohnzimmer.

Enttäuscht setzte er sich auf das Sofa, auf dem Anna neulich eingeschlafen war, und blickte fragend auf den Stapel Fotoalben auf dem Couchtisch.

»So bin ich ja drauf gekommen. Die Fotoalben hatte ich fast durch, und auf einmal springt mich dieses Foto an, das Bild mit den beiden Kommoden. Irre.«

»Wir müssen den Antik-Shop mit unserer Entdeckung konfrontieren«, sagte Lucas trocken. »ich wette, die werden entweder nicht antworten oder alles abstreiten. Darf ich?«

Die Alben zogen ihn magisch an. Anna nickte aufmunternd und wandte sich in Richtung Küche. »Kaffee?«

Das Album, das Lucas aufschlug, war eine Zeitreise durch die DDR der Sechzigerjahre. Wie die meisten Leute hatten Annas Großeltern fast immer Menschen fotografiert. Die Familie in der Wohnung, ein Ausflug an einen See oder eine lachende Menschengruppe in den Straßen Ost-Berlins. Lucas fand die Bildhintergründe viel interessanter. Da war das Café Moskau an der Karl-Marx-Allee zu erkennen, dahinter die neuen Plattenbauten, die aus Kostengründen in den Lücken zwischen den aufwendigen stalinistischen Prachtbauten hochgezogen worden waren. Vor den Häusern standen einige wenige Wartburgs mit ihren geschwungenen Linien. Die Frauen trugen elegante Kostüme, die Männer dunkle Anzüge, sodass sich die Szene kaum von einer westeuropäischen Großstadt aus jener Zeit unterschied. Alles wirkte aufgeräumt. Die bröckelnden Altbaufassaden, die er mit Ost-Berlin verband, waren wie auch der Braunkohlemief in den Straßen eher typisch für die Achtziger, die Zeit des Stillstands, in der kaum noch jemand an die Überlegenheit des Sozialismus glaubte. Lucas blätterte zurück. Die Wohnungseinrichtungen wurden altmodischer, die Bilder waren offenbar aus den Fünfzigern. Die Straßen Ost-Berlins im Rücken der in die Kamera lächelnden Großeltern sahen auf diesen Bildern aus, als hätte ein Räumkommando nur notdürftig die Trümmer nach den Bombardierungen weggeschafft. Der Großvater winkend vor einem Kiosk – einer Bretterbude mit dürftiger Zeitungsauswahl.

»Wie süß!«, sagte Lucas, als er das Baby sah. Zwei Seiten des Albums waren leicht zusammengeklebt und Lucas hatte die Blätter vorsichtig mit dem Finger getrennt. Das musste Anna sein, ein kleines Mädchen mit einem dünnen dunklen Schopf im weißen Strampelanzug. Die Großmutter hielt sie auf dem Arm. Anna kam mit zwei Espressotassen aus der Küche zurück.

»Das bist sicher du?«, wollte er wissen und drehte das Album um. Anna zog die Stirn in Falten, kniff die Augen zusammen. Sie stellte die Tassen auf dem Couchtisch ab und nahm ihm das aufgeklappte Album aus den Händen.

»Nein, das bin ich nicht«, sagte sie tonlos.

»Sie hat deine Augen«, insistierte Lucas. Es war das einzige Babybild im Album. Anna wirkte verstört. »Hast du eine Schwester?«

Anna ließ sich auf das Sofa sinken. »Meine Mutter hatte noch eine Tochter. Sie ist bald nach der Geburt gestorben. Aber meine Mutter hat mir nie gesagt, von wem sie war.«

Lucas blickte sie ungläubig an und legte seine Hand auf ihre. Instinktiv zog Anna die Hand weg. Sie war den Tränen nahe.

»War deine Mutter schon einmal verheiratet?«

»Nein, das muss eine Affäre gewesen sein. Sie hat immer abgeblockt, wenn ich sie gefragt habe.«

»Aber das Mädchen auf dem Bild ist mindestens ein halbes Jahr alt.«

Anna war kurz davor, in Tränen auszubrechen.

»Kann ich irgendetwas tun?«, fragte Lucas besorgt.

»Es wäre gut, wenn du mich jetzt alleine lässt.«

Dienstag, 22. Juni 1988

Ernst Klamm war guter Laune, als er die Treppe im Schwarzen Café hinaufstieg. Hermes hatte ihm sehr geholfen. Die Trottel vom Erkennungsdienst hatten das Metallplättchen nicht als Modellbahnteil erkannt. Ein Journalist, ein Laie, musste sie darauf stoßen. Und während die Kollegen die Akten mit ergebnislosen Verhören der Anwohner der Oranienstraße und der Asylbewerber aus der Koloniestraße füllten und Berge von nutzlosen Indizien zusammentrugen, war er, Ernst Klamm, schon viel weiter. Ihn ärgerte, dass außer ihm niemand das Bekennerschreiben ernst nahm. Die Sprachanalyse hatte nichts gebracht außer einem weiteren dicken Aktenordner. Keiner der polizeibekannten rechtsextremen Täter, so die Analyse, drückte sich aus wie der Autor des Bekennerschreibens. Hermes' Idee, sich in der Modellbahnszene umzusehen, war nicht übel. Klamm setzte sich auf seinen Stammplatz am Fenster.

Der Reporter kam pünktlich. Lucas bestellte, noch ehe er Platz nahm, bei der struppigen Bedienung einen Espresso. Klamm hatte schon zugeschlagen. Seine Tasse war fast leer.

»Noch einen Cappuccino!«

Die Bedienung reagierte nicht. Hoffentlich hatte sie die Bestellung mitbekommen.

»Ich habe etwas für dich«, begann Klamm und rückte näher an Lucas heran. Der war erstaunt, dass der Kommissar gleich zur Sache kam. Vielleicht wollte er wieder gutmachen, dass er ihn am Freitag versetzt hatte.

»In den Asservaten aus der Oranienstraße befindet sich ein Bekennerschreiben«, sagte Klamm. »Ich habe mir eine

Kopie gemacht, weil das Papier unverständlicherweise in der Ermittlungsakte fehlt.«

»Kann ich das haben?«, fragte Lucas und biss sich auf die Lippen. Zu direkt. So redete man nicht mit Quellen. Idiot.

»Warte, es ist kompliziert.« Klamm verfiel wieder in seine umständliche Art. »Ich habe eine Kopie in meiner Handakte. Wenn ich sie herausgebe, weiß jeder, dass ich die Quelle bin. Die Kopie hat bestimmte Kopierspuren, das Original scheidet also als Quelle deiner Kopie aus, verstanden?«

Lucas nickte. »Wenn das Beweismittel in der Ermittlungsakte fehlt«, fragte er, »warum schickst du es dann nicht per Hauspost an alle, die eine Ermittlungsakte auf dem Schreibtisch haben, und bittest darum, das Papier einzufügen?«

»Ich merke schon, du bist ein Vollprofi. Das habe ich natürlich gemacht«, fuhr Ernst Klamm fort. »Die Frage ist aber, wann die Hauspost ausgeliefert wird. Wenn du Insiderkenntnisse veröffentlichst, könnte die Polizei auf die Idee kommen, dein Büro im Sender zu durchsuchen. Wenn dann das Dokument bei dir gefunden wird, bevor es alle in der Akte haben, bin ich der Dumme.«

Lucas wurde unruhig. Klamm wusste nicht, dass er kein Büro hatte, sondern im Freienzimmer arbeiten musste. Er will mir das Papier nicht geben, ging es ihm durch den Kopf.

Ohne das Bekennerschreiben würde Stövenhagen ihm die Geschichte nicht abnehmen. Er konnte aber auch nicht warten, bis alle bei der Kripo das Papier abgeheftet hatten, weil der Sendetermin näher rückte. Er musste wenigstens den Inhalt erfahren, um eventuell daraus zu zitieren.

»Was steht denn drin?«

»Warte!« Klamm kramte in seiner Jackettinnentasche. Er hat es dabei, jubelte Lucas.

Klamm zog umständlich ein zusammengefaltetes Blatt hervor.

»Du kannst mitschreiben, ich lese vor«, murmelte er verschwörerisch.

»Es lebe die deutsche Volksgruppe!
Durch den massenhaften Zuzug fremder Ethnien islamischen Bekenntnisses soll unser Volk unter Scharia und Burka gezwungen werden.«

Lucas rückte an Klamm heran, um auf das Blatt sehen zu können: ein maschinenbeschriebener Din-A4-Zettel, der Text mittig zentriert, die Überschrift in Großbuchstaben und doppelt unterstrichen. Lucas schrieb den Text eilig ab.

»Ein Espresso und ein Cappuccino!« Das mürrische Mädchen mit den schwarzen Kajalaugen war an den Tisch getreten und ließ Klamm verstummen. Er faltete das Blatt hastig zusammen. Die Bedienung blieb mit den beiden Tassen in der Hand stehen und wartete, bis Lucas erklärte, dass er den Espresso bekam. Pampig stellte sie ihm die Tasse hin. Wieso konnten sich Bedienungen in Berlin nicht einmal bei zwei Getränken merken, wer was bestellt hatte?

»Cappuccino?«

Klamm hob die Hand. Als sie die Tasse absetzte, schwappte etwas Milchschaum auf die Untertasse. Erst nachdem die Bedienung sich entfernt hatte, fuhr der Kommissar flüsternd fort:

»Sechzig Prozent aller Neugeborenen sind Ausländer.
Das ist Völkermord.
Nein danke!
Die Teutschen.
Freicorps Graf Yorck von Wartenburg.«

Der Kommissar sah sich scheu um. Wenn jemand an den Nebentischen ihn gehört hatte, musste er glauben, Klamm sei ein völlig durchgeknallter Nazi. Lucas versuchte, sich seine Unruhe nicht anmerken zu lassen. Er wusste jetzt endgültig, dass die Grauen Wölfe als Täter ausschieden und dass seine Suche nach dem Rothaarigen die heißeste Spur war. Doch das sollte Klamm vorerst nicht wissen.

»Die Teutschen?«, fragte er.

»Fehlanzeige. Der Verfassungsschutz kennt keine Gruppe, die sich so nennt.«

Lucas starrte auf seine Notizen.

»Gab es nicht nach dem Ersten Weltkrieg ein Freikorps Wartenberg?« Er erinnerte sich an Schwarz-Weiß-Fotos von Männern in Reichswehruniform, die hinter Maschinengewehrnestern im Berliner Zeitungsviertel kauerten, um Rosa Luxemburg und ihre Mitkämpfer vom Spartakus-Bund aufzuhalten. Kaisertreue Soldaten, die die Demokratie verachteten.

Nicht schlecht, der Junge, dachte Klamm. Die LKA-Experten, denen er das Schreiben überlassen hatte, hatten ihm in einer kurzen Analyse mitgeteilt, dass der oder die Attentäter sich offenbar auf die Freikorps beriefen, um ihre rechte Gesinnung zu unterstreichen.

»Es gibt da ein paar Auffälligkeiten«, ergänzte der Ermittler. »Im Bekennerschreiben ist Freicorps mit ›c‹ geschrieben, anders als die Freikorps von 1919.«

»Und er sagt ›Die Teutschen‹ und nicht ›Die Deutschen‹«, bemerkte Lucas. »Er drückt sich also bewusst altmodisch aus.«

»Unsere Sprachprofis meinen, dass das eher auf einen relativ jungen Autor deutet, der zeigen will, dass er politisch weit rechts steht und relativ gut gebildet ist.«

»Ein Akademiker?«

»Ja, aber kein Germanist, dafür ist der Satzbau zu bemüht.«

Lucas linste noch einmal zu dem Blatt hinüber.

»Was ist mit dem Kreis?«

Klamm blickte ebenfalls auf das Papier und drückte es dann mit der Schriftseite an die Brust.

»Der Kreis ist ein Achtzehneck«, sagte er bedeutungsschwer. Weil Lucas schwieg und ihn ratlos anblickte, fuhr er mit wichtiger Miene fort: »Das Achtzehneck ist der Grundriss der Befreiungshalle in Kelheim, die zum Gedenken an den Sieg über Napoleon gebaut wurde. Es steht für die achtzehn deutschen Stämme, habe ich mir sagen lassen.«

»Dann beruft sich der Täter auf die Befreiungskriege«, sagte Lucas. »Damals schrieben sich die Freicorps mit ›c‹. Und Yorck war einer der preußischen Generäle.« Er blickte Klamm düster an. »Was für ein Irrer! Er bildet sich ein, wie die Preußen damals gegen eine ausländische Macht zu kämpfen.«

»Nur sind die Feinde diesmal die Türken«, sagte Klamm und griff zur Tasse. »Übrigens, um dir Arbeit zu ersparen: Wir haben neulich einen Toten gehabt, Daniel Schwieger, ertrunken im Landwehrkanal. Der war sogar mal verdächtig, etwas mit einem früheren Bombenanschlag zu tun zu haben.«

»Was für ein Bombenanschlag?«

»Darüber darf ich wirklich nicht reden«, wehrte Klamm ab. »Du kannst dir denken, wie mich das auf Trab gebracht hat. Aber nach Aktenlage war nichts dran an dem Verdacht, der Mann hatte ein Alibi für den Tag des Anschlags.«

Er berichtete weiter, dass er in die Pathologie gefahren war und dort erfahren hatte, dass Schwieger ohne Fremdeinwirkung gestorben war.

»Wäre auch zu einfach gewesen«, brummte der Ermittler.

Lucas sah Klamm betont desinteressiert an und fragte sich, warum er ihm von dieser kalten Spur erzählte. War das ein versteckter Hinweis?

Die Männer trennten sich mit Handschlag. Klamm verließ das Café wie stets bei ihren Treffen vor Lucas. Der blieb noch am Tisch sitzen und machte sich Notizen.

Er hatte es sich zur lieben Gewohnheit gemacht, in die Wohnung seiner Nachbarin zu schleichen, wenn sie nicht da war. Dann konnte er ungestört in ihren Handtaschen stöbern oder an ihrer Kleidung schnuppern. In der Parfümerie im Erdgeschoss von Wertheim hatte er herausgefunden, dass der Duft in ihren Kleidern meist Chanel No. 5 war. Sehr klassisch und ungewöhnlich für ein Mädchen, das sich derart exzentrisch gab. Manchmal trug sie auch No. 19, dessen leichter, frischer

Duft ihn an Blätter nach einem Sommerregen erinnerte, eine etwas herbere Note als das blumige No. 5. Leider schrieb sie kein Tagebuch, was ihn zwang, sich anhand der Stichworte in ihrem Terminkalender ein Bild von ihrem Tagesablauf zu machen. Bislang hatte seine Nachbarin kaum Herrenbesuch empfangen, außer an dem Abend mit der grässlichen Musik, als zwei Dutzend langhaarige Affen in ihrer Wohnung gelärmt hatten. In ihren Notizen gab es bis zum Mai ständige Treffen mit einem Achim, der dann aus ihrem Leben verschwunden war. War das der Grauhaarige, den er neulich von hinten gesehen hatte?

Im Flur befand sich ein großer begehbarer Kleiderschrank mit einer Lamellenschiebetür. Der Gedanke reizte ihn, dort zu warten, bis sie nach Hause käme. Vielleicht könnte er sie dabei beobachten, wie sie sich auszog. Aber die Gefahr der Entdeckung war groß. Nun gut, dann würde eben das die Entscheidung bringen. Es lag in ihrer Hand, ob er weiterhin im Schrank in Ruhe seine Beobachtungen machen konnte oder ob alles zwischen ihnen zerstört wurde. Wenn sie die Tür aufriss, war er gezwungen, die Sache jetzt schon zu Ende zu bringen.

Das Treffen war sorgfältig geplant. Der Mann, den sie den Soldaten nannten, war durch den Haupteingang des Europa-Centers geschlendert, die anderen kamen über die Tiefgarage direkt nach oben. Der Soldat stieg in den Lift und drückte die oberste Taste. Ihr Treffpunkt war der wohl öffentlichste Platz, den man sich denken konnte. Jeder hätte die drei Männer sehen können. Aber wer blickt schon nach oben?

Als er die Aussichtsplattform betrat, waren die beiden anderen schon da. Einer ließ den Blick durch ein Fernglas über das Stadtpanorama schweifen, der andere starrte auf den Tauentzien hinunter. Mit unauffälligen Blicken hatten sie einander wahrgenommen. Langsam und unbemerkt von den wenigen Touristen traten sie unter den riesigen Mercedes-Stern, der sich ruhig über der Stadt drehte.

»Was zum Teufel ist passiert?«, zischte der Grauhaarige. Er trug trotz der sommerlichen Temperaturen einen Borsalino und einen gedeckten Anzug. Er ließ keinen Zweifel, dass er der Ranghöchste in der Gruppe war.

»Der Idiot hat ein Bekennerschreiben verfasst, das am Tatort dummerweise von der Spurensicherung gefunden wurde«, antwortete der andere, ein schlanker Mann um die fünfzig, ebenfalls im tadellosen Anzug, allerdings ohne Kopfbedeckung und mit nass zurückgekämmtem Haar.

»Und das liegt jetzt in den Asservaten«, ergänzte der Soldat.

»Bei der Polizei kommt schon mal was weg«, lächelte der Mann mit Hut. »Glauben Sie mir, ich spreche da aus Erfahrung. Kriegen wir das hin?«

»Ich denke schon, dass wir da jemanden haben«, sagte der Soldat.

»Wie kommt der Trottel dazu?«, stieß der Nasskämmer hervor. »Es gibt die klare Absprache, dass keine Spuren gelegt werden, wenn wir es nicht ausdrücklich befehlen.«

»Bei Zivilisten können Sie nie hundert Prozent sicher sein«, flüsterte der Soldat. »Darum haben sie ja auch eine … begrenzte Einsatzzeit.«

»Sparen Sie sich Ihren Zynismus«, fuhr ihm der mit dem Hut über den Mund. »Es fällt uns nicht leicht, die Männer abzuschalten. Gute Männer.« Der Borsalino hob die Hand. »Unser vorrangiges Problem ist das Schreiben. Glücklicherweise ist es nicht in die Ermittlungsakte gelangt, dafür haben wir gesorgt. Wenn es aus den Asservaten verschwindet, merkt das kein Ermittler, bis einer irgendwann mal auf die Idee kommt, die Asservate zu durchwühlen. Aber das kommt selten vor, so gewissenhaft sind die Brüder nicht.«

»Und unser Mann kann dann ungestört weitermachen«, sagte der Soldat.

»Auf keinen Fall«, erwiderte der Borsalino. »Er hat uns den Ärger eingebrockt. Auch wenn das Schreiben verschwindet, könnten die Fahnder, die am Tatort waren, auf die Idee kommen, den Verfassungsschutz oder die Staatsschützer nach den ›Teutschen‹ zu fragen. Das bringt zwar nichts, aber die ganze rechte Szene könnte durchleuchtet werden. Nein, er muss im Hintergrund bleiben, als Materialwart.«

»Also kein weiterer Einsatz?«, wollte der Soldat wissen.

»Nicht für ihn.« Der Grauhaarige ließ den Blick über die Dächer schweifen. »Er wird verwarnt. Wir brauchen ihn weiter für das Material, aber den nächsten Einsatz muss ein anderer durchführen.«

»Warten wir erst mal ab?«, fragte der Nasskämmer.

»Erst einmal verschwindet das Papier.«

»Erkannt!«, antwortete der Soldat militärisch knapp.

Anna konnte das Telefonat nicht länger hinausschieben. Es klingelte lange, bis der Hörer abgenommen wurde.

»Rademacher?«

Anna merkte, wie ihr die Tränen kamen, als sie die Stimme ihrer Mutter hörte.

»Anna? Ist irgendwas nicht in Ordnung?«

Anna riss sich zusammen. Sie erzählte der Mutter von dem Babyfoto im Fotoalbum der Großmutter. Am anderen Ende der Leitung blieb es lange stumm.

»Ich wusste, dass das eines Tages kommen würde«, sagte Christel Rademacher schließlich und seufzte hörbar.

»Du hast mir immer gesagt, dass Nina schon im Krankenhaus gestorben ist.«

»Sie war ja auch ganz klein, als sie – starb.« Jetzt kamen auch der Mutter hörbar die Tränen.

»Und warum ...«

»Ich wollte nicht, dass du fragst, wie sie war, das hätte ich nicht geschafft.«

Anna lauschte dem Atmen am anderen Ende der Leitung. Die Mutter hatte ihr erst, als sie schon ein Teenager war, von der Schwester erzählt, die angeblich als Säugling gestorben war, direkt nach der Geburt. Hans, ihr Vater, hatte wie erschlagen daneben gesessen und die ganze Zeit geschwiegen. Sie musste Christel damals die Geschichte Satz für Satz aus der Nase ziehen. Ja, den Papa hätte sie schon früher kennengelernt und da sei es eben passiert. Das sei damals ein ungeheurer Skandal gewesen, hatte die Mutter berichtet: Hans, der Ingenieur aus Köln, der in einer DDR-Fabrik westdeutsche Maschinen montierte und die junge Lohnbuchhalterin schwängerte. Schon damals hatte Anna sich gewundert, wie verzweifelt der Vater wirkte, wenn es auf das Thema kam.

Viele Jahre später, da war sie schon volljährig, hatte die Mutter ihr gestanden, dass das tote Baby von einem anderen Mann war. So, jetzt sei Schluss, hatte die Mutter dann mit harter Stimme gesagt, mehr könne sie nicht sagen, das würde sie nicht verkraften.

Jetzt verstand Anna die Reaktion des Vaters. Offenbar hatte es vor ihm einen Mann an Christels Seite gegeben. Und jetzt stellte sich heraus, dass Nina wohl länger gelebt hatte, als die Eltern bisher zugegeben hatten.

»Wie ist sie gestorben?«, krächzte Anna in das Telefon.

»Sie wurde plötzlich sehr krank. Hirnhautentzündung«, antwortete ihre Mutter.

»Wie hat denn der Vater reagiert?«

»Papa? Den hatte ich doch gerade erst kennengelernt.«

»Nein, der andere Mann«, insistierte Anna. Wieder war es still in der Leitung. Die Mutter musste sich offenbar erst sammeln, bis sie mit trotziger Stimme weitersprechen konnte. »Der war doch über alle Berge. Und jetzt ist Schluss.« Wieder Stille.

»Sie sieht mir ähnlich«, sagte Anna plötzlich.

»Ihr seid ja auch beide von mir.«

»Ich komme aber mehr nach Papa«, drängte Anna. Die Mutter atmete schwer.

Jedes Kind hat dieses Gefühl irgendwann, dachte sie, als

sie schließlich den Hörer auflegte. Man blickt eines Tages die Eltern an und hält sie für fremde Leute. Und dann malt man sich die wildesten Geschichten aus, von vertauschten Babys im Krankenhaus oder von Findelkindern im Körbchen vor der Tür.

Anna brauchte einen Schluck, um das Gespräch zu verdauen. Einen kräftigen Schluck, um überhaupt einschlafen zu können.

Mittwoch, 23. Juni 1988

Borowski begrüßte Lucas wie einen guten Bekannten. Das müsse er sich ansehen, der Ablaufberg sei fertig. Im Clubraum waren die Jalousien heruntergelassen. Lucas war enttäuscht: Kein weiterer Modellbahnfreund war da. Er müsse mit ihm vorlieb nehmen, hatte Borowski lachend beim Betreten des Zimmers gesagt, die anderen hätten ausgerechnet für heute abgesagt. Die Anlage funkelte im Licht der Bahnhofsleuchten und Straßenlaternen. Auch in den meisten Häusern waren Glühbirnen montiert und ließen die Fenster strahlen. An den Bahnübergängen, an denen Modellautos mit weißen und roten Leuchtdioden in den Scheinwerfern und Rückleuchten auf die Durchfahrt der Züge warteten, blinkten die Andreaskreuze. Heinz Borowski machte eine feierliche Miene wie bei der Bescherung unter dem Weihnachtsbaum. Eine rote Rangierlok – eine V60-Diesellok! – schob eine lange Reihe Güterwagen durch den Bahnhof. Als der Zug den Scheitelpunkt des neuen Rangierbergs erreicht hatte, schaltete Borowski auf Schrittgeschwindigkeit um und drückte auf einem blauen Pult neben dem Fahrtregler einen roten Knopf. »Jetzt kommt's!«, rief er begeistert. Seine Wangen glühten vor Eifer. Ein Brummen, und in der Mitte des Gleises hob sich ein Metallstück, löste eine Kupplung nach der anderen.

Die Wagen trennten sich vom Zug und rollten nacheinander den Hang hinunter. Borowski drückte noch einen Knopf. Zack! Eine Weiche sprang um und der zweite Güterwagen glitt auf ein anderes Gleis. Wieder und wieder legte Borowski die Weiche um und verteilte die abrollenden Wagen auf zwei Abstellgleise, an deren Enden Prellböcke den Lauf der Waggons aufhielten.

»Darf ich ein Foto machen?« Lucas zückte den Apparat und stützte sich am Rand der Anlage ab. Borowski straffte den Oberkörper. Der Vereinspräsident und vor ihm der neue Rangierbahnhof! Ob er denn Fotos von der Entstehung der Anlage habe, wollte Lucas wissen. Na klar, da müsse er aber mal nebenan etwas wühlen. Borowski verschwand in dem kleinen Nebenraum, in dem der Verein Gleismaterial, Styropor und Holz lagerte. Lucas kam langsam auf den Geschmack, tatsächlich eine Reportage über die verrückten Modellbahnfreaks zu schreiben. Vielleicht konnte er das in der Wochenendausgabe des Tagesspiegels oder in Annas Abendkurier unterbringen.

Er setzte sich auf den Stuhl vor den blauen Fahrpulten. Sechs verschiedene Züge konnten gleichzeitig über die Anlage bewegt werden, das hatten ihm die Modellbahner beim letzten Mal begeistert vorgeführt. Hinter den Fahrtreglern waren kleine blaue Kästen mit roten und grünen Knöpfen aufgereiht. Damit konnten die Signale auf der Strecke und im Bahnhof auf Fahrt oder Stopp geschaltet werden. Die Modellbahnfreunde hatten daneben ein Brett mit der Gleisanordnung des Bahnhofs montiert, auf dem jedes Signal durch eine grüne und rote Leuchtdiode dargestellt war. Ein kleines Stellwerk, das den Modellbahner zum richtigen Eisenbahner machte, der die Züge streng nach Fahrplan anhalten ließ oder wieder hinaus auf die Strecke schickte. Lucas erinnerte sich an das Kindheitsgefühl, staunend vor der Anlage zu sitzen und sich auf das Anfahren der Züge zu freuen. Seine Hand berührte leicht den ersten der brummenden Fahrtregler.

Ganz vorsichtig drehte er den roten Schalter nach rechts. Er blickte sich suchend auf den Gleisen um. Eine rote Diesellok ohne Waggons bewegte sich von einem Abstellgleis am Rand des Bahnhofs auf die Hauptgleise zu, bog dann glücklicherweise über eine richtig gestellte Weiche auf ein leeres Gleis und durchfuhr leise schnurrend den Bahnhof.

»Alles mit Kisten vollgestellt!«, ächzte es aus der Abstellkammer.

Lucas drehte den Schalter weiter nach rechts. Die Lok, eine V 200, deren runde Front an einen alten VW-Bus erinnerte, nahm Fahrt auf, fuhr in die Kurve und erklomm zwischen den Häusern am Ortsrand eine Schräge, die in die Berge führte. Die Lok verschwand in einer weiteren Kurve zwischen den Spitzen zweier Berge und tauchte dann wieder auf einer langgestreckten Metallbrücke auf. Jetzt war sie gut vier Meter von Lucas entfernt, der ihre Fahrt wieder verlangsamte, um die Umrundung der Anlage länger genießen zu können. Die V 200 verschwand in einem Tunnel. Lucas hörte das hallige Schnurren in dem massiv wirkenden Berg, der von einer grauen Spitze mit Gipfelkreuz gekrönt war und in den die Modellbahner Almhäuschen im kleineren Maßstab N hineinmodelliert hatten. Ein optischer Trick, der den Berg noch gewaltiger und die Häuschen entfernter wirken ließ. Lucas wartete auf das Auftauchen der drei Stirnlampen am Tunnelausgang. Offenbar war im Tunnel nicht nur ein einfacher Gleisbogen versteckt, sondern eine komplizierte Wendeschleife, die die Fahrt verlängerte und es ermöglichte, die Züge überraschend wieder am Tunneleingang oder mit Verzögerung am Ausgang auftauchen zu lassen. Das Fahrgeräusch der V 200 veränderte sich plötzlich. Das Rattern auf den Gleisen wurde durch das monotone Brummen des Motors abgelöst.

Die Lok war im Tunnel festgefahren! Offenbar war eine Weiche falsch gestellt, und nun drehten die Räder an einem Prellbock durch und der Zug kam nicht weiter. Lucas wurde nervös und äugte in die Kammer. Borowski wühlte noch immer in den Kartons herum.

Lucas bewegte den Fahrtregler auf Null und erhob sich. Die Anlage war von drei Seiten begehbar. Er betastete den Berg, unter dem die Diesellok verschwunden war, und fand einen Schlitz am Boden der Konstruktion. Vorsichtig fühlte er nach. Ja, der Berg ließ sich anheben. Ein leichter Aufbau aus Pappe, Gips und mit Tapetenkleister gehärtetem Packpapier. Er schob die Finger in den Spalt und drückte den Berg nach oben. Ganz langsam nahm er ihn hoch und entdeckte die V 200 auf einem Gleisendstück mit Prellbock.

Die unterirdische Gleisanlage war weitaus komplizierter, als er sich vorgestellt hatte. So gab es zwar die Wendeschleife, aber in der Kurve war eine weitere Weiche eingebaut, die in eine Abzweigung zu einem unterirdischen Bahnhof führte. Nach der Biegung lief ein gerades Gleis durch ein Torgebäude in einen dreigleisigen Bahnhof, an dessen Ende die Gleise wieder zu einem Strang zusammengeführt wurden. Am Ende des Sackbahnhofs stand die rote Lok an einem Prellbock. Lucas wunderte sich, dass die Modellbahner unter dem Berg nicht nur Gleise verlegt, sondern auch Gebäude aufgestellt hatten. Das widersprach dem strengen Realismus, dem sie sich in der gesamten Anlage verpflichtet fühlten.

Auf dem Bahnsteig des unterirdischen Bahnhofes standen eine Unmenge von Preiser-Figuren. Es mussten über hundert Personen mit Koffern sein, die sich eng hintereinander drängten, um sich dann in zwei Menschenschlangen zu teilen. Auf dem Bahnsteig saßen an zwei Tischen Männer, die die Ankommenden offenbar registrierten. Obwohl es nur ein winziges Modell war, wirkte die Szene unheimlich. Wieso hatten Borowski und seine Freunde einen Bahnhof in den Berg verlegt und sich die Mühe gemacht, ihn mit gut einem Dutzend Peitschenlampen zu beleuchten? Ein mulmiges Gefühl stieg in Lucas auf und er vergaß für einen Moment den nebenan angestrengt schnaufenden Borowski. Neben der grau angestrichenen Menschengruppe entdeckte Lucas Soldaten, die entlang der Gleise Wache standen, ihre MPs vor dem Körper. Eine Gefangenenszene auf einer Modellbahnanlage, die eigentlich ein Voralpenidyll abbildete? Lucas begriff, dass er den unheimlichen Bahnhof schon einmal gesehen hatte: in der amerikanischen Fernsehserie »Holocaust«. Zehn Jahre war das her. Das Bild einer Dampflok, die einen Güterzug in einen Bahnhof zieht, hatte sich in sein Gedächtnis eingebrannt. Sein Blick fiel auf das Torgebäude am Eingang des Bahnhofs. Ein spitzgiebeliger Ziegelbau, sorgfältig aus Prägepappe nachgebildet und sogar mit Rußspuren durchfahrender Dampfloks eingefärbt.

Die Rampe von Birkenau! Lucas griff die Lok und setzte hastig den Berg zurück auf den KZ-Bahnhof. Seine Hände zitterten. Erst nach mehreren Versuchen gelang es ihm, die vierachsige V 200 wieder auf die Schienen zu stellen.

Borowski hatte nichts gemerkt und stapelte weiter Kartons.

»Langsam kommen wir der Sache näher!«, tönte es aus dem Nebenraum.

Als er mit feierlicher Miene wieder in das Clubzimmer trat, hatte er einen Stapel Fotos in der Hand.

Lucas fiel es schwer, sich auf die Bilder zu konzentrieren.

»Dieses Foto hier, das war 1985, da waren wir noch völlig am Anfang! Der Bahnhof – eine reine Baustelle!« Borowski war schon wieder vor Begeisterung erhitzt. Lucas nickte stumm, während der Modellbauer ihm mit rotem Kopf Bild um Bild umständlich erklärte, Baufortschritte erläuterte, technische Meisterleistungen wie die hängende Metallbrücke feierte oder die zarte Oberleitung als bedeutendes Werk des Vereins pries. Und dann erst die Alpenlandschaft! Und die Lichter in den Häusern, die mit Hilfe von mehreren Zeitschaltuhren an und wieder aus gingen!

Borowski und seine Freunde waren offenbar Nazis, die Freude daran hatten, in ihrer Freizeit die Vernichtung der europäischen Juden im Modell nachzustellen. Einer von ihnen, dachte Lucas, musste der Mann sein, den Frau Posselt in der Oranienstraße gesehen hatte. Der Mann mit dem roten Kleinwagen.

Die Modellbahner waren so auf ihr Hobby fixiert, dass sie so gut wie ausschließlich die Anlage in ihrem Entstehen fotografiert hatten und nur selten einer der Modelleisenbahner ins Bild lugte, während er klebte, schraubte oder lötete.

»Gibt es kein Bild, auf dem die Modellbahnfreunde besser zu erkennen sind?«, fragte Lucas, nachdem Borowski ihm eine Viertelstunde lang jeden noch so kleinen Baufortschritt anhand der Fotos erläutert hatte.

»Sie meinen eine Vereinsversammlung oder so etwas? Da muss ich noch mal nachsehen.« Borowski verschwand wieder im Kabuff und wühlte. Lucas sah hastig die Fotos durch und legte alle Bilder beiseite, auf denen Vereinsmitglieder zu erkennen waren. Auf keinen der Männer passte Wiebke Posselts Beschreibung.

»Da waren wir im März bei den Dampflokfreunden in Salzwedel!« Borowski kam zurück und schwenkte triumphierend ein Foto. Auf dem Bild standen die Berliner vor einer Dampflok und lächelten in die Kamera.

»Eine fahrtüchtige BR 50!« Borowski tippte auf die schwarze Lok.

»Dass es so was Tolles noch gibt!«, sagte Lucas. »Jetzt müssen Sie mir aber alle Berliner zeigen und die Namen sagen. Wer ist das da links oben?« Lucas versuchte, ruhig zu bleiben. Am Bildrand stand ein schmaler Mann mit hoher Stirn und dünnem, rötlichem Haar. Er blickte ernst in die Kamera und teilte offenbar die Feiertagslaune seiner Mitstreiter nicht. Über seiner Oberlippe war ein dünner Schnurrbart zu erkennen.

»Na, den kennen Sie doch, den Gerd Opolka.« Der Präsident machte ein enttäuschtes Gesicht. »Wenn er jetzt Examen macht, wird er wohl nicht mehr so viel Zeit für die Anlage haben. Er ist Maschinenbauer, an der TU!«

Lucas versuchte, die Fassung zu bewahren. Er wäre am liebsten aufgesprungen und mit dem Foto zur nächsten Telefonzelle gerannt. Gerd Opolka, der dünne Kahlkopf vom letzten Bastelabend, hatte sich also erst vor kurzem die rötlichen Haare abrasiert. Borowski verfügte über drei weitere Bilder, die Opolka in der Gruppe beim Ausflug nach Salzwedel zeigten. Lucas notierte alle Namen der Modellbahnfreunde auf den Fotos, die Borowski ihm diktierte, und fragte zum Schein nach den besondern Verdiensten der einzelnen Vereinsmitglieder.

Der Berg mit dem Tunnel, wer das Prachtstück denn gebaut habe? Borowski schlug bescheiden die Augen nieder.

»Das ist doch mein Alpenidyll, habe ich doch schon neulich gesagt. Meine heile Welt.«

Lucas nickte anerkennend.

»Die Gleise unterirdisch zu führen, das ist doch sicher schwer?«

»Ich habe nur den Berg gebaut. Für die Gleisanlage haben wir unsere Spezialisten.« Borowskis Gesicht veränderte sich plötzlich. Er dachte offenbar an seine Bemerkung, die ihm neulich beim Clubtreffen herausgerutscht war. Und er schien zu überlegen, ob der Reporter etwas von der unterirdischen Anlage mitbekommen hatte.

»Wer sind denn Ihre Gleisexperten?«, versuchte Lucas mit möglichst freundlichem Tonfall herauszufinden. Borowski war sichtlich irritiert.

»Ist mir entfallen.«

»Sie wissen nicht, wer die Gleise baut?«

»Nein, nein, wer das Stück speziell gebaut hat, das weiß ich nicht mehr.« Borowski biss sich auf die Lippe. Dann fing er sich wieder und bemühte sich um ein freundliches Gesicht. »Bis auf mich sind alle gut mit dem Elektrokram. Ich bin mehr der Landschaftstüftler.«

Lucas überlegte, wie er möglichst unauffällig mehr über Opolka herausfinden konnte.

»Der Gerd – wie hieß er gleich? Der kann das sicher gut.«

»Wenn er denn öfter käme«, erwiderte Borowski mit einem Seufzer.

»Ist er denn beim nächsten Treffen dabei? Dann könnte ich Sie als Landschaftsbauer und ihn als Techniker porträtieren.«

»Wer weiß. Melden Sie sich einfach.«

Lucas verabschiedete sich – zu hastig, wie er selber fand – und ging mit den Fotos unter dem Arm zur nächsten Telefonzelle.

Gerd Opolka zog es vor, nicht im Telefonbuch zu stehen. Es war mal wieder Zeit, mit Klamm zu reden. Doch der war im Büro nicht zu erreichen.

Donnerstag, 24. Juni 1988

Es war mühsam, einen geregelten Tagesablauf einzuhalten, wenn man in einem Speditionskeller ohne Klo und Dusche nächtigte. Die einfachsten Verrichtungen des alltäglichen Lebens erforderten Zeit und genaue Planung. Lucas war um halb sieben aufgestanden, hatte sich frische Sachen angezogen und war durch die Kellerluke aus dem Versteck geklettert – zu früh für seinen Vermieter, der gewöhnlich gegen acht Uhr auf das Gelände kam. Unbemerkt überwand Lucas den Zaun und war kurz nach sieben Uhr im Duschraum am Zoo, der um diese Zeit kaum frequentiert war. Die Keithstraße erreichte er nach einem zügigen Fußmarsch frisch geduscht, aber ungefrühstückt, Viertel vor acht. Er vermutete, dass dies in etwa die Zeit war, zu der Kriminalhauptkommissar Ernst Klamm seinen Dienst antrat. Lucas wartete vor dem Portal der Polizeidienststelle und sehnte sich nach einem Kaffee. In der Budapester Straße gab es einen Imbiss, doch er konnte nicht riskieren, seinen Posten zu verlassen und Klamm womöglich zu verpassen.

Als der Kripobeamte endlich in die Keithstraße einbog, kam ihm Lucas ein paar Schritte entgegen.

»Auffälliger geht's nicht«, knurrte Klamm. Er sah sich misstrauisch um.

»Tut mir leid, es ist wichtig. Können wir kurz reden?«

»Nicht hier, Ecke Kurfürstenstraße«, zischte der Beamte. Sie gingen getrennt weiter und überquerten die Seitenstraße. Klamm blieb erst stehen, als sie außer Sichtweite der Keithstraße waren. Ein auffällig geschminktes Mädchen mit ungekämmten langen Haaren, keine fünfzehn Jahre alt, machte einen Bogen um die beiden Männer und lief weiter Richtung Osten. Dort an der Ecke Kürfürsten- und Potsdamer Straße lag der berüchtigte Babystrich, auf dem sich drogenabhängige Kinder für wenig Geld den vor dem U-Bahneingang herumlungernden Freiern anboten.

»Ich glaube, ich kenne den Täter«, begann Lucas.

»Na herzlichen Glückwunsch«, erwiderte Klamm spöttisch. »Da bist du ja cleverer als die ganze EG ›Bombe‹!«

»Es muss der Modellbahnfreund von Heinz Borowski sein, Gerd Opolka.«

»Und den sollen wir jetzt verhaften? Beweise?«

»Die Mitarbeiterin der Beratungsstelle in der Oranienstraße hat vor dem Anschlag einen Verdächtigen gesehen. Die Beschreibung passt genau auf Gerd Opolka. Ich habe Fotos von ihm!«

Lucas zog eines von Borowskis Gruppenfotos aus der Tasche und hielt es Klamm hin.

»Spannende Spur«, murmelte der.

»Kannst du mir seine Adresse raussuchen? Ich meine, schnell?«

Der Kommissar sah Lucas verächtlich an.

»Das ist Polizeisache. Wenn er der Täter ist, werde ich den Teufel tun und dir helfen, unseren Verdächtigen aufzuscheuchen.«

»Nur eine Adresse ...«

»Ich sehe, was ich tun kann. Sicherheit und Fahndung gehen vor!«

Lucas gab Klamm das Foto mit, dann gingen die Männer auseinander.

Das Einwohnermeldeamt, das Lucas schon bei vielen Recherchen nützlich gewesen war, befand sich im dritten Stock des Polizeigebäudes in der Friedrichstraße, ein paar hundert Meter vom Checkpoint Charlie entfernt, dem Grenzübergang für Ausländer.

Über dem Eingang thronte ein Reichsadler, aus dessen Klauen man verschämt das Hakenkreuz herausgeschlagen hatte. Einige Einschusslöcher in der Fassade zeugten von den Straßenkämpfen, die sich Russen und Deutsche hier vor über vierzig Jahren geliefert hatten. Das gelb-braun gekachelte Foyer der Polizeiwache hatte sich die kalte Ausstrahlung bewahrt, die nach dem Kalkül der NS-Architekten die Verhafteten, die damals hier hineingeschleift worden waren, entmutigen sollte. Der Etage, in der sich die Meldestelle befand, hatte man durch einen öden gräulichen Wandanstrich und mit Hilfe von abgehängten Decken jegliche Herrschaftsattitüde ausgetrieben. Hinter einer Glasscheibe saß eine üppige junge Frau in einem unvorteilhaften pinkfarbenen ärmellosen Pullover, der mit Silberfäden durchwirkt war. Ihr war Lucas bei seinen zahlreichen Besuchen noch nie begegnet. Der Berliner Senat schien über ein unerschöpfliches Potenzial von Mitarbeitern zu verfügen, von denen keiner vierzig Stunden an seinem Arbeitsplatz ausharren musste.

Um unnötige Nachfragen zu seinem Interesse an der gewünschten Adresse zu vermeiden, hatte Lucas sich angewöhnt, den Damen des Einwohnermeldeamts stets in Flirtstimmung zu begegnen. Bei der Beamtin mit den blondierten Strähnchen biss er auf Granit.

»Gerd oder Gerhard Opolka?«, fragte sie mürrisch

»Gerd«, sagte er mit fester Stimme.

»Geburtsdatum?«, leierte die Strähnchenfrau.

»Das weiß ich leider nicht aus dem Kopf.«

»Ohne Geburtsdatum kann ich keine Anfrage im System eingeben.«

»Vielleicht versuchen Sie es einfach mit dem Namen.« Mit der Methode hatte er bei der Adressensuche schon oft Erfolg gehabt.

»Kommen Sie wieder, wenn Sie das Geburtsdatum haben!« Mit pampiger Miene wandte sich die Sachbearbeiterin ab und begann, Karteikarten auf ihrem Schreibtisch zu ordnen. Lucas bettelte und schmeichelte. Es sei sehr dringend, ein säumiger Mieter, sie wisse schon, er müsse in einer bestimmten Frist die Mietforderung zustellen lassen.

»In Ihrem Mietvertrag steht doch bestimmt das Geburtsdatum Ihres Mieters, gucken Sie einfach nach und kommen Sie wieder.« Die Frau in Pink ließ sich nicht erweichen. Jetzt war er darauf angewiesen, dass Klamm ihm die Adresse von Opolka verriet.

Freitag, 25. Juni 1988

Lucas erreichte Anna in der Abendkurier-Redaktion. Sie hatte ein paar Minuten Zeit, bevor sie zu einer Pressekonferenz des Schulsenators aufbrechen musste. Lucas ärgerte sich. Den Termin hatte er sich ebenfalls im Kalender eingetragen, um ein ausgiebiges Frühstück mit Kaffee und Saft einzunehmen. Man konnte bei solchen Gelegenheiten sogar übriggebliebene Brötchen und die kleinen Orangensaftfläschchen als Vorrat mitgehen lassen. Wenn allerdings Anna dort auftauchte, konnte er nicht zum Senator. Sie hätte ihn gelöchert, warum ihn neben seiner Bombengeschichte auf einmal die personelle Ausstattung der Berliner Schulen interessierte.

Anna entschuldigte sich für den plötzlichen Rauswurf aus ihrer Wohnung und berichtete ihm mit leiser Stimme von ihrem Gespräch mit ihrer Mutter. Sie hatte keine Scheu, ihm, den sie kaum kannte, ihre innersten Gefühle zu offenbaren. Lucas hörte geduldig zu, als Anna von ihrem Verdacht berichtete, sie selbst sei womöglich nicht die Tochter ihres Vaters, sondern eines Unbekannten in der DDR.

»Würdest du mit mir noch mal rüber fahren?«, fragte sie unvermittelt.

»Du bist verrückt«, entgegnete Lucas. »Du willst doch nicht allen Ernstes nach deinem Vater suchen?«

»Ich muss.«

»Beim letzten Mal war es das reine Glück, dass die Stasi uns nicht geschnappt hat. Ohne Akkreditierung ...«

»Es ist diesmal rein privat, das kann uns keiner verbieten.« Anna klang so bestimmt, dass Lucas nicht Nein sagen konnte. Und sie machte ihm ein unwiderstehliches Angebot: »Solange ich meinen Führerschein nicht habe, kannst du mit der Ente fahren, okay? Und wenn ich ein Auto brauche, bist du mein Chauffeur.«

Lucas konnte den Wagen gut für seine Recherchen gebrauchen. Und er hatte mit dem Auto eine ständige Verbindung zu Anna.

Als er ein paar Stunden später bei ihr klingelte, ließ sie ihn zu seiner Enttäuschung nicht ein, sondern kam direkt hinunter, in ihrem Gefolge ein großer schlaksiger Mann.

»Das ist Achim«, sagte sie fröhlich. Die Trauer, die sie neulich nach der Entdeckung des Kinderfotos ihrer tot geglaubten Schwester gezeigt hatte, war wie weggewischt. »Bringst du uns zur Bandprobe? Wir beantragen am Zoo schnell die Visa, dann fährst du uns nach Kreuzberg, und dann kannst du den Wagen haben.« Nein, für ein gemeinsames Essen oder einen Kaffee sei keine Zeit.

Lucas verzog das Gesicht zu einem Lächeln. Wer war der Typ? War das ihr neuer Freund? So toll sah der nicht aus.

Sie fuhren wieder zum Büro für Besuchs- und Reiseangelegenheiten und beantragten die Reisepapiere für Ost-Berlin. Dann lieferte er die beiden vor einem heruntergekommenen Altbau in SO 36 ab.

Auf der Rückfahrt nach Charlottenburg war Lucas' Laune noch düsterer. Sie war kusslos aus der Ente gesprungen und mit Achim in dem mit Graffiti vollgeschmierten Hauseingang verschwunden, hinter dem ihre jungen Bandkollegen auf sie warteten, die coolen Burschen, die viel besser als er zu ihr passten. Sie macht mich zum Affen, dachte er.

Der Abend, den Lucas in Aussicht hatte, war wenig erfreulich. Kein Empfang, auf dem man sich satt essen konnte, keine Verabredung, die ihn für ein paar Stunden von der Aussicht auf das karge Nachtlager im Keller der Spedition ablenken konnte. Und keine Chance, die Spur zu Opolka weiterzuverfolgen. Zeit, die Schmutzwäsche aus der Olbersstraße zu holen und einen Abend im Waschsalon zu verbringen. Lucas hatte von einem Laden gehört, der nicht die übliche trostlose Neonatmosphäre haben sollte, sondern in dem man auch etwas zu essen bekam.

Buddy's Washhouse lag in einer versteckten Seitenstraße im Wedding. Lucas parkte den Wagen und griff die beiden Kopfkissenbezüge, in denen er seine Wäsche verstaut hatte. Der Waschsalon sah von außen wie eine Kneipe aus. Der mit rotem Glitzerlack gestrichene Tresen lag in schummerig-warmem Licht. Vor dem Tresen waren sechs rote Kunstleder-Barhocker aufgereiht. An den orangefarben gestrichenen Wänden blinkten amerikanische Bierreklameschilder.

»Howdy Friendo!«, dröhnte eine Bass-Stimme hinter der Bierzapfanlage. Ein stämmiger Mann mit schwarzem Vollbart und beigefarbenem Cowboyhut blickte Lucas finster an. Um den Hals trug er eine türkisfarbene Brosche mit einer Lederschnur, darunter ein blau-schwarz kariertes Hemd.

»Howdy!«, murmelte Lucas und hob die Hand zum Gruß. »Ich habe zwei Maschinen zu waschen.«

»Ist Selbstbedienung«, sagte der Cowboy und deutete mit dem Kopf in den hinteren Teil des Lokals. Dort standen Waschmaschinen und Trockner. Aus den Lautsprechern kam der Folsom Prison Blues. Johnny Cash sang von einem Mörder, der lebenslänglich im Gefängnis sitzt. Er hatte einen anderen getötet, nur um ihm beim Sterben zuzusehen.

Lucas zog ein Päckchen Waschpulver aus einem Wandautomaten und startete die Maschinen. Die Waschzeit von achtzig Minuten erschien auf einer Leuchtanzeige an der Frontseite. Dann bestellte er einen Cheeseburger mit French Fries, dazu ein Bier. Als der Cowboy in der Küche verschwunden war, sah er sich im Lokal um. Am Fenster standen drei Tische mit roten Sitzbänken wie in einem echten amerikanischen Diner. Die grauen Resopal-Tische waren mit silbernen Serviettenhaltern und roten Ketchupflaschen dekoriert.

Lucas war nicht der einzige Gast. An einem der Tische hatte er sofort eine blonde Frau ausgemacht. Sie trug eine eng taillierte, rot-weiß karierte Bluse, die den Blick auf ein knochiges Dekolleté freigab. Den Stoff unterhalb der Brüste hatte sie zusammengeknotet, sodass der Bauchnabel freilag. Ein winziger Speckgürtel war über dem Hosenbund zu erkennen. Die übereinandergeschlagenen Beine, die Füße in hochhackigen Sandalen, sahen gut aus. Die Frau wirkte drahtig, doch Lucas empfand das Bauchfleisch um die Nabelvertiefung herum als welk. Er schätzte sie auf Mitte vierzig.

»Meine Maschine dauert noch zwanzig Minuten«, sagte die Blondine und lächelte Lucas an. Ihr Gesicht war verlebt, aber nicht unattraktiv.

»Darf ich Sie auf ein Getränk einladen?« Er wunderte sich über seine Kühnheit. Bahnte sich hier ein kleines Abenteuer an? Sie stand langsam auf, als wollte sie ihre körperlichen Vorzüge vor seinen Augen entfalten, kam zur Bar und verlangte ein Bier.

»Ich heiße Angie.«

»Angie, Angie, where will it lead us from here?«, sang Lucas mit krächzender Stimme. Sie lachte. Der Cowboy stellte ihm wortlos den Burger und die Biere hin.

»Genau, Angie wie bei den Rolling Stones«, antwortete die Blondine und prostete Lucas zu. Sie rauchte Eve, diese merkwürdigen Frauenzigaretten, die besonders dünn waren und mit ihrem weißen Filter eleganter wirkten.

»Nett hier«, sagte Lucas.

»Vorsicht«, erwiderte die Blonde, »er hier ist verrückt.« Sie deutete mit dem Kopf auf den Cowboy hinter der Bar. Der hielt sich am anderen Tresenende auf und schien sie nicht zu hören.

»Verrückt?«

»Er glaubt, er ist die Wiedergeburt von Elvis. Aber nur eine Hälfte von ihm, die andere ist ein ehemaliger Cowboy, der in diesem Saloon hängen geblieben ist.«

»Interessant.«

»Was machst du, geheimnisvoller Fremder?«

Die ging ja ran. Lucas berichtete von seinen Heldentaten als Reporter, von einer Recherche über Schutzgeld, bei der ihn die Chinesen-Mafia einmal fast abgeknallt hätte. Der Mann mit dem Stetson stellte zwei weitere Biere auf den Tresen.

»Hattest du Angst?« Ihr Blick war tief und verlockend.

»Ja, eine Scheißangst. Aber sie haben mich nicht entdeckt, ich konnte fliehen, bevor sie das Lagerhaus filzten, in dem ich mich versteckt hatte.« Na ja, das stimmte nicht so ganz – Lucas hatte Kontakt zu einem verdeckten Ermittler, der sich im Lagerhaus versteckt hatte, und der hatte ihm exklusiv die Geschichte über die Schutzgelder erzählt, die die Mafia von den Restaurantbesitzern kassierte. Das Lagerhaus, hatte der Ermittler erzählt, war der Treffpunkt der Mafiosi.

Lucas glaubte, in Angies Blick eine Mischung aus Bewunderung und Angriffslust zu spüren. Ihre Hände berührten sich zart und einen Moment zu lange, als sie gleichzeitig nach den Gläsern griffen. Lucas merkte, dass er langsam Gefallen an Angie fand.

»Was machst du so?«

»Ach, ich habe schon überall gekellnert. Im Dschungel ...«

»Da war ich früher oft.«

»Hab dich aber nie gesehen. Wo steckst du sonst so?« Lucas musste nachdenken. Seit der Trennung von Martina war er wenig ausgegangen.

»Lass mich raten«, fuhr Angie fort. » Für das Chaos am Halleschen Tor bist du zu alt, ich übrigens auch. Aber im SO 36, da hätten wir uns begegnen können.« Sie nahm einen Schluck und überlegte. »Ich bin oft im Kumpelnest, aber da traust du dich bestimmt nicht rein.«

»Da war ich schon!«, rief Lucas empört. In den schrägen neuen Laden an der Potsdamer Straße hatte es ihn kurz nach der Eröffnung vor einem Jahr verschlagen. Er war nach wenigen Minuten geflohen, als sich eine Frau, an die er sich zu dröhnender Schlagermusik herantanzte, als Transe erwiesen hatte.

»Oh, meine Wäsche«, rief Angie plötzlich und verschwand nach hinten. Lucas ging zum Klo. Auch die Toilette wurde mit Countrymusik beschallt und war wie ein Saloon mit Schwingtüren vor den Kabinen ausgestattet, die man nicht abschließen konnte.

Auf dem Weg zurück zum Tresen kam Angie ihm entgegen, strich im Vorbeigehen leicht mit der Hand über seine Hose und verschwand im Damenklo. Lucas hatte eigentlich während des Wartens auf die Wäsche seine Rechercheunterlagen durchsehen wollen, um irgendeine Idee zu bekommen, wie er Opolka finden konnte. Das konnte er getrost vergessen. Er hatte jetzt die Gewissheit, dass er die Nacht nicht im Keller, sondern in einem richtigen Bett verbringen würde, mit einer warmen Dusche am nächsten Morgen. Vielleicht war sogar ein Frühstück mit Angie drin.

Ein paar Biere später waren sie zum Aufbruch bereit. Angie wohnte ganz in der Nähe. Lucas verstaute die Wäsche in der Ente und stolperte Arm in Arm mit der Country-Frau in die Swinemünder Straße. Vor einem heruntergekommenen Altbau blieben sie stehen. Direkt neben der Haustür konnte man in eine Erdgeschosswohnung blicken. Eine enge Küche mit braunen Hängeschränken, am Fenster eine vergilbte gehäkelte Gardine. An der Fensterscheibe klebte ein maschinengeschriebener Zettel:

»Wenn ihr euren Hund vor meiner Tür scheißen lasst, hinterlasst bitte eure Adresse. Ich komme dann bei euch vorbei und scheiße vor eure Tür.«

»Das sind solche Ferkel hier!«, fluchte Angie und schloss auf. Sie ging schnurstracks auf die Erdgeschosswohnung zu und öffnete die Wohnungstür. Schon im Flur zog sie ihn an sich und ließ ihre Zunge wie ein Lasso in seinem Mund kreisen. Ihre Hand fummelte an seinem Hosenschlitz herum und Lucas erwiderte die Berührung mit einem festen Griff an ihre Brüste. Während sie knutschend durch den Flur stolperten, stieg ihm der Geruch von Salmiak in die Nase. Schlagartig ließ seine Erektion nach. Angies Wohnung stank nach Katzenpisse. Sie stank nach einem Katzenklo im Bad, das nicht oft gesäubert wurde. Sie stank nach einer Katze, die ihr Geschäft nicht nur im Bad verrichtete. Als Angie ihn durch die Schlafzimmertür geschoben hatte und mit kräftigem Schwung auf das Bett warf, sprang das Tier empört maunzend hoch.

Der Alkohol hatte Lucas derart träge gemacht, dass er Angies Fingern, die sich zielstrebig zu seinem Geschlecht vorarbeiteten, keinen Widerstand entgegensetzen konnte. Während ihre Rechte seinen Schwanz wiederzubeleben versuchte, wühlte sie mit der linken Hand in seinen Haaren, streichelte sein Gesicht, bis der Ekel vor ihren Berührungen überhand nahm. Er griff ihr Handgelenk und bog den Arm vorsichtig zurück. Angie schien das nur noch wilder zu machen. Sie biss ihn in die Lippen, schlug ihre Zähne in seinen Nacken, während er ihre Handgelenke fest umklammerte und mit ihr rang. Mit einem jähen Ruck rollte Lucas sich zur Seite und stürzte vom Bett. Er schlug hart auf dem Boden auf. Angie hatte erschrocken von ihm abgelassen und begann nun, sich lasziv auf dem Bett zu wälzen und sich die Kleider vom Leib zu schälen. Wenn ihn das nicht zurück auf das Lager zwingen würde … Lucas nutzte die Chance und war blitzschnell auf den Füßen.

Er war außer Atem, als er sich auf den Fahrersitz der Ente sacken ließ. Angie hatte ihm üble Flüche hinterhergeschickt, als er in Panik seine Hose hochgezogen hatte und fluchtartig zur Tür gestürzt war. Er hatte zur Entschuldigung etwas von Übelkeit gestammelt und war nur knapp einer zersplitternden Bierflasche entkommen, die sie wütend an den Türrahmen gedonnert hatte.

Lucas startete den Motor und war heilfroh, der liebestollen Katzenmutter entkommen zu sein. Er war eigentlich zu betrunken, um Annas Auto sicher nach Charlottenburg zu bringen. So entschied er sich für den Schleichweg über die Putlitzbrücke und erreichte unbeschadet sein Nachtquartier.

Montag, 27. Juni 1988

Er hatte sich vorgenommen, den Nachmittag im Freienzimmer mit Telefonaten zu verbringen und dann zu einer Buchvorstellung zu gehen, von der er sich einen abendlichen Imbiss versprach, ein paar Kanapees und etwas Wein. Klamm war nicht erreichbar und hatte offenbar kein Interesse, den Reporter in die Jagd auf den Terrorverdächtigen einzubeziehen.

Er nahm sich noch einmal die Fotos vor, die Borowski ihm geliehen hatte. Es ärgerte ihn, dass er den Maschinenbauer Gerd Opolka nicht doch beim letzten Treffen der Modellbahner fotografiert hatte, dann hätte er ein aktuelles Bild. Zum Glück hatte er Borowskis Bilder vom Treffen in Salzwedel, von denen er einen Abzug Klamm gegeben hatte. Lucas suchte die restlichen Fotos nach Opolka ab. Doch das blasse längliche Gesicht mit dem dünnen Schnurrbart über den schmalen Lippen tauchte außer auf den Fotos vom Salzwedler Modellbahnertreffen nirgendwo wieder auf. Er steckte die Bilder zurück in den braunen Umschlag, den Borowski ihm als Schutzhülle mitgegeben hatte, und wählte die Nummer der Beratungsstelle. Dort lief der Anrufbeantworter. Er versuchte, Wiebke Posselt zu Hause zu erreichen. Während er es klingeln ließ, drehte er den Umschlag mit den Fotos gedankenverloren herum und las die Adresse auf dem braunen Papier:

»Herrn G. Opolka
Goebelstraße 11
1000 Berlin 13«

Lucas legte den Hörer mit einem Knall auf. Der Umschlag, den Borowski ihm gegeben hatte, war ein Brief an Opolka, den der beim Transport für irgendwelche Unterlagen in den Club mitgebracht haben musste.

Anna! Sie wohnte womöglich Tür an Tür mit einem gefährlichen Terroristen. Lucas ließ es lange klingeln. Geh ran, geh ran, flehte er.

»Rademacher?«

Lucas atmete durch und versuchte, ruhig zu werden. Er wollte vermeiden, dass Anna in Panik geriet.

»Hallo Anna, hier ist Lucas.«

»Ist irgendwas passiert? Du klingst merkwürdig.«

»Meine Recherchen sind ziemlich aufregend«, begann er und kam dann sofort zur Sache: »Sag mal, der Typ in deinem Haus, der dich nervt, wie heißt der eigentlich?«

»Ich glaube Gerd, so richtig vorgestellt hat er sich nicht.«

»Gerd wie? Der Nachname?«

»Keine Ahnung.«

»Es muss doch ein Name am Klingelknopf stehen?«

»Darauf habe ich nie geachtet. Ich wollte mit dem Typen nichts zu tun haben. Warum fragst du?«

Lucas überlegte kurz und entschied sich, ihr die Sache schonend beizubringen.

»Ich musste gerade daran denken, dass ich mir den mal zur Brust nehmen sollte.«

»Er tut doch nichts, außer dass er nervt.«

»Ich habe ihn komischerweise nie zu sehen bekommen«, fuhr Lucas fort.

»Ein ziemlich komischer Vogel«, bemerkte Anna.

»Wie sieht der eigentlich aus?« »Na ja, so ein verklemmter Beamtentyp, aber noch ziemlich jung.« Anna lachte. »Er hat eine Glatze. Und einen dünnen Schnurbart.«

Ernst Klamm starrte angestrengt auf die dunklen vorhanglosen Fenster im ersten Stock des Altbaus in der Großgörschenstraße. Am Montag hatte das Einwohnermeldeamt die Adresse Opolkas mitgeteilt und die beunruhigende Auskunft erteilt, ein Journalist habe sich ebenfalls nach Opolka erkundigt. Hermes war also auf der Spur des Verdächtigen. Zum Glück hatte die Beamtin dem Reporter die Auskunft verweigert.

»Der ist nicht in der Wohnung«, sagte Kriminalkommissarin Jasmin Berger. »Kein Licht und keine Bewegung in der Bude.«

Sie gingen die Treppe zur Wohnung hoch. Berger klappte den Zeitungsschlitz in der Tür auf und spähte mit der Taschenlampe hinein.

»Sieht leer aus, keine Möbel im Flur. Der Vogel ist ausgeflogen.«

Klamm klingelte gegenüber. Ein dunkelhaariger junger Mann öffnete und starrte die Fahnder erschrocken an.

»Keine Sorge«, sagte der Kriminalhauptkommissar und hielt seine Dienstmarke hoch. »Wissen Sie, wo Ihr Nachbar sein könnte?«

»Der ist kürzlich ausgezogen«, stammelte der Mann.

»Hat er Ihnen gesagt, wohin?«

Der Nachbar schüttelte den Kopf. »Ich habe den gar nicht gekannt.«

Er konnte sie von seinem Versteck im Flurschrank durch die offene Wohnzimmertür gut sehen. Um ihrem Telefonat zu folgen, musste er die Ohren spitzen. Sie sprach ziemlich leise. Als sie vor einer halben Stunde nach Hause gekommen war, hatte sie sich zu seiner Enttäuschung nicht gleich ausgezogen, sondern war in ihrem kurzen Sommerkleid geblieben. Anna hatte ihre Schuhe abgestreift und Kaffee gemacht. Dann war sie barfuß aus der Küche zurückgekommen und hatte ihm den Blick auf ihre Füße gewährt, auf ihre entblößten schlanken Fesseln und die sommerlich gebräunten Schenkel. Danach war sie auf den Balkon gegangen, um dort den Kaffee zu trinken und Zeitung zu lesen. Als sie nach ein paar Minuten zurück ins Zimmer gekommen war, hatte sie kurz in seine Richtung geblickt. Er war sofort erregt gewesen und hatte gierig ihren Duft eingesogen. Komm näher, dann geschieht es jetzt. Das ist dein Schicksal, schöne Anna.

Sie war dann aber im Bad verschwunden und hatte geduscht, und wieder hatte sie ihm nicht die Freude gemacht, sich vor seinen Augen zu entblößen. So wartete er im Dunkel des Schrankes und stellte sich vor, wie er sie unter der Dusche überraschen könnte, den Vorhang wegreißen, ihren feuchten nackten Leib berühren und die Angst in ihrem Blick genießen. Nein, noch nicht! Er hatte gewartet und sie hatte ihn nicht enttäuscht. In einem weißen Bademantel war sie aus dem Bad zurückgekehrt, das nasse Haar unter einem Handtuchturban wie ein Hollywoodstar.

Wenn er jetzt die Schranktür aufgestoßen hätte, wären ihre Arme abwehrend in die Höhe gefahren, der Bademantel hätte sich geöffnet und den Blick auf ihren Körper freigegeben. Bestimmt hätte sie durch die überraschende Entblößung Gänsehaut bekommen. Von den Brüsten, stellte er sich vor, wanderten seine Augen über Bauch und Bauchnabel zu ihrem Busch. Vielleicht war sie zart beflaumt? Oder gar rasiert? Er biss sich auf die Lippen, um ein Stöhnen zu unterdrücken. Wenn er auf sie zuspränge, würde sie einen spitzen Schrei ausstoßen und es gäbe eine Verfolgungsjagd durch die Wohnung. Irgendwann wäre sie ermüdet, Schweißperlen würden sich auf der nackten Haut zeigen, bis sie erschöpft zu Boden sänke. Und dann wäre es an ihr, ob sie sich ihm hingeben wollte oder es auf einen Kampf ankommen ließe. Ein Kampf mit einer nackten jungen Schönheit, die ihn kratzen und beißen würde, bis sie nicht mehr die Kraft hätte, sich der Fesselung ihrer Füße und Hände zu widersetzen.

»Anna«, sagte Lucas mit ernster Stimme, »ich möchte dir jetzt ein Foto faxen und du sollst mir sagen, ob das dein Nachbar ist.«

Anna war verwirrt. Klar hatte sie ein Fax, aber warum tat Lucas plötzlich so geheimnisvoll?

»Ist irgendwas mit dem Kerl?«

»Ich sag's dir gleich, guck dir erst mal das Bild an.«

Das Faxgerät sprang an. Es sang sekundenlang verschiedene Töne, um dann knatternd ein Blatt Thermopapier auszuspucken.

»O mein Gott«, entfuhr es Anna. Sie hörte Lucas durch die Sprechmuschel schnaufen. »Wie bist du an das Foto gekommen?«

»Anna, tu mir einen Gefallen und geh sofort vor die Tür«, rief Lucas gehetzt in den Hörer. »Ich hole dich in zehn Minuten ab, am U-Bahnhof Siemensdamm!«

Er warf den Hörer auf, stürzte in den Lift und fuhr ins Erdgeschoss. Er rannte zum Parkplatz an den Messehallen und sprang in die Ente. Als er die Kantstraße entlangjagte, malte er sich aus, wie Opolka vielleicht schon hinter seiner Wohnungstür lauerte, um Anna abzufangen. Sie hatte etwas von einem verlorenen Wohnungsschlüssel gesagt. Er musste sie da rausholen, so schnell wie möglich.

Er sah ihr gerne zu, wenn sie in der Wohnung auf und ab lief. Wie anmutig sie sich bewegte! Ihr kurzer Blick neulich an der Tür – leuchtend grüne Augen. Eher untypisch für die westische Rasse. Aber ihr weiches braunes Haar, der zierliche Wuchs, das schmale Gesicht mit der hohen Nasenwurzel – all das sprach dafür, dass sie zu einer der sechs Rassen gehörte, die das deutsche Volk verkörperten.

So sehr er sich angestrengt hatte, war es ihm doch nicht gelungen, zu erlauschen, was sie am Telefon besprochen hatte. Er hatte behutsam das Ohr gegen die Lamellen der Schranktür gepresst, doch es waren nur Wortfetzen zu verstehen. In der Wohnung über ihr saugte jemand den Teppich. Klar war, dass das Fax Anna aufgeschreckt hatte. Sie war wie von der Tarantel gestochen ins Schlafzimmer gestürzt und hatte angefangen, dort im Kleiderschrank zu wühlen. Sie will weg, überlegte er. Sie weiß noch nicht, dass sie die Wohnung nie mehr verlassen wird. Er tastete nach seiner Hosentasche. Handschellen und Strick waren an ihrem Platz. Er öffnete leise knarrend die Tür, trat in den Flur und atmete tief durch.

Anna stieß einen schrillen Schrei aus, als sie ihn im Halbdunkel des Flurs sah. Sie war fertig angezogen und stand für einen Moment wie angewurzelt im Türrahmen. Auch er stand still, sagte kein Wort. Wie auf ein geheimes Kommando stürzten beide los. Anna versuchte in geduckter Haltung einen Sprint zur Wohnungstür. Er streckte die Hände aus, griff ins Leere und stürzte zu Boden. Dann drehte er sich blitzschnell auf die Seite, streckte das linke Bein aus und schaffte es, ihren Knöchel mit der Fußspitze anzutippen und sie aus dem Gleichgewicht zu hebeln. Sie stolperte, fiel krachend auf die Hüfte und verzog schmerzhaft ihr Gesicht. Im nächsten Moment war er über ihr. Er zog die Handschellen aus der Tasche und ließ sich auf sie fallen. Anna roch seinen Schweiß, roch, wie er ihr seinen dumpfen Atem in den Nacken keuchte und versuchte, ihre Handgelenke zu packen. Sie strampelte wie verrückt mit Armen und Beinen, schaffte es schließlich, ein Bein anzuwinkeln und den Fuß auf seinen Bauch zu drücken. Mit einem Ruck konnte sie ihn weghebeln. Er krachte rücklings auf die Dielen.

Anna kroch zur Tür und bekam die Klinke zu fassen. Mit letzter Kraft zog sie sich hoch, riss die Tür auf und flog die Treppen hinunter, hinaus auf die Straße.

Ihre Lunge brannte, als sie den U-Bahnhof erreichte. Nein, er war ihr nicht gefolgt. Sie versteckte sich hinter einem Pfeiler des U-Bahneingangs. Es beruhigte sie, dass Passanten von der Bahn kommend und auf dem Weg zum U-Bahnhof sie achtlos passierten. Endlich jagte ihre Ente über den Siemensdamm heran.

»Steig ein!«, schrie Lucas und gab Vollgas, sowie sie ins Auto gestiegen war. Er fuhr Richtung Spandau, ohne Ziel.

»Was war das denn?«, keuchte Anna und blickte gehetzt über die Schulter. Auch Lucas war völlig aufgewühlt und verschwitzt.

»Ich konnte es dir am Telefon nicht sagen.«

»Was nicht sagen?«

»Ich wollte, dass du so schnell wie möglichst aus der Wohnung rauskommst. Der Typ ist gefährlich.«

»Das habe ich gemerkt«, keuchte sie. »Woher hast du das Foto?«

»Vom Modellbahnclub. Opolka ist Modelleisenbahner.«

»Opolka?«

»Dein Nachbar.«

»Du suchst doch in der Modellbahnszene den Bombenleger. Heißt das ...«

»Er ist der Killer.«

»Mein Gott!« Anna klang plötzlich völlig hysterisch. »Der Typ wollte mich gerade umbringen!« Sie berichtete in abgehackten Sätzen von ihrem Kampf und von ihrer Flucht.

»Dein Nachbar Opolka ist der Bombenbauer. Ich bin nur durch einen Zufall drauf gekommen.«

Atemlos erzählte jetzt Lucas von seinen Recherchen. Anna hörte mit offenem Mund zu.

»Heißt das, dass der nebenan womöglich seine Bomben gebaut hat? Also ein paar Meter von mir entfernt?«

»Kann sein, das weiß ich nicht.«

»Wir müssen zur Polizei.«

Der Wagen war nach links in den Altstädter Ring eingebogen und fuhr auf das Rathaus Spandau zu. Lucas überlegte fieberhaft, was er nun tun sollte. Wenn sie jetzt zur Polizei gingen, würden die Beamten sie auf der Dienststelle behalten und einen Wagen zur Goebelstraße schicken. Wenn Opolka wegen des Einbruchs in Annas Wohnung festgenommen würde, müsste er die Verhaftung filmen. Er brauchte ein Kamerateam. Dafür musste er Zeit gewinnen. Lucas bremste neben einer Telefonzelle und stieg aus. Er rief die Kamera-Dispo im Sender an. Ja, er brauche das Team sofort, das Formular würde er ganz sicher nachreichen. Verdammte Bürokraten! Das Team müsste so schnell wie möglich in Siemensstadt vor der Goebelstraße 11 drehbereit sein und jeden filmen, der das Haus verließ oder hineinging. Ein Polizeieinsatz stünde bevor, den müsste man unbedingt im Bild haben. Lucas sagte der Disponentin, dass er am Drehort dazustoßen werde, und hängte ein.

»Was hast du gemacht?«, fragte Anna verärgert.

»Ich habe die Adresse der nächsten Polizeidienststelle rausgesucht«, erwiderte Lucas und wendete den Wagen.

Erst nach mühsamen Verhandlungen ließen sich die Beamten darauf ein, mit Lucas und Anna zur Wohnung zu fahren. Der Polizist, der Annas Anzeige wegen Hausfriedensbruchs und Körperverletzung aufgenommen hatte, hatte die beiden eigentlich wegschicken wollen. Auf Annas Bemerkung, sie traue sich nicht mehr in ihre Wohnung, riet ihr der Beamte, erst einmal bei Bekannten unterzuschlüpfen. Sie habe den Mann ja identifiziert, der habe eine ordentliche Meldeadresse und würde zur Vernehmung vorgeladen werden. Lucas verschwieg der Polizei seinen Verdacht. Er wollte, dass Opolka vor laufenden Kameras festgenommen wurde, und dann erst, nach einem ersten Film in der Abendschau (mit seinem Namen!), würde er den Beamten seinen Terrorverdacht mitteilen. Er musste Zeit gewinnen und den Film für »Im Visier« für die nächste Woche fertig drehen und schneiden. Die Geschichte wäre verloren, wenn die Polizei Opolka wegen des Eindringens in Annas Wohnung in der Mangel hätte und dabei die Bombengeschichte herauskäme. Eine Pressekonferenz des Polizeipräsidenten wäre die Folge, und alle Zeitungen hätten die Story, die er exklusiv recherchiert hatte.

Lucas hatte die Beamten überzeugt, sie mit zur Goebelstraße zu nehmen. Er sah beim Aussteigen, dass Gideon Reuter mit seinem Assistenten in einem Auto saß, etwa zwanzig Meter vom Eingang der Nummer 11 entfernt. Ein guter Kameramann, kein Künstler, aber bestens geeignet für aktuelle Einsätze. Dass er die Kamera auf der Schulter hatte und filmte, bekamen die Polizisten aus der Entfernung nicht mit. Lucas nickte unauffällig in Richtung Auto und lief mit Anna hinter den Beamten her. Wenn die Opolka jetzt zu fassen bekämen, hätte er den Bombenbauer exklusiv im Bild und müsste sofort ein aktuelles Stück für die Nachrichten anbieten.

Als sie mit den beiden Beamten die Treppe hochkamen, stand Annas Wohnungstür offen.

»Ich geh da nicht rein«, sagte Anna und blieb auf dem Treppenabsatz stehen. Ihre Stimme klang hoch und dünn. Lucas legte den Arm um sie. Die Beamten meldeten nach kurzer Inspektion, dass sich niemand in der Wohnung versteckte.

Zum Glück fehlte nichts. Im Flur lagen Kleidungsstücke am Boden, die von der Garderobe gerissen worden waren. Kampfspuren. Lucas fand, dass ein säuerlicher Geruch in der Luft hing. Ein Geruch, der nicht von Anna, sondern von Opolka stammen musste.

Sie warteten im Türrahmen, als die Uniformierten nebenan klingelten. Opolka öffnete nicht. Nach ein paar Minuten gaben die Polizisten auf und schoben die vorformulierte Vorladung unter der Tür durch.

»Das ist alles!? Wollen Sie nicht nach ihm fahnden?«, fragte Anna ängstlich.

»Mit Interpol weltweit«, gab der eine Polizist trocken zurück. Dann gingen die Beamten unverrichteter Dinge zu ihrem Wagen zurück.

Lucas sah sich in der Wohnung um, während Anna telefonierte. Die Tür des Flurschranks stand offen. Möglicherweise hatte Opolka sich dort versteckt und Anna aufgelauert.

Anna legte auf und trat ins Schlafzimmer. »Ich gehe für ein paar Tage nach Kreuzberg, bis er gefasst ist«, sagte sie und begann, einen Schalenkoffer zu packen.

Als sie aus dem Haus kamen, ging Lucas sofort auf den Kombi von Gideon Reuter zu. Er zog bedauernd die Schultern hoch.

»Tut mir leid, das hat nicht geklappt!«

»Was sollten wir denn drehen?«, fragte Reuter. Er saß auf dem Beifahrersitz und hatte die Kamera immer noch auf dem Schoß.

»Ich hatte gehofft, dass hier gleich eine Verhaftung stattfindet. Aber der Vogel ist ausgeflogen.«

Anna war völlig irritiert. »Du hast Zeit gehabt, ein Kamerateam zu bestellen?«

»Wir haben da was gefilmt, bevor ihr gekommen seid«, bemerkte der Kameramann trocken. »Ein ziemlich nervöser Typ war das.«

Während Andi, der Assistent, das Band zurückspulte, stiegen Anna und Lucas in den Teamwagen. Reuter stellte die Kamera auf die Armlehne zwischen den Vordersitzen und klappte den Sucher zur Seite. Lucas und Anna konnten jetzt direkt in den kleinen Schwarzweißmonitor blicken, wenn sie ihre Köpfe zusammensteckten. Lucas spürte Annas Haar auf seiner Wange. Das Band lief rückwärts und zeigte im Schnelllauf eine zappelnde Figur rückwärts ins Haus stolpern. Dann stoppte der Kameraassistent und drückte auf Play.

Auf dem Monitor suchte die Kamera in einer Zoomfahrt den Hauseingang. Noch bevor das Bild scharf gestellt war, bewegte sich die Tür. Die Kamera zog blitzartig in eine Totale auf, das Bild war plötzlich scharf und ruhig. Opolka schlich auf die Straße, sah sich gehetzt in beide Richtungen um und ging dann wieder eilig ins Haus zurück.

»Das ist alles«, sagte Reuter. Ein paar Minuten später kamt ihr mit den Polizisten. Das haben wir auch im Kasten.«

»Keine Minute verbringe ich mehr in diesem Haus«, flüsterte Anna.

»Verdammt, er ist immer noch drin«, sagte Lucas und starrte in Richtung Eingangstür. »Die hätten ihn aus der Wohnung zerren sollen.«

»Wir holen jetzt die Polizei und lassen ihn verhaften!« Anna war ausgestiegen und stand mit ihrem Koffer neben dem Wagen.

Anna hatte recht, aber der Gedanke war zu reizvoll, Opolka noch einmal vor die Kamera zu bekommen, ihn vielleicht sogar anzusprechen? Nein, zu gefährlich. Aber ihm auflauern und seine nächsten Schritte beobachten? Ihn bei der Fahrt zum nächsten Tatort filmen? Das wäre die Geschichte seines Lebens.

»Was ist jetzt?«, wollte Anna wissen. »Hol endlich die Polizei!«

»Die Polizei kommt doch nicht noch mal, um ihn festzunehmen«, erwiderte Lucas.

»Spinnst du? Das ist ein verdammter Killer, der versucht hat, mich umzubringen.«

»Die laden ihn doch nur vor. Von den Bomben weiß die Polizei nichts.«

»Welche Bomben?«, kam es irritiert von der vorderen Sitzbank.

»Nur ein Verdacht, nichts Konkretes«, wiegelte Lucas ab.

»Ich muss hier weg.« Annas Stimme klang, als wäre sie ein zehnjähriges Mädchen, das sich fürchtet, allein durch den Wald zu gehen.

Nach langem Hin und Her kamen sie überein, dass Lucas Anna nach Kreuzberg bringen würde, während das Kamerateam vor dem Haus wartete. Wenn Opolka auftauchte, würden sie ihm folgen. Lucas würde so schnell wie möglich wieder zum Team stoßen oder sich später mit ihnen im Sender treffen, falls sie bei seiner Rückkehr zur Goebelstraße schon unterwegs wären.

Auf der Fahrt nach Kreuzberg schwiegen sie. Anna erwiderte seine Blicke nicht, wenn er zu ihr hinübersah.

»Versteh doch, die Polizei holt ihn nicht«, versuchte Lucas erneut ein Gespräch. »Wir müssen ihm die Bomben nachweisen und dann die Polizei auf ihn hetzen.«

»Fuck, fuck, fuck!« schrie Anna. »Ich wäre fast gestorben!«

Sie bestand darauf, an der Zossener Straße auszusteigen, knallte die Beifahrertür zu und rannte direkt auf eine Telefonzelle zu, wohl um zu versuchen, die Polizei zur Goebelstraße zu schicken. Sie blickte sich nicht mehr nach ihm um. Wo wollte sie in dieser Nacht schlafen? Bestimmt bei diesem Achim.

Reuter und sein Assi hatten keine Neuigkeiten zu vermelden. Lucas fand, dass es an der Zeit war, dem Kamerateam etwas zu essen und zu trinken zu besorgen. Er fuhr mit der Ente zur Tankstelle am Brunsbütteler Damm und kaufte Saft und Wasser, belegte Brötchen, drei Becher Kaffee und jede Menge Schokoriegel. Nach seiner Rückkehr setzte er sich auf die Rückbank des Ford Kombi. Sie kauten und erzählten sich den neuesten Klatsch aus dem Sender.

Heiner C. Schmitt, berichtete Gideon Reuter vergnügt, der habe sich mal wieder eine Schote geleistet! Ah, der Profi-Checker, ergänzte Lucas, der mache doch gerade die Reportage über die Autonomen. Reuter verschluckte sich vor Glucksen fast an seinem Brötchen, als er von den Dreharbeiten mit Schmitt berichtete. Das Team hatte in einem besetzten

Haus mit den Autonomen über Interviews verhandelt. Der Profi-Checker hatte es auf ein Mädchen abgesehen, das ziemlich gut aussah, eine verwegene Rastafrisur hatte und, na ja, nicht sehr gepflegt wirkte, aber das schien den dicken Schmitt nicht abzuschrecken. Jedenfalls lud er die Frau ins Teamauto, um mit ihr und ihrem Schäferhund zum Hüttendorf zu fahren, wo das Interview stattfinden sollte. Auch die Töle müffelte ziemlich, aber die Fahrt war zum Glück recht kurz. Auf einmal, erzählte Reuter, beugte sich Schmitt ganz nah zu dem total gepiercten Ohr der Autonomen und flüsterte irgendetwas. Offenbar ein eindeutiges Angebot, das dem Mädchen nicht gefiel.

Sie schüttelten sich vor Lachen, noch bevor Reuter die Pointe erzählen konnte.

»Fass!«, stieß Reuter hervor und erstickte fast an seinem Lachanfall. »Die schrie einfach nur ›Fass!‹ und der Köter stürzte sich auf den dicken Schmitt!«

»Ist ihm was passiert?«

»Ach was, wir waren dann schon am Hüttendorf und haben die Türen aufgerissen. Das Mädchen hat ihn nur wüst beschimpft und ist dann gleich mit dem Hund abgehauen.«

»Seitdem behauptet Schmitt, er habe Flöhe«, ergänzte der Kameraassistent und grinste breit.

Auch nach vier Stunden Warten tauchte Opolka nicht vor dem Haus auf. Die Polizei war nicht gekommen, um ihn festzunehmen. Lucas beschloss, das Team, das mittlerweile in den Überstunden war, nach Hause zu schicken. Schließlich hatte er Opolka sowohl auf dem Foto als auch im bewegten Bild. Er ließ sich die U-Matic-Kassette geben und richtete sich mit dem restlichen Proviant in der Ente ein. Viel unbequemer als sein Kellerquartier war die weiche Sitzbank des Citroen auch nicht. Er hoffte, dass Opolka nicht durch einen Hinterausgang entwischt war.

Dienstag, 28. Juni 1988

Die Morgensonne tauchte den eben noch schmutziggrauen Häuserblock in goldfarbenes Licht, als die Tür sich endlich öffnete. Die ganze Nacht hatte Lucas in der alten Ente gegenüber dem Langen Jammer gewartet. Zwischendurch war er immer wieder kurz eingenickt, doch jedes Mal hatte er sich vergewissert, dass der kleine rote Toyota noch am Straßenrand stand – vermutlich der Wagen, den Wiebke Posselt gesehen hatte. Opolka erschien unter dem winzigen Eingangsdach und blickte sich gehetzt nach beiden Seiten um.

Er überquerte die Goebelstraße und kam der Ente dabei so nah, dass Lucas es für nötig hielt, sich über den Beifahrersitz zu beugen und in der Zeitung zu wühlen, als suche er seinen Wagenschlüssel unter dem Papierstapel. Opolka schien ihn nicht bemerkt zu haben, ging zielsicher auf den Toyota Starlet zu und stieg ein. Lucas' Herz raste. Das ist der Mann, der den Tod bringt, dachte er. Der Mann, der Anna fast getötet hat. Er zitterte, als er den Zündschlüssel drehte.

Die Ente sprang erst nach dem zweiten Startversuch an. Lucas hielt Abstand und fuhr hinter dem Toyota durch die Siedlung, die einst als Musterbeispiel modernen Bauens galt. Auf der Straßenseite gegenüber dem Langen Jammer standen die Blöcke von Hugo Häring mit den geschwungenen Balkonen im rechten Winkel zur Straße. Siemensstadt passte irgendwie zum Maschinenbau-Studenten Gerd Opolka, der an der TU am Ernst-Reuter-Platz seine Konstruktionspläne zeichnete und seine Seminararbeiten sicherlich in der leidenschaftslosen Sprache der Techniker formulierte. Ein unauffälliger Mann mit kahl rasiertem Schädel und rötlichem Oberlippenbärtchen, der nicht nur sein Modellbahn-Hobby pflegte, sondern es offenbar genoss, grausame Anschläge zu verüben.

Opolka fuhr die Nonnendammallee hoch und bog am Kreisverkehr in die Neuendorfer Straße nach Norden ab.

Lucas hatte Mühe, dem Toyota zu folgen. Es ging vorbei an langgestreckten Siedlungsbauten aus den frühen Dreißigerjahren. Hinter Hakenfelde begann der Wald. Opolka lenkte den Toyota nicht nach links in den Berliner Forst, sondern fuhr unbeirrt weiter geradeaus, auf die Mauer zu. Wollte er nach drüben? Es gab weit und breit keinen Grenzübergang. Lucas verlangsamte, als er merkte, dass er zu nah an den Toyota herangekommen war. Opolka setzte den Blinker und rumpelte über einen Feldweg auf einen Parkplatz direkt an der Havel. Lucas hielt kurz vor dem Abzweig auf der Allee an.

»*Parkplatz der Sport- und Wochenendgemeinschaft 1921 e.V.*« stand auf einem verwitterten kleinen Schild an der Einfahrt. Was für Sportler mochten das sein? War Opolka Sportschütze und ging jeden Samstag zum Schießtraining? Wäre ein Schießstand direkt an der Mauer nicht eine Provokation für die andere Seite?

Hinter dem Parkplatz stand die Mauer. Sie machte einen leichten Bogen und wurde mittendrin von einem Zaun unterbrochen. Opolka marschierte wie selbstverständlich mit einer Sporttasche über der Schulter über einen schmalen Fußgängerweg auf den Zaun zu. Links und rechts war der Pfad von einer geharkten Sandfläche gesäumt. So sah der Todesstreifen auch hinter der Mauer aus. Jeder Fußtritt eines »Grenzverletzers« war so leicht zu entdecken. Opolka war hinter einem Baum verschwunden. Lucas musste aussteigen und ein paar Schritte hin zum Parkplatz machen. Er kniff die Augen zusammen. Opolka stand an einer grauen Säule und drückte offenbar einen Klingelknopf. Plötzlich begann eine gelbe Lampe über dem Zaun zu blinken und ein Stück des Zaunes rollte quietschend beiseite. Hinter dem offenen Tor war ein schmaler vergitterter, etwa fünfzig Meter langer Gang zu erkennen, an dessen Ende zwei DDR-Grenzposten standen. Opolka ging auf die Uniformierten zu, zeigte seine Papiere und verschwand in Richtung Wald. Das Tor schloss sich geräuschvoll, dann herrschte wieder tiefe Stille.

Lucas stieg in die Ente und suchte den Stadtplan heraus. Natürlich lag die Stelle, die er suchte, genau auf einem ausgefransten Knick. Wo Opolka durch die Mauer verschwunden war, befand sich laut Karte eine West-Berliner Exklave – die Kleingartenkolonie Fichtewiese. Ein von der Mauer umgebenes Stück West-Berlin, zugänglich nur für die Anwohner. In diesem Fall waren das offenbar die Mitglieder der »Sport- und Wochenendgemeinschaft von 1921«. Der verschrobene Eisenbahnfreak war raffinierter, als Lucas gedacht hatte. Die West-Berliner Polizei hatte keine Chance, Opolkas Laube in der Kolonie Fichtewiese zu durchsuchen. Und auch die DDR-Grenzer konnten nicht auf das Gelände, denn damit wären sie im Westen und hätten fliehen können. Die Kolonie Fichtewiese war ein rechtsfreier Raum.

Lucas malte sich die Schlagzeile in allen Zeitungen aus, die auf seine Recherchen hinweisen würden: *Das Versteck des Bombenbauers. Ein unauffälliger Student mit skurrilen Hobbys. Lokomotiven und Bomben. Exklusiv bei »Im Visier«.*

Das war seine Rache an Klamm, der ihm nicht geholfen hatte, die Adresse Opolkas herauszufinden. Jetzt hatte er die Nase vorn. Wenn er Klamm das Versteck Opolkas verriet, wäre seine Bedingung, exklusiv beim Zugriff der Polizei mit der Kamera dabei sein zu dürfen.

Mittwoch, 29. Juni 1988

Schon um acht Uhr saß Ernst Klamm an seinem Schreibtisch in der Keithstraße und blätterte ungeduldig in der Morgenpost. Er hatte darauf bestanden, dass ihm die Observationsergebnisse so rasch wie möglich gebracht würden. Klamm war gespannt zu erfahren, was Lucas Hermes alles angestellt hatte, um seine Modellbahnspur zu verfolgen. Um Viertel nach acht klopfte es. Zu seiner Enttäuschung war es nicht Miriam, die Sekretärin der Ersten Inspektion, sondern Kriminalkommissar Böckstedt. Kein sehr heller Polizist, fand Klamm. Zu den Ermittlungen der EG »Bombe« hatte er jedenfalls noch nichts Originelles beigetragen. Dafür konnte man ihm stinklangweilige Aufgaben übertragen wie das Abklappern von Adressen möglicher Zeugen oder das Sortieren von Unterlagen, die Tatverdächtige zur Verwischung von Spuren gefleddert oder zerrissen hatten.

»Morgen Chef«, grüßte der schwerfällige blonde Westfale. »Ich habe jetzt alle Schlüsselinhaber gecheckt.«

Klamm starrte ihn verständnislos an. »Welche Schlüsselinhaber?«

»Na, die Zugang zur Koloniestraße hatten.«

»Und?«, fragte Klamm ungeduldig.

»Es gibt außer den acht Leuten mit Schlüsseln noch eine Person, die Zugang zum Hof hat. Der Techniker, der die Elektrik prüft.«

»Welcher Techniker?«

»Gucken Sie mal auf Ihre Schreibtischlampe. Am Fuß klebt so eine Art TÜV-Plakette.« Klamm stellte verdutzt fest, dass er den runden Aufkleber noch nie bemerkt hatte.

»Bei uns macht das der Herr Müller«, fuhr Böckstedt fort. »Der überprüft alle elektrischen Geräte. Jede Kaffeemaschine hat so einen Aufkleber.«

»Und beim Senat gibt's auch so einen?«

»Eine ganze Abteilung. Und einer von denen ist für das Asylbewerberheim zuständig und hat einen Generalschlüssel.«

Klamm war jetzt hellwach. »Wer ist der Mann?«

»Heinz Borowski«, sagte der Westfale und strahlte stolz. »Ich habe sogar etwas über ihn herausgefunden.«

»Ja, und?«

»Er ist Vorsitzender eines Modellbahnclubs.« Weil Klamm verdutzt schwieg, legte Böckstedt nach: »Ich meine, wegen Ihrer Modellbahnspur bei der Bombe.«

»Den holen wir uns«, sagte Klamm und griff zum Hörer.

In diesem Augenblick klopfte es. Jasmin Berger kam herein und reichte Klamm einen Schnellhefter über den Tisch.

»Die Kollegen von der Ersten Inspektion sagen, die Ausbeute ist nicht so spektakulär«, bemerkte die Kommissarin. »Der Journalist ist wohl nur ein bisschen mit dem Wagen herumgefahren.«

»Man kann nicht immer Glück haben«, gab Klamm betont ruhig zurück.

Wenn ihr wüsstet! Klamm blätterte im Bewegungsprofil von Lucas Hermes, nachdem Berger und Böckstedt verschwunden waren. Er hatte den Reporter richtig eingeschätzt. Hermes war von Charlottenburg aus zielstrebig nach Siemensstadt gefahren und hatte den Wagen über Nacht dort geparkt. Merkwürdig, wohnte der Journalist nicht in Kreuzberg? Viele Stunden später war er bis an den nordwestlichen Stadtrand gefahren. Hatte er also seine Zielperson entdeckt und war ihr gefolgt? Wieder war das Auto lange abgestellt worden, auf dem Parkplatz der Exklave Fichtewiese.

Ohne es zu ahnen, hatte der Journalist den Kommissar zum Versteck des Verdächtigen geführt. Klamm hatte Richter Schnittke überzeugen können, einen Peilsender an dem Fahrzeug anbringen zu dürfen, das Hermes seit ein paar Tagen nutzte. Auch Anträge auf Telefonüberwachung legten erfahrene Polizisten wie Klamm den Richtern am liebsten freitags vor. Kurz vor dem Wochenende hatte niemand Lust, den Antrag länger als ein paar Minuten zu prüfen. Ein Zögern barg die Gefahr, dass die Entscheidung dann erst am Montag fallen würde und der Richter sich den Vorwurf seines Präsidenten einhandeln könnte, eine wichtige Ermittlung aufgehalten zu haben. Auch diesmal hatte Schnittke sich nicht lange geziert. Der Richter hatte ein paar Minuten in der Akte geblättert und Klamm einige kritische Fragen gestellt. Auf die Antworten des Fahnders hatte er mit Stirnrunzeln reagiert, wieder nachgefragt und schließlich unterschrieben. Wie praktisch, dass der Kommissar den richterlichen Antrag auf eine technische Überwachung so formuliert hatte, dass Schnittke sich dem Text ganz und gar anschließen konnte. So musste keine Schreibkraft gerufen werden: Schnittke unterschrieb einfach das von Klamm vorgelegte Formular. Außerdem war die Maßnahme auf wenige Tage beschränkt, der Grundrechteeingriff also nicht sehr erheblich. Und die Maßnahme war angemessen, beruhigte sich Klamm. Schließlich war der Reporter zur Kolonie Fichtewiese gefahren und hatte ihn vielleicht auf eine entscheidende Spur gebracht.

Im Lauf des Vormittags gelang es Kriminalhauptkommissar Klamm, das Puzzle zusammenzusetzen. Er wusste jetzt, dass nur die Mitglieder einer Sportgemeinschaft Zugang zu den Lauben auf DDR-Gebiet hatten. Zu ihnen gehörte der tatverdächtige Student und Modelleisenbahner Gerd Opolka, siebenundzwanzig Jahre alt. Hermes' Auto hatte die ganze Nacht in der Goebelstraße in Siemensstadt geparkt, vermutlich vor Opolkas neuer Adresse. Während die Polizei in ganz Berlin nach Opolka fahndete, hatte der Reporter den mutmaßlichen Bombenbauer offenbar gefunden und war ihm leichtsinnig zu dessen Laube gefolgt, ohne die Polizei zu informieren. Klamm fluchte leise, als er daran dachte, dass sie eine Festnahme Opolkas verpasst hatten: Der Polizeiabschnitt Siemensstadt hatte der Ermittlungsgruppe »Bombe« nicht gemeldet, dass ein Gewaltverbrecher in Siemensstadt eine junge Frau überfallen hatte. Die Polizisten hatten die Anzeige der Frau nicht ernst genommen. Als Zeuge der Tat hatte das Opfer den Journalisten Lucas Hermes angegeben. Nur durch Zufall war Klamm darauf gestoßen, als er Einträge zu Hermes im Inpol-System gesucht hatte. Am Ende hatten seine Leute in der Goebelstraße nur noch die leere Wohnung Opolkas vorgefunden.

Klamm war zu Lucas Hermes' Wohnung gefahren, um ihn daran zu hindern, sich Opolka auf eigene Faust noch weiter zu nähern und den Mann womöglich aufzuscheuchen. Doch die Nachbarn am Maybachufer sagten übereinstimmend aus, sie hätten ihn schon länger nicht mehr gesehen. Hermes' Name stand auch auf keinem der Klingelschilder. Hatte der Journalist den Kommissar hereingelegt, um die heiße Story exklusiv zu bekommen?

»Journalistenpack«, brummte Klamm. Auch Heinz Borowski, Vorsitzender von Opolkas Modellbahnclub, kam als Mittäter infrage. Klamm ärgerte sich, dass er versäumt hatte, Borowski unverzüglich zum Verhör abholen zu lassen. Doch jetzt ging es um den Zugriff auf Opolka. Die Zeit zur Vorbereitung war extrem knapp: In der Nacht auf den 1. Juli sollte das Gelände Fichtewiese im Zuge des Gebietsaustausches am Lenné-Dreieck am Potsdamer Platz an West-Berlin fallen. Dann wäre die Erstürmung von Opolkas Versteck fällig.

Gerd Opolka hockte womöglich in diesem Moment in der Laube und schraubte an einer neuen Bombe.

Donnerstag, 30. Juni 1988

Ernst Klamm saß auf dem Beifahrersitz des Einsatzfahrzeugs und betrachtete das Bild des schmächtigen Rothaarigen. Wiebke Posselt, die Mitarbeiterin der Flüchtlingsberatung in der Oranienstraße, hatte Gerd Opolka mit einiger Wahrscheinlichkeit als den Mann mit dem roten Auto identifiziert, der sich vor dem Bombenanschlag vor dem Haus in der Oranienstraße aufgehalten hatte. Und Jasmin Wagner hatte außerdem in der KFZ-Meldestelle erfahren, dass der Maschinenbauer einen roten Toyota Starlet fuhr. Alles passte zusammen.

Es war kurz vor acht Uhr abends, als sich etwas hinter dem Zaun tat. Klamm griff sich das Fernglas von der Ablage und stieg aus dem Wagen. Der Uniformierte im Kontrollhäuschen hatte sich in den letzten drei Stunden keinen Zentimeter bewegt, saß offenbar beschäftigungslos in der kleinen Baracke und schwitzte, bis der Befehl zum Abrücken kam.

Jetzt tauchte hinter dem Häuschen ein DDR-Jeep auf. Klamm konnte sehen, wie der Grenzer plötzlich aufstand, aus dem Häuschen kam, die Tür abschloss und in den olivfarbenen Trabant stieg. Dann verschwand der Wagen knatternd im Wald. Klamm setzte das Fernglas ab und lauschte in die Stille. Erst blinkte vorn am Zaun eine gelbe Lampe, dann war ein metallisches Knarren zu hören. Das Tor, das bislang den Zugang zur Kolonie Fichtewiese versperrt hatte, schob sich auf und rastete klackend ein. Der Weg in den Osten war offen, doch die Polizisten mussten sich noch zurückhalten. Erst in vier Stunden, um Mitternacht, würden das Tor und der Gang zur Laubenkolonie ein Teil West-Berlins sein. Würde Klamm das Sondereinsatzkommando jetzt schon losschicken, gäbe es einen politischen Skandal, der ihn den Job kosten könnte.

Die Männer vom Einsatzkommando saßen in T-Shirts in den beiden dunklen VW-Bussen mit schwarzen Scheiben und warteten schwitzend auf den Einsatz. Ihre Fahrzeuge parkten rund zwanzig Meter von der Laubenkolonie entfernt am Straßenrand und waren im dichten Laub der Bäume von der Straße aus kaum zu sehen. Auch die Mannschaft des Rettungswagens lümmelte beschäftigungslos auf den Sitzen, die Wagentüren weit offen, um Luft hereinzulassen.

Klamm hatte mit den Männern und ihrem Einsatzleiter das Vorgehen minutiös geplant. Der Verdächtige war vermutlich in der Laube, sein Toyota stand seit gestern Abend auf dem Parkplatz der Laubenkolonie. Opolka hatte offenbar in der Kolonie übernachtet und rechnete wahrscheinlich nicht mit dem Besuch des Sondereinsatzkommandos. Doch Ernst Klamm hatte ein ungutes Gefühl. War Opolka bewaffnet? Gab es eine Sprengfalle? Es ist ein Scheißeinsatz, dachte der Kommissar und starrte angestrengt in Richtung der Lauben. Die DDR-Grenzer waren definitiv vorzeitig abgerückt. Mit wenigen Schritten hätte er Opolkas Laube erreichen können. Doch er blieb beim Wagen und wartete geduldig auf die Dunkelheit.

Auf Klamms Kommando krachte um drei Minuten nach Mitternacht der Rammbock in die Tür der Laube. Auch der Türrahmen zersplitterte unter der Wucht des Schlages. Die gepanzerten SEK-Männer stürmten ins Innere und blieben mit entsicherten MPs vor dem Durchgang zum hinteren Zimmer stehen.

»Erster Raum sicher!« Klamms Furcht vor einer Sprengfalle oder einer anderen unangenehmen Überraschung hatte sich zum Glück nicht bestätigt. Der Kommissar trat kurz aus der Deckung hinter den Männern und erschrak. Verdammt! Damit hatte er nicht gerechnet. Er hatte den Grundriss der Laube im Katasteramt besorgen lassen und mit den Männern genau studiert, hatte die Eingangstür eben noch auf versteckte Kabel absuchen lassen. Jetzt stand er vor dem Durchgang zum rückwärtigen Raum. Auch im zweiten Raum war niemand. Doch der Durchgang war durch ein fest eingebautes Gitter versperrt, in das eine schmale verschlossene Gittertür eingelassen war. Mit der Ramme wäre das eine Sache von Sekunden, doch Klamm zögerte. Stand das Gitter unter Strom? Löste die leiseste Berührung eine Explosion aus? Auch am Türrahmen des Durchgangs war kein Kabel oder irgendetwas Verdächtiges zu erkennen. Allerdings war die Eisentür durch eine schwere Kette mit dem restlichen Gitter verbunden, sodass ein einfaches Aufbrechen des Schlosses unmöglich schien.

In dieser Sekunde betrat Gerd Opolka den hinteren Raum. Er kam aus der kleinen Dusche, die rechts vom hinteren Zimmer abging. Opolka war völlig nackt und schlich wie ein geschmeidiges Raubtier in den Lichtkegel der Deckenleuchte. Ein filmreifer Auftritt. Er drehte sich mit einer weichen Bewegung der Hüfte zu den Polizisten. Der knabenhafte Nackte schien seine Performance zu genießen. Das Gitter zwischen ihm und den schwerbewaffneten Polizisten gab ihm die Bühne, auf der er, Gerd Opolka, bestimmte, wann der Vorhang fiel.

Offenbar hatte er gerade geduscht. Sein Körper war klatschnass und wirkte wie der Leib eines dürren Pennälers, kaum behaart und wenig muskulös.

Klamm spürte das Blut in den Schläfen hämmern. »Rückzug vor das Objekt!«, schrie er in Panik. Er merkte, wie seine Stimme sich überschlug. Nicht Ernst Klamm, sondern der unbekleidete Nackte, der reglos vor ihm stand und doch unerreichbar war, bestimmte das Spiel. Die Männer sicherten mit gezogenen Waffen und drängten sich durch die Tür zurück ins Freie.

»Hände über den Kopf!«, bellte der SEK-Leiter Opolka durch die offene Eingangstür an. Sechs kurze MPs und zwei Großkaliberpistolen waren auf seinen Kopf gerichtet. Opolka wirkte ruhig, blickte durch die Polizisten hindurch, während er die Hände wie in Zeitlupe hob. Ein scharfer, öliger Hauch folgte seiner Bewegung. War da ein Lächeln in seinem Gesicht? Breitbeinig stand er hinter dem Gitter, das den vermummten Polizisten den Zugriff verwehrte, die Hände auf dem nassen Schädel gefaltet.

Er bietet sich dar wie ein Opferlamm, ging es Klamm durch den Kopf. Etwas läuft hier gründlich schief. Er will, dass wir ihn abknallen, dass unsere Kugeln ihn durchsieben. Der heilige Sebastian. Klamm spürte, dass die Männer hinter ihm auf eine klare Ansage warteten. Doch der Kommissar war wie gelähmt. Wir müssen so schnell wie möglich an ihn heran, überlegte er und fühlte sich hilflos. Vermutlich ist er der Bombenleger. Einer, für den eine Explosion ein großer Abgang wäre. Also erst einmal Abstand halten, Zeit gewinnen.

Plötzlich führte der Nackte eine winzige tänzerische Bewegung mit der rechten Hand aus. Etwas Metallisches blitzte auf. Aus dem Feuerzeug in Opolkas Hand schoss für Sekundenbruchteile eine bläuliche Flamme, dann griff das Feuer nach seinem Körper. Benzin! Opolka hatte nicht unter der Dusche gestanden, sondern sich von Kopf bis Fuß mit Benzin übergossen, um vor ihren Augen zu sterben.

»Feuerlöscher!«, schrie Klamm mit brüchiger Stimme. Er spürte, wie sich die Ordnung der Polizisten hinter ihm auflöste und das reine Chaos ausbrach. Ein Beamter stürzte zum Mannschaftswagen, ein anderer lief plötzlich mit der Ramme auf das Gitter zu und versetzte dem Metall einen krachenden Hieb.

Opolka sackte auf die Knie, während die Flammen über Körper und Gesicht leckten. Klamm glaubte im grellen Feuerschein zu erkennen, dass die Züge des Selbstmörders grotesk verzerrt waren. Sieh genau hin, wie ich sterbe, schien der Mann in den Flammen zu flüstern. Merkst du, wie hilflos du bist?

Das Gitter war derart solide an Wand und Decke der Laube verankert, dass der SEK-Mann jetzt den Türrahmen bearbeitete, um die Gitterstäbe aus ihrer Verankerung zu brechen. Der Leib des Brennenden zuckte. In das Prasseln der Flammen mischte sich ein langgezogener heulender Schrei. Wie eine sterbende Katze, dachte Ernst Klamm. Auch in den Gesichtern der SEK-Männer stand blankes Entsetzen. Opolka kippte langsam zur Seite und schlug mit Kopf und Schulter auf. Reglos blieb er liegen. Endlich brach eine Gitterstange krachend aus der Verankerung. Zwei SEKler stürmten vor, drängten sich durch den Spalt und warfen sich mit einer Decke auf den bewegungslosen Körper, an dem immer noch die Flammen fraßen. Als das Feuer gelöscht war, herrschte eine unheimliche Stille. Ernst Klamm kamen die Sekunden endlos vor, bis die beiden Rettungssanitäter mit der Trage in die Laube hetzten.

Freitag, 1. Juli 1988

»Herr Borowski? Klamm, Kriminalpolizei.«

Der Modellbahnpräsident stand völlig verdattert in der Haustür. »Ist irgendetwas Schlimmes passiert?«, wollte er wissen. Frau Borowski drückte sich hinter ihm im Türrahmen zum Wohnzimmer herum und huschte dann davon.

Klamm bat darum, hereinkommen zu dürften. Die Nachricht von Opolkas Verhaftung traf Borowski wie ein Schlag.

»Der Gerd? Was hat er denn angestellt?«

»Herr Borowski, wir haben den Verdacht, dass Ihr Vereinskamerad in gefährliche Straftaten verwickelt ist.«

»Der Gerd?«, wiederholte Borowski ungläubig. Er ließ den Kommissar und die zwei Uniformierten herein und führt sie hoch in das Clubzimmer. Klamm staunte, als er die Modellbahnanlage in vollem Glanz erblickte. Borowski hatte die Jalousien heruntergezogen und die Voralpenlandschaft in eine festliche Abendstimmung mit blinkenden Lichtern getaucht.

»Das ist ja wie Weihnachten!«, entfuhr es einem Beamten. Klamm berichtete Borowski von dem Verdacht, dass Opolka womöglich Bomben gelegt haben könnte.

»Herr Borowski, haben Sie einen Schlüssel zum Asylbewerberheim im Wedding?«

»Ja, am Dienstschlüsselbund«, kam es unsicher zurück. »Die armen Kinder!«

Ob der mal abhanden gekommen sei? Borowski schüttelte energisch den Kopf.

»Ich habe ihn immer hier, in der Tasche.« Er zog ein dickes Schlüsselbund aus der Hose und hielt es an dem Schlüssel hoch, der zum Tor des Weddinger Heims passte.

Ja, der Gerd sei schon mal stundenlang alleine hier oben gewesen, antwortete Borowski auf Klamms Nachfrage. Ein Tüftler eben. Entweder hat Opolka den Schlüssel geklaut, kopiert und unbemerkt zurückgebracht, überlegte der Kommissar, oder der Dicke steckt mit ihm unter einer Decke.

»Was hat Opolka denn in letzter Zeit hier gebaut?«

Der fleischige Mann wies wie ein beim Klauen ertappter Junge mit dem Kopf in Richtung Berg.

»Die Tunnelanlage«, nuschelte Borowski. Er schwitzte.

»Wir brauchen hier den Erkennungsdienst«, sagte Klamm zu den beiden Beamten. Vielleicht war Sprengstoff auf der riesigen Anlage oder im Lagerraum versteckt. »Und Sie muss ich leider bitten, mit uns zu kommen.«

Borowski sackte in sich zusammen und ließ sich widerstandslos abführen.

Nach einer unruhigen Nacht in seinem Kellerversteck fuhr Lucas Hermes gegen neun Uhr in Annas Ente durch die Potsdamer Straße. Er hatte Klamms Büro am Spätnachmittag erreicht und von der Kommissarin erfahren, dass er im Lauf des Tages exklusive Informationen erhalten würde. Er solle sich aber von der Laubenkolonie Fichtewiese fernhalten. Die war weiträumig abgesperrt, das hatte er bei mehreren Annäherungsversuchen schmerzlich erfahren: Auch zu Fuß war es unmöglich, die Polizeisperren zu überwinden. Lucas hatte in den Nachrichten erfahren, dass neben der Exklave Fichtewiese auch das von Autonomen besetzte Lenné-Dreieck im Juli an West-Berlin fallen sollte. In der Nacht oder im Lauf des Tages würde Klamm also zuschlagen, falls Opolka noch in der Laube war – ohne Live-Kamera des RBS.

Da er nicht an die Laubenkolonie herankam, wollte Lucas sich wenigstens das Schauspiel der Räumung am Potsdamer Platz nicht entgehen lassen. Auf den letzten hundert Metern säumten dort Dutzende von Mannschaftswagen – Wannen, wie die Chaoten sagten – die Straße. Es wimmelte auf der Brache vor der Mauer von Uniformierten mit Helmen. Ein Trillerpfeifenkonzert war zu hören. Lucas hielt an und beugte sich aus dem Fenster. Er drehte das Radio an. Der SFB berichtete live von der Räumung des Hüttendorfes. Der Radio-Reporter sprach von zahlreichen Festnahmen und der Demontage der Hütten. Tatsächlich konnte Lucas erkennen, wie ein Schaufellader die Holzbuden zusammendrückte. Er traute seinen Augen nicht: Auf dem Betonrohr, das die Mauer krönte und das Klettern über die Grenzanlagen erschweren sollte, saßen Demonstranten wie die Vögel auf der Stange. Die West-Berliner Polizisten versuchten, ihre Beine zu packen und sie herunterzuziehen, doch die Chaoten traten nach den Beamten oder drehten sich einfach um, sodass ihre Beine in den Ostteil der Stadt baumelten. Würden die DDR-Grenzer schießen, wenn die Demonstranten auf der Mauer sitzen blieben? Und was wäre, wenn es zu einem Feuerwechsel an der Grenze käme?

Lucas entdeckte einen fleischigen Mann, der zusammen mit einem Kameramann ebenfalls auf den Grenzwall geklettert war. Der Dicke war sein Kollege Schmitt, der mit ausgestrecktem Arm Anweisungen gab, denen der Kameramann mit Kameraschwenks folgte. Plötzlich tauchte ein DDR-Grenzbeamter hinter dem Filmenden auf, der auf die Mauer geklettert war. Ein kurzer Kampf, und er hatte dem Kameramann sein Arbeitsgerät entrissen und war wieder hinter der Mauer verschwunden. Schmitt schimpfte ihm hinterher, dann gaben beide auf und kletterten auf der Westseite der Mauer wieder eine Leiter hinunter. Klar, dass die DDR sich Aufnahmen ihrer Grenzanlagen nicht gefallen ließ.

Plötzlich waren die Demonstranten verschwunden. Sie hatten sich auf die Ostseite der Mauer fallen lassen. Die Trillerpfeifen waren verstummt und die Polizisten standen tatenlos herum.

Die werden da drüben ihr blaues Wunder erleben, dachte Lucas und startete den Motor.

Zur selben Zeit stand Ernst Klamm unausgeschlafen erneut vor der Laube, in der Opolka gestern Nacht vor seinen Augen fast gestorben war. Jasmin Berger und zwei übermüdete Streifenpolizisten, die Nachtwache am Tatort gehalten hatten, empfingen ihn. Die Männer stiegen wieder in ihren Dienstwagen. Klamm öffnete das Siegel an der zerborstenen und provisorisch verschlossenen Laubentür, zog sich blaue Plastiküberzieher über die Schuhe und legte Gummihandschuhe an. Dann trat er ein, gefolgt von der ebenso kostümierten Kommissarin. Die Fenster waren weit geöffnet, doch noch immer lag der Geruch von verbranntem Benzin in den engen Räumen. Sofort waren die Bilder von dem brennenden Körper wieder da, die Bilder von Opolkas Gesicht, das beim Aufflammen des Feuerzeugs erst eine höhnische Miene zeigte und sich immer mehr verzerrte, je gieriger die Flammen nach ihm griffen. Zur Stunde kämpften die Ärzte im Klinikum Westend um das Leben des Schwerverletzten. Der Chefarzt hatte Klamm versprochen, sich zu melden, sobald Opolka ansprechbar war. Selbst wenn der Mann nicht überleben sollte, und das war anzunehmen, gab es die Hoffung, dass er Klamm im Moment des Bewusstseins etwas über seine Hintermänner sagen konnte, wenn es denn welche gab. Und über weitere Bomben, die vielleicht schon irgendwo tickten.

Klamm und Berger sahen sich im Vorraum der Laube um. Links von der Tür stand ein einfaches Feldbett, das Bettzeug darauf ordentlich zusammengelegt. Die rechte Raumhälfte war die Küche: ein zweiflammiger Elektrokocher, daneben ein Küchenausguss. Darüber hing ein graues Resopalschränkchen mit Schiebetüren, das Lebensmittel und Geschirr enthielt. Am Tisch vor der Küchenzeile stand ein einsamer Stuhl, von dem aus man durch ein Fenster die Laubenkolonie im Blick hatte. Mit einer Gardine ließ sich der Innenraum gegen Blicke von außen abschirmen.

Die Klause eines Einsiedlers, ging es Klamm durch den Kopf.

Er wandte sich um, ging vorbei an dem zerknickten Gitter im zerborstenen Türrahmen. Dahinter lag die winzige Duschkabine, in der noch der Benzinkanister stand. Die Längswand des hinteren Raumes war von einem breiten groben Holztisch beherrscht. Links und rechts waren Bürolampen an die Tischplatte geschraubt, sodass man auch nachts bei gutem Licht arbeiten konnte. Mittig über dem Tisch befand sich ein Fenster, neben dem ein Hängeschrank mit Dutzenden kleinen Schubladen an die Wand geschraubt war.

Sie öffneten Schublade um Schublade: winzige Stecker, kleine Schräubchen und Muttern, Modellbahnkupplungen,

Achsen und Federn. In einer Schublade entdeckte Klamm einen Fahrtrichtungsschalter mit einem Messingblech, wie er es vom Tatort Oranienstraße kannte. Rechts vom Fenster hingen Werkzeuge für den Modellbau. Metallsägen, Feilen, eine Batterie winziger Schraubenzieher. Opolka und Borowski hatten die Leidenschaft für kleine Bahnen gemeinsam. Vielleicht auch für Bomben.

Klamm beugte sich vor, um die Werkbank genauer zu inspizieren, auf der eine aufgeschraubte Lok und ein Modellhäuschen standen. Das Haus war aus Sperrholz, die Seitenwände mit roter Backsteinprägefolie beklebt. Offenbar sollte das Gebäude auf einer Modelleisenbahnanlage seinen Platz finden. Das Spitzdach fehlte, sodass man ins Innere blicken konnte. Längs durch den Innenraum lief eine Mauer mit mehreren runden Öffnungen, die durch bewegliche Klappen verschlossen werden konnten. Das Ganze wirkte wie eine Großbäckerei mit einer Reihe von Backöfen. Im rechten Winkel ging mittig ein Seitenflügel vom Haupthaus ab, der einen großen Kamin beherbergte. Neben dem Häuschen lag das fertige Dach, das eine große Aussparung für den Schlot aufwies.

»Hast du eine Ahnung, was das ist?«, fragte Klamm.

Kommissarin Berger beugte sich über den Tisch. »Das ist H0.« Klamm sah sie erstaunt an.

»Maßstab eins zu siebenundachtzig. Mein Neffe sammelt Modelleisenbahnen.«

»Nein, das Gebäude, was kann das sein?«

»Na, ein Heizkesselhaus oder so.«

Klamm neigte sich ganz dicht über das offene Häuschen. Auf den Ofentüren stand etwas in kleiner Schrift, die er nicht entziffern konnte. Er merkte, dass es Zeit für eine Lesebrille war. Er kniff die Augen zusammen, ging ganz nah heran, um den Kopf dann wieder zentimeterweise zurückzuziehen, bis er den Schärfenbereich erreicht hatte. »Topf und Söhne« hatte Opolka in winziger Schrift auf die Ofenklappe gepinselt.

»Klär mal, was das zu bedeuten hat«, brummte Klamm.

»Topf und Söhne war der Hersteller der Verbrennungsöfen für die Konzentrationslager«, sagte Berger. Die Frau war erstaunlich. »Lernt man im Geschichtsunterricht.« Sie grinste.

Klamm schüttelte ungläubig den Kopf. Opolka hatte neben seinen tödlichen Sprengvorrichtungen ein Modell des Krematoriums von Auschwitz oder eines anderen KZ für seine Modellbahnanlage gebastelt, so wie andere H0-Freunde bayerische Alpendörfer und Fachwerk-Kleinstädte in die Mitte ihrer Gleisanlagen setzten.

Sie wandten sich der Vitrine an der linken Wand des Hauptraumes zu. Säuberlich waren dort Lokomotiven hinter Glas aufgereiht, vor allem schwarze Dampfloks mit roten Rädern, aber auch einige wenige grüne Diesel- und Elektroloks älterer Bauart. Unter dem Basteltisch hatte Opolka vier schmale Blechschränke mit Schubladen untergebracht. Sie fanden weitere Werkzeuge, Plastikkleinteile für den Modellhausbau, Gleisstücke unterschiedlichster Länge. In einer der Schubladen lagen nur Papiere: Bauanleitungen für Faller-Häuschen, Schaltpläne verschiedener Anlagen sowie ein Ordner mit merkwürdigen handschriftlichen Notizen. Klamm setzte sich auf den Bürostuhl und ging den Ordner Blatt für Blatt durch. Er tat sich schwer, die in einer gestochenen Sütterlin-Schrift ausgeführten Pamphlete zu lesen.

Zuoberst lag ein leeres Blatt, darauf nur zwei Worte: *»Die Bruderschaft«*.

Es folgte ein Text, in dem es um eine obskure »Vril-Gesellschaft« ging. Nach Opolkas Aufzeichnungen gab es ein weibliches Medium, das seit Ende des Ersten Weltkriegs geheime Nachrichten aus dem Sonnensystem Aldebaran empfing. Dem Medium, das sich Sigrun nannte, offenbarten Außerirdische demnach Informationen über sogenannte Flugkreisel. Das Pamphlet gipfelte in der Behauptung, dass die Nazis gegen Ende des Zweiten Weltkriegs nach Plänen Außerirdischer Raumschiffe konstruiert hatten und sich in der Antarktis versteckten, um den Endsieg doch noch herbeizuführen. Die Ufo-Flotte wurde als »Odins Letztes Heer« bezeichnet, das in unterirdischen Hangars auf den Angriff lauerte.

»Der Mann ist vollkommen wahnsinnig«, entfuhr er Ernst Klamm. Er hielt ein paar Blätter mit Zeichnungen hoch, die auch in der Mappe steckten.

»Konstruktionszeichungen für Nazi-Ufos!«, staunte Jasmin Berger.

Die Blätter trugen den Stempel »Geheime Reichssache« und stammten womöglich auch aus Opolkas Feder, waren aber mit Schreibmaschine geschrieben. Eine der Zeichnungen zeigte die »leichte bewaffnete Flugscheibe Typ Vril«, die den technischen Angaben nach sogar »weltallfähig« war. Eine angebliche SS-Sondereinheit, die »Entwicklungsstelle der Schwarzen Sonne«, hatte demnach ein Tachyonen-Triebwerk konstruiert, mit dem die Nazis vom Weltraum aus die Erringung der Weltherrschaft vorantrieben. Opolka glaubte offenbar, einer der wenigen Eingeweihten dieser Geheimpläne zu sein.

Sie mussten im Büro sofort überprüfen, ob die Pläne mit der gleichen Schreibmaschine geschrieben waren wie der erste Bekennerbrief. Klamm blätterte weiter und stieß auf ein Din-A4-Blatt mit nur wenigen Zeilen in altmodischer Handschrift.

»*Die Dritte Verkündigung*«, stand dort, darunter ein pathetischer Text, der zu der Nazi-Ufo-Geschichte passte:

»*Wie einst Odins Letztes Heer sind wir angetreten, unseren Heiligen Eid zu erfüllen.*

Weg mit dem Rassengemisch. Für eine deutsche Volksgemeinschaft.«

Wie der erste Bekennerbrief war das Papier mit »*Die Teutschen*« unterschrieben. Opolka war zweifelsfrei der Attentäter auf das Haus in der Oranienstraße und auf das Asylbewerberheim. Und er hatte einen weiteren Anschlag geplant. Aber welche Rolle spielte Borowski? Und wer hatte die früheren Bomben bei der Synagoge und im Postverteilzentrum gelegt? War mit der »Dritten Verkündigung« ein Terrorakt gemeint, den die Polizei durch ihren Zugriff gerade noch verhindert hatte? Oder gab es doch so etwas wie eine Gruppe, zu der der städtische Angestellte Heinz Borowski gehörte und deren Mitglieder nach und nach mehrere Attentate verübt hatten?

Samstag, 2. Juli 1988

Kommissarin Berger war für Lucas Hermes inzwischen so etwas wie eine gute Bekannte. Immer wieder war sie am Telefon, wenn er Klamm sprechen wollte. Der Mann war seit Tagen offenbar rastlos unterwegs und hatte seine Kollegin vergattert, nichts an die Presse zu geben. Lucas ahnte nicht, dass Klamm ihn gesucht hatte, um ihm exklusiv das Video vom Einsatz der Polizei in Opolkas Laube zu übergeben. Der Kommissar hatte seiner Kollegin nichts davon gesagt, dass er dringend mit dem Reporter reden wollte. Seit Tagen liefen Lucas und Klamm aneinander vorbei und konnten ihre Erkenntnisse nicht austauschen. Der Reporter und der Kommissar, wie die Königskinder, scherzte Lucas. Die Kommissarin lachte.

Bei seinen Touren zur Laubenkolonie wurde Lucas noch immer an der Straße vor dem Parkplatz von einem quer stehenden Streifenwagen gestoppt. Die Polizei hatte den Bombenleger offenbar geschnappt und wollte bei den Ermittlungen nicht gestört werden. Klamm hatte ihn reingelegt. Lucas blieb nichts übrig, als Gideon Reuter ein paar Bilder von der Straße aus drehen zu lassen. Klamms Kollegin hatte sich von Lucas ihren vollständigen Namen entlocken lassen: Kriminalkommissarin Jasmin Berger. Sie hatte bestimmt weniger aufregende Dinge zu tun als ihr Chef: Berichte schreiben, Akten anlegen. Lucas durfte auf keinen Fall bei ihr den Eindruck erwecken, dass Klamm seine Quelle war. Er tat so, als wollte er dem Kommissar wichtige Informationen mitteilen oder ihn zu einer Stellungnahme zu seinen Recherchen bewegen. Lucas schwadronierte über die Herkunft von Bergers schönem Namen, er schmeichelte, bettelte und lockte, und die Kommissarin ließ sich, wie er fand, ein bisschen auf seine Flirtversuche ein. Beiläufig erwähnte er seine Recherchen, ließ Namen fallen, versuchte, Fangfragen zu stellen. Ob sich Opolka bei der Verhaftung gewehrt hätte? Warum der Tatort so lange abgesperrt blieb? Dann lachte sie ihr dunkles Raucherlachen und wimmelte seine Fragen charmant ab. Er möge sich doch bitte an die Pressestelle wenden. Obwohl nichts in den Zeitungen stand, war Lucas sicher, dass Opolka gefasst oder tot war und dass er seinen Film so schnell wie möglich fertigstellen musste.

Ein ähnlich harter Brocken war Anna, die sich nicht meldete. Er blieb oft bis spätabends im Sender, doch Anna schwieg. Am Samstagvormittag, überlegte er, müsste sie doch am ehesten erreichbar sein, und fuhr in die Zossener Straße. Weil er Achims Nachnamen nicht wusste, probierte er die Klingeln durch, bis eine junge Frau im ersten Stock ihm öffnete und mitteilte, dass Anna doch die Freundin von Herrn Reichert im dritten sei. Das gab Lucas einen Stich, hinderte ihn aber nicht daran, im dritten Stock zu klingeln. Niemand öffnete. Vielleicht waren sie einkaufen. Lucas entschied sich für einen viel zu frühen Imbiss in der Currywurstbude am Mehringdamm und klingelte nach einer halben Stunde erneut bei Reichert. Achim öffnete und kratzte sein unrasiertes Kinn.

»Ich wollte wissen, wie es Anna geht«, begann Lucas.

»Nicht so doll. Sie hat mich gebeten, dafür zu sorgen, dass sie in Ruhe gelassen wird.«

»Sie war ganz deprimiert, als ich sie neulich hier abgesetzt habe«, erzählte Lucas.

Der andere nickte wissend. »War ja wohl auch ein Scheißerlebnis.«

Ob er sie anrufen dürfe, um zu erfahren, wie es ihr gehe? Achim Reichert gab Lucas seine Nummer und versprach, Anna von seinem Besuch zu berichten, wenn sie wieder da wäre. Lucas überlegte auf dem Weg zum Wagen, ob es Sinn hätte, vor der Tür auf Anna zu warten. Vielleicht würde sie das als übergriffig empfinden? Er setzte sich trotzdem in die offene Ente, das Dach heruntergerollt, und wartete. Hatte sie ihn abserviert und sich in die Arme des Kerls geworfen, in dessen Wohnung sie jetzt lebte? Lucas war schlecht.

Als Anna von der Riemannstraße kommend in die Zossener einbog, stieg Lucas aus dem Wagen und ging ihr entgegen. Ihr Gesicht glänzte feucht, vermutlich war sie gerade im Viktoria-Park joggen gewesen. Lucas hob beide Hände, wie er es aus Krimis kannte, wenn die Cops zeigen wollten, dass sie keine Waffe bei sich hatten.

»Es tut mir leid«, sagte er noch im Gehen, »ich will dich nicht stören. Ich will nur wissen, ob es dir gut geht.«

»Ich wollte dich sowieso schon anrufen«, antwortete Anna etwas atemlos. »Wir müssen doch nach drüben.« Die Recherche in der DDR, für die sie vor Wochen Visa beantragt hatten! Die Frau war ihm ein Rätsel. Er hatte gedacht, sie wollte ihn nach dem Schock mit Opolka erst einmal nicht mehr sehen. Und jetzt machte sie übergangslos da weiter, wo ihr Gespräch vor wenigen Tagen abgebrochen war. Anna wirkte beinahe aufgekratzt. Achim hatte sie ganz anders geschildert, als jemanden, der Ruhe brauchte und niedergeschlagen war.

Lucas staunte, wie schnell sie sich einig waren. Heute wäre doch ein guter Tag, um rüber zu fahren? Das hatte sie sowieso vor, sprudelte es aus ihr heraus, heute gäbe es ein Konzert von Feeling B, eine Ost-Punk-Band, ob er Lust hätte? Klar hatte er Lust, und ihre Visa hatte er zum Glück neulich erst abgeholt. Vorher müsste sie unbedingt zu Frau Krüger in die Simplonstraße, um herauszufinden, wie die Kommoden abhandengekommen waren.

Lucas ging in die Bergmannstraße in ein Café, bestellte sich am Tresen einen Mokka und setzte sich mit einem Stapel Zeitungen an einen Tisch vor der Tür. Anna hatte ihn gebeten, ihr eine Stunde Zeit zu geben, dann würde sie runterkommen. Ob er etwas dagegen hätte, wenn Achim mitkäme? Mist, dachte Lucas und verzog das Gesicht zu einem schmerzhaften Lächeln. Nein, nein, das sei schon in Ordnung.

Als sie schließlich vor dem Café erschien, trug sie ein hinreißendes ärmelloses helles Top und einen sehr kurzen Rock, dazu schwarz-weiß karierte Turnschuhe. Im Arm hielt sie eine dunkelgraue Kapuzenjacke. Anna stieg vorne neben dem Reporter ein, der blonde Schlacks Achim in der Röhrenjeans und im ebenfalls ärmellosen schwarzen T-Shirt musste hinten Platz nehmen. Lucas fand, dass er mit seinem dunkelblauen Polohemd und der hellen Cargohose besser angezogen war.

»Da läuft Öl aus«, sagte Anna und deutete aus dem Fenster. Lucas lief zum rechten Hinterrad. Dort glänzte eine kleine Pfütze auf dem Asphalt. Er ging auf die Knie und versuchte, eine feuchte Stelle an der Bodenwanne zu entdecken. Nichts. Offenbar stammte der Ölfleck von einem andern Wagen.

»Alles in Ordnung«, sagte Lucas und wollte sich wieder erheben. Hatte da nicht eben etwas geblinkt? Er sah noch einmal genauer hin. Wieder das kurze Aufblitzen eines grünen Lichts am Wagenboden. Er legte sich auf den Rücken und streckte die Hand aus. Seine Finger ertasteten ein schwarzes Metallviereck. Er konnte den Kasten nicht genau sehen, merkte aber, dass das Ding sich bewegen ließ. Ein kurzes Wackeln, und er hielt das Teil plötzlich in der Hand. An dem höchstens fünf mal fünf Zentimeter großen Metallkasten war eine Schelle angebracht, mit der man die schwarze Box auf das Auspuffrohr aufstecken konnte. Eine grüne Leuchtdiode an der Kastenseite blinkte alle paar Sekunden.

»Das ist eine Wanze«, nuschelte Achim.

»Eine Wanze? Wer will denn das Auto abhören?«, fragte Lucas.

»Nicht so eine Wanze. Kein Mikro, sondern ein Ortungsgerät.« Achim nahm das Ding in die Hand und drehte es fachmännisch hin und her.

»Da will jemand genau wissen, wo wir gerade sind«, sagte Anna und blickte grimmig auf den kleinen Kasten.

Hatte Opolka, der Technikfreak, bemerkt, dass er unter Beobachtung stand? Oder waren seine Hintermänner hinter Lucas her? Sie beschlossen, die Wanze in Achims Wohnung zurückzulassen und erst einmal ihre Ost-Berlin-Reise anzutreten.

Sie brauchten über eine Stunde, um durch die Kontrollen an der Invalidenstraße zu kommen. Achim war der Typ von Wessi, den die Grenzbeamten gerne mal länger unter die Lupe nahmen.

Die Straßen Ost-Berlins waren noch leerer als sonst. Urlaubszeit. Sie fuhren die Rosenthaler Straße entlang, deren düstere Fassaden im Sonnenschein freundlicher als sonst wirkten. Lucas wollte Anna zu gern fragen, ob sie etwas über ihre Schwester Nina herausbekommen hatte, doch in Achims Gegenwart traute er sich nicht, das Thema anzuschneiden.

Achim wollte im Wagen bleiben und eine rauchen, als sie an der Simplonstraße ankamen. Anna und Lucas klingelten zaghaft bei Krüger.

»Ja bitte?« Die junge Frau wirkte ängstlich wie beim ersten Mal und öffnete die Tür nur einen Spalt weit.

»Frau Krüger, Sie erinnern sich doch an mich?«, fragte Anna. Die Hauswartsfrau nickte. »Ich muss mit Ihnen wegen meinen Großeltern reden. Ich glaube, es ist etwas weggekommen.«

Frau Krüger blickte scheu zu Boden und trat zurück.

»Kommen Sie bitte rein, nicht hier vor der Tür.«

Sie folgten ihr in die Küche. Frau Krüger zog eine schäbige Papierpackung aus dem Küchenschrank und schüttete Kaffeepulver vorsichtig in einen Plastikfilter, bis der zu einem Drittel gefüllt war. Statt Papierfiltern benutzte man im Osten offenbar eine Art Kunststoffnetz zum Aufbrühen von Kaffee, was die Herstellung von Filterpapier überflüssig machte. Lucas war versucht, sie aufzufordern, etwas mehr Kaffeepulver hineinzugeben, doch er nahm sich zusammen. Frau Krüger erhitzte Wasser in einem blumenverzierten Emaillekessel und goss es so lange durch den Filter, bis die Kanne randvoll war. Dann servierte sie die dünne Plörre im Wohnzimmer an einem spitzendeckchengeschmückten Couchtisch.

»Sie wollen wissen, was mit den schönen Möbeln passiert ist?« Frau Krüger schenkte Anna und Lucas nach, sobald sie die Tassen halb geleert hatten.

»Da war eine Frau, über die sich Ihre Großmutter furchtbar aufgeregt hat. Die kam immer wieder und wollte partout die Möbel kaufen.« Frau Krüger senkte die Stimme. »Beim dritten Mal war sie mit zwei Männern da und holte die beiden Kommoden ab und das schöne Schlafzimmer, auch Biedermeier. Ihre Großmutter hat furchtbar geweint.« Frau Krüger tupfte sich mit einem Taschentuch die Nase, als ob auch sie kurz vor einem Tränenausbruch war. »Tausend Mark, hat sie gejammert, das sei doch nichts. Aber die haben ihr wohl gedroht.«

»Womit gedroht?«

»Na, mit der Stasi oder mit Zuchthaus. Jedenfalls hat Herr Thiedemann unterschrieben. Kurz danach ist er gestorben.«

Wie würde Anna die Geschichte wohl erzählen, ging es Lucas durch den Kopf. Frau Krüger konnte sie nur anonym zitieren, nicht einmal als Nachbarin, sonst wäre die Hauswartsfrau dran. Der Antik-Shop im KaDeWe könnte behaupten, er habe saubere Ware gekauft, die ordnungsgemäß mit Kaufvertrag den Besitzer gewechselt hatte. Aber Lucas merkte, dass Anna noch etwas anderes auf dem Herzen hatte.

»Wann sind Sie hierher gezogen, Frau Krüger?«

»Na, so 1972, ’73 haben wir die Wohnung gekriegt, mein Mann und ich.«

1958 war die Frau fast noch ein Kind gewesen. Sie konnte über die Geschichte mit Nina nichts wissen.

»Haben meine Großeltern mal erzählt, dass ich eine Schwester hatte?«

Frau Krüger schüttelte den Kopf. »Nein, nie. Sie haben sich immer so gefreut, wenn Sie und Ihre Eltern sich ankündigten. Dann haben sie tagelang eingekauft, nur das Beste.« Die Hauswartsfrau sah Anna fragend an.

»Bevor ich geboren wurde«, fuhr Anna fort, »hatten meine Eltern schon einmal eine Tochter. Nina.« Lucas sah auf Annas Hände, die sich in den Stoff ihres Rockes krampften. Sie schluckte und unterdrückte ihre Tränen. »Nina ist gestorben, schon als Baby. Ich weiß gar nichts über sie.«

»Und Ihre Mutter kann Ihnen das nicht erzählen?«, fragte Frau Krüger behutsam nach.

Anna schüttelte den Kopf und kniff die Lippen zusammen.

»Tut mir leid, ich bin doch erst '72 aus Eisenhüttenstadt hergezogen«, sagte Frau Krüger. »Da weiß ich doch nichts drüber.«

Lucas legte seine Rechte auf Annas Hände. Sie ließ die Berührung zu.

Die beiden bedankten sich für den Kaffee, versprachen, niemandem von dem Gespräch zu erzählen, verabschiedeten sich und gingen zurück zum Auto. Es war fast schon Abend, Zeit für das Konzert.

Frau Krüger sah ihnen nach, wie sie das merkwürdige französische Auto bestiegen. Sie hätte schwören können, Anna vor ein paar Jahren auf der Straße in Eisenhüttenstadt gesehen zu haben, als sie bei Verwandten zu Besuch war. Aber sicher war das nur Einbildung.

Vor der Werner-Selenbinder-Halle standen die Menschen in großen Pulks. Schon von weitem konnte man ruppige Gitarrenklänge hören, die offenbar vom Band kamen. Lucas fand, dass er von allen hier am spießigsten aussah. Die DDR-Jugend hatte offenbar kein Problem damit, die Vopos mit ihrem Äußeren zu provozieren. Er wusste, dass es immer wieder

Razzien bei illegalen Konzerten gab, Verhaftungen von Jugendlichen, die von zu Hause ausgerissen waren, ein Haus besetzt hatten und dem Regime als asoziale Elemente galten.

Lucas wurde mit Anna und Achim in Richtung Eingang geschoben.

»Drei Karten!«, schrie Anna und hielt einen Geldschein hoch. Ein blasser Punk, der die Sommersonne offenbar konsequent mied und dunkle Ringe unter den Augen hatte, drückte ihnen Stempel auf ihre Handrücken.

Die Halle war brechend voll. Der West-Berliner Look – schwarzes Shirt, schwarze Jacke, dürre Beine in engen schwarzen Hosen – hatte sich bis zum Prenzlauer Berg herumgesprochen. Hier hatte im Frühjahr die britische Band Depeche Mode zu Ehren der FDJ gespielt. Während das Publikum damals handverlesen war, hatte Lucas jetzt den Eindruck, dass sich hier die echte DDR-Jugend auf ein Konzert freute.

Das Licht ging aus, die Menge johlte. Eine Hammondorgel erklang und spielte im Dunkeln die ersten Takte aus Brechts Dreigroschenoper. Plötzlich Lichtblitze und schrille E-Gitarren-Riffs. Drei Männer drängten sich um das Mikro und grölten aus vollen Kehlen:

»Ihr Herrn, die ihr uns lehrt, wie man brav leben
Und Sünd und Missetat vermeiden kann.
Zuerst müsst ihr uns was zu fressen geben,
Dann könnt ihr reden: damit fängt es an.«

»Das ist Feeling B!«, schrie Anna ihm ins Ohr.

»Das ist Brecht!«, brüllte er zurück.

»Wie ihr es immer dreht und wie ihr's immer schiebt,
Erst kommt die Macht und dann kommt die Moral.
Es muss doch möglich sein in diesen Zeiten
in dieser Scheiße auszuhalten!«

Die Menge tobte. Anna ging ab wie eine Rakete, hüpfte in der Menge der schwitzenden Pogo-Tänzer auf und ab. Sie schüttelte im Rhythmus der Musik die düstere Laune, die Traurigkeit ab, die sie auf der Fahrt zum Konzert noch bedrückt hatte. Lucas wippte im Takt und fühlte sich fremd. Diese Musik gehörte einer anderen Generation. Vergeblich versuchte er, die Stasi-Spitzel im Publikum auszumachen Er blickte sich um. Irgendwie hatten diese jungen Leute die Furcht vor dem Staat verloren. Er drängelte sich durch das Publikum und ergatterte am Tresen an der Seitenwand der Halle drei Flaschen Bier, mit denen er sich mühsam wieder zu Anna und Achim durchkämpfen konnte. Erst als er die wässrige Brühe hinuntergekippt hatte, fiel ihm ein, dass in der DDR die Promillegrenze 0,0 existierte. Die Beats stampften und er sah Anna in einer Woge von Männerkörpern. Sie sprangen dicht um sie herum, schweißnasse hässliche Punks mit fiesen Haarfarben, die, wie Lucas fand, schlecht rochen und vor Geilheit dampften. Die Band steigerte sich zum Finale:

»Wir woll'n artig sein, denn nur so hat man uns gerne.
Jeder lebt sein Leben ganz allein und abends fallen die Sterne.«

Die Menge grölte den Refrain mit, als ob sie ihn schon tausendfach gehört hatte:

»Heja Hoja Ha, Heja Hoja Ha.«

Kurz nach eins waren sie wieder im Westen. Das Konzert hatte sich mit allen Zugaben über mehrere Stunden hingezogen. Zum Glück war ihnen eingefallen, dass die Null-Uhr-Regelung für West-Berliner seit März nicht mehr galt und sie nicht wie früher unter Zeitdruck kurz vor Mitternacht über die Grenze mussten.

»Danke«, sagte Anna und küsste ihn auf die Wange. Ihre Haut war jetzt kühl und ihr Parfum überlagerte den Zigarettengeruch in ihren Haaren. Lucas hätte sie am liebsten an sich gerissen und wild geküsst. Doch sie stieg mit Achim aus. Bevor sie ins Haus ging, drehte sie sich noch einmal um, blieb unschlüssig stehen und kam zum Wagen zurück. Achim war im Treppenhaus verschwunden. Das Fenster der Fahrertür war hochgeklappt.

»Tut mir leid, dass ich so blöd bin«, sagte sie. »Ich muss ein paar Sachen klären!«

Völlig unvermittelt küsste sie ihn. Lucas spürte ihre Zunge in seinem Mund, erwiderte die Zärtlichkeit. Ebenso plötzlich riss sie sich wieder los und trat vom Wagen zurück.

»Wir telefonieren«, sagte Anna, legte die gespreizten Finger wie einen Telefonhörer an ihre Schläfe und entfernte sich vom Wagen. Auf der Haustürschwelle hielt sie inne und blickte ihn noch einmal an.

»Lies mal nächsten Samstag die Wochenendbeilage des Abendkuriers!« Sprach's und war weg.

Lucas konnte sein Glück nicht fassen. Fast hatte er schon aufgegeben, hatte die Eroberung der viel zu jungen Frau als aussichtsloses Unterfangen beinahe abgehakt. Er fuhr nicht, er schwebte mit der Ente nach Charlottenburg. Am Samstag würde Anna die Antiquitätengeschichte bringen. Und er hatte noch immer nicht seinen Film fertig.

Montag, 4. Juli 1988

Klamm hatte für den Vereinspräsidenten keinen Haftbefehl bekommen und ihn laufen lassen müssen. Borowski hatte für beide Anschlagstermine ein wasserdichtes Alibi, bezeugt von seiner Ehefrau, und der Schlüssel für das Asylbewerberheim war am Schlüsselbund. Zwar hätte er Opolka den Schlüssel überlassen können, doch Klamm fand, dass dem naiv wirkenden Modellbahner die Unterstützung eines Terroranschlags eigentlich nicht zuzutrauen war. Opolka musste den Schlüssel bei einem Basteltag im Club heimlich an sich genommen haben und damit unter dem Vorwand, noch ein paar Teile für die Eisenbahnanlage einkaufen zu müssen, zum Schlüsseldienst gefahren sein. Borowskis Zugangsschlüssel zum Asylbewerberheim trug am Schlüsselkopf einen Aufkleber mit dem Wort »EtechAsyl«, damit er unter den vielen ähnlichen Zugangsschlüsseln leicht herauszufinden war. Opolka hatte ihn also, ohne ihn ausprobieren zu müssen, als Zugang zum Asylbewerberheim identifizieren und sich mit der Kopie Zugang zum Hof verschaffen können, ohne Einbruchsspuren zu hinterlassen.

Ernst Klamm legte die *»Dritte Verkündigung«* und die Ufo-Konstruktionspläne in mehreren Klarsichthüllen auf den Tisch und packte vorsichtig die Fundstücke vom Tatort in der Oranienstraße aus der Kiste. Opolka war nach wie vor nicht vernehmungsfähig. Klamm stutzte. Genau in diesem Karton hatte er neulich das erste Bekennerschreiben gefunden. Jetzt fehlte jede Spur des Papiers. Er griff zum Hörer und rief Carlo Hakenender an, einen Mitarbeiter der Ermittlungsgruppe »Bombe«, dessen Büro direkt neben der Asservatenkammer lag und dem er vor ein paar Wochen die Kopie des ersten Bekennerschreibens geschickt hatte.

»Carlo, hier Ernst. Ich frage mich, wo das Bekennerschreiben geblieben ist.«

Der Mann am anderen Ende der Leitung schwieg kurz und musste sich wohl erst an das Ermittlungsdetail erinnern.

»Du meinst das von damals? Das hast du mal erwähnt«, sagte Hakenender.

»Ich will gerade die Schrift eines neuen Asservats mit der Typo des alten Schreibens vergleichen. Hast du dein Exemplar griffbereit in der Akte?«

»Welches Exemplar? Ich habe nie eins bekommen.«

Klamm traute seinen Ohren nicht. »Ich habe doch Kopien an alle geschickt! Das Fundstück vom ersten Tatort.«

»Du hast es erwähnt, aber ich habe es nie gekriegt.«

»Aber ich habe es doch auch in meiner Akte«, insistierte Klamm.

»Nee, tut mir leid. Aber guck mal in die Asservate, da ist doch das Original.«

»Ist es eben nicht!«, gab Klamm zurück.

Er verstaute die alten und neuen Tatortfundstücke in ihren Kartons und lief in sein Büro. Hastig blätterte er seine Ermittlungsakte durch. Was für ein Glück! Das erste Schreiben der »Teutschen« war noch da. Er kopierte es zweimal, legte die gelochte Kopie in die Akte zurück und lief erneut zu den Asservaten. Tatsächlich stimmte die Schreibmaschinenschrift der Konstruktionszeichnungen mit der Schrift des Bekennerschreibens überein. Der Buchstabe »g« war in beiden Papieren etwas verrutscht und saß immer leicht oberhalb der Zeichenreihen. Klamm reichte dem Kollegen in der Asservatenkammer die Kopie und bat ihn, die Schrifttypen von einem Experten abgleichen zu lassen. Auf dem Weg zurück in sein Büro nahm er sich vor, wenigstens eine Kopie des ersten Opolka-Schreibens an einem sicheren Ort zu deponieren. Dann griff er zum Hörer und wählte die Nummer der Redaktion »Im Visier«.

Sie standen am Balkongeländer im ersten Stock des Schwarzen Cafés und starrten auf den Berufsverkehr, der sich die Kantstraße hinunter Richtung Westen quälte. Lucas war aus der Redaktion im Laufschritt zur U2 am Theodor-Heuss-Platz geeilt. Endlich war der Kontakt zu Klamm hergestellt. So kurzfristig hatte der Kommissar sich noch nie mit ihm treffen wollen.

Klamm hielt ihm einen braunen Umschlag hin. »Vielleicht kannst du das für deinen Film gebrauchen.«

Das Video von Opolkas Festnahme! Lucas sah kurz nach: eine VHS-Cassette, hoffentlich in nicht allzu schlechter Qualität.

»Das hat keiner außer dir, nicht mal die B.Z.«, sagte der Kommissar. »Opolka ist schwer verletzt und noch nicht vernehmungsfähig. Wir müssen noch abwarten. Aber das ist alles vertraulich!« Klamm hob warnend die Hand, wie er es stets tat, wenn er Bedeutsames aus dem Innenleben der Polizei verkündete.

Lucas nickte grimmig. Also keine Neuigkeiten vom Verhafteten. Und nichts über seine Hintermänner.

»Ich werde beobachtet«, sagte er. Klamm reagierte nicht und starrte weiterhin auf den Verkehr. »An meinem Auto war ein Peilsender angebracht.«

»Seit wann hast du ein Auto?«

»Anna Rademacher, eine Freundin.«

»Dann wird die überwacht?«, fragte Klamm. »Von wem?«

»Vielleicht von denen, die wissen wollen, was wir herausgefunden haben«.

»Wir? Du recherchierst mit ihr gemeinsam?« Klamm funkelte Lucas böse an. »Hast du ihr etwa von unseren Kontakten erzählt?«

Lucas bewegte abwehrend die Hände und berichtete von ihrer DDR-Recherche.

»Ganz schön riskant, drüben zu schnüffeln«, sagte Klamm und machte sein Pokergesicht. »Komm bloß nicht auf den Gedanken, jemandem von unseren Gesprächen zu erzählen! Dann war das hier das letzte Treffen!«

Er schien richtig verärgert zu sein. Lucas hatte das Gefühl, dass der Kommissar ihm diesmal eigentlich mehr hatte sagen wollte, aber nun plötzlich zurückschreckte.

»Ich habe es abgebaut«, sagte Lucas und zog den kleinen schwarzen Kasten aus seinem Rucksack. »Wer hat zu solchen Geräten Zugang?«

Klamm ergriff mit spitzen Fingern die Wanze und schüttelte den Kopf.

»Keine Ahnung«, nuschelte er und blickte nervös auf seine Armbanduhr. »Ich muss los.«

Er hatte es offenbar eilig. Diesmal hatten sie nur eine Tasse Kaffee im Stehen getrunken.

»Ich brauche mehr Infos zu Opolka«, insistierte Lucas. »Wann können wir wieder reden?«

»Komm bloß nicht auf den Gedanken, im Westend aufzutauchen!«

Lucas blickte dem Kommissar nach, der aus dem Café trat, sich nervös umsah und dann Richtung Savignylatz davoneilte. Er wurde aus Klamm nicht schlau. Doch er wusste jetzt, dass der schwerverletzte Opolka im Klinikum Westend lag.

»Sie kommen wohl langsam auf den Geschmack«, brummte der Händler hinter seinem mit Vitrinen zugestellten Verkaufstresen. »Suchen Sie was Bestimmtes?«

»Ich will einen Freund mit einem Waggon überraschen«, antwortete Lucas.

»Märklin?«, hakte der Händler nach.

»Was gibt es denn noch?«

»Na, für Wechselstrom haben wir auch Rivarossi, Roco, Lima«, leierte der Verkäufer herunter. »Was genau wollen Sie denn?«

»Einen Personenwagen«, sagte Lucas.

»Welche Epoche?« Der Händler klang ungeduldig. Ein etwa zehnjähriger Junge, der bisher die Sonderangebote gebrauchter Loks und Waggons begutachtet hatte, wandte sich mit zweifelndem Blick zu ihnen um.

Lucas war überfordert. »Ich weiß zu wenig darüber. Können Sie mich aufklären?«

Der Händler schnaubte verächtlich und kam hinter dem Tisch hervor. Der Knabe sah seine Chance gekommen, fixierte Lucas ernst und rückte näher.

»Es gibt bei Reichsbahn und Bundesbahn vier Epochen«, begann er und machte ein wichtiges Gesicht.

»Und diverse Unterepochen!«, ergänzte der Händler und zog einen D-Zug-Wagen aus dem Regal.

»Das ist Epoche IV!«, rief der Junge und zeigte auf das DB-Logo auf dem blauen Erste-Klasse-Wagen.

»IV a, um genau zu sein«, sagte der Verkäufer.

»Jetzt haben wir Epoche IV b.« Der Junge strahlte und schien glücklich zu sein, endlich einmal sein Wissen präsentieren zu können.

Vor Lucas' innerem Auge blitzte das Bild vom Kopfbahnhof Auschwitz-Birkenau auf. »Mein Freund sammelt Waggons aus der Kriegszeit.«

»Also die späte Epoche III«, sagte der Händler und ging zu einem Regal mit den Waggons der Firma Lima. »Da gibt es nicht viel. Sehr speziell. Ein paar Loks in Tarnanstrich. Und ein paar Militärzüge. Die meisten mögen die Zivilversion der Reichsbahn aus der Zeit lieber.«

Er holte einen Fahrzeugsatz hervor, der aus einer gewaltigen Haubitze auf Rädern, einem Niederbordwagen, einem Güterwagen und einem Personenwagen im graugrünen Tarnanstrich bestand.

Der Junge schob sich zwischen die Männer. »Die Kriegszeit ist Epoche III b«, sagte er stolz. »Die Lima-Modelle sind echt spitze und die Kupplungen passen zu Märklin.«

»Gibt's die auch einzeln?«, fragte Lucas.

Fünf Minuten später war er stolzer Besitzer eines zweiachsigen Mannschaftswagens der Deutschen Reichsbahn für ganze sechs Mark achtzig. Jetzt brauchte er nur noch einen weißen Kittel.

Zum Westend war es nicht weit. Lucas Hermes durchquerte das Foyer des Bettenhauses und schlüpfte in die Besuchertoilette. Dort zog er sich den weißen Arztkittel über, den er in einem Berufsbekleidungsladen an der Otto-Suhr-Allee billig bekommen und in einer Plastiktüte in das Krankenhaus hineingeschmuggelt hatte. Er steckte Tüte und Waggon in jeweils eine Kitteltasche. Die Verpackung könnte auch als Salbenschachtel durchgehen, dachte er und trat auf den Gang. Er folgte den Wegweisern und stand schließlich vor einer Milchglastür, hinter der sich die Intensivstation befinden musste. Eine grün gekleidete Schwester ging auf die Tür zu und gab an einem kleinen Display neben dem Eingang der Station einen Zahlencode ein. Mit einem Zischen glitt die Tür auf.

Damit hatte er nicht gerechnet. Er hatte erwartet, dass die Probleme vor Opolkas Zimmer anfangen würden. Sicher säße ein Polizist oder Wächter davor, weil Gerd Opolka schließlich Mordverdächtiger war. Lucas atmete durch und versuchte, nicht in Panik zu geraten. Die Tür war wieder zu. Er ging zum Eingang, streckte die Hand nach den Display-Tasten aus und blickte sich um. Besucher und Krankenschwestern gingen vorüber, doch niemand steuerte die Intensivstation an. Als die Glastür sich endlich erneut öffnete und ein Krankenpfleger mit einem leeren Bett herauskam, fasste er sich ein Herz und schlüpfte hinein. Der Pfleger musste glauben, dass der vermeintliche Arzt gerade den Code hatte eintippen wollen.

Auf dem Gang kam ihm wieder eine Schwester in Grün entgegen. Verdammt! Das Personal der Intensivstation hatte eine eigene Montur, das hatte er nicht bedacht. Doch Lucas war nicht der Einzige, dem das grüne Outfit fehlte. Links am Ende des Ganges stand ein Polizist und glotzte ihn an. War er völlig übergeschnappt? Lucas ging mit festem Schritt auf den Beamten zu und sah ihm direkt in die Augen. »Dann wollen wir mal sehen, was unser Attentäter heute so treibt«, schnarrte er den Uniformierten an. Der Beamte trat zu seiner Überraschung beiseite und ließ Lucas in den Raum.

Im Halbdunkel lag ein Körper. Es piepste regelmäßig, wahrscheinlich Opolkas Herzschlag. Goldfolie umgab das gesamte Bett. Nur ein bandagierter Kopf war zu sehen. Das Gesicht Opolkas sah aus wie weiß eingecremt.

Zu seiner Überraschung sah Opolka ihn direkt an. Er war also offenbar bei Bewusstsein. Lucas griff in die Tasche und stellte den kleinen Karton auf das Nachttischchen.

»Epoche III b, Mannschaftswagen der Wehrmacht«, sagte er. Opolka reagierte nicht. Dann blinzelte er und Lucas bemerkte, dass er keine Wimpern mehr hatte. Seine Lippen formten stumm ein paar Worte, als übte er, bis er mit großer Kraftanstrengung einen Satz herauspressen konnte.

»Wir sind viele«, flüsterte er und drehte den Kopf langsam zur Seite. »Ich bin nicht der Depp für andere.« Opolka konnte die Augen kaum noch offen halten. »Morgen«, sagte er mit schwacher Stimme. Dann verstummte er. Die Augen standen halb offen und blickten ins Leere. Offenbar war er wieder eingeschlafen, konnte die Lider aufgrund der Verbrennungen aber nicht ganz schließen.

Lucas verließ mit schnellen Schritten das Krankenzimmer. Der Polizist sah ihm nach und machte keine Anstalten, ihn aufzuhalten. Es war immer wieder erstaunlich, wie leicht Menschen sich durch ein zackiges, leicht herrisches Auftreten beeindrucken ließen. Untertanen, dachte Lucas. Spießer, die innerlich die Hacken zusammenschlagen, wenn man sie anblafft.

Zum Glück ging die Tür von innen ohne Code auf. Lucas zog den Kittel in der Toilette aus und eilte aus dem Krankenhaus, so schnell er konnte. Im Gehen überlegte er, ob es ein Fehler gewesen war, die Intensivstation so schnell zu verlassen. Hätte er versuchen sollen, mehr aus dem Verletzten herauszubekommen? Opolka wollte ihm offenbar etwas über seine Hintermänner sagen. Lucas nahm sich vor, ganz früh am nächsten Tag auf die Intensivstation zurückzukehren. Morgen würde er Grün tragen.

Dienstag, 5. Juli 1988

Die Nacht lag noch über dem dunklen Betonklotz des Krankenhauses, als Bengt Zurbrüggen seinen Wagen auf dem Besucherparkplatz zum Stehen brachte. Umständlich begann er, im Sitzen den Mantel auszuziehen, den er über der grünen Krankenpflegerkleidung trug. Unter dem Namen Dieter Senftleben bezog er sein Beamtengehalt und war in der Justizvollzugsanstalt Tegel bestens versorgt und »geparkt«. Alle Mitglieder der Organisation hatten falsche Identitäten und kannten einander nur unter diesen Namen. Er ging mit kurzem Kopfnicken am Pförtner vorbei und direkt auf die Intensivstation zu. An der Milchglastür gab er ohne zu zögern einen Zahlencode ein und betrat die Abteilung.

Schon von weitem konnte er den Polizisten sehen, der auf dem Gang auf und ab ging.

Zurbrüggen schnappte sich einen Wagen mit frischen Handtüchern, der gleich hinter der Tür abgestellt war, und ging auf den Polizisten zu. Kurz vor Opolkas Zimmertür hielt er an und begann, die Handtücher sorgfältig umzusortieren.

Eigentlich war das kein Auftrag für einen Special-Forces-Kämpfer wie ihn. Gegen Ende seiner achtjährigen Dienstzeit bei der Bundeswehr hatte sein Brigadechef ihn in sein Büro gebeten. Ob er sich vorstellen könne, weiterhin der Truppe zu dienen? Zurbrüggen konnte. Zwei Wochen später standen zwei blasse Zivilisten vor seiner Wohnungstür, die sich als Meinungsforscher ausgaben. Eine Tarnung, wie er sofort erkannte. Die Männer waren vom Bundesnachrichtendienst. Er bat sie herein und sie erläuterten ihm seine künftige Aufgabe. Im Kriegsfall sollte er sich für einen Einsatz hinter den feindlichen Linien bereithalten, um Sabotageakte durchzuführen.

Bei seinen Einzelkämpferlehrgängen in Süddeutschland hatte er trainiert, tagelang reglos in irgendeinem Dreckloch im Wald auszuharren. Er hatte gelernt, zu hungern oder Einmannpakete, die berüchtigten EPAs, lautlos zu vertilgen. Er hatte bei strömendem Regen kalte Linsensuppe mit Würstchen gegessen und im Versteck in die Hose gepisst, um kein Ziel für den Feind abzugeben. Er wusste, wie man einen Gegner mit einem Nierenstich lautlos tötete und wie man

Bahngleise mit Zubehör aus dem Baumarkt in die Luft jagte. Er war eine scharfe Waffe und der neue Job für den »Geheimen Widerstand« bestand darin, diese Fähigkeiten im Krieg noch überlegter zu nutzen. Wenn die Russen Niedersachsen überrollen sollten, müsste er es zustande bringen, unterzutauchen und im Wald in einem Erdloch ohne Logistik und ohne Nahrung zu überleben, bis weitere Befehle kämen oder die Kameraden mit Fallschirmen zu ihm stoßen konnten in die vorbereiteten Verstecke. Sein Einsatzgebiet, für das er allein zuständig war, umfasste gut fünfzig Quadratkilometer. Er verfügte über zwei im Wald versteckte Funkausrüstungen und drei Depots für Waffen und Sprengstoff, gut über die Fläche verteilt und nur durch harte Nachtmärsche zu erreichen.

Bei jedem NATO-Manöver bekam er vom Kreiswehrersatzamt eine offizielle Einberufung. Das fand er lächerlich. Bürokratenquatsch. Der Einsatz selbst wurde ihm weitaus professioneller mitgeteilt, durch einen verschlüsselten Funkspruch über den Empfänger, den er im Keller hatte. Während die Bundeswehr im Manöver als blaue und rote Armee operierte, war er im Wald unterwegs, ohne von einer der beiden Manöverparteien bemerkt zu werden. Er spielte sein eigenes Kriegsspiel – so wie zur gleichen Zeit auch seine Kameraden vom »Geheimen Widerstand«. Einzelkämpfer wie er.

Krieg ist nicht nur der bewaffnete Kampf zweier Armeen, überlegte Zurbrüggen, als er in der Tasche vorsichtig nachfühlte, ob die Spritze da war. Offenbar hatte er bei seinen Einsätzen am Rande der NATO-Manöver derart überzeugt, dass er zu einer Sondereinheit versetzt worden war, die selbst den regulären Stay-Behind-Kämpfern völlig verborgen blieb. Es war Krieg, mitten im Frieden. Ein heimlicher Kampf gegen feindliche Elemente, die die staatliche Ordnung unterhöhlt und die Gesellschaft wie ein Krebsgeschwür befallen hatten. An dieser unsichtbaren Front war der Soldat Bengt Zurbrüggen jetzt im Einsatz.

Der Polizist hatte ihn bemerkt, offenbar für harmlos befunden und sich gelangweilt weggedreht. Als der Beamte im Seitengang verschwunden war, öffnete Zurbrüggen leise die Tür. Im Dunkeln war zuerst nur die Goldfolie zu erkennen, die das Bett bedeckte. Er hörte ein regelmäßiges Piepsen – Opolkas Herzschlag, der auf einem Monitor aufgezeichnet wurde. Eine Infusionsflasche, die vermutlich ein starkes Schmerzmittel enthielt, hing neben dem Bett. Ein Schlauch führte unter die Decke zum Arm des Patienten.

Zurbrüggen zog die Spritze mit dem Morphin aus der Kitteltasche und öffnete den blauen Schraubverschluss des Dreiwegehahns an Opolkas linker Armbeuge. Er vermied es, in das Gesicht des Schwerverletzten zu blicken, leerte routiniert die Spritze und schloss den Schraubverschluss wieder. Leise öffnete er die Tür und spähte auf den Gang. Als der Beamte gerade um die Ecke kam, hatte er den Wäschewagen bereits erreicht. Zurbrüggen hatte noch nicht einmal eine Minute für die Operation gebraucht. Er nickte dem Polizisten zu und griff nach einem Handtuch auf dem Wagen. Sein Herz schlug schnell, doch er zwang sich, jede Bewegung betont ruhig auszuführen. Seine Rechte umklammerte immer noch die leere Spritze. Er steckte sie zurück in die Tasche und verließ die Intensivstation mit langsamen Schritten. Vor der Tür hörte er die ersten Vögel zwitschern. Das Dunkelblau des Himmels hatte sich in den Minuten, in denen er im Gebäude gewesen war, in einen helleren Blauton verwandelt. Gleich würde die Sonne aufgehen. Er sah auf die Armbanduhr. Es war 5 Uhr 37.

Zum Glück hatte er im Fernsehfundus einen grünen OP-Kittel bekommen. Lucas wartete neben der Glastür und schlüpfte wie am Vortag in die Intensivstation, als ein Pfleger ein Bett herausrollte. Er sah sofort, dass etwas geschehen war. Vor Opolkas Zimmer fehlte der Polizist. Als Lucas näherkam, sah er, dass die Tür offen stand. Es war still, kein Monitorpiepsen drang aus dem Raum. Das Bett war leer und frisch bezogen. Das Krankenzimmer schien auf den nächsten Schwerverletzten zu warten, das Eisenbahnwaggonmodell war vom Nachttisch verschwunden. Lucas trat in den Raum. Vor ein paar Stunden hatte der verbrannte Opolka hier mit dem Tod gerungen. Nichts erinnerte mehr an ihn. Lucas fing an, die Bettritzen abzusuchen, öffnete die Schublade. Er wusste selber nicht, warum er anfing, das Zimmer zu inspizieren. Er hoffte auf irgendeine Spur, irgendein Zeichen, das Opolka ihm hinterlassen hatte. Aber er fand nichts. Das Zimmer war klinisch rein, nicht einmal im Mülleimer gab es den kleinsten Hinweis. Lucas trat auf den Gang. Er wagte es nicht, eine der vorbeieilenden Schwestern nach dem Verschwundenen zu fragen, und lief hinaus.

Dr. Hinnerk Petersen setzte das Skalpell zum Kragenschnitt an. Er trennte das Gewebe bis zur Brustkorbmitte auf und führte dann einen Medianschnitt nach unten, nicht ganz mittig, am Bauchnabel vorbei. Die äußere Besichtigung der Leiche hatte sich als schwierig herausgestellt. Aufgrund der Verbrennungen waren Druckstellen, Narben oder Verletzungen kaum zu erkennen.

Petersen klappte das ypsilonförmig aufgeschnittene Fleisch nach außen und klammerte es sorgfältig. Mit der Säge durchtrennte er das Brustbein, bog die Rippen auseinander und hatte den Blick auf das Herz und die anderen Organe frei. Er löste das Herz aus dem Brustkorb, schnitt es fachgerecht auf und legte es auf einem Teller ab. Zwei Stunden lang entnahm und zerlegte er Organe, zog die Körperflüssigkeiten auf Ampullen und beschriftete die gefüllten Gläser. Dann ging er in die Kantine. Es gab Bohneneintopf.

Nach dem Mittagessen studierte Petersen die Werte, die das Labor inzwischen ermittelt hatte. Nach der Sektion von Nieren, Leber und Milz war er von einer Sepsis ausgegangen. Ein Patient mit Verbrennungen von über siebzig Prozent der

Hautfläche war eigentlich nicht zu retten. Es war eine Frage von Stunden, bis die durch den Hautverlust entstandenen Entzündungen zu einer Blutvergiftung führten und die Organe ausfielen. Die Laborwerte sprachen klar für eine Blutvergiftung, doch eine andere Zahl bereitete ihm Kopfzerbrechen. Der Morphingehalt im Blut war so hoch, dass man von einer tödlichen Dosis sprechen konnte. Dann müsste er nicht Blutvergiftung, sondern Atemstillstand als Todesursache auf dem Formular vermerken. Petersen hielt es für angebracht, den Chefarzt hinzuzuziehen.

Auf dem Weg zu Professor Tönnies kam dem Pathologen der Tote aus dem Landwehrkanal in den Sinn. Auch diese Leiche hatte ihm Rätsel aufgegeben. Der Unbekannte war unter Alkoholeinfluss kopfüber ins Wasser gestürzt und dann zweifelsfrei ertrunken. Beim Sturz hatte sich ihm ein rostiger Draht in den Bauch gebohrt. Merkwürdig war, dass die Wunde viel zu groß für den kleinen Draht schien. Auch der Alkoholgehalt im Blut war so gering, dass kaum anzunehmen war, dass der Mann betrunken in den Kanal getorkelt war. Petersen hatte sich ein bisschen gewundert, dass nicht nur Wasser, sondern auch Whisky in der Lunge des Toten war, offenbar hatte er sich kurz vor seinem Sturz verschluckt. Die leere Whiskyflasche am Ufer mit den Fingerabdrücken des Mannes war ein Indiz für einen Alkoholunfall. Und da die Todesursache eindeutig Ertrinken war, hatte der Pathologe seine Zweifel beiseite geschoben und mit gutem Gewissen den Obduktionsbericht geschrieben.

Tönnies galt als Kapazität in der Herzchirurgie. Er ging vor dem Fenster auf und ab und blickte auf den Neubau, der noch immer nicht fertig war. Petersen saß vor dem Schreibtisch und hatte die Laborwerte vor sich ausgebreitet.

»Liegt denn eine Sepsis zweifelsfrei vor?«, fragte Tönnies, ohne sich dem Pathologen zuzuwenden.

»Ja, aber ich kann sie nicht hundertprozentig als Todesursache erkennen.«

»Atemstillstand als Todesursache würde eine Menge Fragen aufwerfen«, gab Tönnies zu bedenken. »Was hat den Atemstillstand bewirkt? Wer ist schuld an der Dosierung der Schmerzmittel?«

»Wir hätten ganz schnell eine Kunstfehlerdiskussion«, seufzte Petersen.

»Wie hoch war die Morphindosierung?«, wollte der Professor wissen und ließ sich in seinen Bürostuhl sacken. Der könnte auch mal durch ein schönes Designermodell ersetzt werden, dachte er. Ein Eames-Chair wäre schön, aber nicht unter zweitausend Mark zu bekommen. Einen solchen Kauf würde sein Verwaltungsdirektor schon zu verhindern wissen.

»Mit der Dosis hätte man einen Elefanten einschläfern können«, antwortete Petersen.

»Können Sie ausschließen«, fragte Tönnies scharf, machte eine Pause und sah den Pathologen ernst über seine Lesebrille hinweg an. »Können Sie ausschließen, dass die Sepsis zum Tode führte?« Der Chefarzt unterstrich die Wichtigkeit seiner Frage, indem er Petersen durchbohrend anblickte, ohne zu blinzeln.

»Nein, ganz ausschließen kann ich es nicht«, erwiderte der zögernd.

Tönnies stand wieder auf und drehte sich zum Fenster, als ob er mit der Sache nichts mehr zu tun haben wollte.

Professor Peter Tönnies hatte jetzt keine Zeit für Komplikationen. In nicht einmal zwei Stunden würde Monica van Steen, Assistenzärztin aus der Herzchirurgie, ihren Kopf durch die Tür stecken und ihn zum Golfen abholen. Es war sein wöchentliches Ritual, nach zwei Stunden auf dem Grün mit ihr im Clubheim im Westend zu essen und dann in das Appartement an der Bleibtreustraße zu fahren, von dem weder seine Frau noch Monicas Freund etwas wissen durften. Mal kamen sie gleich zur Sache, mal machte Monica ihm eine Szene und jammerte über das erbärmliche Versteckspiel, bis sie schließlich heulend in seine Arme sank und sich dann doch noch kräftig durchvögeln ließ.

Monica hatte Interesse für das neue Audi Coupé gezeigt, das ein Kollege von der Radiologie fuhr. Tönnies hatte ihren Wunsch erfüllt und den silbernen Wagen mit den roten Ledersitzen auf den Parkplatz der Klinik liefern lassen. Monica schrie vor Glück, als sie das Coupé erblickte, und belohnte ihn mit einem Quickie auf seinem Schreibtisch – ganz so wie vor zwei Jahren, als er die Anfängerin in die Geheimnisse seiner Operationstechniken am offenen Herzen eingeweiht hatte. Für den Wagenkauf waren ein paar faule Gutachten nötig gewesen. Der Aufwand für die Geliebte war beträchtlich. Die Stunden in der Bleibtreustraße waren noch leicht mit angeblichen Vorträgen über Fortschritte in der Herzchirurgie zu legitimieren. Schwieriger war es, die Zusatzeinnahmen vor seiner Frau zu verstecken. Die Gutachten oder Gefälligkeiten für den einen oder anderen Herzklappenhersteller wurden stets bar honoriert. Damit seine Frau davon nichts mitbekam, musste das Geld in der Radkappe oder unter dem Reserverad in die Schweiz gebracht werden. Dort gab es verdächtig oft Fachkongresse, bei denen die Kapazität aus Berlin unabkömmlich war.

»Schauen Sie noch einmal genau hin«, murmelte der Chefarzt. Petersen überlegte. Opolka hätte ohnehin nur eine einprozentige Überlebenschance gehabt. Er stand auf, verabschiedete sich mit kurzem Gruß von seinem Chef und ging mit den Unterlagen hinunter in die Pathologie. »Todesursache: Sepsis« schrieb er in Druckbuchstaben in das Formular und unterzeichnete das Papier.

Lucas verließ den Weg und arbeitete sich durch das Gebüsch. Noch immer war die Zufahrt zur Kleingartenkolonie Fichtewiese mit einem Plastikband abgesperrt. Zwei Polizisten räkelten sich gelangweilt auf den Sitzen des Streifenwagens, der quer zur Fahrbahn stand. Als Lucas sicher war, außerhalb der Sichtweite der Beamten zu sein, schlüpfte er durch ein Loch im Zaun und erreichte Opolkas

Laube, die nicht mehr bewacht wurde. Kein Spurensicherer weit und breit. Die Tür war mit Brettern notdürftig repariert und sowohl an der Seite des Türschlosses wie an den Türangeln mit einem Polizeisiegel beklebt. Er ging langsam um das Gebäude herum. Das Fenster war gekippt. Er rüttelte vorsichtig, zog am Hebel auf der Fensterinnenseite, bis sein Ärmel völlig verdreckt war. Das Fenster ließ sich jetzt aus den Angeln heben. Lucas kletterte ächzend in die Hütte und sah sich um. Ein leer geräumter Raum mit einer Werkbank, davor ein Stuhl, im Vorraum ein Bettgestell. Über dem Arbeitstisch tickte eine Wanduhr. Ein leichter Geruch nach Benzin, der Lucas schaudern ließ. Die Spurensicherung war gründlich gewesen. Hier hatte Opolka seine Bomben gebaut und vermutlich auch an seinem Modellbahnmodul vom Bahnhof Auschwitz-Birkenau gearbeitet. Er fotografierte das Versteck hastig aus allen Winkeln. Dann ging er in den Vorraum, suchte alle Ritzen nach irgendwelchen Spuren Opolkas ab. Auf der schmalen Stahlpritsche lag eine grau gestreifte Matratze, das Bettzeug fehlte. Er kniete sich hin und schaute unter das Bett. Als er die Matratze vom Gitterrost hob, spürte er einen leichten Stich im rechten Zeigefinger. An der Unterseite der Matratze hing, von einer offenen Sicherheitsnadel gehalten, ein kleines gestreiftes Stück Stoff.

Männerstimmen näherten sich. Die Polizisten auf ihrem Kontrollgang! Lucas stürzte zum Fenster, drückte es zurück in den Rahmen und kauerte sich auf den Boden.

»Alles in Ordnung«, sagte der eine Polizist. Offenbar kontrollierten sie das Siegel an der Tür.

»Samstag spielt Hertha«, sagte eine andere, jüngere Stimme.

»Interessiert mich nicht«, erwiderte der erste Beamte. Die Männer stapften um die Laube herum.

»Die steigen nie wieder auf!« Die Schritte entfernten sich Richtung Parkplatz.

Das fest gewebte, gestreifte Stück Stoff war oben und unten jeweils mit einem verzierten Metallstück versehen. In der Mitte befand sich eine silberne Schnalle, auf der Buchstaben in einer winzigen Schrift standen. Er beugte sich vor und kniff die Augen zusammen: »*P.L. slbLbf G.O.*«

Unverständliche Abkürzungen. Darüber war in etwas größerer Schrift ein lateinischer Spruch zu erkennen: »*Vivat circulus fratrum.*«

Es lebe der Kreis der Brüder. Die acht Jahre Latein am altsprachlichen Gymnasium in Steglitz waren doch zu etwas nutze gewesen. Er dachte an Opolkas letzte Worte: Wir sind viele. Hatte er damit den Kreis der Brüder gemeint? Eine Bruderschaft? Einen Geheimbund? Einen Nazi-Zirkel von Holocaust-Leugnern und Ausländerfeinden? Das Band war schwarz-weiß-rot gestreift. Die alten deutschen Farben. Nazis. Gab es braune Hintermänner, in deren Auftrag Gerd Opolka gebombt hatte? Lucas ahnte, dass das Band ähnlich wichtig wie der Messing-Umschalter war. Eine Spur, die ihn der Geschichte hinter den Anschlägen näherbringen sollte.

Mittwoch, 6. Juli 1988

»*Couleurartikel*« stand über dem kleinen Geschäft in der Goethestraße. Über eine Treppe gelangte Lucas ins Souterrain. Als er die Tür öffnete, klingelte es leise. Niemand war zu sehen. An den Wänden hingen Dutzende von Säbeln, kleine Metallmasken und bestickte Uniformjacken. Wieder eine Freakshow, dachte er und erinnerte sich an seinen ersten Besuch im Modellbahnladen. Er merkte, dass Opolka ihm so fremd war wie kaum ein anderer Mensch. Die Vorstellung, dass er hinter einer mittelalterlichen Maske, die nur Augen und Nase schützte, auf andere Korporierte mit dem scharfen Säbel eingedroschen oder selbst schmerzhafte Verletzungen im Gesicht empfangen hatte, war für ihn unbegreiflich.

»Sie wünschen?«, fragte eine Stimme in seinem Rücken in näselndem Ton, den Lucas sofort mit adliger Blasiertheit verband. Ein schlanker Mann um die vierzig mit akkurat gescheiteltem braunem Haar stand hinter ihm. Er trug ein grünes Jackett mit Hirschhornknöpfen und hatte auf der linken Wange seines fein geschnittenen Gesichts eine beachtliche Narbe. Lucas malte sich aus, wie es sich anfühlt, wenn bei der Mensur die scharfe Klinge blitzartig durch das Wangenfleisch fährt und das Blut in den Kragen fließt. Ein Zischen, ein ziehender Schmerz. Dann die brutale Versorgung durch den Korporationsarzt: Nähen ohne Betäubung. Rasende Schmerzstöße, wenn die Nadel wieder und wieder in die Haut sticht. Er hatte gelesen, dass manche Burschenschafter sich ein Rosshaar in die offene Wunde legen ließen, damit die Narben nicht spurlos verheilten.

»Ich habe eine fachliche Frage«, begann Lucas. Das Gesicht des Händlers hellte sich auf. »Dieses Band« – er holte das Stoffstück umständlich aus der Jackentasche – »zu welcher Korporation gehört es?«

»Das ist ein Bierzipfel der Teutonia zu Berlin und Potsdam. Vorzügliche Arbeit«, antwortete der Korporierte ohne Zögern. »Warum wollen Sie das wissen?«

»Ich habe ihn gefunden und will ihn im Haus der Burschenschaft zurückgeben.«

»*Auf* dem Haus«, verbesserte der Narbige. Lucas glotzte verständnislos.

»Sie wollen ihn *auf* dem Haus zurückgeben.«

»Natürlich. Können Sie mir, rein interessehalber, sagen, was die Buchstaben zu bedeuten haben?«

Der Mann mit dem Schmiss nahm den Zipfel und drehte ihn vor seinem Gesicht hin und her, um die Aufschrift besser lesen zu können.

»P.L. slbLbf G.O.«, buchstabierte er umständlich. Er runzelte kurz die Stirn, dann hellte sich sein Gesicht auf: »Das ist eine ganz normale Widmung von Leibbursch zu Leibfuchs.« Lucas sah ihn verständnislos an.

»Der Bierzipfel ist ein Freundschaftsbeweis von Biervater zu Biersohn, also von Leibbursch zu Leibfuchs. Der Fuchs trägt den Zipfel stolz am Zipfelhalter oder hängt ihn beim Kommers an den Bierseidel. Es gibt für Damen auch noch Sektzipfel, aber das ist ein anderes Thema.«

Lucas musste angesichts der Ernsthaftigkeit des Burschenschafters ein Lachen unterdrücken.

»Und was bedeuten die Abkürzungen?«

»P.L. seinem lieben Leibfuchs G.O.«, kam es wie aus der Pistole geschossen zurück.

»Wissen Sie, wo ich die Teutonia finde?«

»Ja, natürlich. In Zehlendorf, in der Hagenstraße.«

Lucas bedankte sich mit Händedruck und einer angedeuteten Verbeugung, die der Korporierte erwiderte. Als er auf der Treppe war, drehte Lucas sich noch einmal um.

»Was hat es mit dem Sektzipfel auf sich?«

Der Couleurhändler zog nur die rechte Augenbraue hoch, als müsse die linke Braue in ihrer Position verharren, um ein Monokel festzukneifen.

»Sie wollen es ja ganz genau wissen«, näselte er. »Wenn ein Bursche seiner Dame einen Sektzipfel auf dem Kommers überreicht, verkündet er damit die Verlobung.« Der Mann streckte sein Kreuz durch und lächelte versonnen. »Also eine große Sache, fast so groß wie der Bierzipfel als Freundschaftsbeweis von Bursche zu Bursche.«

Leibfuchs G.O.! Gerd Opolka hatte den Zipfel also von einem Burschenschafter der Teutonia mit dem Namen P.L. bekommen. Der Kreis der Brüder muss die Teutonia sein, überlegte Lucas und lief die Wilmersdorfer Straße hinauf. Nach einer Viertelstunde hatte er das Amtsgericht erreicht. Zum Glück war das Vereinsregister noch eine halbe Stunde geöffnet.

Die Beamtin, die für die Vereine mit den Buchstaben S bis Z zuständig war, ließ Lucas ihre Abneigung spüren, so kurz vor Dienstschluss noch eine Akte heraussuchen zu sollen. Ihm kamen die Minuten endlos vor, bis sie mit einem schmalen Hefter aus dem Aktenraum trat. Er blätterte, bis er das jüngste Versammlungsprotokoll gefunden hatte. Ein langweiliger Text über Vorstandswahlen und der Bericht des Schatzmeisters Keiner im Vorstand hatte einen Namen mit den Initialen P.L.

»Ist das die ganze Akte?«, wollte er wissen.

Die Beamtin hob beleidigt den Kopf. »Nein, der Verein besteht ja schon mehrere Jahrzehnte. Das ist nur das letzte halbe Jahr.«

»Dann möchte ich die Akte sehen, die vor dieser Akte kommt!«

»Wir schließen in zwanzig Minuten!«

»Ich will nur kurz hineinsehen.« Verärgert erhob sich die Frau und schlurfte betont langsam ins Archiv. Als sie zurückkam, entriss er ihr förmlich den dicken Aktenband und begann zu blättern. Wieder Versammlungsprotokolle. Die Namen unterschieden sich kaum vom letzten. Er überflog hastig die Seiten, während die Beamtin anfing, die Stühle an die Tische zu schieben.

»Sie können auch morgen um acht wiederkommen!«

Inzwischen war er bei der Jahreshauptversammlung der Teutonia vom vorletzten Jahr angekommen. Als er enttäuscht das letzte Blatt des Protokolls umblätterte, fand er eine handschriftliche Anwesenheitsliste mit über dreißig Namen.

Volltreffer! G. Opolka stand da deutlich, und weiter unten: Peter Ladurner. Das musste Gerd Opolkas Leibbursche sein. Der Mann, der Opolka in die Riten der Teutonia eingeführt hatte. Vielleicht auch der Mann, der ihn gelehrt hatte, wie man Terroranschläge verübte?

»Ich möchte gerne eine Seite kopieren«, rief Lucas der Frau zu, die im Nebenraum Akten in Regale zurückräumte.

»Bei Ihnen piept's wohl!«, kam es zurück. »Die Kasse ist bereits geschlossen, und ohne eine Wertmarke, die Sie dort kaufen müssen, gibt es keine Kopien.«

Lucas sprang auf und lief eilig zur Telefonzelle vor dem Gerichtsgebäude. Das Dokument konnte er auch morgen besorgen. Im Berliner Telefonbuch stand kein Ladurner. Lucas hatte das mulmige Gefühl, dass er sehr nah dran am Kern der Geschichte war. Vielleicht schon zu nah.

Freitag, 8. Juli 1988

Stövenhagen war für sein Talent berüchtigt, jede Geschichte bis ins letzte Detail zu hinterfragen und erbarmungslos Schwachstellen aufzudecken.

»Ich fasse mal zusammen«, begann er und kritzelte Notizen auf ein Blatt Papier. »Am 23. Mai explodiert eine Bombe in der Oranienstraße, der Hausmeister stirbt. Die Bombe gilt vermutlich der Beratungsstelle für Asylbewerber. Am Tatort soll ein Bekennerschreiben gefunden worden sein, dass auf rechtsextreme Täter hindeutet. Die ›Teutschen‹, wie sie sich nennen, sind demnach islamfeindlich. Leider ist das Bekennerschreiben verschwunden beziehungsweise die Polizei sagt, das Schreiben sei ihr unbekannt.«

»Aber das ist gelogen. Meine Quelle hat mir den Wortlaut genannt, ich habe den Text hier.«

»Ihre Quelle kann aber nicht öffentlich bestätigen, dass sie das Originalschreiben mit eigenen Augen gesehen und Ihnen den Inhalt verraten hat. Wir haben also keinerlei Beweise für die Existenz des Bekennerschreibens.«

Lucas schluckte. Stövenhagen fuhr fort.

»Weiter. Drei Tage später, am 26. Mai, explodiert eine Bombe im Asylbewerberheim in der Koloniestraße. Zwei tote kurdische Kinder. Wir wissen nicht mehr, als dass die Täter skrupellos sind.«

»Aber wir wissen, dass die Täter wie bei der ersten Bombe ausländerfeindliche Motive haben.«

»Langsam. Man kann höchstens sagen, dass die Täter keine Skrupel haben, Asylbewerber und ihre Unterstützer zu töten.«

»Die Modellbahn-Connection.«

»Dazu komme ich gleich. Nach Ihren Informationen – wieder nichts Schriftliches! – wurde die erste Bombe mit einer Vorrichtung aus dem Modellbahnbau gezündet. Der Täter ist also vermutlich Modelleisenbahner.«

»Ganz sicher sogar, denn die Polizei hat ja Gerd Opolka, den Modelleisenbahner, verhaftet.«

»Gut. Opolka ist tot, kann nichts mehr sagen und hat nicht gestanden. Die Polizei hält ihn aber für den Täter.«

»Er ist Mitglied der Burschenschaft Teutonia.«

»Das sind ganz honorige Leute, die keine Bomben legen. Auch der Regierende Bürgermeister ist Mitglied einer Burschenschaft.«

»Der Teutonia?«

»Nein, der Saravia.«

Lucas merkte, wie die Sache ihm entglitt. Er musste Stövenhagen noch einmal alle seine Argumente vor Augen führen.

»Opolka hat mir im Krankenhaus gesagt, dass hinter ihm eine große Gruppe steht. Wir sind viele, hat er gesagt. Die Teutschen! Die Teutonia! Der Kreis der Brüder, so steht es auf dem Bierzipfel. Opolkas Mitgliedschaft in der Burschenschaft habe ich schriftlich. Das hängt doch alles zusammen.« Er wedelte mit den Fotokopien aus dem Vereinsregister.

»Ein Mann, der erwiesenermaßen Mitglied eines Modellbahnclubs und einer Burschenschaft ist, zündet aus ausländerfeindlichen Motiven zwei Bomben und bringt sich anschließend um. Mehr können wir nicht belegen. Das ist ein bisschen mehr, als die Zeitungen haben.«

»Was uns fehlt, ist der endgültige Beweis, dass hinter Opolka eine Gruppe steht. Und dafür gibt es gute Indizien.«

»Indizien, aber keinen Beweis. Der kann nur erbracht werden, wenn es weitere Anschläge, also weitere Täter dieser Gruppe gibt. Das will ich nicht hoffen, das will niemand. Seit Opolkas Tod gibt es keine Anschläge mehr. Und zwei Anschläge sind noch keine Bombenserie.«

Stövenhagen hatte recht. Durch das Verschwinden des Bekennerschreibens und weil die Polizeiführung die Existenz des Schreibens leugnete, hatte seine Argumentation einen entscheidenden Rückschlag erlitten. Sein wichtigster Zeuge, Klamm, konnte nichts sagen, ohne seine Existenz zu riskieren. Die einzige nachweisbare Verbindung der »Teutschen« zur Teutonia war Opolka, und der war tot. Die Spur zum Leibburschen Ladurner war noch nicht recherchiert. Lucas hatte das Gefühl, dass ihm jemand den Boden unter den Füßen wegzog. Ein unsichtbarer Gegenspieler, der ihm immer einen Schritt voraus war. Er musste beweisen, dass es sich bei Opolka nicht um einen Einzeltäter handelte, sondern dass seine Mittäter oder Auftraggeber in der Burschenschaft Teutonia zu finden waren.

Samstag, 9. Juli 1988

Das Haus in der Hagenstraße war eine schmucke Jugendstilvilla. Im Vorgarten wehte die Flagge mit dem geschwungenen T und dem Ausrufezeichen. Lucas und Anna beobachteten aus dem Citroen heraus den Eingang. Zu seiner Überraschung hatte sie dem ungewöhnlichen Rendezvous zugestimmt. Gegen Mittag hatte er sie in der Abendkurier-Redaktion erreicht. Lucas' Vorschlag, abends zusammen essen zu gehen und vorher noch ein bisschen zu schnüffeln, hatte ihr gefallen, und am späten Nachmittag stand sie vor dem Sender. Drei Küsse auf die Wangen, unverbindlich, aber doch einen Atemzug zu lang. Lucas hatte das Gefühl, dass es immer noch zwischen ihnen knisterte. Die Ente war auf dem Parkplatz vor der Messe abgestellt, sie konnten direkt los zur Hagenstraße.

Endlich kam ein Mann aus dem Haus. Kein Burschenschafter, wohl eher ein Lieferant. Er ging zu einem weißen Kleinbus, der zwei Häuser entfernt geparkt war. »Wolff Catering« stand in feiner schwarzer Schrift darauf. Der Lieferwagen verschwand um die Ecke. Im Haus blieb es ruhig. Niemand kam oder ging.

»Allein dafür hat sich's gelohnt«, bemerkte Anna.

»Wofür?«

»Na, der Caterer hat Zugang zum Haus. Wer dort arbeitet, kann unauffällig zur Teutonia gelangen.«

»Oder wer sich als Mitarbeiter von Wolff ausgibt«, ergänzte Lucas.

»Wolltest du mich nicht zum Essen einladen?«, fragte sie mit ihrem unwiderstehlichen Lächeln.

»Ich kenne einen Chinesen in Charlottenburg, der dir gefallen dürfte.«

Im Good Friends an der Kantstraße schmiedeten sie Pläne. Er hatte darauf bestanden, die Gerichte auszuwählen – natürlich original kantonesische Küche. So behielt er den Überblick über die Kosten.

Sie aßen Wan Tans mit Shrimps-Füllung und Tintenfisch mit Staudensellerie. Dazu gab es stilgerecht Jasmintee. Lucas hatte gehofft, dass er durch diesen Schachzug glatt zwanzig Mark für Wein sparte. Doch sie bestellte zusätzlich Weißwein. Bald muss ich klauen gehen, dachte er.

»Als Mitarbeiterin von Wolff Catering könnte ich mich im Haus umsehen«, sagte Anna und blickte ihn abenteuerlustig an. Lucas hatte bei seinen Recherchen herausgefunden, dass die Teutonia in einer Woche ihren alljährlichen Kommersabend haben würde, eine Art kultiviertes Besäufnis.

»Keine schlechte Idee, doch das Umsehen bringt uns keine Beweise. Es sei denn, du findest auf Anhieb die Baupläne für eine Bombe und eine vollständige Zielliste.«

»Ich kann zumindest versuchen, etwas zu finden.«

Lucas musterte sie zweifelnd. Sie ist unerfahrener, als ich dachte, überlegte er.

»Du könntest reingehen, ohne zu versuchen, irgendetwas von Bedeutung mitgehen zu lassen.«

Anna biss in ein gummiartiges Stück Tintenfisch und sah ihn fragend an.

»Bestimmt fängt der Kommersabend mit einem Empfang an. Du servierst kleine Häppchen oder schenkst Wein nach. Dabei kannst du zu allen Burschen gehen, die du interessant findest, ohne dass sie dich wahrnehmen. Oder du trägst später das Essen auf, wenn alle sitzen. Wenn ich dich mit einer kleinen Kamera ausstatte, haben wir alles auf Band, was sie reden. Und wir sehen, was sie so treiben. Auf jeden Fall läufst du nicht Gefahr, dass dich einer beim Klauen von Papieren erwischt.«

»Und was interessiert uns?«

»Die Gesichter. Jeder, der da ist. Vielleicht irgendwelche Größen aus der rechtsextremen Szene. Alles, was sie sagen, ist interessant. Gibt es rassistische Statements? Ziehen sie vom Leder, wenn sie im Lauf des Abends immer betrunkener werden?«

»Damit beweisen wir nicht, dass sie mit Opolka zu tun haben.«

»Das müssen wir nicht, den Beweis seiner Mitgliedschaft haben wir durch das Teilnehmerprotokoll. Wenn auch nur einer sich ausländerfeindlich äußert, können wir den Bogen von den Anschlägen zur Teutonia schlagen. Verdachtsberichterstattung.« Lucas räusperte sich und begann, mit gepresster Stimme wie bei einem reißerischen Fernsehkommentar zu sprechen.

»Gerd Opolka, der rechtsextreme Terrorist, der drei Menschen tötete, hat seltsame Freunde. Hier in der Burschenschaft Teutonia sitzen die Unterstützer des Bombenbauers. Und hier hat er ihre ausländerfeindliche Ideologie aufgesogen.«

»Die Teutonia wird dich sofort verklagen.«

»Das ist doch eine Frage der Formulierung. Wenn wir das in Frageform kleiden, ist es genauso wirkungsvoll: Hat er hier seinen Ausländerhass entwickelt? Und dann zeigen wir ein verdeckt gedrehtes Statement. Irgendetwas Rechtsextremes, das einer von denen quatscht. Entscheidend ist, dass die Teutonia nach einem solchen Bericht reagieren muss.«

Während er sprach, hatte Lucas seine Hand auf ihre Linke gelegt. Sie ließ die Berührung zu und lächelte ihn an, als er sanft mit dem Daumen über ihren Handrücken strich.

Nein, er wollte kein Dessert. Der Kellner brachte den obligatorischen Pflaumenschnaps und Lucas beglich die Rechnung. Anna stürzte ihr Glas hinunter und deutete auf seins. Er nickte und auch der zweite Schnaps war in ihrer Kehle verschwunden. Sie wirkte kein bisschen betrunken. Lucas spürte ihr Knie an seinem Bein.

»Nicht noch ein Glas Wein?«, fragte Anna.

»Ja, aber bei dir«, lächelte Lucas. Anna sah ihn zweifelnd an.

»Ich war seitdem nicht mehr in der Wohnung«, sagte sie leise.

»Er ist tot«, sagte Lucas. »Es gibt dort keine Gefahr mehr. Soll er dir über seinen Tod hinaus deine Wohnung streitig machen?«

Anna rang mit sich. Dann stand sie auf und leerte ihr Weinglas mit einem Schluck.

Auf dem Weg nach Siemensstadt sprachen sie wenig. Am Samstag in einer Woche war der Festkommers. Vermutlich würde Wolff das Essen liefern. Anna müsste sich Montag schon bei dem Caterer bewerben und angeben, sie sei Studentin und würde bevorzugt bei Abendveranstaltungen kellnern.

Dann standen sie vor der Tür. Nebenan klebte noch immer das Polizeisiegel.

Lucas schloss auf und machte Licht.

»Komm«, sagte er.

Zwei Flaschen Wein später zog Anna ihn auf ihr Bett. Als er beim Betreten der Wohnung versucht hatte, sie zu küssen, hatte sie unvermittelt mit ihrer Familiengeschichte angefangen. Offenbar wurde Anna besonders redselig, wenn sie viel getrunken hatte. Lucas war gezwungen, mit betroffener Miene zuzuhören, Nachfragen zu ihrer toten Schwester zu stellen. Irgendwann beugte er sich vor, fasste in ihr Haar und beendete ihren Redeschwall mit einem langen Kuss. Es war spät, er war hundemüde und dennoch ungeheuer erregt. Das Gespräch hatte Anna offenbar erleichtert, ganz weich ließ sie sich plötzlich in seine Arme fallen. Als sie unter seinen Liebkosungen das T-Shirt auszog, sah er für Sekunden den dunklen Flaum unter ihren Achseln. Lucas riss sich sein Polohemd vom Leib und tat, als wäre nichts geschehen, und doch merkte er, dass seine Erregung gerade einen empfindlichen Dämpfer erhalten hatte. Erinnerungen an andere Liebesabenteuer kamen ihm in den Sinn, bei denen ihm seine empfindliche Nase und sein überwacher Sinn für Ästhetik im Weg gewesen waren. Er erinnerte sich an Saskia, die ihn in ihre Wohnung gelockt hatte und dabei war, ihn nach Strich und Faden zu verführen, als der Widerwille gegen ihr Parfüm in ihm hochstieg. Ein klassischer französischer Duft, der an Saskias Hals das Aroma von Mottenpulver und eingetrockneter Schminke entfaltete. Er dachte an die geheimnisvolle Vietnamesin, die nach langem Flirt vor ihrer Haustür plötzlich seinen Kuss zuließ und ihm eine gewaltige Knoblauchfahne entgegenhauchte. Eine Frau, wohl eine zierliche Italienerin, an deren Namen er sich nicht mehr erinnern konnte, hatte vor vielen Jahren seine Erektion schlagartig vernichtet, als sie ihre schwarz behaarten Beine entblößte.

Nur wenn die Begierde größer ist als der Ekel vor dem anderen Körper, dachte er, nur dann ist die körperliche Liebe möglich. Er schloss die Augen und versuchte, das Bild von Annas Achselflaum loszuwerden.

»Ist was?«, hauchte sie.

Lucas antwortete mit einem leidenschaftlichen Seufzen und biss sie sanft in den Hals.

Zum Glück duftete Anna. Alles an ihr ist straff, dachte er, als sie auf ihm ritt. Wie gerne er sie ansah und berührte! Er umfasste ihre kleinen Brüste, griff nach ihren festen Hüften, während sie sich genussvoll auf ihm bewegte. Sie steigerte den Rhythmus ihrer Bewegungen, atmete immer heftiger und krallte die Finger fester in seine Brust. Dann verlangsamte sie das Vor- und Zurückstoßen ihres Beckens, um die Lust noch mehr auszukosten.

Lucas keuchte. Er packte Anna, drehte sie herum und drang von hinten in sie ein. Erst stieß er tief und hart, dann änderte er sein Tempo und gönnte ihr minutenlang nur seine Schwanzspitze, bis sie um mehr bettelte. Lucas strich mit den Händen über ihren Hintern und krallte sich an ihrem Becken fest. Er stieß und stieß, bis ihr Japsen sich in einem leisen Schrei löste. Lucas rollte auf die Seite wie ein angeschossener Bär, drückte sie aber so fest an sich, dass er in ihr bleiben konnte. Sein Herz raste. Er dachte daran, dass er fünfzehn Jahre älter war als sie und deutlich zu viel Wein getrunken hatte. Hoffentlich wollte sie nicht noch einmal. Doch nach ein paar Minuten Kuscheln schlief sie friedlich ein.

Sonntag, 10. Juli 1988

Am nächsten Morgen wachte Anna früh auf. Lucas lag ruhig atmend neben ihr. Seine Wangen und die Stirn waren glatt und entspannt, doch an seiner Nasenwurzel hatte sich eine steile Falte in das Gesicht gegraben. Auch die Falten um den Mund waren nicht zu übersehen. Noch ein paar Jahre, dann würden sie in schlaffe Hängebacken münden, die wie Taschen unterhalb der Mundwinkel saßen und den Lippen einen bitteren Zug gaben. Am ältesten wirkte die Partie um seine geschlossenen Augen. Die Krähenfüße waren im Schlaf klein und schrumpelig, würden aber schärfer hervortreten, sobald er die Augen aufmachte. Sie betrachtete seine Lider, auf denen sich quer liegende, fast greisenhaft wirkende Falten abzeichneten. Plötzlich spürte sie eine unendliche Traurigkeit. Sie zog ein T-Shirt, ihre Jogginghose und die Laufschuhe an und schloss die Wohnungstür leise hinter sich.

Als Lucas die Augen öffnete, war das Bett neben ihm leer. Das Kissen duftete nach ihrem Parfum. War sie schon in die Redaktion gegangen? Der Wecker zeigte gerade einmal 8 Uhr 30, zu früh für eine Journalistin, noch dazu am Sonntag. Er durchwühlte die Kissen: kein Zettel, kein *»Mach dir Kaffee. Vielleicht bis später. Kuss«*. Er rollte sich mühsam aus dem Bett, tappte in die Küche. Auch auf dem Küchentisch lag keine Liebesbotschaft. Im Bad suchte er den Boden ab, ob ein Zettel für ihn vom Spiegel gefallen war. Nichts. Vielleicht war sie Brötchen holen und würde gleich wiederkommen. Vielleicht war sie aber auch überhastet zu einem frühen Termin aufgebrochen. Er wusste, dass er nicht das Recht hatte, es sich in ihrer aufgeräumten Wohnung gemütlich zu machen. Doch die Aussicht auf eine warme Dusche und einen frischen Espresso stimmte ihn fröhlich. Lucas schnupperte an seinem Hemd. Ein Rest von Deo, leichter Schweißgeruch und der dumpfe Mief eines Abends unter Rauchern. Das Hemd war definitiv nicht für den heutigen Tag zu gebrauchen.

Er duschte ausgiebig, wusch sich die Haare und stellte die Brause immer wieder ab, um zu hören, ob sich ihre Schritte näherten. Er nahm ein frisches Handtuch, rubbelte sich trocken und schlüpfte in seine Unterhose. Glücklicherweise fand er seine Zahnbürste im Jackett, das über ihrem Schreibtischstuhl hing. Er hatte sich angewöhnt, immer eine Bürste und eine kleine Reisetube Zahncreme dabei zu haben, seit er obdachlos war. Lucas putzte die Zähne, bearbeitete sie danach sorgfältig mit Zahnseide und bürstete sie noch einmal, bis er sicher war, dass kein Speiserest in den Zahnzwischenräumen hängen geblieben war. Der Gedanke, dass kleine Krümel unentdeckt in seinem Gebiss zu gammeln anfingen, ekelte ihn. Er stellte sich angewidert vor, wie es wäre, wenn er heiter in einer Runde von Menschen stünde, die plötzlich zurückwichen, sobald er das Wort ergriff.

In ihrem Spiegelschrank standen Dutzende von Fläschchen und Tiegeln. Die Packung mit den Einwegrasierern und dem Rasierschaum machte ihn stutzig. Ein Männerdeodorant fand sich auch, daneben eine fast leere Tablettenpackung. Quilonium. Lucas kannte das Medikament nicht. Im Archiv würde er das später überprüfen. Ihr Deodorant war ein leichter Frauenduft in einem Rollstift. Er bediente sich ausgiebig, auch an ihrer Bodylotion.

Die Espressomaschine ließ sich mühelos in Gang setzen. Nach dem Kaffeetrinken reinigte er die Edelstahlmaschine mit einem Lappen, spülte seine Tasse und putzte sich erneut die Zähne. Dann zog er sich an. Anna tauchte nicht auf. Kurz nach neun schloss Lucas die Tür hinter sich. Wenn Anna jetzt oder am Abend zurückkäme, würde sie auf dem Küchentisch einen Zettel entdecken: *»Du meine neunte Sinfonie ...«* Darunter eine krakelige Zeichnung eines am Boden liegenden Mannes, auf dem schwer zwei mit einem doppelten Balken verbundene große Noten standen. Seine Telefonnummer in der Redaktion hatte er zur Sicherheit daneben geschrieben. Er malte sich aus, wie sie lächelte, wenn sie das Zitat als ein Liebesgedicht Erich Kästners erkennen würde. Vielleicht würde sie es romantisch oder zumindest lustig finden.

Es war kurz nach neun, als Anna hinter einem Baum zwischen den Wohnblöcken gegenüber ihrer Wohnungstür stand und heftig atmend auf den Eingang starrte. Fast eine Stunde war sie im Volkspark Jungfernheide gejoggt, hatte versucht, ihre Gedanken zu ordnen. Jetzt wartete sie verschwitzt und außer Atem darauf, dass Lucas das Haus verließ. Sie wollte nicht reden, ihn nicht bei sich haben. Als die Tür ging, presste sie sich an den breiten Baumstamm und wartete, bis Lucas' Schritte sich entfernt hatten. Sie wartete weitere zwei Minuten und huschte ins Treppenhaus.

Die Pförtnerloge der Spedition war sonntags nicht besetzt, sodass er ungestört in den Keller gelangen konnte. Lucas riss sich die Kleider vom Leib, verstaute sie in der Plastiktüte für Schmutzwäsche und zog sich frische Sachen an. Morgen oder übermorgen würde er wieder in den Waschsalon müssen. Mit Waschen und Trocknen drei volle Stunden, die für die Recherche verloren gehen würden, und auf keinen Fall noch einmal in Buddy's Washhouse! Er nahm sich vor, die Sachen am späteren Abend zu waschen, wenn ohnehin keine Telefonrecherchen mehr möglich wären. Unbemerkt gelangte er wieder ins Freie und saß kurz nach zehn Uhr im Redaktionsarchiv.

»Quilonium ist der Handelsname für Lithiumcarbonat«, las er. »Bei Depressionen ist die Lithiumtherapie die einzige medikamentöse Behandlung, für die eine suizidverhütende Wirkung eindeutig nachgewiesen ist.« Na prima. Alkohol und Depressionen. Was er nicht gebrauchen konnte, war eine Frau mit Problemen. Doch Anna war zu aufregend, um sie leichtfertig sausen zu lassen. Er verkniff sich den Anruf in der Abendkurier-Redaktion. Bloß nicht lästig werden nach der ersten Nacht.

Montag, 11. Juli 1988

Jetzt war erst einmal seine Fantasie gefragt. Der Abend mit Anna hatte sein Budget deutlich überstiegen. Seit Tagen hatte er sich Gedanken über alternative Einkünfte gemacht. Er zog eine Plastikmappe aus dem Rucksack, in der sich eine aus einer Zeitschrift herausgerissene Stellenanzeige der Berliner Verkehrsbetriebe befand. Mit einer Schere schnitt er den BVG-Schriftzug säuberlich aus und klebte ihn auf ein weißes Blatt, fügte darunter mit Rubbelbuchstaben das Wort »Fahrscheinkontrolleur« ein. Er legte eine weiße Pappe in den Fotokopierer und kopierte seine Bastelarbeit auf den festen Karton. Dann klebte er sein Passbild unter die Schrift, schnitt das Blatt zu einer Din-A6-Karte zurecht und schob seinen neuen Dienstausweis in die Klarsichthülle seiner alten Monatskarte. Anschließend fertigte er Quittungen mit dem BVG-Logo, immer vier pro Blatt, die er aus den Kopien ausschnitt.

Die U8 schien ihm für seine Aktion bestens geeignet. Sie führte von Reinickendorf bis zur Sektorengrenze, passierte mehrere Geisterbahnhöfe Ost-Berlins, um dann Kreuzberg und Neukölln zu erreichen. Genug Zeit, um die anderen Passagiere zu studieren und die richtigen Opfer auszusuchen.

Lucas fühlte sich blendend. Immer wieder musste er sich ein unverschämtes Grinsen verkneifen. Er, Lucas Hermes, hatte die aufregendste Frau Berlins erobert! Er stand auf dem Bahnsteig der vor kurzem neu eröffneten Station Paracelsus-Bad und dachte an Anna, an ihren warmen Körper, ihren Duft, ihre Stimme. Genug, befahl er sich. Erst die Arbeit, dann das Vergnügen! Er sah sich in alle Richtungen um. Die Zugabfertiger der BVG hielten sich meist in der Mitte des Bahnsteigs auf. Als der gelbe Zug einfuhr, entschied er sich, in einen der vorderen Wagen einzusteigen. Er fuhr zwei Stationen und beobachtete die Situation im Waggon. Die Leute, die in ihre Zeitungen und Bücher versunken waren, ohne an den Haltestellen die Köpfe zu heben, hatten offenbar keine Angst vor einer Kontrolle. Interessanter waren die Fahrgäste, die trotz freier Sitze in der Nähe der Türen stehen blieben. Sein Herz schlug wie rasend. Kurz vor der Osloer Straße riss er den gefälschten Ausweis heraus, startete seinen Marsch durch den Wagen und rief: »Guten Tag, BVG, die Fahrscheine!«

Und wie sie spurten: Monatskarten klappten auf sein Kommando auf, Rentnerinnen zückten ihre Sonderausweise und Touristen ihre Einzelfahrkarten. Ein elegant gekleideter Mann im Sommeranzug, der nahe bei der Tür stand, wandte sein Gesicht ab.

»Den Fahrschein!«, blaffte Lucas.

Der Zug rollte in den Bahnhof und der Mann legte die Hand auf den Türgriff, ohne auf Lucas zu reagieren. Kurz bevor die U-Bahn zum Stehen kam, glitt die Tür auf. Der Mann schlüpfte hinaus, Lucas hinterher. »Ihr Fahrschein!«

Der Mann blieb abrupt stehen und hielt ihm schweigend vier Zehnmarkscheine hin.

»Besten Dank.« Lächelnd sah Lucas dem Davoneilenden nach. Wenn es so einfach war, umso besser. Auf dem Bahnsteig Osloer Straße hatte offenbar kein Offizieller die fragwürdigen Geschäftspraktiken des vermeintlichen Kontrolleurs mitbekommen. Der nächste Zug fuhr ein. Horrido.

Drei Stunden war Lucas immer wieder mit der U8 unterwegs: nach Süden Richtung Hermannplatz, nach Norden Richtung Märkisches Viertel, das noch immer auf seinen U-Bahnanschluss wartete. Er lernte, dass besser verdienende Schwarzfahrer kein langes Scharmützel auf dem Bahnsteig wollten und am bereitwilligsten zahlten. Ärmere Leute bettelten, jammerten und zeterten, er möge sie doch laufen lassen. Lucas war dann meist gnädig, denn einen zu langen Aufenthalt auf dem Bahnsteig mit einem Fahrgast, der lautstark über die zu zahlende Summe verhandelte, konnte er sich nicht erlauben.

Wenn er ein Opfer unter den verstohlenen Blicken der Mitreisenden erst einmal dazu gebracht hatte, mit ihm auszusteigen, blickte er sich gründlich um, ob ein BVG-Mitarbeiter in der Nähe war. War die Luft rein, machte er dem Delinquenten ein unschlagbares Angebot: vierzig Mark bei Barzahlung, ansonsten würde es teuer, wenn er erst einen Strafzettel ausstellen und die Personalien aufnehmen müsste. Die meisten seiner Opfer zahlten und bekamen eine schöne Quittung von ihm. Gezeichnet: Karsupke, BVG.

Zweimal entging er haarscharf der Entdeckung. Kurz vor der Voltastraße fand er sich, den Kontrolleursausweis gezückt, von einer Gruppe übel riechender Säufer umringt. Die Penner hatten ihre verlausten Köter dabei und konnten sich nicht entscheiden, ob sie den Kontrolleur lieber gemeinschaftlich verprügeln oder von den Hunden zerfleischen lassen sollten. Die Einfahrt in die nächste Station rettete Lucas. Er stürzte aus dem U-Bahnhof und beruhigte sich erst wieder, als er feststellen konnte, dass ihm niemand nach oben gefolgt war.

Die Luft wurde ein zweites Mal dünn, als er im Bahnhof Gesundbrunnen einem ertappten Schwarzfahrer eine Quittung über vierzig Mark ausstellte. Plötzlich stand der U-Bahnfahrer vor ihm, der an der Station Schichtwechsel hatte. Der Fahrer wollte schimpfend auf ihn losgehen, hob dann unvermittelt resigniert die Hand und wandte sich ab. Feierabend.

Seine Bilanz an diesem Tag konnte sich sehen lassen. Zweihundertvierzig Mark hatte er ergaunert, genug, um auch mal mit Anna ins Kino oder ins Konzert zu gehen.

Donnerstag, 14. Juli 1988

Nein, am Abend könne sie nicht, hatte Anna ihm am Montag am Telefon gesagt. Fast kühl, fand er, und das nach dieser Nacht! Stattdessen hatte sie ihm einen weiteren Trip nach

Ost-Berlin vorgeschlagen, diesmal ohne Achim. Sie habe schon ein Visum beantragt, das könne er auch schnell machen, dann könnten sie spätestens Donnerstag los. Natürlich hatte er Zeit.

Er musste nach dem Klingeln ein paar Minuten warten, bis Anna aus der Haustür kam. Sie trug ein hellblaues kurzes Sommerkleid. Ihre Haare waren ungekämmt, als wäre sie gerade aufgestanden. Hinreißend, fand Lucas. Bevor er sich auf sie stürzen konnte, zog sie ihn ohne Gruß zum Auto und stieg auf der Beifahrerseite ein. Er lief um die Ente herum zur Fahrerseite, setzte sich neben sie, und erst jetzt ließ sie ihn gewähren. Sie küssten sich lange und leidenschaftlich wie Teenager, die keine eigene Wohnung hatten. Der Artikel, erzählte Anna atemlos zwischen zwei Küssen, sei wieder geschoben worden, das sei aber nicht schlimm, weil sie noch eine Spur habe, die sie unbedingt verfolgen müsse. Sie entwand sich seiner Umarmung, was er mit einem enttäuschten Seufzen quittierte. Dann ging es los, über die Grenze nach Ost-Berlin, die steile Veteranenstraße hoch, bis sie nach einer Linkskurve vor der Zionskirche standen.

»Wünsch mir Glück!«, sagte Anna, küsste ihn kurz auf die Lippen und stieg aus.

»Glück!«, echote Lucas.

Sie wollte mit Leuten von der Opposition über den Antiquitätenraub reden und ihn in zwei Stunden im Kisch-Café Unter den Linden treffen.

Er war nicht in Eile. Langsam rollte er in der weißen Ente um die Kirche herum und parkte den Wagen auf Höhe der Sakristei. Unter den Linden würde er kaum einen Parkplatz finden. Die Altbauten rund um die Kirche waren in einem erbärmlichen Zustand. Viele Balkone waren abgeschlagen und die Balkontüren mit einfachen Blechen unpassierbar gemacht worden. Der bröckelige Fassadenstuck saß so locker, dass er jederzeit herabstürzen konnte. Auf Höhe des ersten Stockwerks waren die Häuserfronten mit primitiv gezimmerten

Holzverschalungen überdacht. Auf der Straße lagen zusammengekehrte Schutthaufen, offenbart die Reste dessen, was von den Häuserwänden heruntergekracht war. »Haarfärberei« stand in verblichener Schrift an einem Eckhauserker. Der Eingang zum Geschäft war zugemauert, ebenso alle Fenster im Erdgeschoss. Ein Geisterhaus ohne Zugang. Unter dem Ladenschild, dort, wo einst die Kunden den Friseursalon betreten hatten, hing ein Fernsprecher an der Fassade, von einem offenen Blechgehäuse notdürftig gegen Regen geschützt.

Nicht eine Gaststätte war zu entdecken, erst auf der Veteranenstraße machte er eine finstere Kaschemme aus, die geschlossen wirkte. Das war also das berühmte Künstlerviertel, in dem die DDR-Boheme angeblich rauschende Feste feierte. Viele dieser Partys, hatte er gehört, fanden in Ermangelung guter Kneipen nachts auf den Dächern der baufälligen Häuser statt. Lucas stieg in die Straßenbahn. Das Gefährt ächzte und knarzte bei jedem Weichenstoß. Ihm fiel die Stille auf. Die Bahn war gut gefüllt, doch niemand sprach, auch nicht das kleine Mädchen, das neben seiner Mutter saß und trotzig geradeaus blickte.

Am Rosenthaler Platz stieg er aus. Die Eckhäuser, die ein Bombenagriff vor über vierzig Jahren zerstört hatte, waren nie wieder aufgebaut worden. Der Platz sah aus wie ein schadhaftes Gebiss. Durch menschenleere Straßen wanderte er zum Hackeschen Markt und erreichte schließlich die etwas belebteren Linden. Als er die Tür des Kisch-Cafés aufzog, schmerzten seine Füße. Am Fenster fand er einen leeren Tisch.

»Ist hier noch frei?« Ein Lederjackenträger mit Windhundgesicht stand plötzlich neben ihm. Lucas war in die Wochenpost vertieft und hatte den Mann zunächst nicht bemerkt. Ein gut geschriebener Artikel über den Polizisten Wilhelm Krützfeld, der 1938 die Synagoge in der Oranienburger Straße vor der Zerstörung bewahrte, hatte ihn gefesselt. Nicht das sperrige SED-Deutsch, richtiger politischer Journalismus.

Er sah den Burschen erstaunt an. Das wagte kein normaler DDR-Bürger, einen Wessi so frech öffentlich anzusprechen. Die Stasi war also auf ihn aufmerksam geworden. Lucas nahm sich vor, den Typ zu ignorieren.

»Bitte!«, sagte er knapp, wies auf einen Stuhl und steckte den Kopf wieder in die Zeitung. Der junge Mann – Lucas schätze ihn auf Ende zwanzig – zog in größter Ruhe eine Schachtel F6 aus der Jackentasche, zündete eine Zigarette an und reichte das Päckchen herüber.

»Sie sollten schon mit mir reden, Herr Hermes«, sagte er mit leiser Stimme. Lucas hob den Kopf.

»Kennen wir uns?«

»Wir kennen Sie. Ich möchte Sie ermuntern, mit Ihren Recherchen weiterzumachen.«

Die Leute an den Nebentischen starrten demonstrativ weg. Lucas war sich sicher, dass das ganze Lokal die Ohren spitzte.

»Vielleicht will ich in Ruhe gelassen werden«, gab er zu bedenken.

»Vielleicht wollen Sie aber auch etwas über die Hintermänner des Bombenbauers erfahren.«

Woher wusste dieser Stasi-Bengel, welche Geschichte er recherchierte? Niemand außer der »Visier«-Redaktionsleitung kannte den Stand seiner Ermittlungen. Höchstens noch Anna. Und Klamm.

»Ich würde Ihnen gerne einen Recherche-Tipp geben. Aber nicht hier.«

Der Lederjackenmann stand auf. Lucas starrte ihn verständnislos an.

Ein Tipp von der Stasi!? Lucas erhob sich, legte Geld auf den Tisch und folgte dem Fremden zur Tür. Er spürte, wie die anderen Caféhausgäste sie aus den Augenwinkeln beobachteten.

Vor der Tür, Unter den Linden, ging alles sehr schnell. Der Mann packte ihn fest am Arm und schob ihn in einen Wagen, dessen hintere Tür sich im selben Moment geöffnet hatte.

Profis, die wussten, wie man jemanden blitzschnell gefangen nimmt. Der beigefarbene Wartburg knatterte Richtung Brandenburger Tor und bog dann nach rechts ab. Vorn im Wagen saßen zwei junge Männer, der eine in einer Ost-Jeansjacke, der andere ebenfalls in Leder wie der Mann neben Lucas. Lucas fiel auf, dass im Fond Fensterkurbeln und Türgriffe fehlten.

»Bin ich verhaftet?«, entfuhr es ihm. Der Fahrer beobachtete ihn mit ausdrucksloser Miene im Rückspiegel.

»Es gibt in West-Berlin einen Journalisten, der Sie interessieren dürfte«, begann der Mann auf dem Rücksitz. »Dieser Journalist hat herausgefunden, dass es eine geheime Terrorgruppe gibt, die für die Regierung der BRD schmutzige Jobs erledigt. Interessiert Sie das?«

Er sah Lucas prüfend an. Alle drei machten Pokergesichter.

Jetzt drehte sich der Beifahrer zu ihm um. »Sie brauchen eine Akkreditierung, um in der Deutschen Demokratischen Republik recherchieren zu können.« Der blasse Beifahrer mit der zu großen Metallbrille roch nach Zigaretten. Auch er hatte einen seltsam leeren Blick, zugleich aber eine Ruhe und Selbstsicherheit, wie sie wohl nur Geheimdienstmitarbeiter in Diktaturen ausstrahlen.

»Sie haben sich mit Ihren Recherchen in Pirna und Berlin strafbar gemacht.«

Lucas schluckte. Der Wartburg war offenbar auf dem Weg in den Untersuchungsknast der Staatssicherheit. Ein paar Tage und Nächte in der Isolationszelle. Die Angst kroch in ihm hoch.

»Es gibt zwei Wege«, dozierte der Mann auf dem Beifahrersitz, ohne ihn anzusehen. »Der eine führt direkt zurück zum Café und dann nach West-Berlin, der andere ist beschwerlicher.« Er grinste in Richtung Fahrer, ohne dass sich sein Gesichtsausdruck veränderte. Eigentlich zog er nur die Mundwinkel spöttisch hoch.

»Wir schlagen Ihnen vor«, fuhr jetzt der Mann auf dem Rücksitz fort, »dass Sie und Ihre kleine Freundin den Staatlichen Kunsthandel der Deutschen Demokratischen Republik in Ruhe lassen und sich auf Ihre eigentliche Geschichte konzentrieren. Hier ist die Adresse.«

Er hielt Lucas einen grauen karierten Zettel hin, auf dem in Schreibmaschinenschrift stand:

Wolfram Ridder
Journalist
Mehringdamm 30
Berlin (West)

Lucas hatte noch nie von diesem Journalisten gehört. Er griff nach dem Zettel und im nächsten Augenblick änderte der Wartburg seine Fahrtrichtung und fuhr einmal um den Block, um wieder Unter den Linden vor dem Café zum Halt zu kommen.

»Kein Wort über unser Gespräch zu Fräulein Rademacher!«, zischte der Mann neben ihm. »Noch einen schönen Aufenthalt in der Hauptstadt der Deutschen Demokratischen Republik!« Er riss die Tür auf und ließ Lucas aussteigen.

Er sah Anna schon von draußen: Sie saß direkt unter dem Schwarz-Weiß-Foto von Egon Erwin Kisch und nippte an einem Mineralwasser. Er musste tief durchatmen, um wieder ruhiger zu werden. Der Wartburg war verschwunden.

»Sind Sie alleine hier?«, raunte er und glitt auf den Stuhl neben ihr.

Anna drehte kokett den Kopf weg.

»Willkommen Fremder!«, hauchte sie und wandte sich langsam, wie auf einer Bühne, wieder ihm zu. Die Cafébesucher kamen aus dem Staunen nicht heraus. Erst wurde der Mann offensichtlich von der Staatsicherheit abgeführt, dann tauchte er wieder auf, um sich zu einer wildfremden Frau an den Tisch zu setzen, die seine Annäherung widerspruchslos hinnahm. Und noch unfassbarer war, dass die beiden das Gespräch nicht unterbrachen, als der Kellner an den Tisch trat.

Jeder DDR-Bürger verstummte, wenn eine Bedienung näher kam, das Gespräch nahm man erst dann wieder auf, wenn der mutmaßliche Spitzel in Servierschürze oder Kellnerweste außer Hörweite war. Den beiden Wessis war das offenbar egal.

»Irgendetwas erreicht?«, wollte Lucas wissen. Der Kellner stellte ein Kännchen Mokka auf den Tisch.

»Es gibt Gerüchte«, begann Anna und senkte die Stimme. »Danach soll der Antiquitätenraub systematisch durchgeführt werden. Es gab einen Arzt, der ziemlich wohlhabend war und seine Wohnung voller alter Möbel hatte. Eines Morgens kamen sie und haben ihn verhaftet.« Sie blickte sich um, um sicherzugehen, dass die anderen Cafébesucher nichts mitbekamen.

»Einfach so? Oder wegen nachrichtendienstlicher Kontaktaufnahme oder Hetze gegen die Deutsche Demokratische Republik?« Lucas fiel bei den letzten Worten in einen sächselnden Tonfall. Er merkte, wie ein Mann am Nebentisch die Ohren spitzte, und nahm sich vor, noch leiser zu reden.

»Viel einfacher«, erwiderte Anna. »Er wurde wegen Steuerhinterziehung verhaftet.«

»Gibt es überhaupt so etwas wie eine Einkommens- oder Vermögenssteuer in der DDR?«

»Nicht zu knapp. Aber das wissen die Leute nicht. Das Steuergesetz ist nie veröffentlicht worden. Und da drin soll stehen, dass der Besitz einer bestimmten Menge Antiquitäten als illegale Warenhortung bestraft wird.«

Lucas nickte grimmig. »Dann ist alles rechtsstaatlich korrekt.«

»Und der Möbelklau ist legal. Die Verhafteten treten ihre Antiquitäten zur Begleichung der Steuerschuld ab. Dann kommen sie aus der U-Haft frei.«

Lucas knetete seine Hände. Anna war an einer Super-Story dran. Wie sollte er ihr beibringen, dass er gerade davor gewarnt worden war, weiterzurecherchieren?

»Wenn ich das schreibe, ist der Teufel los«, sagte sie.

»Aber du kannst die Namen der Opfer nicht nennen. Wenn du die Geschichte des Arztes bringst, ist der mitsamt seiner Familie dran.«

»Aber ich kann die Geschichte meiner Großeltern erzählen«, gab Anna trotzig zurück.

»Dann kannst du nie wieder hierher kommen. Und deine Mutter auch nicht.«

Anna sah ihn verärgert an. »Willst du mir die Story ausreden?«

»Ich will nur, dass du vorsichtig bist.«

Anna war einer Geschichte auf der Spur, für die sich auch der Spiegel interessieren würde. Doch die drei Stasi-Burschen hatten ihm unmissverständlich klargemacht, dass sie die Finger vom Kunsthandel lassen sollten. Offenbar war das die Bedingung für einen einträglichen Kontakt mit ihrem Verbindungsmann in West-Berlin.

Lucas war ratlos. Er nahm einen Schluck von dem lauwarmen bitteren Mokka und sah Anna nachdenklich an.

Freitag, 15. Juli 1988

Das Pressebüro Wolfram Ridder entpuppte sich als eine Altbauwohnung in Kreuzberg. Lucas betrat das Treppenhaus, das mit Graffiti vollgeschmiert war, und traf im dritten Stock auf einen Mann um die vierzig mit längeren lockigen Haaren und Nickelbrille, der ihn bereits im Türrahmen erwartete. Schon im Flur der Wohnung standen Holzregale, die von oben bis unten mit Papierstapeln und flüchtig beschrifteten Aktenordnern gefüllt waren. Auch auf dem Fußboden wuchsen Papierberge in die Höhe. Es war ein Wunder, dass die Lawine nicht losbrach und die beiden unter sich begrub, als sie sich durch den Gang schlängelten und ins Wohnzimmer traten, das nicht viel besser aussah. Ridder wies Lucas einen Stuhl zu und setzte sich selbst hinter einen alten Küchentisch, der derart mit Ordnern und Papierstapeln zugestellt war, dass beide die Köpfe recken mussten, um einander sehen zu können.

»Schauen Sie hier mal rein«, brummelte Ridder und reichte Lucas ein geheftetes Dokument. Es war die Kopie eines Artikels der österreichischen Zeitschrift Profil, offenbar durch ein Faxgerät geschickt und auf dünnem Thermopapier ausgedruckt. Lucas blätterte neugierig. Es ging um eine Bombenserie in den Sechzigerjahren in Südtirol. Separatisten wollten damals den Anschluss der Region an Österreich erzwingen und sprengten Strommasten in der Gegend um Brixen in die Luft. Der Artikel enthüllte, dass die Attentäter nach kurzen Gefängnisstrafen nach Österreich ausgewandert und in einer Wiener Burschenschaft untergeschlüpft waren. Dort konnten sie offenbar ungehindert ihr rechtsextremes Gedankengut weiter verbreiten.

»Lesen Sie den letzten Absatz auf der dritten Seite!«, rief Ridder und zündete sich eine selbstgedrehte Zigarette an. Lucas hatte bemerkt, dass überall im Zimmer Aschenbecher mit ausgedrückten Zigaretten standen. Wo kein Aschenbecher zur Stelle war, hatte Ridder aus Papier oder Alufolie kleine Kästchen geformt, in denen er seine Zigarettenreste hinterließ. Der Mann lebte nicht gesund.

Lucas stutzte, als er die Seite aufblätterte.

»Führende Figur unter den Alten Herren in der Wiener Burschenschaft ist Joseph Ladurner, der verurteilte Südtiroler Terrorist. Offenbar haben die Burschen keine Berührungsängste mit dem erklärten Nationalsozialisten.«

»Wollen Sie Kaffee?«, fragte Ridder und deutete auf eine Glaskanne, die halb mit schwarzer Brühe gefüllt war. Lucas schüttelte dankend den Kopf.

»Was hat es mit diesem Ladurner auf sich?«, wollte er von dem dubiosen Rechercheur wissen. Natürlich hatte er vor seinem Besuch im Archiv versucht, etwas über Ridder herauszubekommen. Nachdem er in keiner Zeitung etwas von ihm oder über ihn entdeckt hatte, war er in die Staatsbibliothek gefahren und hatte dort alte Ausgaben der Wahrheit durchgeblättert, der Tageszeitung der SEW, des West-Berliner SED-Ablegers. Auch hier war er zunächst nicht fündig geworden, doch dann entdeckte er Ridder als Kontaktperson einer Mieterinitiative in Kreuzberg. Die SEW versuchte, über Gewerkschaften und Mietervereine in der Bevölkerung Fuß zu fassen. Bei Wahlen zum Abgeordnetenhaus erreichte die Partei nicht einmal ein Prozent. Ridder stand offensichtlich der SEW nahe oder war sogar Mitglied. Verdächtig war nur, dass der angebliche Publizist in den Parteizeitungen überhaupt nicht schrieb. War Ridder ein Einflussagent der DDR im Westteil der Stadt? Lucas wusste, dass er äußerst vorsichtig mit Ridders Informationen umzugehen hatte. Sollte der SEW-Mann ihm manipulierte Dokumente unterschieben, wäre das sein Ende bei »Im Visier«.

Ridder gab sich keine besondere Mühe, Lucas' Sympathie zu wecken. Er warf ihm ein weiteres Dokument über den Tisch zu.

»Interessant, dass der Sohn eines Südtiroler Terroristen und Faschisten plötzlich in West-Berlin an der Uni auftaucht, oder?«

Lucas überflog das maschinengeschriebene Papier.

»Der Sohn kann doch ein mustergültiger Demokrat sein.« Er setzte sein Pokerface auf. Er hatte nicht vor, Ridder von Peter Ladurners Mitgliedschaft in der Teutonia zu erzählen.

»Was ist das?« Lucas hielt das Papier hoch.

»Ein Dossier des FU-Komitees zur Aufklärung faschistischer Organisationen«, sagte Ridder und zog an seiner Selbstgedrehten. »Die Studenten haben ermittelt, dass Ladurner junior als ganz junger Mann die deutsche Staatsbürgerschaft annahm und sich freiwillig zur Bundeswehr meldete. Vier Jahre war er dort, dann schied er aus und zog nach West-Berlin, zum Studium.«

»Ja, und?«

»Eigentlich macht man das andersrum«, ergänzte Ridder. »Erst nach West-Berlin, um nicht zur Bundeswehr zu müssen, und dann Studium statt Truppe.«

Lucas blätterte das Dossier durch und überlegte. Der Sohn eines Südtiroler Nazis wird Deutscher und geht nach dem Wehrdienst nach Berlin, um bei der Teutonia Leibbursche eines Nazi-Attentäters zu werden.

»Wissen Sie, bei welchem Truppenteil er war?«

»Steht alles in dem Dossier.«

Ridder stand auf und ließ Lucas mit seiner Lektüre allein. Das Dossier zeigte ein fotokopiertes, undeutliches Foto eines jungen Mannes. Peter Ladurner, so die These der linken Studenten, sei wie sein Vater Rechtsextremist und Mitglied einer Bundeswehr-Reservistenorganisation, der Jägerkameradschaft Bonn e.V, was den faschistischen Charakter der westdeutschen Armee beweise. Das FU-Komitee, das das Dossier verfasst hatte, war offenbar ein Ableger der SEW-Hochschulgruppe, die streng auf DDR-Linie war. Keine besonders glaubwürdige Quelle.

»Was bedeutet die Sache mit der Bonner Jägerkameradschaft?«, rief Lucas durch die Tür in Richtung Küche. Ridder kam zurück und stellte sich mit überlegenem Lächeln in den Türrahmen. »Denken Sie mal nach. Ladurner junior war nie in Bonn stationiert. Was hat er da zu suchen?«

»Vielleicht ein überregionaler Reservistenverein«, sagte Lucas.

»Vielleicht.« Ridder lächelte. Er wusste, dass der Journalist jetzt alles daransetzen würde, mehr über die Jägerkameradschaft Bonn zu erfahren.

Lucas trat mit einem unguten Gefühl auf den Mehringdamm. Er wusste, dass er mit dem Feuer spielte. Die Stasi wollte ihn vielleicht auf eine falsche Spur schicken. Das hatten sie schon einmal mit einem Hamburger Magazin gemacht. Die Kollegen hatten KZ-Baupläne in die Hände gespielt bekommen, die Bundespräsident Lübke als Architekt der Baracken auswiesen. Dass die Dokumente gefälscht waren, kam erst Jahre später heraus und ruinierte den Ruf des Magazins ziemlich nachhaltig.

Die Kameraausgabe im zweiten Stock des Funkhauses war Kay Bullings Reich. Bulling hatte in Eigenarbeit einen Aktenkoffer mit einer Super-VHS-Kamera und einem abgespeckten Recorder ausgestattet. Damit waren der »Visier«-Redaktion bereits einige spektakuläre verdeckte Drehs gelungen. Der Koffer konnte entweder an einem Riemen über der Schulter getragen werden oder am Griff in der Hand. Dann musste er leicht schräg nach oben gerichtet werden, um zu vermeiden, dass nur Füße und Beine auf dem Band zu sehen waren.

»Kay, ich habe ein Problem«, begann Lucas. Der Techniker legte ein Objektiv aus der Hand, das er gerade aufgeschraubt hatte, und kam zum Tresen, der die eintretenden Redakteure und Kameraleute vom Techniklager trennte.

»Ich brauche eine versteckte Kamera, die keinen großen Koffer benötigt.«

»Müsste zu machen sein«, erwiderte Bulling. Er war kein Mann, der vor Problemen vorschnell kapitulierte. Jetzt machte er ein wichtiges Gesicht. »Das Problem ist nicht die Kamera«, setzte er zum Vortrag an. »Eine kleine Kamera ist nur ein paar Zentimeter lang und kann unauffällig am Körper getragen werden, ebenso Mikro und Stromversorgung. Schwieriger ist es mit dem Recorder. Auch wenn wir eine kleine S-VHS-Kassette nehmen, ist das immer noch ein ziemlicher Brocken.«

»Kann man den unauffällig auf dem Rücken tragen?«, fragte Lucas.

»Na ja, er trägt ziemlich auf. Also, unter dem Jackett geht es vielleicht.«

»Die Trägerin ist als Bedienung verkleidet. Bluse, Schürze und so.«

»Die Kamera lässt sich bei Frauen super im BH verstecken, also bei hochgeschlossenen Blusen. Mit dem Objektiv durch das Knopfloch der Bluse.« Bulling grinste voller Vorfreude auf die Konstruktion des präparierten BHs. »Den Recorder könnte man dann höchstens in einem Kellner-Portemonnaie verstecken, an einem Gürtel.«

Lucas schüttelte den Kopf. »Wir bekommen ein Kostüm gestellt. Wenn die anderen Bedienungen keinen Gürtel mit Börse tragen, fällt das auf.«

»Ich hab's!«, frohlockte Bulling, »wir machen es mit einer Funkstrecke!«

Weil Lucas den Techniker zweifelnd ansah, griff der zu einem Blatt Papier und zeichnete ein Strichmännchen in einem Haus mit Kamera vor der Brust. Dann malte er ein Auto vor dem Haus und zog eine gestrichelte Linie von der Kamera zum Auto.

»Du hältst dich einfach so nah wie möglich bei der Kamera auf und hast den Recorder bei dir.«

»Und wie weit reicht die Funkstrecke?«

»Bestimmt zwanzig, dreißig Meter«, sagte Bulling, »ich kann dir alles aus dem Bestand hier zusammenbauen.«

Anna hatte es tatsächlich geschafft, als studentische Hilfskraft einen Job bei Wolff Catering zu ergattern.

»Nicht gucken!«, rief sie aus dem Badezimmer und ließ Lucas weiter auf dem Wohnzimmersofa schmoren. Gestern hatte sie Kostüm und Schürze von der Firma abgeholt. Sie sollte am Samstagabend direkt zur Hagenstraße kommen und sich von den beiden andern Bedienungen einweisen lassen.

»Achtung, jetzt geht's los!«, rief Anna und stolzierte ins Wohnzimmer. Sie trug eine taillierte weiße Bluse, unter der ihre Brüste aussahen, als steckten sie in einem spitzen Fünfzigerjahre-BH. Am mittleren Knopf spannte die Bluse ein wenig. Sie hatte einen schwarzen mittellangen Rock mit einer kurzen Servierschürze an. Ein Look, wie Lucas ihn hasste. Er bevorzugte lange Kellnerschürzen, das wirkte weniger unterwürfig.

Anna machte die Verkleidung offenbar Spaß. Lucas starrte sie an, als sie im Zimmer auf hochhackigen Schuhen auf und ab stolzierte, und hätte fast vergessen, auf den Monitor zu blicken. Er sah sich auf dem Sofa, gefilmt von einer wackeligen Kamera, das Bild etwas verrauscht. Er bat sie, flachere Schuhe anzuziehen und sich geschmeidiger und langsamer zu bewegen. Nach ein paar Minuten hatte Anna den Bogen raus, so zu filmen, dass ruhige Stände und langsame Schwenks entstanden, ohne dass ihre Bewegungen zu unnatürlich und auffällig wirkten.

Als sie wieder im Schlafzimmer verschwunden war, um die Ausrüstung abzulegen, stöberte er in den Papieren, die auf dem Couchtisch lagen. Eine Reporterkrankheit.

»VEB Pirna« stand auf einem kleinen Zettel, die Adresse, zu der sie zielsicher in der DDR gefahren war. Er drehte die Visitenkarte um und musste schwer durchatmen, als er den Namen las:

»Hanns A. Schäfer / Import-Export«

Er legte die Karte zurück. Als sie wieder ins Zimmer kam, sah er sie forschend an.

»Kennst du Hanns Schäfer?«

Anna überlegte. »Ach, der Geschäftsmann. Nicht sehr gut, warum?«

Lucas' Miene verfinsterte sich. Er hätte am liebsten seinen Hass gegen Schäfer herausgeschrien, gegen den Mann, der seinen Ruf als Journalist vernichtet hatte. Doch er schwieg. »Nur so«, sagte er nach einer Weile. »Den Namen kenne ich aus der Zeitung.«

»Ein Schlawiner«, sagte sie. »Und ein guter Tippgeber.« Sie verschwieg Lucas, dass sie den graumelierten Geschäftsmann, der ihr nach dem Treffen im KaDeWe Blumen ins Büro geschickt hatte, äußerst attraktiv fand. Und dass sie ihn gerne wiedersehen würde.

Lucas stand vor ihrer Tür. Sie hatte ihn einfach weggeschickt. »Bis morgen!«, hatte sie gesagt und ihn mit ein paar freundschaftlichen Küssen vor die Tür komplimentiert. »Und hol dir den Abendkurier!«

Als Lucas am Zoo aus der Bahn stieg, stürzte er auf dem Bahnsteig auf den Zeitungsverkäufer zu. Er gab dem Mann das abgezählte Geld und blätterte hastig in der Wochenendausgabe des Abendkuriers.

»Geheimer Kunstraub in der DDR« war auf Seite eins der Wochenendbeilage zu lesen, darüber das Foto der Lagerhalle in Mühlenbeck. »Mist!«, fluchte Lucas. Dann entdeckte er unter der Überschrift den Autorennamen: Anna Rademacher. Ihr Artikel war der Aufmacher, nicht übel.

Doch er musste an die Stasi-Männer denken, die ihn ins Auto gezerrt und gewarnt hatten. Die Stasi wollte unter keinen Umständen zulassen, dass die Wahrheit über den DDR-Kunsthandel herauskam. Er strich die Zeitungsseite glatt und las den ganzen Bericht im Stehen durch. Anna erzählte die Geschichte der Biedermeierkommode, die aus der Wohnung ihrer Großeltern verschwunden und im Antik-Shop eines West-Berliner Kaufhauses wieder aufgetaucht war. Sie beschrieb den Fall des Arztes, der seine Möbel an den Staat verloren hatte. Am Ende des Textes war eine Fortsetzung der Geschichte mit Enthüllungen über das System des DDR-Kunsthandels angekündigt. Der Artikel war nicht schlecht geschrieben, fand Lucas. Doch er wurde das Gefühl nicht los, dass die Veröffentlichung ein großer Fehler war.

Samstag, 16. Juli 1988

Lucas parkte die Ente fast direkt vor der Tür des Burschenschaftshauses. Er verbarg den Monitor im Knieraum des Wagens, solange Gäste in das Haus strömten und direkt am Auto vorbeikamen.

»Komm her, du rasende Reporterin!« Er riss Anna an sich und küsste sie auf beide Wangen. Während der Fahrt hatte er sie überschwänglich für den Artikel gelobt, obwohl er ihn doch für riskant hielt. Immer noch verschwieg er ihr, dass die Stasi ihn vor der Veröffentlichung der Antiquitäten-Geschichte gewarnt hatte.

»Dreimal!«, sagte sie und schlang ihm die Arme um den Hals.

»Denk dran, nach einer Stunde die Batterie auf dem Klo zu wechseln.« Von der Kamera führte ein Kabelstrang unter der Bluse zur Antenne auf Annas Rücken, ein weiteres Kabel zur Batterie, die neben der Antenne im Rockbund steckte.

Anna nickte ernst, stieg aus und ging auf das Haus zu. Lucas beobachtete, wie sie problemlos eingelassen wurde. Der junge Mann, der ihr die Tür geöffnet hatte, hielt sie offenbar für eine ganz normale Mitarbeiterin der Firma Wolff. Lucas drückte die »Record«-Taste des Aufnahmegerätes. Von jetzt an erkundete er aus Annas Perspektive das Haus der Burschenschaft. Es ging vorbei an älteren Ehepaaren, die in der Eingangshalle Höflichkeiten austauschten und sich mit Sektgläsern zuprosteten, hinein in den großen Saal, der mit weiß gedeckten Tischreihen vollgestellt war.

Alles war auf die Stirnseite des Saales ausgerichtet, an der sich unter den Wappen ehemals ostdeutscher Gebiete der erhöhte Platz für die Chargierten befand. Ein Transparent spannte sich quer über die ganze Breite des Präsidiumstisches: *»Heimatliebe ist keine Schande!«*

Das Gesicht einer Kellnerin tauchte vor Annas Brust auf, grotesk durch das Weitwinkelobjektiv der Kamera verzerrt. Die junge füllige Frau redete auf Anna ein, gab ihr Anweisungen für die Getränkefolge. Anna lief in die Küche, ließ sich ein Tablett mit Sektgläsern aufhalsen und machte brav die Runde.

Langsam drängten die Burschen in den Festsaal. Anna ging wieder in die Küche und schleppte nun Bierkrüge, um sie auf die Sitzplätze zu verteilen. Das Sekttrinken im Foyer war beendet, jetzt war Bier Pflicht. Es verging fast eine halbe Stunde, bis alle Platz genommen hatten und die Gespräche langsam verstummt waren.

Der Klavierspieler auf dem Podium intonierte eine Art Marsch. Stühlescharren. Alle erhoben sich. Im Stechschritt marschierte eine Gruppe Korporierter in vollem Chargenwichs durch den Mittelgang nach vorn. Einer trug die schwarz-weiß-rote Fahne der Teutonia. Die jungen Männer hatten todernste Gesichter; sie erreichten in albernem Stechschritt das Podium und reihten sich hinter dem Tisch auf. Der junge Mann mit dem fanatischen Blick, der hinter dem mittleren Stuhl am Präsidiumstisch strammstand, war der Erstchargierte, der Vorsitzende der Aktivitas.

»Chargen zieht!«, schrie er in militärischem Ton, als gäbe er im Kanonendonner den Befehl zur Erstürmung einer belagerten Stadt.

Das Bild auf Lucas' Monitor war ruhig. Anna hatte während der Zeremonie nichts zu tun und stand an der Längsseite des Saales.

Scheppernd rissen die Präsidiumsburschen ihre Schläger hoch und präsentierten sie. Ehrfurchtsvolle Stille. Dann schlugen sie die schlanken Säbel krachend auf den Tisch.

»Schmollis!«, brüllte der Erstchargierte und hob zackig seinen Bierseidel.

»Fiducit!«, kam es aus Dutzenden von Männerkehlen zurück. Alle nahmen einen gewaltigen Schluck. Dann setzte ein behagliches Murmeln ein, erste Tischgespräche kamen auf.

Der Oberbursche brachte mit einer herrischen Bewegung und einem markig gebrüllten »Silentium!« die Runde zum Verstummen. Ein graumelierter Herr bestieg das Podium und entfaltete ein Manuskript auf dem mit schwarz-rot-goldenem Tuch bespannten Rednerpult. Seine Verkleidung sah grotesk aus: Auf dem Kopf saß keck und etwas schräg eine schwarze Mütze, die »Konfederatka« der polnischen Ulanen aus dem

Freiheitskampf. Dazu trug der Mann, der vom Habitus her wie der Vorstandsvorsitzende eines großen Konzerns wirkte, eine dunkle Samtjacke, die vorne von golden bestickten Verschnürungen zusammengehalten war.

»Liebe Bundesbrüder«, begann der Redner und setzte routiniert eine Pause, um einen Moment lang stumm in die erwartungsfrohen Gesichter zu blicken.

Lucas hatte Mölders beim ersten Wort erkannt. Eckart Mölders war eine Art politisches Urgestein. Als junger Beamter hatte er bereits in den Sechzigerjahren im Innerdeutschen Ministerium unter Rainer Barzel gearbeitet, konnte sich auch nach dem Regierungswechsel 1969 im Amt halten und war 1982 nach dem Sturz von Kanzler Schmidt sofort in das jetzt CSU-geführte Innenministerium gewechselt und dann im Berliner Senat zum Staatssekretär beim Innensenator aufgestiegen.

Mölders hielt eine blumige Rede auf die Geschichte der Deutschen Burschenschaft, vermied Formulierungen, die ihn als Reaktionär oder Nationalisten hätten erscheinen lassen. Lucas hatte nie darauf geachtet, ob Mölders einen Schmiss auf der Wange hatte. Jetzt erinnerte er sich, dass auf Fotos des Staatssekretärs eine große scharfe Mundfalte zu erkennen war.

Allein für diesen Auftritt hatte sich Annas verdeckter Einsatz gelohnt. Auch wenn Mölders' Rede politisch völlig unverfänglich war, so war er doch als Alter Herr einer schlagenden Verbindung geoutet, in der Gerd Opolka Mitglied gewesen war.

Unter kräftigem Applaus verließ der Redner mit demütig gesenktem Blick das Podium, um sich wieder unter seine Bundesbrüder zu mischen. Gemurmel, Biertrinken. Anna kreiste mit den Krügen um die Tische, machte Umwege, um Mölders immer wieder an seinem Tisch ins Bild zu bekommen. Sie hatte den konservativen Politiker ebenfalls erkannt.

Wieder ein scharfer Ruf: »Silentium!« Die Krüge krachten zurück auf die Tische, die Männer sprangen bei den ersten Klaviertönen auf, schlugen die Hacken zusammen und stimmten mit sentimentalen Mienen ein Lied an:

»Alles schweige, jeder neige
Ernsten Tönen nun sein Ohr.
Hört, ich sing' das Lied der Lieder,
Hört es, meine deutschen Brüder!«

Der zackige junge Mann, der sich Erstchargierter nannte, nahm nach dem letzten Ton langsam das Käppi herunter. Alle folgten seinem Beispiel. Er sprach von den deutschen Soldaten, die in den beiden Weltkriegen gestorben waren, und erinnerte daran, dass auch nach dem Krieg viele Mitglieder der Burschenschaft ihr Leben gelassen hatten. In den Kriegsgefangenlagern ab 1945, aber auch in späteren Friedensjahren. Er nannte die Namen der »Teutonen«, die im Lauf des vergangenen Jahres gestorben waren, und stellte sie damit in eine Reihe mit denen, die auf den Schlachtfeldern gefallen waren. »Wir gedenken unsers Bundesbruders Gerhard Opolka!«

Lucas traute seinen Ohren nicht. Er sah atemlos im Monitor, wie Anna nach dem Spruch für Opolka ihre Position wechselte, immer näher an das Podium ging, um Mölders, der unten in der ersten Reihe stand, möglichst gut ins Bild zu bekommen. Jetzt hatten sie eine Top-Story im Sack! Ein deutscher Innenstaatssekretär in schwarzer Burschenjacke ehrt beim Totengedenken den rechtsextremen Terroristen Gerd Opolka. Das dürfte reichen, um Mölders zu erledigen, frohlockte Lucas.

Die Kamera, gerade noch ruhig auf den Politiker gerichtet, begann leicht zu wackeln. Lucas vernahm einen regelmäßigen Piepten, der offenbar auch im Saal nicht unbemerkt blieb. Vermutlich hatte das Batteriefach auf Annas Rücken einen winzigen Lautsprecher, der sich meldete, wenn die

Stromversorgung zu Ende ging. Zwei rundliche Männer, die Anna bislang mit gezogener Mütze den Rücken zugekehrt hatten, drehten sich plötzlich um. Sie wirkten verärgert, doch innerhalb von Sekunden veränderte sich ihr Gesichtsausdruck. Lucas erstarrte. Er begriff, dass die beiden merkten, dass sie gefilmt wurden. Seit den Fünfzigerjahren hatten die Burschenschaften peinlich darauf geachtet, dass es keinerlei Fotos oder bewegte Bilder von ihren Paukböden und den blutigen Fechtritualen gab. Ein Fernsehbericht über eine Mensur hatte damals für Furore gesorgt und das Image der Korporierten für Jahre beschädigt.

Kein Wunder, dass die beiden sofort begriffen, was los war. Sie stürzten auf Anna zu, die sich im gleichen Moment wegdrehte und loslief. Durch das Kameraauge sah Lucas, wie der Ausgang des Saales immer schneller auf ihn zustrebte. Das Mikro scheuerte am Stoff der Bluse und gab ein rhythmisches Rascheln wieder.

Lauf aus dem Haus, Anna, bettelte Lucas vergeblich. Im Foyer blickte die Kamera kurz zur Eingangstür, die von einem Chargierten blockiert wurde. Die Kamera vollzog ruckartig eine Wende nach rechts. Es ging die dunkel gebeizte Holztreppe hinunter, hinein in die Damentoilette, in die erstbeste Kabine.

Die Kamera wackelte wild. Anna versuchte wahrscheinlich, das Gerät abzulegen. Das Bild brach zusammen. Jetzt läuft sie hoffentlich durch einen Hintereingang zum Wagen, dachte Lucas. Doch nach wenigen Sekunden flackerte der Monitor erneut und zeigte dann das Bild der Kloschüssel. Die Kamera schwenkte zur Toilettentür. Schläge waren zu hören. Das Holz zerbarst und ein bulliger Mann erschien, offenbar einer der Burschen, die sie verfolgt hatten. Ohne zu zögern holte er mit der Rechten aus. Ein gewaltiger Schlag, und Anna stürzte zu Boden. Noch immer lief die Kamera und zeigte den Toilettenfußboden. Dann riss das Bild endgültig ab. Lucas wackelte an den Kabeln des Monitors, prüfte die

Antennenverbindung. Der Schläger musste ihr die Batterie oder die Kamera vom Leib gerissen und den Strom unterbrochen haben. Der Monitor zeigte graues Rauschen, kein Ton war mehr zu hören.

Lucas rannte über die Straße und klingelte Sturm.

Als die Tür aufging, schrie er nur die Worte »Wolff Catering!« und versuchte, an dem kräftigen jungen Mann mit Burschenkappe vorbei ins Haus zu gelangen. Ein Fausthieb streckte ihn zu Boden.

Als er zu sich kam, lag er vor der verschlossenen Tür. Du musst zur Polizei, hämmerte es in seinem Kopf. Er rappelte sich mühsam auf, ging zum Wagen und fuhr los. Seine Schläfe brannte vor Schmerz. Lucas zwang sich, nachzudenken. Anna war in der Hagenstraße gefangen. Wahrscheinlich war sie verletzt und brauchte Hilfe Er allein hatte keine Chance gegen die Entführer, brauchte Verstärkung. Er trat das Gaspedal der Ente durch und jagte mit Tempo 80 durch den Grunewald. Die nächste Wache war am unteren Ende des Ku'damms. Doch was würde passieren, wenn er jetzt der Polizei seine Geschichte erzählte und das Video zeigte? Die Beamten würden das Band beschlagnahmen.

Lucas fluchte und beschleunigte. Er brauchte eine Kopie. Die Ente jagte über rote Ampeln und kam mit ächzenden Bremsen vor dem Rundfunkgebäude zum Stehen. In der Technik, das wusste er, war auch nachts jemand, den er um eine Kopie bitten konnte. Tatsächlich traf er einen MAZ-Techniker, der ihm das Band einlegte und auf eine U-Matic-Cassette überspielte.

»Versteckter Dreh, was?«, brummte der Kollege. »Da ist ja richtig was los.« Er sah mit ausdruckslosem Gesicht die Szene an, die Lucas plötzlich Tränen in die Augen trieb: Zwei bullige Kerle glotzen in die Kamera, blitzartiger Schwenk, der wackelige Gang durch den Saal, das Aufbrechen der Tür, das Ausholen zum Schlag.

»Wie geht's weiter?«, wollte der Techniker wissen, als er die beiden Bänder auswarf und Lucas überreichte.

»Ich weiß es nicht«, krächzte Lucas und stürzte mit dem Original und der Kopie davon.

Der Beamte am Tresen im Polizeiabschnitt 25 am Kurfürstendamm hatte alle Zeit der Welt und fragte immer wieder nach. »Wo genau ist das passiert?«

»In der Hagenstraße 87 im Haus der Burschenschaft Teutonia ist eine Frau entführt worden«, schrie Lucas.

»Beruhigen Sie sich erst mal«, sagte der Beamte. Er war es gewohnt, dass nachts fast nur Irre oder Betrunkene in die Wache kamen, die die unglaublichsten Geschichten erzählten. »Kommen Sie mit, wir nehmen alles auf.«

Lucas wurde in ein Vernehmungszimmer geführt: die Wände mit gelber Ölfarbe gestrichen, ein Schreibtisch mit zwei Stühlen, eine Schreibtischlampe und eine Schreibmaschine, die irgendeinem Technikmuseum entstammte. Der Beamte setzte sich und spannte einen Bogen ein.

»Den Ausweis bitte. Name, Geburtsdatum und Adresse.«

»Steht doch im Ausweis.« Lucas bebte.

»Ich will's aber von Ihnen hören.«

Lucas machte die Angaben und sah ungeduldig zu, wie der Mann das Formular im Einfingersystem ausfüllte.

»Sie wollen eine Anzeige erstatten?«

»Ich will, dass Sie sofort mit zur Hagenstraße kommen und die Frau befreien.«

»Wir entscheiden, wie wir den Sachverhalt beurteilen. Also: genauer Tathergang?«

Lucas redete und redete, und der Beamte starrte ihn regungslos an.

»Schreiben Sie das nicht auf?«

»Erst, wenn Sie es mir ruhig erzählen. Also?« Der Polizist drehte die Walze zu einem freien Feld im Formular, das Platz für den Tathergang bot.

»Frau Anna Rademacher, wohnhaft Goebelstraße 11 in Berlin-Siemensstadt, arbeitete am heutigen Tag als Bedienung im Haus Hagenstraße 87 und wurde um 22 Uhr 15 von zwei Männern überfallen. Und Sie sagen, Sie haben das auf Video?«

Lucas fummelte den Recorder aus der Tasche und drückte die Start-Taste. Der Beamte schaute sich die Verfolgungsjagd ohne erkennbare Erregung an.

»Wieso hat das jemand gefilmt?«

»Hören Sie, ich sitze jetzt seit zwanzig Minuten hier. Seit über einer Stunde ist Frau Rademacher in den Händen dieser Männer.«

»Und bei dieser Straftat lief zufällig eine Kamera?«

»Wir haben dort mit versteckter Kamera gedreht.«

Der Beamte überlegte kurz und setzte dann ein pfiffiges Gesicht auf.

»Und nachdem Frau Rademacher überfallen worden war, hatten Sie Zeit, sich mit ihr zu treffen und sich von ihr die Kassette geben zu lassen.«

»Nein, wir haben mit einer Funkstrecke gearbeitet. Kamera und Recorder waren getrennt.«

Der Polizist griff zum Telefon und bestellte einen Kollegen in das Vernehmungszimmer. Als die Tür aufging, nickte er dem Eintretenden knapp zu. Der andere trat schweigend hinter Lucas, griff seinen rechten Arm und drehte ihn ihm schmerzhaft auf den Rücken. Der andere sprang auf und packte grob Lucas' Linke. Gemeinsam legten sie ihm Handschellen an.

»Ich nehme Sie vorläufig fest«, sagte der Beamte mit ruhiger Stimme und ließ sich zurück in den Stuhl fallen.

»Da draußen stirbt ein Mensch und Sie tun nichts?«, jaulte Lucas.

»Die Kollegen fahren jetzt zur Hagenstraße und sehen nach. Und Sie erzählen mir in aller Ruhe noch einmal Ihre Geschichte.«

Der Vernehmer gab dem anderen Kollegen Recorder und Videoband. Damit hatte Lucas gerechnet, nicht aber mit seiner Festnahme. Wie gut, dass er die Kopie angefertigt hatte, die sicher im Handschuhfach der Ente lag.

»Und jetzt noch einmal schön von vorne.«

Polizeimeister Strieder und Polizeihauptmeister Arndt klingelten zwanzig Minuten später an der prächtigen Eingangstür der Teutonia.

»Oh!«, rief ein rundlicher junger Mann mit schweißig gerötetem Kindergesicht und schräg auf dem Kopf sitzendem Käppi, als er die Beamten vor der Tür erblickte. »Wir sind wohl zu laut!« Der Jüngling hatte eine beachtliche Fahne und trug unter dem offenen Lodenjackett ein schräg über die Brust hängendes dreifarbiges Band.

»Treten Sie doch bitte näher, das lässt sich alles regeln.«

Als Strieder sich vorstellte, merkte er, dass er unmerklich die Hacken zusammenschlug. Er berichtete, dass eine Anzeige wegen einer angeblichen Entführung vorliege. Wer denn hier der Verantwortliche sei?

Ein grauhaariger Mann in einem schwarzen, reich verzierten Samtjackett schob sich aus dem Saal in das Foyer. Das Burschenband und das Käppi wirkten etwas lächerlich angesichts des ansonsten eleganten Mannes. Der Ältere legte dem Jungburschen freundschaftlich die Hand auf die Schulter und schob ihn beiseite.

»Mölders mein Name, ich bin hier Alter Herr. Was gibt's, meine Herren?«

Strieder merkte, wie auch der neben ihm stehende Arndt Haltung annahm.

»Guten Abend, Herr Staatssekretär!«, stammelte Arndt und salutierte militärisch. Jetzt war es für Strieder besser, die Klappe zu halten und dem Vorgesetzten das Wort zu überlassen.

»Entschuldigen Sie vielmals die Belästigung, Herr Staatssekretär«, begann Arndt und merkte, wie seine Stimme brüchig wurde. Der Politiker bleckte die Zähne zu einem überlegenen Lächeln. »Wir müssen einer Anzeige nachgehen. Eine junge Frau soll in diesem Haus entführt worden sein?«

Mölders blickte die Beamten belustigt an und machte plötzlich ein ernstes Gesicht.

»Sie müssen Ihre Pflicht tun, das verstehe ich. Aber ich kann Ihnen nur versichern, dass uns hier niemand abhanden gekommen ist.« Wieder das Haifischgesicht.

Der moppelige Bursche lachte seinem Alten Herrn mit servilem Meckern zu.

Mölders verzog das Gesicht zu einer besorgten Miene.

»Müssen Sie das Haus durchsuchen? Bitte sehr!«

»Nein, nein!«, wehrte Arndt ab. »Wir müssen nur überprüfen, ob hier alles in Ordnung ist.«

»Dass hier alles in Ordnung ist, kann ich nach einem derartigen Gelage beim besten Willen nicht bestätigen.« Mölders verbiss sich ein Lachen und blickte den jungen Burschen neben sich an. Ein dankbares Meckern kam zurück.

»Ihnen ist nicht eine junge Frau um die dreißig aufgefallen? Eine Bedienung, die verschwunden ist?«, bohrte Arndt nach. Strieder wurde es angst und bange. Er senkte schüchtern den Blick.

»Bundesbruder, vermissen wir jemanden?« Mölders blickte den Jüngling streng an.

»Es fehlt niemand, auch keine Bedienung. Die beiden Servierdamen sind da, dahinten im Saal!« Er streckte die Hand aus. Die beiden Polizisten beugten die Oberkörper leicht vor, als dürften ihre Füße eine imaginäre Linie auf dem Parkett nicht übertreten. Im Saal stellte eine Frau in Servierschürze einen vollen Bierhumpen auf den Tisch, eine andere Bedienung trug Teller in Richtung Küche.

Strieder merkte, wie ihn der Mut verließ. Eigentlich müssten sie jetzt die Bedienungen fragen, ob noch eine dritte Person gekellnert hatte. Doch das wäre ein direkter Affront gegen den Staatssekretär gewesen. Andererseits, grübelte der Polizist, erwartete Mölders von seinen Polizisten erstklassige Arbeit. Mit einem einzigen Satz wischte der Staatssekretär die Sorgen des Polizeimeisters weg. »Danke, dass Sie Ihre Arbeit so gewissenhaft machen! Sehr gut! Sonst noch was?«

»Nein, Herr Staatssekretär, alles geklärt!«, salutierten Arndt und Strieder synchron.

Montag, 18. Juli 1988

Ernst Klamm studierte die Zahlenkolonnen wieder und wieder. Unglaublich, dass das der Schlüssel zur Überführung des Laubenpieper-Mörders war. Der Fall beschäftigte Klamm und sein Team seit einem halben Jahr. Im Februar war eine junge Frau als vermisst gemeldet worden. Ein paar Tage später wurden hohe Geldbeträge mit ihrer Bankkarte abgehoben. Klamm hatte sofort die Videos der Bankfilialen auswerten lassen und das Foto eines Mannes, der mit der Karte der verschwundenen Frau Geld gezogen hatte, in die Zeitung setzen lassen. Der Mann hielt den Fahndungsdruck offenbar nicht aus und stellte sich. Ja, er habe der jungen Frau die Handtasche mit der Geldkarte gestohlen, gab der wegen Raubmordes Vorbestrafte schließlich nach langen Verhören zu. Klamm hatte nach der Festnahme sofort ein mulmiges Gefühl. Ein Raubmörder und eine Vermisste? Hatte der viel zu früh – nach nur zwölf Jahren! – aus der Haft entlassene Mörder erneut zugeschlagen?

Klamm blickte von den Papieren auf. Das Bild der weiß gestrichenen Laube in Neukölln tauchte vor ihm auf. Sogar der süßliche Geruch war wieder da. Der Geruch des Todes. Die Einundzwanzigjährige lag auf einem Sofa unter einer Decke und sah aus, als schliefe sie. Klamm erinnerte sich an den Moment, als er die Decke zurückzog und das Elektrokabel um ihren Hals entdeckte. Der Mann, der ihr Konto geplündert hatte, hatte die Frau entführt und vergewaltigt. Seinen ursprünglichen Plan, Lösegeld zu fordern, hatte er plötzlich aufgegeben und sein Opfer ermordet. Doch der Verhaftete bestritt die Tat und beharrte darauf, nur ihre Bankkarte benutzt zu haben.

Jetzt hatte Klamm den Beweis in Händen, dass der Mann der Mörder war. Er hatte von der neuen Technik der DNA-Analyse in einer Fachzeitschrift gelesen.

»Es steht zweifelsfrei fest, dass die DNA der Blutprobe des Verdächtigen identisch ist mit der DNA des Spermas, das dem Opfer anhaftete.«

Das Gutachten der polizeitechnischen Untersuchungsstelle war ein Meilenstein der Kriminalistik. So musste sich Ernst Gennat, der legendäre Leiter der Berliner Mordkommission in den Dreißigerjahren, gefühlt haben, wenn er mit seinen damals neuen Ermittlungsmethoden die Mörder reihenweise überführte. Klamm malte sich die Pressekonferenz aus, in der er an der Seite von Polizeipräsident Schertz die deutschlandweit erste erfolgreiche Mordermittlung mit Hilfe der Erbgutanalyse präsentieren würde.

Der Anruf von Lucas Hermes kam ihm denkbar ungelegen. Doch der Reporter klang aufgeregt, schrie etwas von Entführung und Videobeweis gegen Opolkas rechte Freunde in den Hörer. Er komme in zwanzig Minuten im Funkhaus vorbei, sagte Klamm unwirsch und legte auf.

Lucas passte den Kommissar an der Pförtnerloge ab und schleuste ihn mit dem Lift in den siebten Stock, direkt ins Freienzimmer. Niemand sollte mitbekommen, dass er den Kommissar gut kannte.

»Das ist ja ein Ding!«, staunte Klamm. Lucas hatte ihm das Kommers-Video zweimal gezeigt.

»Zwei Stunden haben die mich in Handschellen da hocken lassen und dann nach Hause geschickt!« Lucas war noch immer empört. »Wegen des festen Wohnsitzes sei die Fluchtgefahr gering, haben sie gesagt!«

Klamm ließ sich keinen Kommentar entlocken. Er versprach, die Teutonia gründlich durchsuchen zu lassen.

»Ein Mensch kann ja nicht einfach verschwinden!« Denen werde er die Hölle heißmachen.

Als Klamm gegangen war, kamen die Kopfschmerzen. Den ganzen Sonntag hatte er die Hagenstraße beobachtet und nach Spuren von Anna gesucht. Erst pochte nur seine linke Schläfe, dann griff der Schmerz nach seinem linken Auge. Bald brannte die ganze linke Schädelhälfte. Sobald er sich vom Stuhl erhob, raste sein Herz und kalter Schweiß trat auf seine Stirn. Er setzte sich vorsichtig, schloss die Augen, weil auch das Sommerlicht im Fenster die Schmerzen zu steigern schien, und wartete, bis das Hämmern sich verlangsamte.

Mit halb geschlossenen Lidern taumelte Lucas wie ein Schlafwandler über den Flur, tastete sich am Treppengeländer hinunter in den sechsten Stock und erreichte mit zermürbendem Schmerz im Kopf das Zimmer der Betriebsärztin.

»Das ist ein sogenannter Vernichtungskopfschmerz«, dozierte Frau Dr. Ammann, »typisch für Migräne. Legen Sie sich auf die Liege und schließen Sie die Augen.«

Sie maß seinen Puls und schüttelte sorgenschwer den Kopf.

Diesen Moment hatte Lucas schon lange erwartet. Immer wieder stellte er sich die Szene vor: er, ahnungslos im Sprechzimmer, nach der Untersuchung. Ein Routine-Check-up. Das Unterhemd hat er schon wieder an. Dann der besorgte Blick des Arztes auf einen Blutwert oder Ähnliches.

Ich habe keine gute Nachricht, würde der Arzt mit fast pietätvoller Stimme sagen.

Krebs? Multiple Sklerose? Wieder ein sorgenvoller Blick: Herr Hermes, das sieht nicht gut aus. Das Todesurteil.

»Herr Hermes, haben Sie Stress?« Die Ärztin holte ihn in die Realität zurück.

Lucas wollte antworten, der Kopfschmerz zwang ihn zum Lallen. Also doch ein Hirntumor? Er wirke erschöpft, hörte er sie sagen, ein bisschen Ruhe wäre gut, sonst sei alles in Ordnung. Lucas legte sich auf die Liege, darauf bestand Dr. Ammann, und schloss die Augen.

Nach einer halben Stunde begann die Schmerztablette zu wirken. Er erhob sich langsam und dankte der Ärztin. Mit dem Nachlassen des Schmerzes setzte eine bleierne Müdigkeit ein. Er wollte sich nicht eingestehen, dass Annas Verschwinden eine Angst in ihm ausgelöst hatte, die er in dieser Stärke seit seiner Kindheit nicht mehr erlebt hatte.

Richter Schnittke hatte nach anfänglichem Zögern den Durchsuchungsbeschluss unterschrieben. Schließlich ging es um die Aufklärung von drei Morden und einer möglichen Entführung, da sollte nichts unversucht bleiben. Während die Beamten in die verschiedenen Stockwerke ausschwärmten, konzentrierte sich Klamm auf die wenigen Burschenschafter, die er im Haus antraf. Keiner der Korporierten konnte oder wollte sich an eine dritte Bedienung erinnern. Die Burschen behandelten den Kommissar korrekt, antworteten auf alle Fragen, hatten aber etwas Blasiertes, was Klamm übel aufstieß. Alle, die am Abend im Haus gewesen waren, würde er sich einzeln in die Keithstraße bestellen.

Der Caterer Wolff, bei dem Klamm vor der Durchsuchung der Hagenstraße gewesen war, hatte Anna Rademacher für den Abend unter Vertrag genommen, wusste aber nicht, ob sie zum Dienst erschienen war, da er selber nicht vor Ort war. Nur eine der beiden Kellnerinnen erinnerte sich an Anna, weil sie die Neue eingewiesen hatte. Dass sie verschwunden war, hatte sie aber erst bemerkt, als es nach dem Festkommers ans Aufräumen ging.

In der Damentoilette der Teutonia waren alle Türen in tadelloser Ordnung, als hätte der Überfall auf Anna, der ja auf dem Videoband dokumentiert war, nie stattgefunden. Natürlich erinnerte sich niemand von den Hausbewohnern an eine zerborstene Tür, niemand wusste etwas von einer Reparatur. Ein Schweigekartell wie bei der Mafia, dachte der Hauptkommissar und ließ unter Protest der Activitas alle Akten und Papiere aus dem Haus beschlagnahmen. Vielleicht gab es eine verräterische Rechnung über die Reparatur der Klotür.

Lucas öffnete die Wagentür und setzte sich auf den Fahrersitz, ohne den Motor zu starten. Er bildete sich ein, dass die Ente nach Annas Parfum roch. Ein Hauch von Chanel. Der Gedanke war unerträglich, dass sie jetzt in den Händen der Burschenschafter war, gefangen in irgendeinem Keller, gefesselt und geknebelt. Nicht auszuhalten war für ihn die Angst, dass sie vielleicht ermordet worden war und er, der Anstifter der Aktion, leben durfte. Den Lederriemen neben dem Beifahrersitz hatte er bis jetzt nicht bemerkt. Lucas beugte sich vor, zog vorsichtig an dem Riemen und beförderte Annas Handtasche auf den Sitz. Er hatte gelernt, dass man niemals die Handtasche einer Dame durchwühlt. Jetzt öffnete er den Reißverschluss mit größter Vorsicht, als ob das sein Vergehen mildern würde, und stöberte in der Tasche. Ein Fläschchen Chanel No. 5, ein Kajalstift, ein kräftig roter Lippenstift und eine Packung Kaugummis. Ein Päckchen Aspirin und Annas Schlüsselbund. Lucas nahm die Schlüssel vorsichtig aus der dunkelbraunen Ledertasche. Sollte er in ihre Wohnung fahren und dort auf sie oder auf ein Lebenszeichen warten? Wie würde sie reagieren, falls sie tatsächlich unversehrt in ihrer Wohnung auftauchte? Ich wollte erreichbar sein, falls du dich meldest, ich wollte als Erster da sein, wenn du nach Hause kommst. Er probierte die Worte, legte sich murmelnd die Sätze zurecht, doch sie konnten ihn nicht überzeugen. Wenn Anna ihren Angreifern entkommen war, wollte sie wirklich ihn als Ersten sehen? Warum nicht? Er konnte anbieten, sofort zu gehen, falls sie allein sein wollte.

Lucas startete den Wagen. Er nahm sich vor, es sich bei Anna nicht zu gemütlich zu machen. Die Tankuhr zeigte ihm, dass er nicht mehr weit kommen würde. Doch er musste nach Bonn, seine Recherchen über die Jägerkameradschaft zu Ende bringen.

Wie ein Einbrecher tastete er sich in die Wohnung. Flur und Wohnzimmer wirkten aufgeräumt, nichts stand oder lag herum. Er betrachtete das Billy-Regal mit den Büchern, die offenbar seit langem nicht mehr aufgeklappt worden waren. Ein feiner Staubfilm lag auf den Romanen. Am Fenster stand ein schlichter weißer Schreibtisch, daneben ein gleich hoher weißer Bisley-Schrank. Er zog die obere Schublade vorsichtig auf. Sie war mit Hängeregistermappen gefüllt, offenbar Annas Recherchen zu verschiedenen Themen. »Musikszene Berlin« stand auf einem der Plastikreiter, die auf den Registermappen steckten, »Immobilienskandal« auf einem anderen. Er durchsuchte den Schrank gründlich und konnte keinerlei Unterlagen über den DDR-Kunsthandel entdecken. Das mulmige Gefühl, in Annas Leben herumzustöbern, schnürte ihm die Kehle ab. Er schob die Schubladen zu und sah sich um. Er griff zum Telefon, erreichte Klamms Kollegin und hinterließ Annas Telefonnummer, die oberhalb des Tastenfeldes auf dem Gerät stand. Dann prüfte er, ob die Telefonschnur bis zum Schlafzimmer reichte, und drückte vorsichtig die Klinke herunter. Ihr Bett war gemacht, die Bettdecke sorgfältig über Laken und Kissen ausgebreitet. Hier hatten sie sich geliebt, ein einziges Mal. Lucas schlug die Decke beiseite und setzte sich auf die Bettkante, das Telefon in Sichtweite am Boden. Sein Herz raste. Jetzt kamen die Bilder wieder, die er sich vom Leib halten wollte: Die gefesselte Frau in irgendeinem Keller, die tote Anna mit verdrehten Gliedern im nächtlichen Wald. Lucas ließ sich auf das Bett kippen. Das Kopfkissen duftete schwach. So lag er stundenlang, zitterte, weinte, bis die Erschöpfung die Oberhand gewann.

Mittwoch, 20. Juli 1988

Lucas war wie gerädert, als er die Ente auf den Parkplatz vor dem Bonner Amtsgericht lenkte. Die letzten beiden Nächte in Annas Wohnung hatte er kaum geschlafen. Klamms Kollegin hatte ihn bei seinen unzähligen Anrufen immer wieder vertrösten müssen. Nein, kein Lebenszeichen, die Großfahndung würde laufen. Klamm hatte ein paar Kollegen bei der Verkehrspolizei gebeten, Extrapatrouillen um die Hagenstraße herum durchzuführen. Lucas war in den Grunewald gefahren, den Polizeieinheiten durchkämmten. Er hatte eigenhändig rund um das Korporationshaus nach Spuren von Anna und ihren Entführern gesucht, hatte sich heiser geschrien. Anna! Anna! Ein paar Spaziergänger blickten ihm verwundert hinterher, als er durch das Unterholz strich und sein Klagelied in den stillen Wald brüllte. Anna!

Aber er konnte nichts tun. Und er musste nach Bonn.

Der Stau vor dem Grenzübergang Marienborn hatte ihn zwei Stunden gekostet. Die DDR-Grenzer machten sich einen Spaß daraus, die Transitreisenden warten zu lassen. Obwohl er mitten in der Nacht gestartet war, hatte er von West-Berlin bis nach Bonn mit dem langsamen Citroen fast zehn Stunden gebraucht. Es war halb vier, als er das Vereinsregister betrat.

»Jägerkameradschaft Bonn?«, fragte der Beamte und gab die Worte in seinen Computer ein. Lucas ließ sich müde auf den Stuhl vor dem Schreibtisch sacken. Das Gesicht des Sachbearbeiters hellte sich auf.

»Da haben wir etwas!« Der Gesichtsausdruck des Beamten veränderte sich. Der Mann starrte nun ernst auf den Bildschirm.

»Alles in Ordnung?«, fragte Lucas.

»Die Kameradschaft hat ihren Sitz verlagert«, kam es zurück. »Nach Köln. Sie müssen leider zum Kölner Amtsgericht.«

Lucas benötigte weitere vierzig Minuten, bis die Ente vor dem Amtsgericht im Kölner Norden zum Halten kam. Eine füllige rothaarige Frau um die vierzig begrüßte ihn freundlich mit rheinischem Singsang. »Da haben Sie aber Glück, dass wir heute lange aufhaben«, sang sie und verschwand mit federnden Schritten im Nebenraum, dem Aktenlager.

Lucas konnte es kaum erwarten, bis sie mit der Akte wiederkam. Schon bei der Lektüre von Ridders Dossier war ihm klar geworden, dass eine Jägerkameradschaft, die am Sitz der Bundesregierung, aber weit entfernt von den Standorten der Truppe, gegründet worden war, etwas Besonderes sein musste. Dass ein Berliner Student dort Mitglied sein sollte, war noch erstaunlicher.

Lucas blätterte aufgeregt in den Dokumenten. Die »Jägerkameradschaft Bonn e.V.« war 1973 als Verein angemeldet worden. Alle früheren Vereinsvorsitzenden waren offenbar ausgeschiedene Militärs. Doch der aktuelle Chef stand ohne militärischen Rang im Registerauszug: Gregor Junge-Wülfing. Lucas merkte, dass seine Wangen glühten. Er war jetzt sicher, dass Ridders Tipp eine ganz heiße Spur war, egal ob die Info von der Staatssicherheit oder aus seriöserer Quelle stammte. Er wühlte sich wieder einmal durch langweilige Sitzungsprotokolle, notierte alle Namen, die als Teilnehmer an Sitzungen des Vereins oder als Antragsteller für Satzungsänderungen in der Akte auftauchten. Nach einer halben Stunde wurde er fündig: Da war sie, die Unterschrift Peter Ladurners. Ein schwungvoller Namenszug unter einem Sitzungsprotokoll, den er schon einmal unter einem Papier der Burschenschaft Teutonia entdeckt hatte.

Ladurner! Der Sohn eines verurteilten Südtiroler Rechtsterroristen war nicht nur Mitglied in der schlagenden Verbindung, der auch der Attentäter Gerd Opolka angehört hatte und auf deren Kommers Innenstaatsekretär Mölders aufgetaucht war. Ladurner war, wie Ridder es gesagt hatte, auch Mitglied der dubiosen Jägerkameradschaft. Das kann kein Zufall sein, überlegte Lucas und schauderte über seine kühne These. Waren mächtige Strippenzieher wie Mölders auf verschlungenen Wegen mit Rechtsextremisten in Kontakt, die Anschläge gegen Asylbewerber und Mitarbeiter einer Beratungsstelle durchführten? Und wer war Gregor Junge-Wülfing?

»Kann ich diese Blätter kopieren?«

»Selbstverständlich, das mache ich für Sie!«, sang die Sachbearbeiterin und verschwand mit der Akte im Nebenraum. Ihre Freundlichkeit verwirrte Lucas. Aus Berliner Amtsstuben war er einen rüden Umgangston gewohnt und wusste, dass das Gewünschte nur unter Protest herausgegeben wurde.

»Den zweiten Band wollen Sie nicht?«, klang es vom Kopierer herüber.

Den zweiten Band? »Doch, natürlich!«, rief Lucas.

Sie kam strahlend mit den kopierten Blättern zurück. »Das macht zwei Mark achtzig. Für den zweiten Band müssen Sie morgen wieder kommen. Wir schließen!«

Torsten Happelin erwartete ihn schon, als Lucas um die Ecke bog.

Grau war er geworden! Und kahl! Happelin stieg in die Ente und ergriff Lucas' Hand mit festem Druck.

»Wir haben uns ja ewig nicht gesehen!«

»Ja, seit der Nordimex-Sache«, sagte Lucas. Happelin, Reporter in Bonn, hatte ihm damals bei Recherchen in Westdeutschland geholfen. Er arbeitete freiberuflich für den Westdeutschen Rundfunk und war häufig an ähnlichen Geschichten wie Lucas dran.

Happelin hatte Lucas angeboten, während der Recherche im Rheinland bei ihm zu übernachten.

»Ich bin seit fünf Uhr auf den Beinen«, gähnte Lucas.

»Jetzt nicht schlappmachen«, erwiderte Happelin. »Die Bundespressekonferenz müssen wir noch mitnehmen, das ist schließlich unser Thema.«

Neben dem Hochhaus am Tulpenfeld, einem früheren Hotel, das jetzt als Bürogebäude für Abgeordnete diente, stand der Glaskasten der Bundespressekonferenz. Lucas sah, dass der Saal bereits gut gefüllt war. Er ging hinter Happelin eilig die Wendeltreppe hoch und setzte sich unauffällig in die letzte Reihe. Happelin nahm neben ihm auf einem Stuhl Platz, an dem ein Mikrofon angebracht war. Die Mahagoniwand, vor der der Sprecher des Innenministeriums und zwei weitere Männer saßen, hatte Lucas wohl schon hundertmal im Fernsehen gesehen. Neben dem Ministeriumssprecher saß der Vorsitzende der Bonner Parlamentspresse, ein Reporter des Bonner Generalanzeigers. Er blickte auf die vollen Reihen, grüßte die ihm vertrauten Gesichter. Ein eingeschworener Club, dachte Lucas. Er hatte kein Fragerecht, da er nicht Mitglied der Bundespressekonferenz war, eines von Parlamentsjournalisten gegründeten Vereins.

»Meine Damen und Herren«, begann der Ministeriumssprecher, nachdem der Vorsitzende ihm das Wort erteilt hatte, »die Bundesregierung hat sich entschlossen, der Bedrohung durch Terroristen und andere Straftäter noch entschiedener zu begegnen. Zu diesem Zweck wollen wir unter anderem den Paragrafen 98 der Strafprozessordnung durch einen Zusatz ergänzen, der den maschinellen Abgleich personenbezogener Daten bei Straftaten erlaubt, die bisher nicht im Paragrafen 98 erfasst sind. Dabei geht es unter anderem um Betäubungsmittel- und Waffenhandel, Straftaten gegen die sexuelle Selbstbestimmung und Staatsschutzdelikte.«

Happelin beugte sich zu Lucas hinüber. »Sie wollen die Rasterfahndung ausdehnen. Nicht ungeschickt, das mit der sexuellen Selbstbestimmung.«

Lucas nickte grimmig. Der Schutz vor Sexualstraftätern war den Bürgern ein Anliegen. Dafür waren viele bereit, eine Einschränkung ihrer Bürgerrechte hinzunehmen.

Der Sprecher nickte einem mausgrauen Mann mit Lesebrille zu. Der Chef des Bundeskriminalamtes rückte das Mikrofon zurecht und räusperte sich. Er galt als unauffälliger und effizienter Beamter, ein Sozialdemokrat, der seit Jahren einer konservativ-liberalen Regierung diente. In seiner Amtszeit war das BKA international vernetzt worden. In zahlreiche Länder waren Verbindungsbeamte entsandt worden, um den internationalen Terrorismus besser bekämpfen zu können. Mit dem BKA-Chef hatte Kanzler Kohl geschickt die sozialdemokratische Opposition in seine Politik der Inneren Sicherheit eingebunden.

Der BKA-Präsident setzte zu einem kurzen Vortrag über die umstrittene Rasterfahndung an, den Abgleich von Daten Tausender unbescholtener Bürger, um wenige Tatverdächtige zu finden. Datenschützer liefen seit Jahren Sturm gegen das Gesetz, das in den Jahren des RAF-Terrors eingeführt worden war.

»Ich möchte Ihnen einige Erfahrungen mit dieser Fahndungsmethode erläutern, damit Sie ihre Effizienz erkennen«, begann der BKA-Präsident. »1979 hatten wir Erkenntnisse, dass RAF-Angehörige unter falschen Namen mehrere konspirative Wohnungen in Frankfurt am Main angemietet hatten. Die Polizei vermutete, dass die RAF ihre Stromrechnungen nicht durch Überweisungen, sondern bar bezahlte. Wir besorgten uns also die Liste aller achtzehntausend Barzahler in Frankfurt von der Energiefirma. Wir glichen per Computer alle Namen mit dem Einwohnerregister und anderen Dateien wie der Kfz-Meldedatei ab und konnten so alle legalen Namensträger herausfiltern. Deren Namen wurden sofort aus dem Polizeicomputer gelöscht. Erst dann, als anzunehmen war, dass alle Legaldaten herausgelöscht waren, druckten wir die Restdatei aus. Am Ende blieben nur zwei Falschnamen übrig: das eine war ein Rauschgifthändler, der andere Stromzahler war der gesuchte Terrorist Rolf Heißler. Aufgrund der Stromdaten erkannten wir die Adresse der konspirativen Wohnung und konnten Heißler kurz darauf festnehmen.«

Der Ministeriumssprecher lächelte zufrieden. »Sie sehen, dass die Rasterfahndung ein äußerst effizientes Fahndungsmittel sein kann.«

Mehrere Arme schnellten in die Höhe.

»Wie schwer wiegt für Sie der Eingriff in die Privatsphäre der Unverdächtigen?«, wollte eine Reporterin wissen.

»Es geht hier um die Aufklärung oder Verhütung schwerster Straftaten. Da wir die Daten der Unverdächtigen sofort löschen, ist dieser Eingriff in das informationelle Selbstbestimmungsrecht minimal.«

Bei dem Wort »informationelles Selbstbestimmungsrecht« spitzte der Ministeriumssprecher süffisant die Lippen. Seit dem Volkszählungsurteil des Bundesverfassungsgerichts gab es einen Dauerkonflikt zwischen Verfassungsrichtern und Regierung. Die Richter hatten das Recht der Bürger, über den Umgang des Staates mit ihren Daten informiert zu werden, als Grundrecht definiert. Dagegen liefen die Innenpolitiker Sturm und sprachen ihrerseits von einem Grundrecht auf Sicherheit.

»Ist der 98a bereits im Kabinett einstimmig beschlossen?«, wollte ein Journalist in der ersten Reihe wissen.

»Wir sind in intensiven Beratungen in der Koalition«, sagte der Ministeriumssprecher.

»Die FDP wackelt noch«, flüsterte Happelin. »Die CDU-Leute müssen da noch einiges an Überzeugungsarbeit leisten.«

»Aber die Sozialdemokraten haben sie bestimmt schon im Sack«, erwiderte Lucas bissig.

Donnerstag, 21. Juli 1988

Am nächsten Morgen war Lucas um halb zehn wieder im Amtsgericht. Vorher hatte er Klamm von einer Telefonzelle aus angerufen. Nein, noch immer kein Lebenszeichen von Anna.

Die fröhliche Sachbearbeiterin knallte ihm eine noch dickere Mappe als gestern auf den Tisch. Lucas fühlte sich müde und ausgelaugt, nicht nur wegen der ausbleibenden Nachrichten von Anna, sondern auch wegen der fast schlaflosen Nacht auf Happelins Sofa. Er hatte mit dem Kollegen am Abend in der Bonner Altstadt gegessen, später hatten sie in Happelins mit Papieren und Akten zugemüllter Wohnung noch zwei weitere Flaschen gelehrt und sich die Köpfe über die Bombenserie heiß geredet. Was für eine Geschichte: Ein Mann ohne militärischen Rang, offenbar ein Zivilist, führte die Reservistenkameradschaft einer militärischen Einheit, die es gar nicht gab. Und in dieser Kameradschaft war mit Peter Ladurner ausgerechnet der Mann aktiv, dem der Bombenleger Gerd Opolka besonders eng verbunden gewesen war – als Leibfuchs der Teutonia. Bundeswehrreservisten und Burschenschafter, eine brisante Mischung. Denen war zuzutrauen, rechtsextreme Anschläge zu verüben. Vor allem dürften sie das technische Know-how haben. Den Reportern war klar, dass sie sich warm anziehen mussten, wenn sie eine derart gewagte These verbreiten wollten.

»Was für eine Bombenstory!«, witzelte Torsten Happelin und prostete Lucas zu. Der zwang sich zu einem Lächeln und versuchte, die Gedanken an Anna beiseitezuschieben.

Beim jetzigen Recherchestand konnten sich die Beteiligten noch herausreden. Gregor Junge-Wülfing, der Leiter der Jägertruppe, würde sich erstaunt geben und behaupten, nichts über den Vater von Ladurner und erst recht nichts über Ladurner juniors Kontakt zu Opolka zu wissen. Ladurner könnte sagen, er habe zwar Opolka gekannt, doch dessen dunkle Seite, im Alleingang Attentate zu verüben, habe er nicht einmal geahnt. Für Innenstaatssekretär Mölders sah die Sache schon schwieriger aus. Er würde betonen, die Teutonia sei zutiefst demokratisch und er könne sich die Totenehrung für Opolka nicht erklären. Vermutlich würde er die Ehrung als Alleingang eines Bundesbruders bezeichnen, den die Teutonia ausschließen müsste, um über jeden Verdacht erhaben zu sein.

Lucas quälte sich durch die öden Papiere. Meist waren es belanglose Schriftwechsel über personelle Veränderungen im Vorstand der Jägerkameradschaft oder unbedeutende Details zur Steuerbefreiung des gemeinnützigen Vereins. Offenbar traf sich die Kameradschaft mehrfach im Jahr, um sich an Vorträgen über den Fallschirmjägereinsatz auf Kreta während des Zweiten Weltkrieges zu laben oder um Wettbewerbe mit anderen Kameradschaften aus dem In- und Ausland zu planen. Lucas stutzte, als er ein Vereinsprotokoll überflog, blätterte weiter, um dann zu der Seite zurückzukehren. Es waren diese Momente, die er an seinem Beruf liebte. Ein Detail, das aufblitzt und schlagartig Licht in einen bisher dunklen Raum wirft. Das Papier war das Protokoll der Jahresversammlung von 1986. Langweiliges Vereinszeug. Als Kassenprüfer bestätigte ein Mann die Richtigkeit der Buchführung des Kassenwarts.

Gezeichnet: Daniel Schwieger. Neben der handschriftlichen Signatur stand in Druckbuchstaben: D. Schwieger, geb. am 3.8.1959 in Brühl. Er murmelte den Namen leise vor sich hin, bis die Vereinsregisterbeamtin verwundert aufblickte. Lucas versuchte, sich zu erinnern, wo er den Namen schon einmal gehört hatte, welche Lippen die Worte schon einmal geformt hatten. Er wusste, dass er selber ihn noch nie ausgesprochen hatte. Lucas bewegte die Lippen lautlos weiter. Das Gesicht von Ernst Klamm tauchte in seiner Erinnerung auf. Der Kommissar bei einem ihrer Treffen im Schwarzen Café. Klamm war es, von dem er den Namen Daniel Schwieger schon einmal gehört hatte. Schwieger, der Tote aus dem Landwehrkanal, der zunächst verdächtig war und dann angeblich doch nichts mit den Bomben zu tun hatte. Daniel Schwieger, von Beruf Rettungsassistent. Davor Zeitsoldat.

Lucas war aufgewühlt, als er in die Ente stieg. In harmloser Fröhlichkeit hatte die rheinische Beamtin ihm die Kopie des Papiers übereicht, das seine verwegensten Thesen zu bestätigen schien. Er blätterte die Dokumente noch einmal aufgeregt durch. Ja, er hatte wirklich alles, um die Geschichte erzählen zu können und um unangenehme Fragen an Politiker und Staatsanwaltschaft zu stellen.

»Kann ich hier ein bisschen rumtelefonieren?«

Happelin blickte sich im Großraumbüro um. Von den sechs Schreibtischen waren zwei unbesetzt.

»Ilka ist auf einem Außentermin und kommt gleich wieder, aber Marcus ist in Urlaub. Nimm seinen Tisch.« Er deutete in die hintere Ecke des Raumes. Dort stand ein mit Papieren überfüllter Schreibtisch. Lucas schaufelte behutsam die Schreibtischmitte frei und legte seinen Notizblock darauf ab.

Im Regal waren die gelben Telefonbücher aus ganz Nordrhein-Westfalen aufgereiht. Lucas griff sich das von Brühl und schlug den Buchstaben S auf. Der Name Schwieger schien im Ort verbreitet zu sein. Es waren über fünfzig Einträge, die er durcharbeiten musste.

Nach einer Stunde erfolgloser Telefonate war Lucas bei Kontakt Nummer fünfundzwanzig angekommen.

»Ja bitte?«, fragte eine zarte Frauenstimme. Lucas zögerte kurz. Er hatte bei allen Anrufen zuvor zu einem Trick gegriffen. Weil er sicher war, dass seine Gesprächspartner sofort auflegen würden, wenn er nach dem Toten aus dem Landwehrkanal fragte, hatte er den kommenden Geburtstag zum Anlass genommen, sich als Überbringer einer Nachricht an das Geburtstagskind auszugeben. Lucas schluckte.

»Grüß Gott«, rief er in bayerischer Mundart in den Hörer. »Hier Mittermeier von der Firma BMW. Ich habe eine Überraschung für Herrn Daniel Schwieger zum Geburtstag am 3. August!«

Happelin hob den Kopf und beobachtete amüsiert Lucas' Gesicht.

Die junge Frau am anderen Ende der Leitung schwieg. Offenbar rang sie mit den Tränen. Nach einer kurzen Pause kam es mit nasal gepresster Stimme zurück: »Wir haben hier einen Trauerfall. Bitte rufen Sie nicht mehr an.« Ein Klicken beendete das Gespräch. Lucas hatte offenbar die richtige Familie gefunden.

»Ich muss los«, sagte er und zog sich sein Jackett über.

»Pass gut auf dich auf«, erwiderte Torsten Happelin knapp und wandte sich wieder seinem Rechner zu.

Die Adresse in Brühl war ein backsteinverkleidetes Einfamilienhaus. Während der Fahrt hatte Lucas sich überlegt, den Verwandten von Daniel Schwieger offen gegenüberzutreten. Warum sollten sie nicht daran interessiert sein, den Tod ihres Bruders oder Sohnes aufzuklären? Lucas klingelte und wartete. Die Stimme eines Kleinkindes war hinter der Tür zu hören. Dann kamen Schritte näher.

Eine junge blonde Frau um die dreißig öffnete die Tür. Sie hatte ein etwa zweijähriges blondgelocktes Mädchen auf dem Arm, das den Besucher neugierig betrachtete. Die Kleine saugte an einem Schnuller.

»Frau Schwieger, mein Name ist Lucas Hermes. Ich bin aus Berlin hierher gefahren, um Ihnen eine Information über Daniel Schwieger zu überbringen.«

Die Frau mit der modischen Kurzhaarfrisur wirkte blass.

»Wie haben Sie uns gefunden?«

Freitag, 22. Juli 1988

Ernst Klamm und Jasmin Berger hatten in den beschlagnahmten Papieren der Teutonia keinen Hinweis auf eine Reparatur der Toilettentür gefunden. Sie hatten sich vom Erstchargierten Florian Sangerter eine Liste aller Gäste des

Festkommerses geben lassen und arbeiteten sie mühsam ab. Über die Meldeämter beschafften sie sich Passfotos aller sechzig Anwesenden und klebten die Bilder auf ein großes Clipboard neben die Namen der Kommers-Teilnehmer. Nach einem arbeitsreichen Tag stand für sie fest, dass der Betriebswirtschaftsstudent Bernd-Otto Hruska und der Student der Politikwissenschaften Benjamin von Gutten den Männern auf dem Video am ähnlichsten sahen. Hruska war offenbar der bullige Schwarzhaarige mit der Igelfrisur, der auf dem Video-Still zum Schlag ausholte, von Gutten der dickliche Blasse, der halb verdeckt hinter Hruska in der Toilettentür zu sehen war. Beide Männer waren in der Hagenstraße gemeldet, bewohnten offenbar Zimmer im Burschenschaftshaus. Die Ermittler ärgerten sich, dass die Polizisten vom Abschnitt 25 sich am Tatabend an der Tür hatten abfertigen lassen. Sie hatten die Kommers-Teilnehmer nur ungenau befragt. Niemand hatte angeblich etwas von der Verschleppung einer jungen Frau mitbekommen. Das Protokoll strotzte vor Rechtschreibfehlern.

»Amateure!«, knurrte Klamm. Jasmin Berger nickte ihm ernst zu und fuhr fort, Karteikarten mit handschriftlichen Notizen neben die Fotos zu kleben.

Jeden einzelnen Kommers-Teilnehmer wollte Ernst Klamm sich noch einmal in der Keithstraße vornehmen, jeden Einzelnen dieser arroganten Bürschchen und Alten Herren, vor deren Augen eine Frau verschwunden war, die niemand gesehen haben wollte.

Kurz vor Beginn der Teutonen-Vernehmungen rief Klamms Chef Kroppmüller an, der Leiter des LKA 1 Delikte am Menschen. Ob Klamm kurz zu einem Gespräch in den vierten Stock kommen könne? Das klang nicht gut.

Kroppmüller knetete unsicher die Hände, als Klamm vor Tatkraft dampfend in sein Büro stürmte.

»Wir haben gleich die Vernehmung des Ober-Burschen, dieses Erstchargierten«, sagte der Kommissar und blieb im

Türrahmen stehen, um dem Kriminaldirektor zu signalisieren, dass er keine Zeit für irgendwelche unwichtigen Verwaltungsabläufe habe.

»Eine Bitte nur«, begann Kroppmüller und blickte auf seine Hände, die er auf dem Schreibtisch wie zum Gebet gefaltet hatte. »Zu den Zeugen, die Sie befragen wollen, gehört Staatssekretär Mölders.«

»Ich weiß«, antwortete Klamm angriffslustig.

»Denken Sie bitte daran, dass der Herr Staatssekretär von allen Zeugen am wenigsten Zeit hat. Vernehmen Sie ihn bitte nur einmal und erst dann, wenn Sie sich ein erstes Bild von dem Ablauf des Geschehens gemacht haben.«

»Ich wollte ihn dann vernehmen, wenn die Ermittlungen es erfordern«, sagte Klamm trotzig.

»Ganz genau«, sagte Kroppmüller und lächelte erleichtert. »Sie wissen ja, wie sensibel die Sache ist.«

Klamm schluckte. Es hatte keinen Sinn, vor dem LKA-Chef den Helden zu spielen. Kroppmüller wollte sich nur absichern. Er war ein Parteifreund von Eckart Mölders und verdankte seinen Posten bestimmt nicht nur seinen überragenden kriminalistischen Fähigkeiten. Er wollte einfach sichergehen, dass Klamm den Politiker nicht zu sehr verärgerte. Klamm hatte die Intervention seines Chefs erwartet und den Erstchargierten Sangerter als ersten Zeugen geladen, weil er sich vom Organisator des Festkommerses mehr versprach als von Mölders, dem Alten Herrn der Teutonia.

In der Tür drehte Klamm sich noch einmal zu seinem Vorgesetzten um. Kroppmüller hatte eine Unterschriftenmappe aufgeschlagen und war in Gedanken schon wieder ganz woanders.

»Herr Kriminaldirektor«, begann Klamm, »haben Sie mitbekommen, dass wir den Laubenpieper-Mörder mit einer DNA-Analyse überführt haben?«

Kroppmüller blickte mit gequältem Lächeln hoch.

»Interessante Technik. Ich hoffe nur, sie besteht vor Gericht.«

»Die Beweislage ist eindeutig!« Klamm merkte, wie seine Stimme einen beleidigten Unterton bekam.

»Der Anwalt des Verdächtigen hat beantragt, das Beweismittel nicht zuzulassen«, sagte der LKA-Chef. »Eingriff in die Persönlichkeitsrechte.«

»Damit kommt er nicht durch!«, entfuhr es Klamm.

»Vor Gericht und auf hoher See ist man in Gottes Hand, Sie wissen ja. Einen schönen Tag noch!«

»Herr Sangerter«, begann Klamm mit ruhiger Stimme und fixierte den schnöselig wirkenden, drahtigen Mann, der scheinbar gelangweilt vor ihm saß. Florian Sangerter aus Osnabrück, dreiundzwanzig Jahre alt, Jura-Student an der FU. Ein ziemlicher Scheißkerl in einem affigen bayerischen Leinenjackett mit Hirschhornknöpfen. Der Kommissar versuchte, sich seinen Ärger über den Laubenpieper-Fall nicht anmerken zu lassen. Er hatte gehofft, mit dem Ermittlungserfolg ganz groß herauszukommen. Jetzt machte ihm dieser Ströbele einen Strich durch die Rechnung, wenn er erreichte, dass das Beweismittel DNA-Analyse nicht vor Gericht zugelassen würde. Ein Terroristen-Anwalt, der schon die Baader-Meinhof-Bande verteidigt hatte. Klamm schüttelte sich und fixierte den Burschenschafter mit kühlem Blick.

»Herr Sangerter, finden Sie nicht, dass es an der Zeit ist, zu kooperieren?«

Der gut gebaute blonde Mann mit der Narbe eines kräftigen Säbelhiebs auf der linken Wange starrte mit unbewegtem Gesicht an Ernst Klamm vorbei an die gegenüberliegende Wand.

»Herr Sangerter, ich rede mit Ihnen.«

Schweigen.

»Herr Sangerter, das hier ist eine Vernehmung und kein Studentenulk.«

Der Erstchargierte hob den Blick zur Decke.

»Merkens nicht, dass ich nicht mit Ihnen spreche?« Sangerter gab seiner Stimme einen affektierten Klang, als würde ihn die Situation ungemein langweilen. Er hatte die ersten beiden Semester in Wien studiert, war dort der örtlichen Burschenschaft beigetreten und imitierte, so gut es ging, den wienerischen Tonfall. Das war nach seiner Auffassung wohl die Sprache der Herrenmenschen, denen er sich zugehörig fühlte.

»Also noch einmal«, fuhr Klamm unbeeindruckt fort. »Wollen Sie die Aufklärung der Straftat weiterhin durch Ihr Schweigen behindern?«

Sangerter verzog den Mund, als ob er in eine Zitrone gebissen hätte, und hob gequält die Augenbrauen.

»Ich verbitte mir Ihre Unterstellungen, ich sitze doch hier. Wenn Sie Fragen haben, rufen Sie meinen Anwalt dazu.«

Klamm ignorierte die Bemerkung.

»Wir haben die Herren Hruska und von Gutten nicht an ihrem Wohnsitz angetroffen.«

»Bedaure, dafür kann ich nichts.« Der Schnösel fing an, Klamm zu nerven.

»Ich warne Sie«, drohte der Kommissar, »wenn Sie nicht auskunftswillig sind, kann ich Sie ganz schnell wegen Beihilfe drankriegen.«

»Und ich Sie wegen Nötigung«, schoss der Bursche zurück. »Wollens mir drohen?« Wieder fiel er ins Wienerische.

»Ich will Ihnen nicht drohen, ich frage Sie nur, wo die beiden sind. Schließlich wohnen sie auf dem Haus der Teutonia, nicht wahr?«

»Hörens, ich weiß nicht einmal, ob die Herren beim Kommersabend überhaupt anwesend waren.«

Klamm schäumte. Er nahm sich zusammen und hielt den Video-Ausdruck hoch.

»Das ist der Beweis, dass die beiden da waren. Und dann sind sie nie wieder bei Ihnen aufgetaucht?«

Der Kerl war nicht aus der Ruhe zu bringen. Florian Sangerter fühlte sich offenbar unantastbar, als Mitglied eines höheren Standes, dem sich ein einfacher Kommissar nicht ohne weiteres nähern durfte.

»Ich weiß nicht, ob das auf dem unscharfen Bild die Bundesbrüder Hruska und von Gutten sind«, erklärte Sangerter und verdrehte gelangweilt die Augen. »Und ich bin nicht ihr Kindermädchen und habe sie seit ein paar Tagen nicht gesehen. Und jetzt ist Schluss, Herr Kommissar.«

Er spie das letzte Wort voller Verachtung aus und ordnete sein Jackett, als wolle er aufstehen.

»Nein, jetzt ist nicht Schluss.« Klamm brauchte eine Pause und verließ das Vernehmungszimmer, ohne Sangerter eines Blickes zu würdigen.

Jasmin Berger kam ihm im Flur entgegen. Sie hatte die kurze Vernehmung durch die Glasscheibe im Nebenraum verfolgt.

»Die werden sich alle blöd stellen«, sagte die Kommissarin. »Burschenschafter-Ehre.«

»Wir gehen noch einmal ins Haus und stellen alles erneut auf den Kopf. Und zwar so lange, bis wir die beiden gefunden haben oder bis einer redet.«

»Den Oberburschen können wir aber nicht dabehalten«, bemerkte Jasmin Berger.

»Umso besser. Er soll danebenstehen, wenn wir die Bude zerlegen und jedes Bücherregal auseinandernehmen«, sagte Klamm grimmig.

Der Kommissar folgte in seinem Wagen den beiden Polizeiautos zur Hagenstraße. Er hatte Sangerter unmissverständlich klargemacht, dass der mit ihm zu fahren hatte. Der Erstchargierte saß kerzengerade und schweigend auf dem Beifahrersitz und gab durch seinen Gesichtsausdruck zu erkennen, dass er den schäbigen Mittelklassewagen nicht gerade als standesgemäßes Fahrzeug empfand.

Sangerter schloss die prächtige Eingangspforte auf und hielt Klamm die Tür so kurz auf, dass der einen Schritt nach vorne machen musste, um ihr Zufallen zu verhindern. Ernst Klamm ließ die acht Beamten hinein und verteilte sie in Zweier-Teams auf die drei Geschosse und den Keller. Er selbst ging mit Jasmin Berger und Sangerter auf den Dachboden. Er wusste, dass das oberste Geschoss der Paukboden der Burschenschaft war, der Ort, an dem die Burschen die Säbel schwangen. Klamm erwartete, dass es Sangerter besonders unangenehm wäre, wenn die Polizei erneut das Heiligtum der Teutonia durchwühlte.

Die Luft auf dem Dachboden war heiß und stickig. Es roch nach Holz und ein wenig modrig. Das Spitzdach wurde von schweren Stützbalken getragen, an denen die Ausrüstungen für die Fechtpartien hingen: lederne Wämse, die Brust und Hals schützen sollten, Metallbrillen mit Nasenschutzblechen und Fechthandschuhe. An der rechten Wand stand eine schwere Truhe mit einem Vorhängeschloss, der Aufbewahrungsort für die Säbel, die die Burschen Schläger nannten.

»Das ist es also«, sagte Klamm und blickte Sangerter strahlend an. Der Erstchargierte schwieg und starrte zur Wand.

»Dann wollen wir das mal Stück für Stück auseinandernehmen«, fuhr Klamm fort und begann, die Ausrüstungen von den Haken zu holen. Sangerter ließ sich nicht anmerken, dass er innerlich kochte.

»Was ist das da?« Berger wies mit dem Kopf in Richtung einer Holztür an der Längsseite des Raumes. Der Burschenschafter reagierte nicht.

»Hallo? Herr Sangerter?«

»Reden Sie mit mir?«, kam es indigniert zurück. Berger nickte.

»Das ist der Vorbereitungsraum.«

»Schließen Sie ihn auf!«

Sangerter griff wie in Zeitlupe in die Hosentasche und zog ein Schlüsselbund hervor. Betont langsam ging er auf die Tür zu und klapperte auffällig mit dem Schlüssel herum, bevor er ihn in das Schloss steckte.

»Was sollte das jetzt?«, stieß Klamm scharf hervor. »Herr Sangerter, warnen Sie da gerade jemanden?«

Der Bursche hatte die Hand auf der Klinke und öffnete noch immer nicht.

»Bittschön?« Auch die kurze Rückfrage hatte einen unverschämten Unterton.

»Ich kriege Sie wegen Behinderung der Polizeiarbeit dran«, knurrte der Kommissar. »Los, öffnen Sie!«

Klamm und Berger stürmten in die Kammer. Ein kleiner Raum mit einem groben Holztisch, darauf zwei Säbel. Gegenüber der Tür ein schwerer Eichenschrank. Das Fenster war geschlossen. Klamm zog die Schranktür auf. »Wen haben wir denn da?«

Im Schrank kauerten Hruska und von Gutten Rücken an Rücken, eng aneinandergepresst, und glotzten den Ermittler an. Ein scharfer Geruch ging von den massigen Körpern aus.

»Rauskommen«, sagte Klamm. Die beiden gehorchten aufs Wort wie zwei Kinder, die man beim Süßigkeitenklauen im Supermarkt erwischt hatte. Sie hatten Sangerters Schlüsselklappern offenbar nicht als Aufforderung verstanden, so schnell wie möglich aus dem Fenster auf das Dach zu klettern.

Zwei Stunden später saß Hruska den Ermittlern im Vernehmungszimmer gegenüber. Der bullige Mann hatte sich in der Toilette etwas frisch machen können, trug aber weiterhin das verschwitzte Hemd, das einen unangenehmen Schweißgeruch verströmte. Klamm bemerkte, dass Jasmin Berger sich weit zurücklehnte. Seit Beginn der Vernehmung redeten die Ermittler auf den Mann ein. Sie versuchten ihm klarzumachen, dass er der Entführung von Anna Rademacher verdächtig sei, eine schwere Straftat, die eine mehrjährige Haftstrafe nach sich ziehen könne, wenn er nicht kooperiere.

Anfangs hatte der Mann mit dem Stiernacken und dem borstenkurzen Haar noch versucht, Haltung zu bewahren.

Jetzt war er nur noch ein Häufchen Elend, das versuchte, sich Worte zurechtzulegen. Eine Memme, nichts dahinter, dachte Klamm. Er erinnerte sich an Vernehmungen von Mitgliedern der Jugoslawen-Mafia. Die hielten tagelang durch, bis die Fassade irgendwann hauchfeine Risse bekam. Dann sprangen die Gefesselten auf, beschimpften die Vernehmer mit den unflätigsten Worten. Wenn sie von den Beamten wieder auf den Stuhl gedrückt wurden und leise wimmerten, weil die Polizisten ihre Arme schmerzhaft auf den Rücken gedreht hatten, waren sie langsam fällig. Hruska gab schon nach einer halben Stunde auf.

»Wir haben sie doch gar nicht entführt«, jammerte er unvermittelt los. Sein breiter Schädel war rot. Er sah aus, als kämen ihm gleich die Tränen.

»Was haben Sie denn gemacht? Sie nur gestreichelt?« Klamm sprach betont ruhig, um den beginnenden Redefluss nicht zu stören.

»Eine Backpfeife, ja, aber mehr doch nicht!«

»Sie geben also zu, Anna Rademacher zu Boden geschlagen zu haben?«

Auch Jasmin Berger gab sich Mühe, sachlich zu bleiben.

»Ich konnte doch nicht wissen, dass die von dem einen Schlag ohnmächtig wird.«

»Was haben Sie dann gemacht?«

»Na, wir haben Angst bekommen und sie dann rausgeschmissen. Über die Gartenhecke.«

»Hat jemand Sie gesehen?«

»Nein, wir haben aufgepasst, dass wir auf dem Weg vom Klo direkt zur Salontür raus sind. Da war keiner.«

»Und der Salon hat eine Tür zum Garten.«

Hruska nickte.

»Sie haben also eine bewusstlose Frau über die Hecke auf das Nachbargrundstück geworfen?«, hakte Jasmin Berger nach.

»Sie hat doch noch geatmet.«

»Einen Moment bitte!« Die beiden Kommissare nickten sich zu und verließen das Vernehmungszimmer. Draußen verständigten sie sich über das weitere Vorgehen. Berger würde mit zwei Beamten erneut in die Hagenstraße fahren und die Hecke untersuchen, um dann so schnell wie möglich ins LKA zurückzukehren.

Klamm ging zurück zu Hruska.

»Was haben Sie mit der Kamera gemacht?«

»Na, die haben wir ihr abgenommen, sie hatte doch heimlich beim Kommers gefilmt.«

»Ich dachte, Sie waren schockiert, dass Frau Rademacher nach Ihrem Schlag bewusstlos war? Jetzt hatten Sie auf einmal die Kaltblütigkeit, die Ohnmächtige zu durchsuchen?«

Hruska glotzte Klamm an. Ihm dämmerte, dass er sich immer verdächtiger machte.

»Das war so ein Reflex. Dann haben wir sie über die Hecke und nichts wie weg.«

Hruska erschien dem Kommissar einfach gestrickt. Vermutlich bot die Teutonia ihm als einem Außenseiter eine Form von Geborgenheit, die er sonst wohl nicht kannte. Schulterklopfen, dröhnende Worte von Kameradschaft und dem Einstehen füreinander. Beim Saufen konnte er sicher mithalten und im Kreis seiner Bundesbrüder stolzierte er gewiss mit dem Burschenband durch die Hagenstraße. Doch an der Freien Universität, an der die langhaarigen Kommunisten herrschten, Vorlesungen störten und Seminare bestreikten, da bekannte sich einer wie Hruska sicher nicht öffentlich zu seiner schlagenden Verbindung. »Nichts wie weg?« Klamm schraubte seine Stimme zu einem bedrohlichen Bass hinunter.

»Sie haben eine möglicherweise schwer verletzte bewusstlose Frau mitten in der Nacht hinter der Hecke liegen gelassen?«

»Sie kam doch gerade wieder zu sich.«

»Das ist mindestens schwere Körperverletzung und unterlassene Hilfeleistung«, drohte der Kommissar.

»Ich schwöre, sie kam schon wieder zu sich. Das kann von Gutten bestätigen.«

»Und warum haben Sie sie dort ausgesetzt?«

»Die sollte das als kleine Warnung verstehen und abhauen.«

Klamm verließ den Raum und knallte die Tür hinter sich zu. Er wollte Hruska im Ungewissen darüber lassen, wie es mit ihm weiterging. Während der schwitzend grübelte, ob er jetzt in die Zelle gebracht oder erneut vernommen würde, nahm der Kommissar sich von Gutten vor. Im zweiten, kleineren Vernehmungszimmer wartete der blasse Dicke stocksteif auf einem Stuhl, als müsste er durch die straffe Haltung die Schwammigkeit seines Leibes überspielen. Als Klamm den Raum betrat, sprang er auf und deutete eine Verbeugung an.

»Bleiben Sie sitzen, es wird länger dauern«, begann Klamm und nahm seelenruhig auf dem gegenüberstehenden Stuhl Platz. Er skizzierte das Schreckensszenario einer drohenden langen Haftstrafe und war nach fünf Minuten sicher, dass auch von Gutten langsam in Plauderlaune kommen würde.

»Wir haben sie wirklich nur da hingelegt und sind weggelaufen«, sagte der Dicke mit fast flehendem Unterton. »Wir wollten ihr doch nur einen Schreck einjagen. Damit sie verschwindet.«

»Ist sie denn verschwunden?«

»Wir haben nach einer halben Stunde noch mal nachgesehen, da war sie weg.«

Klamm stand ohne Erklärung auf, verließ das Vernehmerzimmer und holte sich einen Kaffee. Er setzte sich in sein Büro, ging den Fall in Gedanken noch einmal durch und ließ den Burschenschafter eine Weile schmoren.

Jasmin Berger öffnete die Bürotür.

»Hier bist du also!«

»Das tut Hruska ganz gut, wenn er noch mal ins Grübeln kommt. Und?«

»Es gibt tatsächlich einen Abdruck im Erdreich hinter der Hecke. Sie haben die Frau offenbar wirklich dort abgelegt. Und es führen Schleifspuren von da fort.«

»Dann könnte es sein, dass die Burschen die Wahrheit sagen?«

»Sieht so aus. Nach ein paar Metern verschwindet die Schleifspur und es gibt Fußabdrücke. Derjenige, der sie weggeschleift hat, könnte sie hochgenommen und getragen haben.«

»Wohin?«

»Um das Haus herum zur Straße. Da endet die Spur.« Klamm war plötzlich wieder hellwach. Die beiden Burschenschafter, die Anna Rademacher niedergeschlagen und aus dem Haus geschleppt hatten, waren vermutlich nicht ihre Entführer. Es musste jemanden geben, der erst von der Straße, dann vom Garten aus den Ablauf des Kommersabends beobachtet und die Bewusstlose in ein Auto gebracht hatte, das in der Nähe der Burschenschaft geparkt war.

Jedes Mal, wenn wir eine Spur haben, wird sie zur Sackgasse, überlegte Klamm. Hinter Opolka schien anfangs eine rechte Clique von Modellbahnern zu stecken. Aber dann sprach vieles dafür, dass Borowski, der Vereinsvorsitzende, trotz seiner politischen Gesinnung nichts mit Opolkas Verbrechen zu tun hatte. Zwar war Opolka Modellbahner und verwendete Modellbahnteile für seine Bombe, doch nichts deutete auf die anderen Bahnbastler als seine Hintermänner hin. Jetzt waren die Burschenschafter als Helfer des Attentäters verdächtig, und prompt erwies sich auch diese Spur als falsch. Klamm spürte, dass ein weiterer Akteur im Spiel war, der sich vorerst im Dunkeln hielt. Ihm lief die Zeit davon.

Samstag, 23 Juli 1988

Lucas betrachtete die Fotos des jungen Mannes in Bundeswehruniform mit bordeauxrotem Barett, die Daniel Schwiegers Schwester Dorothee ihm mitgegeben hatte. Schwieger lächelte auf allen vier Bildern. Ein gut aussehender sportlicher Mann, der sich in seiner Haut wohlzufühlen schien. Dorothee Schwieger hatte Lucas nach anfänglichem Zögern ins Haus gelassen und ihm erzählt, was sie über den Werdegang des Bruders wusste. Nach seiner Grundausbildung hatte er die Familie mit seiner Entscheidung überrascht, bei der Bundeswehr bleiben zu wollen und eine Ausbildung als Fallschirmjäger zu absolvieren. Er war nach dem Grundwehrdienst nach Süddeutschland versetzt worden und sah die Familie nur noch zu den Feiertagen: Er kam zu Ostern und an Weihnachten nach Brühl und besuchte die Eltern zu Familienfeiern an den Wochenenden vor oder an ihren Geburtstagen. Er wirkte beruflich zufrieden, erzählte aber kaum etwas. Nur über das Fallschirmspringen konnte er stundenlang reden. Er versuchte immer wieder, Dorothee zu einem Tandemsprung zu überreden, was sie konsequent ablehnte. Eines Tages, erinnerte sich die Schwester, stand Daniel unangemeldet an einem Freitagnachmittag vor ihrer Tür. Auf seiner Brust glänzte eine goldene Spange: Zwei ausgebreitete Flügel umrahmten einen Fallschirm. Das Springerabzeichen, erklärte der Bruder stolz, die Auszeichnung für fünfzig Fallschirmsprünge. Die Eltern und die Schwester waren wenig später, es musste 1985 gewesen sein, völlig überrascht, als Daniel sie anrief und berichtete, er scheide nun aus der Bundeswehr aus und mache eine Ausbildung zum Rettungsassistenten. Die Familie rätselte lange, warum er den Rang eines Oberfeldwebels aufgab, um im Rettungswesen wieder ganz unten anzufangen. Daniel schwieg dazu, nur einmal hatte er der Schwester anvertraut, dass er neben seinem neuen Beruf noch für Sonderaufaufgaben zur Verfügung stehe. Dorothee hatte das als eine ganz normale Reservistentätigkeit gedeutet. Jetzt, nach seinem Tod, machte sie sich Gedanken, ob er vielleicht in gefährliche oder gar kriminelle Kreise geraten war. Sie hatte zu weinen begonnen und Lucas gebeten, das Gespräch zu einem anderen Zeitpunkt fortzusetzen. Am nächsten Tag hatten sie telefoniert, und Lucas erfuhr, dass Daniel Schwieger eine Freundin in Berlin hatte. Nein, die Nummer wolle sie ihm nicht geben, sie frage Barbara erst einmal, ob sie überhaupt bereit sei, mit ihm zu reden. Dorothee hatte sich kurz darauf noch einmal gemeldet und berichtet, Barbara würde ihn in den nächsten Tagen in der Redaktion anrufen.

Er hatte nach dem Treffen mit Dorothee seinen alten Anrufbeantworter, den er nach langer Suche endlich in einer Umzugskiste gefunden hatte, im Freienzimmer an das Telefon geklemmt, dessen Nummer er Dorothee aufgeschrieben hatte. Er hielt sich seit dem Gespräch mit Schwiegers Schwester so oft wie möglich im Sender auf, auch jetzt am Wochenende. Wenn er unterwegs war, rief er alle zwei Stunden im Freienzimmer an, um den Anrufbeantworter per Fernabfrage abzuhören. Er war da, als Barbara, die Freundin von Daniel Schwieger, sich endlich meldete.

»Sie wollten mich sprechen«, begann sie, ohne sich vorzustellen. Zum Glück war Lucas allein im Raum. Er sammelte sich kurz und setzte ein Lächeln auf. Das würde am anderen Ende der Leitung positiv wirken, glaubte er.

»Mein Name ist Lucas Hermes vom Sender RBS«, begann er behutsam. »Ich habe möglicherweise Informationen für Sie. Sind Sie in Berlin?« Das war fast schon zu kühn.

»Hören Sie, ich will nicht drum herumreden«, sagte die dunkle Frauenstimme. Sie klang etwas belegt, vermutlich war Barbara Raucherin. »Mir war diese ganze Bundeswehrsache von Anfang an suspekt.«

Lucas verkniff sich neugierige Nachfragen. »Können wir uns vielleicht unter vier Augen sprechen?«, tastete er sich vor.

»Das sollten wir«, kam es entschlossen zurück. »Zoonähe wäre gut.«

»Kennen Sie die Terrassen am Zoo?« Lucas wusste, dass in dem Intercity-Restaurant wenig Betrieb herrschte. Sie stimmte ohne Zögern zu. Nächsten Montag um fünf nach der Arbeit, ja, das würde gehen.

Montag, 25. Juli 1988

Lucas durchquerte die gekachelte Haupthalle, in deren Mitte ein seit Jahren leerer Schaukasten stand. Obwohl die West-Berliner BVG seit kurzem wieder Hausherr im Bahnhof Zoo war, hatte man zur 750-Jahr-Feier der Stadt nur die allernötigsten Reparaturen vorgenommen. Zuvor hatte die DDR-Führung den Bahnhof jahrzehntelang verrotten lassen, damit der Zoo Touristen als möglichst versiffter Junkie-Treff erschien. Willkommen im Kapitalismus!

Über die Treppe erreichte er das Zwischengeschoss, von dem aus man durch eine unscheinbare Glastür in das riesige Lokal gelangte. Es war spärlich besetzt. Lucas überlegte kurz und steuerte zielstrebig einen Tisch an, von dem aus er den Eingangsbereich gut überblicken konnte.

Sie war pünktlich. Lucas erkannte die kräftige junge Frau sofort an ihrem suchenden Blick. Er winkte und sie grüßte knapp zurück, ohne das Gesicht zu verziehen. Barbara war mindestens einen Meter achtzig groß, hatte lange braune Haare und den Körper einer Leistungssportlerin. Eine Ruderin, tippte Lucas, als sie seine Hand zur Begrüßung kraftvoll drückte.

»Danke, dass Sie gekommen sind«, begann er und winkte den Kellner herbei. Erst nach der Bestellung kam er zur Sache. Vertrauensarbeit nannte er das, was jetzt folgte. Jüngeren Kollegen empfahl Lucas, heikle Zeugen stets persönlich zu treffen und nicht zu viel am Telefon zu bereden. Er hatte gute Erfahrungen mit der Taktik gemacht, zuerst von sich zu erzählen und die Quelle nicht sofort auszuquetschen. Also begann er mit seinen Recherchen im Burschenschaftsmilieu und der Entdeckung des Namens von Daniel Schwieger in den Papieren der Jägerkameradschaft. Barbara folgte seinen Ausführungen mit verschlossenem Gesicht. Als Lucas eine Pause machte, um ihr Gelegenheit zu geben, selbst etwas zu sagen, blieb sie eine Weile still und blickte nachdenklich auf den Hardenbergplatz hinaus.

»Das mit der Kameradschaft wusste ich«, begann sie mit ihrer dunklen Stimme. »Die trafen sich ein-, zweimal im Jahr. Was soll daran ungewöhnlich sein?«

»Die Verbindung zur Teutonia, in der der Bombenleger Opolka Mitglied war. Und dann dieser Ladurner.«

»Die Namen habe ich nie gehört.«

»Daniels Schwester sprach von Spezialaufgaben, die er als Reservist gehabt haben soll«, tastete Lucas sich vor.

»Ja klar, er hatte Reserveübungen im Rahmen von NATO-Manövern, das hat er auch erzählt.«

Lucas beugte sich vor und senkte bedeutungsvoll die Stimme. »Wissen Sie, was er bei diesen Manövern gemacht hat?«

»Was Fallschirmjäger so machen: Absetzen hinter den Linien, sich tagelang durchschlagen, ohne entdeckt zu werden. Das war für ihn eine echte Herausforderung.«

»Er hätte doch auch bei der Bundeswehr bleiben und das ständig machen können.«

Der Kellner brachte Barbara einen Tee und Lucas einen Cappuccino mit Schlagsahne. Er wollte protestieren und Milchschaum verlangen, doch er verkniff sich die Bemerkung, um Barbaras Redefluss nicht zu unterbrechen.

»Ich glaube, das war nicht die ganze Geschichte«, sagte sie und blickte ihn bedeutungsvoll an. »Sagt Ihnen das Wort Sagitta etwas?«

Lucas konnte an ihrem Gesicht nicht ablesen, was sie mit der Frage bezweckte. Wollte sie ihn testen, ob er tief genug recherchiert hatte? War Sagitta eine Fallschirmeinheit, die er kennen sollte? Er verzog bedauernd das Gesicht.

»Sagitta, der Pfeil – auf Lateinisch.«

»Sie wissen nicht, was das ist?«, forschte sie nach.

»Nein, tut mir leid.«

Sie wirkte enttäuscht und lehnte sich zurück. Lucas wagte nicht, nachzufragen. Barbara verschränkte die Arme und atmete tief durch. Offenbar fiel es ihr nicht leicht, über Sagitta zu reden.

»Daniel und ich wohnten ja nicht zusammen. Ich habe gemeinsam mit seiner Schwester seine Wohnung aufgelöst. Dabei habe ich einen Zettel gefunden, der aus einem Terminkalender herausgerissen war. Und da stand dieses Wort drauf. Nur dieses eine Wort.«

Lucas versuchte, seine Erregung zu verbergen, und nippte an der kalten Sahnekrone seiner Kaffeetasse.

»Was für ein Datum war das, bei dem das Wort stand?«

»Der 2. Mai, ein Montag.«

»Und wo haben Sie den Zettel gefunden?«

»Beim Aufräumen unter dem Ofen. Daniel hatte eine Wohnung mit Kohleofen.«

»Er wollte das Blatt verbrennen.«

Sie nickte ernst. »So sieht es aus.«

»Ich werde verarscht«, sagte Ernst Klamm, »regelrecht verarscht.« Er hob das Glas an die Lippen und nahm einen großen Schluck Bier. Lucas war froh, dass ihre Bekanntschaft in eine Phase getreten war, in der man auch mal etwas lockerer bei einem Glas über interne Dinge plaudern konnte. Sich im Zwiebelfisch zu treffen, war Klamms Idee. Er war neugierig auf die legendäre Kneipe, in der die Achtundsechziger einst die Revolution geplant hatten.

Klamm berichtete Lucas, wie der Staatsschutz – dieser großkotzige Dr. Herbert! – ihm zwei frühere Anschläge verschwiegen hatte und plötzlich damit herausgekommen war.

»Welche Bomben?«, wollte Lucas wissen.

Klamm biss sich auf die Lippen. Das war Ermittlerwissen, das er nicht ohne weiteres an den Reporter weitergeben durfte.

»Zwei kleine, zum Glück missglückte Anschläge im Frühjahr«, sagte er. »Die erste Bombe ging nicht hoch, bei der zweiten gab's nur Sachschaden.«

»Und die haben mit Opolka zu tun?«

»Nein, vermutlich nicht, ein ganz anderer Bombentyp. Ein Sprengkörper an einer Moschee, der nicht explodiert, und ein Anschlag in einem Paketzentrum.«

»Wann war das genau?«

»Jetzt ist aber Schluss«, brummte Klamm verärgert. »Aber ich wollte dir noch von was anderem erzählen.« Er berichtete von dem Bekennerschreiben, das nie bei den Kollegen angekommen war. »Da spielt jemand mit gezinkten Karten«, sagte Klamm.

»Wer könnte das sein?«

»Der Staatsschutz. Wenn Opolka ein Spitzel der Staatsschützer oder des Verfassungsschutzes war, hätten die ein Riesenproblem. Ein Spitzel, der einen Hausmeister und zwei Kinder tötet. Da würden Köpfe rollen.«

Klamm machte ein bedeutungsvolles Gesicht. Lucas starrte in sein Glas und überlegte angestrengt. Wie konnte er Klamm überreden, ihm doch das einzige Exemplar des Bekennerschreibens zu geben?

»Ohne das Bekennerschreiben sieht mein Redaktionsleiter keine Geschichte.«

»Was wäre, wenn es noch einen anderen Beweis für den politischen Hintergrund von Opolka gäbe?«

Lucas hob die Augenbrauen. »Das wäre fantastisch. Dann könnte ich den Film machen und auch das Video vom Burschenkommers zeigen. Mölders wäre erledigt.«

Lucas wusste, dass Klamm Sozialdemokrat war und nicht viel von dem konservativen Staatssekretär hielt.

»Ich sage dir jetzt etwas, was ich eigentlich nicht verraten sollte«, begann Klamm.

Na super, jubelte Lucas innerlich. Er hat es dabei.

Klamm griff in die Manteltasche und schob ihm unter dem Tisch ein zusammengefaltetes Din-A4-Blatt zu. Lucas steckte es ein, ohne einen Blick darauf zu werfen. Er hätte Klamm um den Hals fallen können. Aber er hielt Abstand und setzte eine finstere Verschwörermiene auf. Der Kommissar nickte zufrieden über so viel Diskretion.

»In der Laube haben wir das da gefunden.« Er nickte mit dem Kopf in die Richtung von Lucas' Jacketttasche. »Ziemlich pathetisches Zeug. Und wieder von den ›Teutschen‹.«

Lucas starrte ihn erwartungsvoll an.

»Es deutet wohl auf eine weitere Bombe hin. Er nennt das die ›Dritte Verkündigung‹.«

Klamm kniff die Augen zusammen. Er gefiel sich in der Rolle des Enthüllers.

»Aber die konnte er nicht mehr zünden«, ergänzte Lucas.

»*Er* nicht«, orakelte Klamm und hob den Kopf, als ob er den Verkehrsgeräuschen der Grolmanstraße lauschte. »Aber vielleicht ist da draußen jemand, der das kann.«

»Wie es auch *vor* Opolka jemanden gab, der Bomben bauen und zünden konnte«, sagte Lucas.

Dienstag, 26. Juli 1988

Lucas war fix und fertig, als er den Sender betrat. Mitten in der Nacht war er hochgeschreckt. Im Schlaf hatte ihn urplötzlich ein Weinkrampf geschüttelt, der ihn förmlich wachgerüttelt hatte. Tagelang hatte er wie ein Roboter funktioniert, hatte sorgfältig seine Recherchen gemacht und versucht, nicht an Anna zu denken. Er war zu Achim nach Kreuzberg gefahren.

Der sah fertig aus. Nein, kein Lebenszeichen, hatte er gesagt und ihn nicht einmal hereingebeten.

Im Freienzimmer kroch die Furcht wieder in ihm hoch. Vielleicht saß Anna hilflos und gefesselt in einem düsteren Verlies, vielleicht war sie schon längst tot. Gequält, gefoltert, bis sie nicht mehr atmete. Panik ergriff ihn. Warum hatten sie ihn nicht längst zum Schweigen gebracht? Waren sie sich ihrer Sache derart sicher, dass sie ihn ruhig wie ein zappelndes Insekt unter dem Mikroskop betrachteten und in aller Ruhe entscheiden konnten, wann sie den Vernichtungsschlag gegen ihn führen würden?

Aber hier ging es nicht um ihn. Anna war entführt worden, in Lebensgefahr oder tot. Nimm dich zusammen. Du musst die Geschichte senden. Für Anna.

Er lief direkt ins Zeitungsarchiv, um das zu erledigen, was er seit Tagen aufgeschoben hatte, und ließ sich alle Ordner über Verbrechen in Berlin geben. Eine spezielle Mappe zu Bombenanschlägen gab es nicht, er musste sich durch acht Bände Raubüberfälle und Morde arbeiten. Endlich fand er eine unscheinbare einspaltige Notiz: *Explosion in Postzentrum*. Das Datum der Meldung war der 16. Mai 1988. Offenbar war ein Paket in die Luft gegangen, das an die alevitische Gemeinde gerichtet war. Ein fremdenfeindlicher Anschlag, den die anderen Medien wohl überhaupt nicht aufgegriffen hatten. Lucas las hastig den kurzen Artikel und stolperte über den letzten Satz:

»Ob der Anschlag in Beziehung zum Bombenfund an der Ahmadiyya-Moschee stand, ist unklar.«

Er blätterte aufgeregt im Ordner zurück. Der Anschlag auf die Moschee musste sich vor der Explosion im Paketzentrum ereignet haben. Tatsächlich hatte er die Meldung beim ersten Durchblättern übersehen. *»Bombenfund bei Moschee«* stand unter der Rubrik »Vermischtes« auf der letzten Seite der Morgenpost. Oben das Datum: Montag, 2. Mai 1988.

Lucas rannte, so schnell er konnte, in den siebten Stock ins Freienzimmer und griff zum Hörer. Nach langem Klingeln meldete sich Barbara, die Freundin von Daniel Schwieger. Ihre Stimme klang seltsam matt. Lucas berichtete ihr aufgeregt, dass an dem Tag, an dem in Schwiegers Kalender das Wort Sagitta auftauchte, die Bombe neben der Moschee in Wilmersdorf gefunden worden war.

»Was wollen Sie damit sagen?«, kam es kühl aus dem Hörer.

»Ich will damit sagen, dass Daniel, dass ... dieses Sagitta in irgendeiner Beziehung zu dieser Bombe stehen könnte.«

»Sie wollen Daniel einen Bombenanschlag unterstellen?« Warum klang sie so künstlich, so verändert?

»Es passt mir im Moment nicht sehr gut, ich habe Besuch«, sagte Barbara mit einer leiernden Stimme, die er nicht von ihr kannte. Ehe er etwas erwidern konnte, hatte sie aufgelegt.

Der Wagen musste ihm im Schritttempo gefolgt sein. Lucas sah aus den Augenwinkeln, wie der schwarze Mercedes in dem Moment nach rechts abbog und ihm den Weg versperrte, als er den Kaiserdamm überqueren wollte. Es war früh am Abend, kurz nach acht, aber es war Zeit für ihn, sich wieder in seinem Versteck zu verkriechen. Den ganzen Tag hatte er erfolglos hinter Klamm her telefoniert, um weitere Informationen zu bekommen. Als er nach links ausweichen, einen Bogen um das Heck der Limousine machen wollte, sah er sie.

Anna saß mit weit aufgerissenen Augen im Fond des Mercedes. Ihr geschlossener Mund war knallrot geschminkt und zu einem grotesken Grinsen verzerrt.

»Anna!«, schrie er. Er stürzte vor und trommelte mit den Händen gegen die Scheibe. Jetzt sah er, dass Anna ein fleischfarbenes Pflaster über dem Mund trug. Jemand musste sie geknebelt und ihr dann mit Lippenstift einen Mund auf die versiegelten Lippen gemalt haben. Aus ihren Augen sprang ihn blanke Todesangst an. Passanten machten einen weiten Bogen um den Wagen und den Mann, der fassungslos davor stand.

»Die Straße gehört wohl nur dir, du Spaßvogel!«, brüllte ihm einer zu.

Neben Anna saß ein Mann mit dunkler Sonnenbrille und einer Basecap. Er hob wie in Zeitlupe seine Hand, winkelte den kleinen und den Ringfinger an und zielte mit Zeige- und Mittelfinger auf Annas linke Schläfe. Dann riss er die Hand wie beim Rückstoß nach einem Schuss hoch und legte den Zeigefinger auf Annas aufgemalten Mund. Hör auf, sagte der Pantomime. Sie stirbt, wenn du weiterschnüffelst.

Sie hatten ihn also im Visier, mussten ihm vor dem Sender aufgelauert haben. Wussten sie womöglich von seinem Versteck? Und hatten diese Leute Schwiegers Freundin dazu gebracht, nicht mehr mit ihm zu sprechen?

Mit quietschenden Reifen jagte der Wagen davon.

»Wieder so ’n Irrer!«, schimpfte eine Frau hinter Lucas. In Berlin blieb nichts unkommentiert. Die Passanten sahen einen verdatterten Mann am Straßenrand stehen, der trotz der Grünphase nicht über den Damm wollte und dessen Lippen sich zitternd bewegten.

»B – KN 102, B – KN 102«, murmelte Lucas.

Mittwoch, 27. Juli 1988

»Das Kennzeichen ist gefälscht«, sagte Klamm. »Am Kaiserdamm hat die Verkehrslenkung an der Stelle keine Kamera.« Lucas saß zusammengesackt wie ein Beschuldigter nach dem Geständnis auf dem Stuhl vor Klamms Schreibtisch. Er war gestern nach der Begegnung mit der Anna direkt in die Keithstraße gefahren und hatte den Vorfall zu Protokoll gegeben. Jetzt war er erneut im Landeskriminalamt, doch Klamm konnte nicht mit Neuigkeiten aufwarten.

»Kein Mitglied der Burschenschaft fährt einen schwarzen Mercedes«, sagte Klamm. »Und kein Wagen dieses Typs in dieser Farbe ist in Berlin als gestohlen gemeldet. Es ist wie verhext.«

»Und die anderen Polizeikameras?« Lucas rutschte nervös auf dem Stuhl hin und her.

»Das ist wie die Suche nach einer Nadel im Heuhaufen«, seufzte der Kommissar. »Wir werten alle Verkehrskameras aus, aber bis jetzt: nichts!«

»Und wenn hinter der Burschenschaft doch mehr steckt?« Lucas sah den Ermittler forschend an. Klamm hatte ihm in der Kneipe anvertraut, dass er den Staatsschützern und dem Verfassungsschutz nicht über den Weg traute.

»Ich will mir das gar nicht vorstellen«, knurrte Klamm. »Dann falle ich vom Glauben ab, wenn *Staatsbedienstete*« – er spie das Wort verächtlich aus – »solche Schweinereinen machen: erst ein Spitzel als Bombenleger und dann noch die Entführung einer Journalistin!« Klamm schüttelte angewidert den Kopf. Er hielt inne, horchte in sich hinein und sah dann Lucas fest in die Augen.

»*Du* bist es doch, der einer angeblichen Staatsverschwörung auf der Spur ist, nicht Frau Rademacher. Dann hätten die *dich* entführen müssen!«

»Und sie hätten mein Videomaterial verschwinden lassen«, ergänzte Lucas. »Das ist aber nicht passiert.« Er zögerte, ob er dem Ermittler seine neuesten Recherchen anvertrauen konnte. Nervös legte er sich ein paar Worte zurecht und räusperte sich.

»Dieser Schwieger ...«

Klamm verstand nicht.

»Der Tote vom Landwehrkanal. Er hatte doch etwas mit der Sache zu tun.«

»Etwas konkreter bitte!« Klamm klang wie ein Vernehmer beim Verhör. Wenn Lucas ihm zu viel verriet, würde Klamm versuchen, nachzubohren. Ihn als Zeugen zu vernehmen würde Klamm nicht wagen. Aber er musste vorsichtig sein, um seine Story nicht zu gefährden.

»Schwieger war Mitglied einer Reservistenkameradschaft der Bundeswehr. Fallschirmspringer, ziemlich gut ausgebildet. Vielleicht kannte der sich auch mit Sprengstoff aus. Das kann die Polizei ja mal überprüfen.« Lucas machte ein pfiffiges Gesicht. Vermutlich reichte der Hinweis, um Klamm zu weiteren Ermittlungen in Sachen Schwieger zu motivieren.

»Die Sache wird immer dubioser!« Klamm presste seinen dicken Katerkopf auf die Brust und atmete hörbar durch die Nase aus.

Sie hielt sich die Hand über die Augen und blinzelte. Bäume waren unscharf zu erkennen, wenn sie die Lider zusammenkniff. Laubbäume. Wieso war sie nicht mehr in dem düsteren Raum, in dem ihre Entführer sie gefangen gehalten hatten? Anna tastete ihr Gesicht und den Hals ab. Links spürte sie eine Unebenheit der Haut, eine feine Narbe. Hatten die Männer sie verletzt, als sie bewusstlos war? Die Wasserflasche neben ihr hatte sie lange nicht angerührt, bis der wahnsinnige Durst sie gezwungen hatte, doch einen großen Schluck hinunterzustürzen. Sie erinnerte sich an den leicht metallischen Geschmack des Getränks. Danach war sie wieder bewusstlos geworden. Anna strich über den Stoff ihrer Kleidung. Sie trug ein weißes T-Shirt und eine Jeans, dazu Turnschuhe. Fremde Kleidung. Sie hob den Arm und roch an ihrer Achsel. Offenbar war sie frisch gewaschen. Wieder kam die Angst. Sie stellte sich vor, wie der Entführer sie ausgezogen und gewaschen und ihr in den Hals geschnitten hatte. Was hatte er noch getan? Sie knöpfte die Hose auf, griff in den Schritt, suchte nach Spuren einer Vergewaltigung. Nichts, kein Schmerz, keine auffällige Empfindlichkeit der Haut. Ihr Körper schien unversehrt bis auf die Schnittverletzung.

Sie lag rücklings auf dem Waldboden zwischen dicht gepflanzten Bäumen. Sah verschwommen durch die Tränen hindurch Buchen, vereinzelt Birken mit dichtem Blattwerk. Behutsam drückte sie sich mit den Armen vom Boden ab, stand auf und merkte, dass sie sich kaum auf den Beinen halten konnte.

Donnerstag, 28. Juli 1988

Stövenhagen schwieg lange, nachdem Lucas ihm das dritte Bekennerschreiben auf den Tisch gelegt hatte. Er las das Blatt erneut, schüttelte den Kopf.

»Und das ist sicher aus der Ermittlungsakte?«

»Ich schwöre es.«

Stövenhagen blickte hinüber zu Britta Hensel. »Jetzt kann man es bringen«, murmelte er bedeutungsschwer. »Nächste Woche können wir's bringen.«

Lucas lief aufgewühlt in das Freienzimmer. Er hatte die Geschichte im Sack und eine ganz heiße Spur für die Nachfolgestory, die ihm ein weiteres Honorar einbringen würde. Er musste nur herausfinden, was mit Barbara bei ihrem letzten Telefonat los gewesen war. Sie hatte von einem Besuch gesprochen. Es hatte geklungen, als ob jemand neben ihr gestanden hätte, der von ihrem Gespräch in den Zooterrassen nichts wissen sollte. Er ließ es lange klingeln. Plötzlich ein Piepsen, dann eine Ansage: *Kein Anschluss unter dieser Nummer*. Lucas drückte die Gabel nieder, wählte erneut. Barbara Jeschners Telefonanschluss existierte nicht mehr. Er rief die Auskunft an: Nein, einen Eintrag zu Jeschner, Barbara, gäbe es nicht, Ob der gelöscht worden sei, könne man nicht feststellen.

Er fuhr mit der U-Bahn zum Einwohnermeldeamt in der Friedrichstraße. Barbara hatte ihm bei ihrem Treffen am Zoo nur ihre Nummer und nicht die Adresse gegeben. Ein Eintrag zu Frau Jeschner sei gesperrt worden, erklärte die Strähnchen-Frau, die diesmal keinen pinkfarbenen Pullover, sondern ein schwarzes Top mit silberner Aufschrift trug: *Barbados* stand in Schreibschrift auf ihrer mächtigen Brust.

»Wann ist der Eintrag gesperrt worden?«

Die Beamtin kniff die Augen zusammen und starrte auf ihren Monitor:

»Wohl gerade erst.«

»Und das geht so einfach?«

»Es gibt Leute, die aus Sicherheitsgründen nicht im öffentlichen Register stehen.«

Auf dem Weg nach draußen überlegte Lucas fieberhaft, wie er doch noch Kontakt zu Barbara bekommen könnte. Er lief in die Telefonzelle und zog seine Kladde heraus. Zum Glück hatte er die Nummer von Daniel Schwiegers Schwester notiert.

Dorothee Schwieger nahm nach dem zweiten Klingeln ab. Lucas berichtete ihr aufgeregt von dem Treffen mit Barbara und von dem plötzlichen Kontaktabbruch. Er redete und redete und merkte nach einer Weile, dass keine Zwischenfragen kamen. Sie hörte ihm einfach ohne ein Wort zu.

»Frau Schwieger, sind Sie noch da?«

»Hören Sie, Herr Hermes«, begann sie nach kurzem Schweigen. »Wir haben in der Familie beschlossen, nicht mehr mit Ihnen zu reden. Bitte betrachten Sie das Thema als erledigt.«

Lucas traute seinen Ohren nicht. »Sie wollen doch wissen, was Ihrem Bruder zugestoßen ist?«

»Wir wissen jetzt genug, und ich möchte Sie bitten, uns nicht mehr anzurufen.«

Lucas spürte Dorothee Schwiegers Angst.

»Ich kann Sie gerne besuchen, wenn das am Telefon ungünstig ist ...«

»Bitte lassen Sie uns in Ruhe.«

Sie hatte aufgelegt. Ein Besuch in Brühl, überlegte er, würde jetzt nicht viel bringen. Das Wort Sagitta, kaum ausgesprochen, reichte aus, um alle Beteiligten verstummen zu lassen. Er war überzeugt, einer großen und gefährlichen Sache auf der Spur zu sein.

Lucas wählte Klamms Nummer. Jasmin Berger hob ab. Bevor er sie nach Neuigkeiten zu dem dunklen Mercedes fragen konnte, platzte die Kommissarin heraus: »Anna Rademacher ist gefunden worden. Und sie ist gesund.«

Lucas sank in den Bürostuhl und schwieg ein paar Sekunden.

»Herr Hermes? Sie ist wieder da. Unversehrt!«

Und dann erzählte Jasmin Berger, dass Anna im Grunewald bewusstlos von ihren Entführern freigelassen worden war. Spaziergänger hätten die herumirrende Frau gefunden und zur nächsten Polizeiwache in Nikolassee gebracht. Ja, sie sei unverletzt und jetzt zur Untersuchung in einem Krankenhaus.

»In welchem Krankenhaus? Kann ich sie sehen?«

»Sie wird erst einmal vom polizeipsychologischen Dienst betreut«, sagte Berger. »Die entscheiden, wie es weitergeht. Mehr darf ich nicht sagen.«

Freitag, 29. Juli 1988

»Schön, nicht?«, sagte der Mann mit dem Borsalino und blickte auf die Gipfel des Riesengebirges.

»Jawohl, sehr schön«, echote der groß gewachsene Mann mit dem Gel im Haar. Er war gerade mit der Zahnradbahn zum Treffpunkt gekommen und blickte jetzt auf die im gelben Sommerlicht glühenden Bergspitzen.

»Ich mache mir ernsthaft Sorgen«, fuhr der Hutträger fort. »Nicht nur wegen der Berliner Geschichte. Ich mache mir Sorgen um das Land.«

»Sie meinen, der Dicke macht es nicht mehr lange.«

»Er ist bei den Wählern ziemlich unten durch. Noch eine Wahl schafft der nicht. Kein Charismatiker.«

Der mit dem Gel im Haar stöhnte. »Hören Sie auf, die Alternative mag ich mir nicht ausmalen.«

»Lafontaine. Der hält große Volksreden. Den stellen die Sozis bestimmt 1990 auf.«

»Ein richtiger Hardcore-Linker. Übler Bursche«, sagte der Nasskämmer. »Der Schmusekurs mit der SED ist auf seinem Mist gewachsen.«

Der Borsalino-Träger ließ den Blick über die Landschaft schweifen. Schon einmal hatte er einen Regierungswechsel erleben müssen, der sein Lebenswerk nahezu ruiniert hatte. Als die SPD 1969 an die Macht kam, wurde das Quellennetz des Dienstes von den roten Dilettanten über Nacht vernichtet. Man hatte in den Medien über Jahre Vertrauensleute aufgebaut, die die veröffentlichte Meinung behutsam steuern konnten. Sogar ein Intendant war darunter, einige Chefredakteure und mehrere leitende Redakteure konservativer Zeitungen, die das Staatswohl nie aus den Augen verloren. Es war reine Boshaftigkeit, dass der neue Kanzleramtsminister die Geheimdienstquellen auffliegen ließ, indem er die Namen einigen linken Journalisten zuspielte. Oder war der linke Politiker das Werkzeug der Russen, verheiratet mit einer tschechischen Spionin? Er warnte im Dienst vergeblich davor, dass der Mann ein Sicherheitsrisiko war, das es auszuforschen und anschließend auszuschalten gelte.

Der Staat verfügte seit Jahrzehnten über eine schlagkräftige Untergrundtruppe, die den neuen Herren ebenfalls ein Dorn im Auge gewesen war. Zu seiner Enttäuschung kooperierten die meisten seiner Mitstreiter im Dienst mit der neuen Regierung. Doch er und einige wenige Getreue waren nicht bereit, den Staat seinen potenziellen Gegnern auszuliefern. Es war seine Idee, aus der Geheimarmee eine Untergruppe auszugliedern und in ziviler Tarnung für den Tag X bereit zu halten. Wenn dann endlich herauskäme, dass Moskaus fünfte Kolonne in der Bundesrepublik das Ruder übernommen hatte, würden sie sich erheben. Bis jetzt waren sie nicht entdeckt worden, doch die Gefahr war groß, wenn die Sozis erneut an die Macht kommen sollten.

»Wir müssen die Gruppe winterfest machen.« Der Mann mit dem Hut sah sein Gegenüber forschend an.

»Früher haben wir gesagt, wir müssen verhindern, dass es überhaupt zur Machtergreifung dieser Leute kommt«, erwiderte der Große nach einer Pause.

Der Mann mit dem Hut sah ihn bekümmert an. »Früher hatte die erste Linie Waffenlager und konnte jederzeit zuschlagen. Jetzt sind wir auf die zweite Linie angewiesen. Und da sind auch Zivilisten dabei.« Er spie das Wort »Zivilisten« förmlich aus.

»Was macht eigentlich der Journalist?«

»Er ist ziemlich weit gekommen und war im Vereinsregister Köln.«

»Kann er denn da etwas finden?«

»Das hat er leider schon. Aber er beißt überall auf Granit und wird sicher bald aufgeben.«

Der Mann mit dem Borsalino machte eine abwehrende Bewegung.

»Ich glaube nicht, dass das reicht. Wir brauchen eine falsche Fährte, die die Presse schlucken kann. Und dann muss alles so kompliziert erscheinen, dass niemand in den Medien die ganze Geschichte verständlich und nachvollziehbar erzählen kann.«

Der Gegelte beugte sich verschwörerisch hinunter.

»Das nächste Ziel ist zu offensichtlich. Wenn es jemanden vom Ausländerbeirat erwischt, wird die Linkspresse nur noch von der braunen Gefahr schwadronieren.«

»Was haben Sie vor?«

»Wir schlagen zwei Fliegen mit einer Klappe. Das Material ist weiterhin einsatzbereit. Wir könnten es gegen jemanden einsetzen, den wir schon lange im Auge haben.«

Der Mann mit dem Hut zog erstaunt die Augenbrauen hoch. »Wir legen uns mit den Freunden von drüben an?«

»Warum nicht?«

»Da bin ich aber gespannt.«

Montag, 1. August 1988

Heinz Franke lief nicht, er stürzte durch den Flur, jagte durch die offene Haustür. Dann stand er nach Luft schnappend auf der Manteuffelstraße. Der Verkehr zog lautlos an ihm vorüber. Ein helles Klingeln dröhnte in seinen Ohren, sonst hörte er nichts. Franke blickte sich unentschlossen um, dann wandte er sich nach rechts und schwankte den Bürgersteig entlang. Eine Frau mit Kopftuch in einem langen Mantel kam ihm entgegen, schwer bepackt mit Plastiktüten. Sie schien durch ihn hindurchzusehen und tappte auf ihn zu. Plötzlich hob sie den Kopf, starrte ihn an und ließ die Tüten fallen. Die Frau riss den Mund auf, schien einen Schrei auszustoßen, den das Klingeln in seinem Kopf jedoch übertönte, warf die Arme in die Luft und wich ihm in einer blitzschnellen Seitwärtsbewegung aus, die man der stämmigen kleinen Person kaum zugetraut hätte. Ohne sich umzublicken, rannte sie los und verschwand hinter der nächsten Straßenecke.

Franke fühlte sich schwindlig. Es fiel ihm schwer, die Straße scharf zu sehen. In seinem Blickfeld tanzten grelle Punkte, als hätte er gerade in ein Blitzlicht geblickt und laufe nun geblendet durch die Straße. Der Mann, der ihm entgegenkam, verzerrte das Gesicht wie in Zeitlupe, wandte sich um und lief wie die Frau hastig davon.

Heinz Franke galt im Kiez als Sonderling. Die einen sagten, er würde im Hinterhaus der Manteuffelstraße 60 wie ein Penner hinter heruntergelassenen Jalousien hausen. Andere hatten beobachtet, dass er in unregelmäßigen Abständen das Haus betrat, um merkwürdige Gegenstände im Keller einzulagern, die er auf Flohmärkten erstanden hatte. Die Nachbarsfrau im Vorderhaus konnte bezeugen, dass Franke einmal mit zwei Feldbetten angekommen war, ein anderes Mal mit Wehrmachtshelmen und grauen Militärmänteln über dem Arm. Dass er politisch links war, stand außer Zweifel. In Kreuzberg war er als »Kommunisten-Heinz« bekannt wie ein bunter Hund. Er selbst nannte sich »Alias Franke«. Das, so dachte er, klang irgendwie konspirativ und würde ihm eine gewisse Untergrund-Aura verleihen. Franke hockte oft bei Kaffee oder Bier in den Kneipen an der Oranienstraße und erklärte jedem Besucher die Welt, der den Fehler machte, zu nah bei ihm am Tresen zu hocken. Im Würgeengel in der Dresdner Straße war er nie abends anzutreffen, immer nur am späten Nachmittag. Dann dozierte Heinz Franke über die Lehren von Marx und Engels, sprach von der bald fälligen Revolution, die den verfaulenden Kapitalismus zwangsläufig hinwegfegen müsste. Tagsüber, hieß es, arbeitete er angeblich als Dreher in einem Metallbetrieb. Er hatte sein Soziologiestudium an der Freien Universität 1960 begonnen und nie beendet. Als 1967 die Studentenbewegung ihren Höhepunkt erlebte, war Franke bereits im 14. Semester und nahm an allen Demos teil, die sich boten. Für die Jüngeren war er so etwas wie ein übrig gebliebener Alt-Achtundsechziger. Die erste Generation der RAF und der Bewegung 2. Juni hatte er persönlich gekannt, doch in den extremistischen Gruppen hatte er nie eine wichtige Rolle gespielt. Dass er Mitglied der Kommune 1 gewesen sei, war nur ein Gerücht, doch Franke tat nichts, um es zu dementieren.

Als Abiturient, noch vor Beginn seines Studiums, hatte sich Heinz Franke am Bahnhof Zoo in die S-Bahn gesetzt und war in den Ostsektor gefahren. Im Bahnhof Friedrichstraße stellte er sich einem verdutzten Offizier der Passkontrolleinheit als West-Berliner Kommunist vor, der gerne am Klassenkampf teilnehmen würde. Der Grenzer führte ihn in ein Büro in der Haupthalle des Bahnhofs, dessen Scheiben abgedunkelt waren. Dort wiederholte der junge Mann sein Anliegen, der DDR dienen zu wollen. Ein misstrauischer Uniformierter musterte ihn, nahm seine Personalien akribisch auf und bestellte ihn zu einem konspirativen Treffen in die Ost-Berliner Jägerklause in der Münzstraße. Aus diesen Treffen entstand eine rege Informantentätigkeit Frankes für die Stasi.

In den Siebzigerjahren, nach dem Ende der Baader-Meinhof-Gruppe, hatte Franke in einer Charlottenburger Kneipe einen linken Debattierzirkel gegründet, die »Antifaschistische Aktionsgruppe« AAG. Er träumte davon, nach und nach Gesinnungsgenossen zu finden, mit denen er eine kleine, schlagkräftige Guerillatruppe aufbauen konnte. Diese Pläne waren sowohl dem Verfassungsschutz wie auch der DDR-Staatssicherheit zu Ohren gekommen. Beide Seiten lauschten mit, wenn Franke im Hinterzimmer des Diener am Savignyplatz vor einer Handvoll Leute über die Möglichkeiten referierte, den westlichen Besatzungsmächten und der Berliner Polizei mit Nadelstichen, gezielten kleinen Anschlägen, zuzusetzen.

Im Zeitungskiosk an der Ecke zur Oranienstraße zuckte ein Mann zurück, als er das Geschäft verlassen wollte und ein paar Meter von sich entfernt eine Person erblickte, die mit ausgestreckten Armen und blutverschmiertem Hemd auf den Kiosk zu torkelte. Wo die Hände und Unterarme sein sollten, ragten blutige Stümpfe aus den Ärmeln. Der Zeitungskäufer ging zwei Schritte zurück. Dann zwang ihn die Neugier an das Fenster des Ladens. Jetzt konnte er den Mann deutlich durch die Scheibe erkennen. Es war der wunderliche Kerl aus der Manteuffelstraße, von dem es hieß, er sammle Waffen und Uniformen in seinem Keller. Er wankte, schien zu stürzen und fing sich im letzten Moment wieder ab, um mit vorgebeugtem Oberkörper ein paar unsichere Schritte nach vorne zu machen.

Heinz Franke wusste nicht mehr, warum er seine Wohnung verlassen hatte. In seinem Schädel pfiff und klingelte es und er nahm die Straße und die Passanten wie durch eine Glasglocke wahr, unter der er auf die Oranienstraße zu schwebte, ohne jedes Gefühl für seine Beine. Er wollte schreien, doch er hörte seine Stimme nicht, so sehr er sich auch anstrengte. Warum wollte er schreien? Franke wusste nur, dass etwas nicht stimmte, aber er konnte nicht verstehen, woher die Angst kam, die ihn zwang, den Mund aufzureißen und um Hilfe zu brüllen. Offenbar konnte ihn niemand hören. Wem er auch begegnete, die Menschen liefen davon. Franke steckte die Arme aus, um seinen Körper abzufangen, falls er stolpern würde. Doch das waren nicht seine Arme, die er da vor sich sah.

Die Kreuzung war leer, als der Mann ohne Hände vom Bürgersteig auf den Fahrdamm torkelte. Er stieß schrille, unmenschlich klingende Schreie aus, als er auf der Straße plötzlich zusammensackte. Um sich im Sturz abzufangen, riss er die Armstümpfe nach vorne und kippte im nächsten Moment vornüber. Als er auf der Straße auftraf, zuckte sein Körper und er jaulte noch einmal in wildem Schmerz. Dann blieb der Mann regungslos liegen. Sekundenlang herrschte Totenstille in der Oranienstraße. Die Autos waren in gebührendem Abstand zur Kreuzung stehen geblieben. Niemand näherte sich dem Gestürzten, niemand kam auf die Idee, einen Krankenwagen zu rufen. Nach endlosen Minuten löste sich ein Passant aus der Zuschauergruppe, ging zur nahe gelegenen Telefonzelle und wählte die Nummer des Notrufs.

Gregor Junge-Wülfing liebte es, wenn Menschen gute Manieren hatten. Der Leiter des Aufnahmelagers Marienfelde war so einer. Dr. Bertram hatte ihn bereits an der Schranke erwartet, höchstpersönlich die Fondtür geöffnet und den Ministerialdirigenten mit einer leichten Verbeugung begrüßt. Jetzt trat der Tross der Senats- und Ministerialbeamten in den großen Hof, der von den dreigeschossigen Wohngebäuden des Aufnahmelagers umschlossen war. Junge-Wülfing war im Innerdeutschen Ministerium in Bonn für die Sicherheit der Flüchtlingslager zuständig. Die Notaufnahmelager Gießen und Marienfelde galten den östlichen Geheimdiensten als Feindobjekte und waren vermutlich von Staatssicherheit und KGB unterwandert. Der Mann aus Bonn koordinierte eine geheime Gruppe aus BND-Mitarbeitern, die in beiden Aufnahmelagern eng mit den Geheimdiensten der West-Alliierten zusammenarbeiteten. Eine heikle Aufgabe, denn eigentlich durfte der Auslandsgeheimdienst nicht im Inland tätig werden. Die Zusammenarbeit mit den verbündeten Diensten und der Bezug zur DDR war das Hilfskonstrukt, mit dem Junge-Wülfing den BND-Einsatz rechtfertigen konnte, falls ein Abgeordneter ihm auf die Schliche kommen sollte.

Der Ministerialdirigent war in Berlin, um sich mit den Befragungsexperten der Dienste zu treffen und die aktuelle Sicherheitslage in Marienfelde zu diskutieren. Dass Junge-Wülfing auch noch eine andere, weitaus geheimere Funktion hatte, wusste hier niemand. Es verstand sich von selbst, dass kein Journalist bei dem Treffen im Aufnahmelager dabei sein durfte. Junge-Wülfing achtete streng darauf, dass er bei keinem offiziellen Termin seines Ministeriums gesehen wurde. Es gab in keiner Pressedatenbank ein Foto von ihm. Die Journalisten und die östlichen Geheimdienste sollten am besten nicht einmal wissen, dass der Mann mit dem sorgfältig zurückgegelten Haar überhaupt existierte.

Nach einem kurzen Rundgang um den Gebäudekomplex sammelte sich die Gruppe im kleinen Konferenzraum des Notaufnahmelagers. Dort warteten bereits die Befrager der vier Geheimdienste.

Dr. Bertram hielt es für angemessen, als Gastgeber der wichtigen Tagung ein paar Worte an die Anwesenden zu richten.

»Willkommen am Tor zur Freiheit!«, begann der Leiter des Flüchtlingslagers pathetisch und nickte freundlich in die Runde. »Seit fast vierzig Jahre ist Marienfelde der erste sichere Ort für jene, die aus der Diktatur zu uns kommen. Es sind Menschen, die die DDR ziehen lässt, Menschen, die freigekauft werden mussten, und Menschen, denen die Flucht durch den Eisernen Vorhang gelang. Sie alle eint der unbändige Wille zur Freiheit!«

Bertram genoss seine Worte. Ein warmer Applaus der rund dreißig Frauen und Männer belohnte ihn.

Gregor Junge-Wülfing liebte solche Veranstaltungen. Sie machten ihm die Existenzberechtigung des Ministeriums immer wieder deutlich. Sollten die Sozis die nächsten Wahlen gewinnen, würden sie keine Sekunde zögern, das Innerdeutsche Ministerium aufzulösen.

Ein Mitarbeiter trat hinter ihn und bat ihn ans Telefon. In Bertrams Büro lag der Hörer neben dem Apparat.

»Wir müssen den Plan ändern«, sagte eine Stimme am anderen Ende der Leitung.

»Ist das Telefon sicher?«, wollte Junge-Wülfing wissen.

»Negativ.«

»Dann in zwei Stunden am Treffpunkt.«

Der Ministerialdirigent kehrte zur Besprechung zurück. Nach eineinhalb Stunden wurde ein kleiner Imbiss gereicht. Junge-Wülfing verschwand wie ein Schatten aus der Runde und stand vierzig Minuten später unter dem Mercedes-Stern hoch über Berlin.

»Es gibt einen Verletzten«, sagte der Soldat und starrte auf die Ruine der Kaiser-Wilhelm-Gedächtniskirche.

»Keinen Toten?« Junge-Wülfing zog erstaunt die Augenbrauen hoch. »Wie schwer ist er verletzt?«

»Eine Bombe hat ihm die Arme abgerissen. Er liegt im Westend und ist bei Bewusstsein.«

»Was ändert das am ursprünglichen Plan?«, fragte der Bonner Beamte kühl.

»Er könnte reden und beteuern, dass er ein unschuldiges Opfer ist.«

»Wer soll ihm denn glauben, wenn wir die Unterlagen lancieren?«

»Wir tun nichts?« Der Soldat schluckte.

»Wir tun einiges«, erwiderte Junge-Wülfing. »Zuallererst müssen wir sicherstellen, dass die Struktur weiterhin funktioniert, auch wenn das Ministerium langfristig aufgelöst wird.«

»Das ist über die Kameradschaft garantiert.«

»Was ist mit Nummer drei?«

»Ist safe«, sagte der Soldat.

Junge-Wülfing nickte zufrieden. »Dann muss die Botschaft vom roten Bombenterror nur noch die Presse erreichen. Ich kümmere mich darum.«

Als Ernst Klamm vom neuen Tatort ins Büro zurückkehrte, saß ein Mann auf seinem Stuhl. Dr. Herbert erhob sich und reichte ihm ganz förmlich die Hand. »Herr Klamm, ich darf doch?«

Der Kommissar murmelte etwas Unverständliches und setzte sich auf den zweiten Bürostuhl. Jetzt sah es aus, als wäre Klamm ein Besucher in seinem eigenen Büro. Dr. Herbert hatte das sicher mit Bedacht so eingefädelt.

»Ein schönes Früchtchen haben wir da«, begann der Staatsschützer und strich mit der Rechten über eine graue Mappe, die vor ihm lag.

»Zunächst haben wir das Opfer eines Bombenanschlags. Heinz Franke, achtundfünfzig Jahre alt, Bauschlosser aus Kreuzberg«, antwortete Klamm. »Kaffee? Ich habe aber nur löslichen.«

Herbert dankte höflich, während Klamm den Wasserkocher am Waschbecken füllte und einschaltete. Ein Fatzke, dachte er. Einer, der sicher nur den besten Espresso beim Italiener erträgt.

»Ihr Opfer Franke ist nach Erkenntnissen des Verfassungsschutzes ein gewaltbereiter Linksextremist«, referierte Dr. Herbert und klappte die Mappe auf.

Klamm sah ihn entgeistert an und wandte sich dem Kocher zu, der laut zu blubbern begann. Dr. Herbert betrachtete geduldig den Kommissar, der vorsichtig das heiße Wasser eingoss und umständlich in der Tasse rührte, bis sich die groben Körner aufgelöst hatten.

»Franke ist seit den Fünfzigerjahren regelmäßig in die DDR gereist und offenbar für die Staatssicherheit tätig«, fuhr Dr. Herbert fort. »Dann fiel er dem Verfassungsschutz nach langer Pause wieder in den Siebzigern auf, als er Studenten für eine sogenannte Antifaschistische Aktionsgruppe anwarb und marxistische Schulungen in Gaststätten durchführte.«

»Und wieso soll er gewaltbereit sein?«

»Unsere Quellen haben berichtet, dass er bei diesen Schulungen mehrfach zu Gewalttaten gegen den Staat aufgerufen hat. Anschläge auf Personen und Einrichtungen.«

»Hat er denn schon Anschläge verübt?« Langsam begann sich Klamm für den Kerl zu interessieren.

»Zumindest vorbereitet«, sagte Herbert, schloss die Mappe und klopfte mit der Hand darauf. »Er hat Waffen und Uniformen für eine Art Umsturz gesammelt. Und das heute war wohl seine eigene Bombe. Steht alles hier drin.«

Ernst Klamm bedankte sich, verabschiedete den Staatsschützer und vertiefte sich in die Akte, ein als »geheim« eingestuftes Verfassungsschutzdossier über Heinz Franke.

Dienstag, 2. August 1988

»Wie haben Sie mich gefunden?« Die zierliche Frau stand halb verdeckt hinter der Tür, bereit, sie Lucas jederzeit vor der Nase wieder zuzuschlagen. Er schätzte sie auf Mitte fünfzig.

»Das ist mein Beruf. Ich habe im Einwohnermeldeamt erfahren, dass Sie die Ex-Frau von Heinz Franke sind.«

»Und so was nennt sich nun Datenschutz!«, empörte sie sich. Ihre halblangen dunkelblonden Haare waren sorgfältig frisiert und von feinen grauen Strähnen durchzogen.

»Ich finde viel schlimmer, was mit Ihrem Ex-Mann passiert ist«, versuchte Lucas, das Gespräch in Gang zu bringen. »Irgendjemand muss es ja auf ihn abgesehen haben.«

Es war keine vierundzwanzig Stunden her, seit Heinz Franke schwerverletzt auf der Oranienstraße zusammengebrochen war. Ausgerechnet der Mann, den Lucas vor kurzem zum Anschlag in der Oranienstraße befragt hatte, lag jetzt im Krankenhaus – verstümmelt von einer Bombe.

Frau Franke, deren bürgerliche Erscheinung so gar nicht zum Berufsrevolutionär Heinz Franke passte, hielt die Tür noch immer nur einen Spalt weit offen und machte keine Anstalten, Lucas den Weg in ihre Wohnung freizugeben. Sie sah ihn schweigend an, mit traurigen graublauen Augen. Offenbar stellte sie sich gerade ihren Ex-Mann mit abgerissenen Händen vor. Lucas war erleichtert, dass sie ihn nicht sofort abgewimmelt hatte.

»Glauben Sie denn, dass irgendwelche Nazis ihn noch immer auf dem Kieker haben?«

»Ach, der Franke hat nie ein Blatt vor den Mund genommen!« Sie machte mit der Hand eine wegwerfende Bewegung, als wollte sie den bösen Geist dieses Mannes abschütteln. »Der hat doch jeden beleidigt! Und immer gegen die Nazis!« Sie schlug mit der rechten Faust in ihre flache Linke. Die Geste passte nicht recht zu ihrer damenhaften Erscheinung.

»Wer weiß denn etwas über ihn? Es gab doch diese antifaschistische Gruppe«, bohrte Lucas vorsichtig nach.

Frau Franke überlegte kurz. »Ich weiß, dass die sich immer noch im Diener treffen, der Franke ging auch noch regelmäßig hin. Ich glaube, jeden Mittwoch.«

Langsam fasste die Frau Vertrauen. Lucas wurde kühner. Ob es denn vielleicht Fotos aus der Zeit der Antifaschistischen Aktionsgruppe gäbe?

»Warten Sie einen Moment!« Sie schloss die Tür und ließ Lucas draußen stehen. Nach zehn Minuten kam sie wieder und drückte ihm zwei Fotos in die Hand. Franke inmitten von fünf Studenten, die Fäuste zum Kommunistengruß hochgereckt. Franke und die Gruppe im Wald, offenbar beim Zelten. Lachende Gesichter.

»Sie müssen im Diener nach Reiner Hessler fragen, der sitzt hier neben ihm.« Sie zeigte auf einen jungen bärtigen Mann neben Franke, auch er mit geballter Faust. »Reiner

Hessler war früher seine rechte Hand«, ergänzte Frau Franke. »Und bis zuletzt ging es immer nur um die Revolution, ich konnt's schon nicht mehr hören.«

»Die Revolution? So richtig mit Umsturz?«

»So haben sie geredet«, sagte Frau Franke und verzog das Gesicht zu einer verächtlichen Miene. »Aber den Mumm, wirklich etwas zu tun, hatten sie doch schon lange nicht mehr.«

Lucas bedankte sich und wandte sich zum Gehen.

»Wenn Sie Franke im Krankenhaus sehen sollten«, rief sie ihm hinterher, »dann wünschen Sie ihm gute Besserung!« Beim letzten Wort brach sie in Tränen aus.

Mittwoch, 3. August 1988

Lucas hatte den Filmaufbau auf Karteikarten aufgezeichnet und war bereit, mit der Präsentation zu beginnen. Zusammen mit Britta Hensel wartete er in Stövenhagens Büro. Der Redaktionsleiter kam herein, setzte sich aber nicht zu den beiden, sondern verschwand hinter seinem Schreibtisch.

»Dann sagt mal, was ihr habt«, brummte er hinter einem Stapel Spiegel-Ausgaben.

»Ich fange mit einer Großaufnahme von Opolka an«, berichtete Lucas und legte die erste Karteikarte vor sich auf den niedrigen Tisch. »Ein Maschinenbau-Student, siebenundzwanzig Jahre alt, entschließt sich, eine Bombe zu zünden, tötet einen Menschen. Was treibt ihn an, wer steckt noch hinter der Tat?« Er legte weitere Karten auf den Tisch. »Der Tatort Oranienstraße, O-Ton der Zeugin von der Beratungsstelle. Zitat aus dem Bekennerschreiben. Jetzt wissen wir, dass der Anschlag einen rechtsextremen Hintergrund hat.« Lucas glühte vor Eifer. »Kurzer Exkurs zum Rechtsterrorismus, Oktoberfest-Attentat und so weiter, Experten-O-Ton dazu.«

Noch eine Karte: der zweite Anschlag auf die Kinder. Die Bilder vom Tatort.

»Und wieder die Frage: Was treibt ihn zu dieser Grausamkeit? Gesicht Opolka groß.«

Lucas legte die Themenkarte zur Teutonia auf den Tisch. »Ein unscheinbares Detail, dieser Bierzipfel, bringt ›Im Visier‹ auf die Spur der Hintermänner. Sie sitzen in einer prächtigen Villa im Grunewald. Es ist Festkommers!« Fast trällerte Lucas den Text.

»Hintermänner!«, knurrte es abschätzig hinter dem Zeitungsstapel.

»Jetzt kommt der verdeckte Dreh aus der Hagenstraße. Wir sehen das Totengedenken für Opolka. Auch *er* gedenkt des Mörders: Innenstaatssekretär Mölders, Alter Herr der Teutonia.«

»Jetzt reicht's aber«, sagte Stövenhagen unwirsch und stieß eine Zigarillowolke aus. »Haben Sie Mölders wenigstens angefragt?«

»Haben wir«, rief Britta Hensel, »kein Interview!«

»Sehr gut«, sagte der Chef zufrieden.

Lucas berichtete, wie er den Verdacht formulieren wollte, dass hinter den Anschlägen staatliche Interessen steckten. Er hatte vor, Bilder der Bonner Pressekonferenz zur Rasterfahndung in den Film hineinzuschneiden.

»Und dann, nach dem Polizeivideo von der Razzia in Opolkas Laube, der Höhepunkt, der dritte Anschlag auf den Mann in Kreuzberg. Der Terror geht weiter. Opolka hatte Helfer, die sein Werk fortsetzen.«

Gottlob Freese hatte den Raum betreten und sich geräuschlos an den Couchtisch gesetzt.

»Na ja, das mit ›Der Terror geht weiter‹ überdenken wir noch mal«, bemerkte Stövenhagen.

»Aber es stimmt doch!«

»Das Opfer ist vielleicht gar keins.« Fast flüsterte Freese. Er breitete ein paar eng beschriebene Blätter vor sich aus.

»Wir haben Hinweise, dass Heinz Franke Mitarbeiter der Staatssicherheit ist.«

Lucas war empört. Recherchierte das Frettchen gegen ihn?

»Wer macht die Geschichte? Er oder ich?«, rief er entrüstet.

Gottlob Freese strahlte plötzlich eine Kraft aus, die Lucas ihm nicht zugetraut hätte. »Wir haben ziemlich gute Informationen aus Verfassungsschutzkreisen, dass Franke selber ein Terrorist ist.«

»Dann wäre seine eigene Bombe in seinen Händen explodiert«, ergänzte Stövenhagen.

Lucas rang um Fassung. »Herr Stövenhagen, gibt es irgendwelchen Druck auf die Redaktion?« Er biss sich auf die Zunge, als er merkte, dass seine Stimme einen keifenden Unterton angenommen hatte.

»Wie kommen Sie denn darauf, so ein Quatsch!« Zum ersten Mal sah der Redaktionsleiter Lucas direkt ins Gesicht. Stövenhagen war kurz davor zu platzen. Seine cholerischen Anfälle bekam er meist nur im Schneideraum bei der Abnahme.

»Es kann also sein«, fuhr Freese fort und ordnete betulich die Blätter auf dem Tisch, »dass die Stasi im Spiel ist, dass der eine oder andere Bekennerbrief gefälscht ist.«

»Wieso weiß ich nichts von diesen Unterlagen?«, beschwerte sich Lucas. »Mache ich den Film oder Freese?«

»Das habe ich gerade erst bekommen«, sagte Gottlob Freese schnippisch.

»Jedenfalls ist die Geschichte noch nicht ausrecherchiert und läuft nicht in der nächsten Sendung«, verkündete Stövenhagen. »Da habt ihr noch 'ne Menge Arbeit vor euch!«

Erst im Freienzimmer beruhigte Lucas sich wieder. Freese versuchte also, ihm seinen wichtigsten Trumpf, das dritte Bekennerschreiben, aus der Hand zu schlagen. Er würde den Angriff nur abwehren können, wenn er beweisen konnte, dass die handschriftliche »Dritte Verkündigung« aus Opolkas und nicht aus Frankes Feder stammte. Eine Schriftprobe von Opolka wäre die Lösung. Oder ein Text, den Franke geschrieben hatte, wenn er eben nicht zur Schrift des Bekennerbriefes passte. Die These von der Verschwörung rund um die Jägerkameradschaft und die Rolle von Daniel Schwieger hatte er noch nicht einmal vorbringen können.

Das Diener war seit Jahrzehnten ein Charlottenburger Szenetreff. Die Schauspieler des Schillertheaters oder der Freien Volksbühne kamen nach der Vorstellung hierher. Die Wände im vorderen Schankraum waren mit den Schwarz-Weiß-Fotos von Berühmtheiten der Fünfziger- und Sechzigerjahre bedeckt. Schlagerstars, Operntenöre und Schauspieler hingen sorgfältig gerahmt dicht neben- und übereinander, hinauf bis zur Decke. Wände und Stuck hatten Generationen von Rauchern mit einer dunklen Patina überzogen. Im Diener gab es keine Stehplätze am Tresen, auch keine Barhocker. Die beiden Stühle und der kleine Tisch vor dem Schanktresen waren für Gäste tabu. Hier durfte nur der Chef sitzen, Franz Diener. Von dort aus beobachtete er allabendlich das Treiben im Lokal und machte in einer Kladde seine Abrechnungen.

Lucas nahm auf der roten Kunstlederbank links vom Eingang Platz, auf der vor wenigen Wochen Franke gesessen hatte. Auf dem Tisch links von ihm stand ein runder großer Aschenbecher, in dessen Rand das Wort »Stammtisch« eingraviert war. Auf die Wand über dem Tresen hatte jemand zwei Boxer gemalt. Einer der Kämpfer holte gerade zu einem gewaltigen Schlag aus. Franz Diener, der Pächter des Lokals, hatte seine erste Karriere im Ring Anfang der Fünfziger erfolgreich beendet und war danach Promi-Wirt geworden.

Als die Bedienung zum Tisch kam, bestellte Lucas ein Pils und fragte nach Reiner Hessler. Die Frau, eine drahtige Vierzigjährige, schüttelte erst unwillig den Kopf. Einen Hessler kannte sie nicht. Der von der Franke-Gruppe, half Lucas nach. Ach so, Kommunisten-Heinz, klar, der und seine Freunde kämen immer mitwochs, aber erst später.

Lucas wartete, das Lokal füllte sich, Gäste kamen und gingen. Er versuchte, sich Alter und Aussehen der Freunde von Franke vorzustellen, und glich seine Idee mit den eintreffenden Gästen ab. Alt-Achtundsechziger mit den ersten grauen Haaren, die Frisuren der bürgerlichen Existenz angepasst, in die man seit den Siebzigern hineingetrudelt war. Lucas bestellte noch ein Bier. »Ist der Reiner Hessler jetzt da?«

»Da drüben sitzt er doch!« Die Kellnerin zeigte auf eine Gruppe von Männern und Frauen unter einer braunen Korblampe am größten Tisch des vorderen Gastraumes, direkt am Fenster. Hessler musste der Lange mit dem Pferdeschwanz sein. Dass die Gruppe schon eine halbe Stunde zwei Tische weiter saß, hätte die Bedienung ihm auch früher sagen können.

Lucas nahm sein Glas, ging hinüber und stellte sich vor.

»Wie geht es Heinz?«, fragte Hessler besorgt. Die Frau neben ihm war offenbar seine Frau oder Freundin und legte die Hand auf Hesslers Unterarm. Zwei weitere Paare saßen mit am Tisch, der harte Kern der früheren Franke-Gruppe. Natürlich hatten sie vom Anschlag auf Kommunisten-Heinz gehört. Lucas durfte sich dazusetzen.

Er wusste, dass er äußerst vorsichtig vorgehen musste. Freeses Stasi-Verdacht gegen Franke durfte er hier nicht erwähnen. Es war durchaus denkbar, dass die Mitglieder der Antifaschistischen Aktionsgruppe Kontakte zur Stasi hatten; ihre Bereitschaft, darüber zu reden, war vermutlich nicht sonderlich groß. Außerdem musste Lucas den Eindruck vermeiden, sein Sender arbeite mit dem Verfassungsschutz zusammen. Der RBS war für die sechs am Tisch ohnehin ein bürgerlicher Scheißsender. Freese, das Frettchen, hatte keine Skrupel, sich von den Schlapphüten füttern zu lassen. Stövenhagens Liebling hätte in der linken Szene auf Granit gebissen, wenn er im Diener versucht hätte, etwas über Franke und seine Gruppe herauszufinden. Da war er besser, Lucas Hermes, der Rechercheprofi.

»Es wird von bestimmten Kreisen versucht, den Anschlag auf Heinz Franke ihm selber in die Schuhe zu schieben«, begann er vorsichtig.

»Scheiß Schlapphüte«, fauchte Hessler. »Wenn die wüssten, wie harmlos der Heinz ist.«

Die anderen nickten zustimmend.

»Wir haben hier im Hinterzimmer richtige marxistische Kaderschulungen durchgeführt.« Hessler wies mit dem Kopf Richtung Küche. Zwischen Toilette und Küche gab es im Diener einen schmalen Raum, der selten genutzt wurde und vielleicht Platz für zehn Personen bot.

»Klar ging es auch um Volksbewaffnung, Revolution und so«, ergänzte Hesslers Freundin, die sich als Sibylle vorstellte. »Aber das ist Jahre her.«

»Kann Franke überhaupt eine Bombe gebaut haben?«

»So ein Quatsch! Wir wären damals froh gewesen, der Polizei ein Bömbchen unter die Wannen zu legen«, sagte Hessler. »Aber wir waren dazu nie in der Lage.«

»Wer könnte Heinz Franke umbringen wollen?«

»Eine ganze Menge Leute«, sagte Sibylle. »Die Nazis, weil er ihre Kundgebungen immer wieder gestört hat, aber immer nur mit faulen Eiern und so. Und natürlich der Staat.«

»Der Staat?«

»Na, die Geheimdienste. Die CIA begeht ja auch politische Morde. John F. und Robert Kennedy, Martin Luther King ...«

»Mal langsam«, beruhigte Hessler und legte Sibylle die Hand auf den Arm. »Dazu waren die Gruppe und Heinz nicht wichtig genug. Aber die Faschisten, klar.«

Das war alles Spekulation, nichts Handfestes. Lucas erzählte von dem Bekennerbrief in Sütterlinschrift, den er hatte. Wenn sich beweisen ließe, dass das nicht Frankes Handschrift war, dann könnte man den Anschlag nicht dem Bombenopfer in die Schuhe schieben. Ob die Gruppe irgendetwas Handschriftliches von Franke hätte?

»Natürlich, unser Manifest!«, entfuhr es Sibylle. Wo sich das befinde, wüsste sie leider nicht.

»Moment mal«, überlegte Hessler, »das haben wir doch an die Wand im Schulungsraum gehängt.«

Die Kellnerin schloss ihnen das Zimmer neben der Küche auf. Ein schmaler Schlauch, so eng, dass nur kleine quadratische, an die Längswand geschobene Tische hineinpassten, sonst kam man nicht mehr zum Fenster an der Schmalseite durch.

Über den vier Tischen mit je zwei Stühlen hingen zierliche Wandlampen mit rosafarbenen Schirmchen.

»Sieht genauso aus wie früher«, bemerkte Hessler. An der Stirnseite des Zimmers, an der Franke bei seinen Vorträgen gestanden haben musste, hing ein gerahmtes Din-A4-Blatt.

»Wir verpflichten uns, den Faschismus immer und überall entschlossen zu bekämpfen«, las Reiner Hessler vor und lächelte. »Das hat Heinz geschrieben. Unsere zwölf Gebote. Und das kann man auch heute noch unterschreiben.«

»Kann ich das haben?« Lucas hatte sofort bemerkt, dass die Handschrift Frankes völlig anders aussah als die Schrift des Bekennerschreibens.

Lucas versprach Hessler, Frankes Manifest so schnell wie möglich zurückzugeben. Dann stürzte er zur S-Bahn.

Donnerstag, 4. August 1988

Britta Hensel nickte zufrieden. »Ich sag es Stövenhagen, du kannst in den Schnitt gehen.«

Lucas eilte in die Grafik-Abteilung und gab die Bekennerschreiben zur Bearbeitung ab. Als er am Nachmittag mit dem Schnitt fertig war, hatte er auch den dritten Anschlag und Opolkas »Dritte Verkündigung« eingearbeitet und im Text den Verdacht untergebracht, dass hinter Opolka eine rechtsextreme Gruppe stand, die sein tödliches Werk fortsetzte. Das hat keiner, sagte er sich.

Stövenhagen hatte sich angewöhnt, einige der fertigen Filmbeiträge nicht allein zu begutachten, sondern neben der Chefin vom Dienst alle festangestellten Redakteure mit in den Schneideraum zu nehmen. So standen Hensel, Freese und Dragovic in Lucas' Rücken und blickten erwartungsvoll auf die Monitore. Stövenhagen saß leicht versetzt hinter Autor und Cutterin und hatte einen Notizblock auf den Knien. Die Cutterin drückte die Play-Taste und der noch ungemischte Film lief auf dem mittleren Monitor an. Lucas las seinen Text und setzte seine Pausen zielsicher an den Stellen, an denen Musik freistehen sollte oder ein O-Ton kam. Er hörte, wie Stövenhagens Stift eifrig über das Papier kratzte. Wenn der Chef sich viele Notizen machte, war das kein gutes Zeichen. Nach neun Minuten drückte die Cutterin die Stopp-Taste. Lucas drehte sich erwartungsvoll um. Die drei Redakteure machten ausdruckslose Gesichter und warteten mit Blick auf den schwarzen Bildschirm auf den Startschuss für die Kritik.

Stövenhagen saß gekrümmt über seine Notizen gebeugt und schwieg. Er dehnte das Schweigen über eine ganze Minute hinaus und schnaufte dann.

»Die Geschichte ist gut«, murmelte er so leise, dass Hensel und Freese sich zu ihm hinunterbeugen mussten. »Aber der Schluss, der ist katastrophal«, fuhr er kaum hörbar fort, als ob ihm die unbehagliche Stille ein besonderes sadistisches Vergnügen bereitete. Er blätterte in seinen Notizen. »Die Schlussfolgerung, dass Opolkas Freunde seine Verbrechen fortsetzen, ist durch nichts belegt.«

»Doch, durch das dritte Bekennerschreiben«, sagte Lucas trotzig. »Und das werde ich auch so behaupten.«

»Nun mandeln Sie sich mal nicht so auf«, herrschte Stövenhagen ihn an. »Was glauben Sie eigentlich, wer Sie sind?«

Ein freier Mitarbeiter des RBS, dachte Lucas. Einer, der für einen gestandenen Redakteur in der Hierarchie der Säugetiere noch unter den Mäusen steht.

»Wieso passt dann das Schreiben nicht zum angeblichen Opfer?«, quengelte Freese. »Weg mit dem Rassengemisch, damit ist wohl kaum der Kommunist Franke gemeint.«

»Vielleicht war Franke gar nicht das dritte Ziel von Opolka. Seine Nachfolger haben einfach ein neues Opfer ausgewählt«, sagte Lucas trotzig.

»Wir können nicht ignorieren, was wir über die Stasi-Verstrickung von Franke wissen«, insistierte Stövenhagen.

Lucas nickte resigniert. Klar, das musste zumindest als Möglichkeit im Film angesprochen werden. Stövenhagen listete weitere Punkte auf, die ihn störten, und immer kam zur Bestätigung ein Echo zurück: Gottlob Freese sah es genauso, jaja, das sei ihm auch während des Films aufgefallen, und so weiter.

Der wird es noch weit bringen, dachte Lucas und notierte finster die Änderungswünsche. Der Film war jedenfalls für die heutige Sendung abgesetzt.

Der Dicke Wirt in der Charlottenburger Danckelmannstraße passte zu Lucas' Geldbeutel. Er saß am Tresen vor seinem Bier und biss in eine kalte Bulette. Es war schon elf, doch die nötige Bettschwere stellte sich noch nicht ein. Anna ist in Sicherheit, beruhigte er sich. Es quälte ihn, sie nicht sehen zu können, nicht zu wissen, was genau ihr widerfahren war. Er hätte jetzt dringend eine Ablenkung gebraucht, die die hektische Endfertigung eines Filmbeitrags erträglich machte. Doch Stövenhagen hatte ihn wieder ausgebremst. Lucas zählte die Münzen ab und legte sie auf den Tresen. Der Wirt strich das Geld in die offene Hand und nickte ihm zu.

Als er seinen Kellerverschlag vorsichtig aufschloss, bemerkte er einen scharfen Uringeruch. War ein Hund hier unten gewesen? In seinem Raum roch es zum Glück nur nach den muffigen Mauern. Er zog die Tür zu, verriegelte sie und fluchte leise. Er hatte vergessen, im Dicken Wirt auf die Toilette zu gehen. Er suchte nach der Plastiktrinkflasche, die er für solche Fälle bereithielt, fand sie neben dem Bett und schraubte sie auf. Die Flasche fühlte sich warm an, als er sie schließlich neben der Tür abstellte.

In dieser Nacht lag er lange wach.

Donnerstag, 11. August 1988

Unruhig ging Lucas Hermes kurz vor 22 Uhr vor dem Karstadt-Schaufenster auf und ab. Der Asphalt glühte noch von der Augustsonne, die den ganzen Tag vom Himmel gebrannt hatte. Wie viel lieber wäre er jetzt bei Anna zu Hause gewesen, um seinen Film gemeinsam mit ihr vom Bett aus zu genießen. Doch Anna war noch in psychologischer Betreuung und hatte wohl keine Lust, wieder in ihre Wohnung zu ziehen. Lucas war immer wieder nach Siemensstadt und Kreuzberg gefahren, doch er hatte Anna weder in ihrer Wohnung noch bei Achim angetroffen. Auch Achim hatte derzeit keinen Kontakt zu ihr. Lucas stellte sich Anna in einem Frauenhaus oder einer gefängnisähnlichen Unterkunft des polizeipsychologischen Dienstes vor, in der sie ihr Entführungstrauma aufarbeitete, abgeschirmt von der Außenwelt. Der zweite Teil ihrer Enthüllungsgeschichte über den DDR-Antikhandel war bislang nicht im Abendblatt erschienen, das hatte er bei seiner täglichen Lektüre im RBS-Archiv überprüft.

Das Kaufhaus hatte ein ganzes Fenster mit den neuesten Fernseher-Modellen dekoriert und einen Lautsprecher an der Fassade angebracht. Glücklicherweise lief das RBS-Programm auf den Monitoren. Der Vorspann von »Im Visier« begann. Seit Jahren war die Kennung des Magazins nicht verändert worden. Auf dem dunklen Bildschirm setzte eine treibende Musik ein. Dann öffnete sich wie im James-Bond-Vorspann eine Blende und gab das erste Bild frei. Eine künstlich vergröberte, vom Bildrauschen verzerrte Szene aus der »Visier«-Redaktion. Hektische Telefonate. Schnitt. Einlegen einer Kassette. Schnitt. Kommandos im Regieraum. Schnitt. Die Kamera jagt in einer schnellen Dollyfahrt auf die Monitorwand im Regieraum zu. Dazu aus dem Off Stövenhagens Stimme: »Hier ist ›Im Visier‹. Und das sind unsere Themen.« Ein weißer Blitz, dann bildfüllend schnell geschnittene Bilder zum ersten Beitrag, Nach einem weiteren Blitz das nächste Thema: »Miese Jobs, miese Löhne« – ein Bericht von Gottlob Freese über Ausbeutung bei einer Drogeriekette. Lucas wurde zunehmend angespannter. Wieder blitzte es, unterstützt von einem musikalischen Akzent. »Bombenterror!«, rief Stövenhagen. Bilder von den Tatorten in der Oranien- und der Koloniestraße, die Gesichter von Opolka und Franke, dann kurz Annas Wackelbilder vom Burschenkommers. »Hintergründe zu den Berliner Anschlägen.«

Lucas atmete erleichtert auf. Sie brachten es. Er musste eine halbe Stunde warten, bis Stövenhagen endlich seinen Bericht als vorletzten Beitrag ankündigte. Der Redaktionsleiter hockte am Pult und blickte ernst und angriffslustig in die Kamera. Statt eines Jacketts trug Stövenhagen im Studio stets ein weißes Hemd, dessen Ärmel er aufgekrempelt hatte. Er glaubte offenbar, in dieser Aufmachung wie ein verwegener amerikanischer Reporter zu wirken, der sich im nächsten Augenblick eine Zigarette anzünden oder ein Stück Kautabak in den Mund schieben würde. Stövenhagen moderierte die Geschichte bissig an, dann begann der Film mit Bildern vom ersten Tatort, dem verwüsteten Treppenhaus in Kreuzberg. Der Journalist Ahmet Altün schilderte die Explosion, dann tauchte das Foto von Opolka zum ersten Mal auf, unterlegt mit dem Text des Bekennerschreibens. Der O-Ton eines Rechtsextremismus-Experten folgte, dass das Bekennerschreiben als Beleg dafür gelten könne, dass Opolka eine Bombenserie begonnen hatte. Dann Bilder vom verwüsteten Hof des Asylbewerberheims und die Wohnung Frankes, in der die dritte Bombe explodiert war. Acht Minuten hatten sie ihm gegeben, und Lucas fand, dass die Geschichte gut lief. Die Bekennerbriefe hat keiner, dachte Lucas. Da kann man auch die Kröte schlucken, dass der Film die Frage aufwirft, ob Gerd Opolka oder die Stasi die Briefe geschrieben hat. Immerhin ließ die Story Staatssekretär Mölders äußerst schlecht aussehen. Der Politiker mit albernem Burschenkäppi, geoutet als Bundesbruder des rechtsextremen Bombenlegers. Lucas schob den Ärger der letzten Tage beiseite und dachte an das Honorar, das bald sein Konto füllen würde.

Du bist wieder im Spiel, jubilierte er innerlich. Die Zeit im Keller ist bald vorbei. Jetzt schnell die Nachfolgegeschichte über die geheimnisvolle Reservistenkameradschaft, und dann dranbleiben.

Stövenhagen kündigte den nächsten Beitrag an. Zufrieden wandte Lucas sich vom Schaufenster ab und ging durch die menschenleere Fußgängerzone. Nach zwanzig Minuten hatte er sein Versteck erreicht, gelangte ohne Mühe in den Keller und legte sich auf sein Lager. Morgen würde er ganz früh aufstehen und im Redaktionssekretariat noch vor der Konferenz seine Abrechnung machen, um möglichst schnell das Honorar zu bekommen.

Freitag, 12. August 1988

»Die Konferenz ist heute im CvD-Büro!« Tines Gesicht tauchte kurz im Türrahmen des Freienzimmers auf, dann war sie auch schon wieder weg. Lucas, Schmitt und zwei weitere Freie blätterten ihre Papiere noch einmal durch, sortierten die Stapel und standen auf. Heiner C. Schmitt hatte nur ein paar lose handbeschriebene Zettel in der Hand. Wie Lucas liebte er es, zu improvisieren, während Freese gern Originalunterlagen in die Konferenz mitnahm, um bei Gegenfragen präzise antworten zu können.

Als sie das Großraumbüro betraten, lief der Fernseher schon ohne Ton: Im Bundestag in Bonn gab es eine Fragestunde und man rechnete mit einem Auftritt des Berliner Staatssekretärs Mölders, der die Sicherheitsgesetze gemeinsam mit seinem Parteifreund und Amtskollegen im Bundesinnenministerium erarbeitet hatte.

Stövenhagen kam mit vergnügtem Gesicht aus seinem Büro.

»Da haben wir ganz schön Wirbel gemacht!« Er nickte in Lucas' Richtung und ließ sich in einen Bürostuhl sinken. Staatssekretär Mölders müsse sich nun unangenehme Fragen gefallen lassen, zitierte Stövenhagen genussvoll seine eigene Abmoderation. Er kostete jedes Wort aus, sah sich begeistert in der Runde um. Da gehe es jetzt hoch her im Innenministerium, hohoho. Lucas verzog das Gesicht zu einem dankbaren Lächeln und nickte dem Chef bestätigend zu.

Den ganzen Morgen hatte Tines Telefon ununterbrochen geklingelt. Die Zeitungsredaktionen fragten nach Annas Video und wollten Standbilder von Mölders auf dem Burschenkommers. Morgen, hoffte Lucas, würde es einige Artikel dazu geben und er, Lucas Hermes, wäre verantwortlich dafür, dass seine Redaktion Schlagzeilen machte.

Stövenhagen wollte eine möglichst kurze Sitzung. Es gab nicht ausreichend Stühle und so lehnten die meisten »Visier«-Mitarbeiter an den Wänden und in den Türrahmen. Britta und Stövenhagen saßen sich an zwei Schreibtischen gegenüber. Die Chefin vom Dienst ging die Themenliste für die nächste und die folgenden Sendungen routiniert durch. Stövenhagen fragte nach, forderte hier und da weitere Rechercheansätze und wirkte alles in allem höchst zufrieden.

»Jetzt kommt's!«, rief Gottlob Freese und griff zur Fernbedienung, um den Ton laut zu stellen. Mölders hatte sich von der Bundesratsbank erhoben, um eine Frage der oppositionellen SPD zu beantworten. Offenbar ging es um die Sendung.

»Verehrter Herr Abgeordneter!« Der Staatssekretär stieß die Anrede wie eine üble Beschimpfung aus. »Was Sie da gestern gesehen haben, war eine Melange aus Lügen und Halbwahrheiten.« Ein Raunen ging durch die Parlamentsreihen. Stövenhagen klopfte sich vergnügt auf die Schenkel und zündete ein Zigarillo an.

Mölders senkte die Stimme. »Und ich werde Ihnen auch sagen, was genau falsch an diesem vermeintlichen Journalismus war. Falsch ist, dass ich irgendetwas mit diesem Mann zu tun habe, der eine Bombe in der Zentralen Aufnahmestelle für Asylbewerber gelegt habe soll. Ich habe ihn nicht einmal gekannt, auch nie in meinem privaten Umfeld gesehen.« Schwache Verteidigung, fand Lucas. Stövenhagen sah seinen Reporter kurz prüfend an und stieß Rauch aus, während er das Zigarillo im Mund behielt.

»Falsch ist, dass es Zweifel über die Herkunft der Bombe gibt, die in den Händen eines kommunistischen Terroristen explodierte.« Mölders macht eine Pause und nahm ein Papier hoch, das vor ihm auf der Regierungsbank lag.

»Dieses Bekennerschreiben haben wir in der Wohnung des verletzten Linksterroristen gefunden.«

Lucas war elektrisiert. Freese blickte streng zu ihm herüber.

»Das Schreiben hat einen vermeintlich ausländerfeindlichen Tonfall. Es ist aber das Werk von Heinz Franke, der die Bombe, die in seiner Wohnung explodierte, an einem noch unbekannten Ort hochgehen lassen wollte, um Unschuldige zu töten.« Mölders blickte triumphierend in die Runde.

»Eine Unverschämtheit!« schrie Klamm.

Zwei Kollegen kamen aufgeregt vom Flur in sein offenes Büro. »Alles in Ordnung, Herr Hauptkommissar?«

»So eine Sauerei«, ereiferte sich Klamm. »Das Bekennerschreiben kenne ich! Das habe ich persönlich in Opolkas

Laube gefunden! Das habe ich eigenhändig hier zu den Asservaten gegeben!« Die beiden Beamten blickten einander verständnislos an.

»Nicht eure Ermittlung, vergesst es!«, rief Klamm ihnen nach, als sie sich zum Gehen wandten.

Ernst Klamm stand auf und tigerte durch sein Büro. Was sollte er tun? Sofort in den Asservaten nachsehen, ob da wieder mal einer trickste? Eine Dienstaufsichtsbeschwerde? Gegen wen? Gegen Unbekannt? Lächerlich! Er machte den Fernseher mit der Fernbedienung aus, zog sein Jackett an und stapfte in die Asservatenkammer.

»Müssen wir uns Sorgen machen?«, fragte Stövenhagen und blickte Britta Hensel fragend an. Die gab den Blick an Lucas weiter. Ihm wurde unbehaglich, doch er ließ sich nichts anmerken und verzog den Mund zu einem spöttischen Lächeln.

»Das ist wirklich zu plump«, fing er an. »Ich weiß, dass das Bekennerschreiben bei Opolka in der Laube gefunden wurde. Und wir haben den Beweis, dass das Schreiben definitiv nicht Frankes Handschrift trägt.«

»Irgendwas muss der Staatssekretär in der Hand haben, sonst würde er sich nicht so weit vorwagen«, gab der Redaktionsleiter zu bedenken und starrte nachdenklich haarscharf an Lucas vorbei.

»Franke kann das Bekennerschreiben mit verstellter Handschrift verfasst haben, um von sich abzulenken«, ergänzte Freese.

»Mölders lügt einfach«, gab Lucas zurück.

»Hoffen wir, dass er damit nicht durchkommt.« Stövenhagen erhob sich mit düsterer Miene und verschwand in seinem Büro.

Lucas lief ins Freienzimmer und wählte Klamms Nummer. Der Kommissar war mal wieder nicht an seinem Platz, auch seine Kollegin nahm nicht ab. Lucas ließ sich in den

Bürostuhl fallen, der vor Schreck die linke Armlehne hängen ließ. Sperrmüll.

Er überlegte kurz, dann öffnete er seinen Rechercheordner. Er überflog die Abschrift des ersten Bekennerbriefes der »Teutschen« und blätterte dann zur Kopie des Schreibens, das Klamm in Opolkas Versteck im Niemandsland sichergestellt hatte.

Wenn der Kommissar ein weiteres Papier in Sütterlinschrift aus der Hand des toten Bombenlegers hätte, wäre Mölders endgültig der Lüge überführt. Und wenn man irgendetwas Maschinengeschriebenes von Opolka finden könnte oder sogar dessen Schreibmaschine, wäre ihm auch das erste Bekennerschreiben zweifelsfrei zuzuordnen. Vielleicht hatte die Polizei das schon analysiert.

»Hermes, Telefon«, rief Heiner C. Schmitt über den Gang. Lucas lief aus der Toilette ins Freienzimmer und übernahm den Hörer vom Profi-Checker, der seit Tagen antriebslos im Büro herumgammelte. Er hatte seit dem Flop am Lenné-Dreieck an Selbstbewusstsein eingebüßt.

Klamm war dran. Da muss schon wirklich etwas los sein, dachte Lucas und setzte sich auf den klapprigen Bürostuhl. Der Kommissar hatte ihn noch nie in der Redaktion kontaktiert. Immer war er der Anrufer gewesen.

»Herr Hermes«, begann der Kommissar, »es könnte sein, dass Sie über Erkenntnisse verfügen, die für die Aufklärung einer schweren Straftat wichtig sind. Soll ich Sie vorladen oder kommen Sie freiwillig?«

Lucas überlegte. Wollte Klamm ihn tatsächlich als Zeugen? Das wäre nicht seine Art, denn der Kommissar wusste, dass Lucas sich auf sein journalistisches Zeugnisverweigerungsrecht berufen würde. Oder wollte er verklausuliert ein Treffen im Schwarzen Café vorschlagen?

»Gibt's bei Ihnen denn einen ordentlichen Cappuccino?«, fragte Lucas.

»Sogar zwei, und die Bedienung ist hinreißend unfreundlich.«

Lucas war eine halbe Stunde später an seinem Stammplatz im ersten Stock des Cafés. Klamm hatte keine Zeit genannt, er interpretierte das als ein Angebot, sich sofort zu treffen. Doch der Kommissar war nicht zu sehen. Das Café war zu dieser Zeit fast leer.

»Es ging nicht schneller!« Ernst Klamm eilte keuchend zu Lucas' Tisch und setzte sich. Er war verschwitzt und trug ein dunkelblaues Jackett, in dem es ihm offensichtlich zu warm war. Gerade als er zu ihrem Treffen aufbrechen wollte, hatte Kroppmüller ihn zu sich gerufen. Seine Idee, den Fahndungserfolg beim Laubenpieper-Mord mittels der DNA-Analyse in einer Pressekonferenz bekanntzugeben, war endgültig abgelehnt worden – von ganz oben, wie Kroppmüller betonte. Auch der Innensenator befand die neue Ermittlungsmethode für datenschutzrechtlich problematisch, dozierte er.

»Wir halten den Ball flach«, sagte Kroppmüller. »Sie haben doch auch ohne Pressekonferenz Ihren Ermittlungserfolg!«

»Toll«, erwiderte Klamm und verließ zornig das Büro seines Chefs. Da hatte das Berliner LKA Polizeigeschichte geschrieben und machte nichts daraus. Niemand würde so von der Heldentat des Ermittlers Ernst Klamm erfahren.

»Ich muss dich warnen«, begann Klamm jetzt und beugte sich vor, um möglichst leise sprechen zu können. »Der Staatsschutz ist überzeugt, dass die Stasi bei der Bombenserie ihre Hände im Spiel hat.«

»Glaubst du das auch?«, hakte Lucas nach. Klamm wand sich unbehaglich.

»Na ja, Franke ist nach Verfassungsschutzerkenntnissen tatsächlich ein Stasi-Spitzel. Oder zumindest früher mal ein Spitzel gewesen.« Er machte eine Pause, um seinen Worten mehr Gewicht zu geben. »Wenn also ein fremder Geheimdienst im Spiel ist, ist denen auch zuzutrauen, eine Bombe zu bauen oder mit gefälschten Bekennerschreiben falsche Spuren zu legen.«

»Was willst du jetzt tun?«, fragte Lucas.

»Franke ist mittlerweile vernehmungsfähig, wir waren gestern bei ihm im Krankenhaus. Er bestreitet, jemals ein Bekennerschreiben verfasst zu haben, und hat angeblich nie eine Bombe gebaut.«

»Glaubst du ihm?«

»Ich glaube gar nichts«, knurrte der Kommissar. »Ich weiß nur, dass mir jemand in die Ermittlungen hineinpfuscht.« Noch nie hatte Klamm so offen mit Lucas geredet. Seine Vermutung, der Fahnder müsste richtiggehend sauer auf Staatsschützer Herbert sein, schien sich zu bestätigen. Und wirklich, Ernst Klamm packte aus. Er zählte die Merkwürdigkeiten an den Fingern ab. Erstens: Das Bekennerschreiben zum Anschlag auf die Beratungsstelle war nicht in die Ermittlungsakte gelangt. Zweitens: Als er es in den Asservaten entdeckte, hatte er es an alle Mitarbeiter der Ermittlungsgruppe »Bombe« verteilt. Drittens – er streckte nach Daumen und Zeigefinger den rechten Mittelfinger hoch –: Die Schreiben kamen bei den Kollegen nie an und das Original verschwand aus den Asservaten. »Und es ist bis heute verschwunden!«, betonte er empört. »Viertens: Das dritte Bekennerschreiben soll plötzlich nicht von Opolka, sondern von Franke sein. Ich laufe in die Asservatenkammer, und was sehe ich da? Das dritte Schreiben liegt bei den Fundstücken aus Frankes Wohnung.«

»Nein!«, sagte Lucas.

»Doch! Mölders weiß einen Tag nach der Sendung, dass die Polizei den Bekennerbrief angeblich bei Franke gefunden hat. Und was noch doller ist: In der Asservatenkiste Franke liegt ein nagelneuer Märklin-Umschalter.«

»Natürlich gefunden in Frankes Wohnung.«

»Keiner unserer Leute vom Tatort-Erkennungsdienst, die bei Franke waren, erinnert sich an den Umschalter oder das Bekennerschreiben.«

Lucas merkte, wie die Angst in ihm hoch kroch. Wenn Mölders die Macht hatte, Beweise bei der Polizei zu fälschen, konnte er auch ihn abschießen.

»Ich habe noch etwas für dich.« Klamm zog ein Blatt aus der Innentasche seines Jacketts. »Wir haben deutschlandweit die erste Mordermittlung mit DNA-Analyse abgeschlossen.«

»Ja, und?«

»Desoxyribonukleinsäure«, buchstabierte Klamm. »Erbgutanalyse. Wir haben den Laubenpieper-Mörder überführt, indem wir sein Blut mit dem Sperma am Opfer verglichen haben.«

»Aha.« Der Reporter wirkte abwesend.

»Frag mich doch noch mal nach den Bekennerschreiben«, sagte Klamm.

Lucas überlegte. »Lassen sich die Schreibmaschine und die Sütterlinschrift Opolka zuordnen?«

»Ich denke, ja«, sagte der Ermittler.

»Ich habe den Beweis, dass das dritte Schreiben nicht von Franke stammen kann«, fuhr Lucas aufgeregt fort. Klamm riss ungläubig die Augen auf, als er das Manifest Frankes aus der Jacke zog.

»Du bist nicht schlecht«, sagte er anerkennend. Er beugte sich vor und senkte die Stimme. »Es gibt Schriftstücke, die Opolka auf der gleichen Schreibmaschine verfasst hat wie den ersten Bekennerbrief. Übrigens eine japanische Typenradmaschine.«

»Die Papiere brauche ich dringend«, flüsterte Lucas.

Klamm reagierte nicht. Er schien düsteren Gedanken nachzuhängen und stierte vor sich hin.

»Die Sachen sind an einem sicheren Ort«, flüsterte er schließlich.

»Was ist mit Schwieger?«

»Es gibt noch eine Handakte, die ich angefordert habe. Ist immer noch nicht da.«

»Wann kann ich Anna sehen?«, fragte Lucas.

»Die Psychologin sagt, sie meldet sich«, erwiderte der Kommissar.

Sonntag. 14. August 1988

Zum Glück war Hessler zu einem Treffen bereit. Der Mann mit dem Pferdeschwanz stand schon auf dem Bahnsteig der Hochbahn, als Lucas aus der U1 stieg. Hessler wollte Lucas Frankes Hauptquartier zeigen, um ihn von dessen Naivität und Harmlosigkeit zu überzeugen. Durch einen düsteren Torbogen ging es zum sogenannten Gartenhaus – eine beschönigende Wortschöpfung der Berliner Vermieter, mit der sie düstere Hinterhofwohnungen im Immobilienteil der Morgenpost anboten. Die Wohnungstür Frankes war notdürftig mit Spanplatten zugenagelt. Dort war offenbar die Bombe hochgegangen. Hessler führte Lucas zur Kellertür des Vorderhauses, schloss auf und stieg die Treppe hinab.

»Sein geheimes Reich! Das wusste kaum jemand, dass er hier noch einen Keller hatte.«

Ein modriger Geruch schlug ihnen entgegen. Der Keller bestand aus zwei größeren Räumen. Links ein Zimmer mit einem Arbeitstisch und einem verrotteten Sofa,, rechts ein Lagerraum, in dem Militärpritschen bis zur Decke gestapelt waren. Auf einem Kleiderständer, wie man ihn aus Kaufhäusern kannte, hingen ein Dutzend graue und tarnfleckige Uniformen.

»Willkommen in der Terror-Zentrale!«, sagte Hessler ironisch.

»Das ist alles?«, fragte Lucas verblüfft.

»Hier hat Franke manchmal übernachtet«, erklärte Hessler. »Die Sachen gehörten zu seinem Traum von den revolutionären Brigaden.«

»Und Waffen?«

»Von wegen! In Berlin so gut wie nicht zu bekommen. Die Alliierten passen sehr gut auf. Nicht eine Pistole hatten wir.«

»Wie kann Mölders behaupten, Franke sei ein Terrorist?«

»Das wäre Franke vielleicht gern gewesen. Darum hat er wohl auch die Stasi um Hilfe gebeten.« Hessler lächelte versonnen und strich mit der Hand über die Uniformjacken. »Alte Wehrmachtsjacken. Und Tarnanzüge vom Flohmarkt!«

Lucas fotografierte die Räume ausgiebig. »Also ist der Stasi-Vorwurf keine Falschmeldung?«, hakte er nach.

»So wie ich das verstanden habe, hat er sich in Ost-Berlin bei der Stasi gemeldet. Die haben ihn aber nicht ernst genommen.« »Der Verfassungsschutz behauptet, er sei als Spitzel tätig gewesen.«

Hessler wirkte irritiert. »Was haben Sie denn mit den Schlapphüten zu tun?«

»Nicht ich, ein Kollege behauptet das, um meine Geschichte zu torpedieren.«

Hessler wurde ernst und überlegte einen Moment.

»Wir haben immer vermutet, dass einer von uns beim Verfassungsschutz singt.«

»Und wer ist das?«

»Ich werde den Teufel tun und Ihnen das verraten.«

Montag, 15. August 1988

Wolfram Ridder schien kein Freund von Cafés zu sein. Wieder bestand er darauf, dass Lucas ihn in seiner Rumpelkammer besuchte. Ridder argumentierte stets mit der Verfügbarkeit der Akten. Wenn man sich über Recherchen austausche, müsse man jederzeit Belege heranziehen können. Für Lucas bedeuteten die Treffen mit Ridder, stundenlang auf Getränke zu verzichten, weil Ridder nur seinen ölig schwarzen Kaffee und nicht einmal ein Wasser anzubieten hatte. Dafür roch man nach zwei Stunden in seiner Höhle wie nach einer durchgemachten Nacht in einer Raucherkaschemme.

Ridder hörte sich die These von der falschen Spur aufmerksam an.

»Was Sie da erzählen, ist fast genauso schon einmal passiert.« Er genoss die Wirkung seiner Worte und zog gierig an seiner Selbstgedrehten. »Beim Oktoberfest-Attentat vor acht Jahren in München hat die Polizei sofort verkündet, Gundolf Köhler, der Attentäter, hätte ohne Helfer gehandelt. Ein verrückter Einzeltäter. Strauß, damals Kanzlerkandidat der Union, behauptete, die DDR oder sogar der KGB steckten hinter dem Anschlag.«

»Ich erinnere mich«, sagte Lucas. »Wir haben damals die Hintermänner Köhlers recherchiert, die Wehrsportgruppe Hoffmann. Das wurde alles runtergespielt.«

»Nicht nur runtergespielt«, entgegnete Ridder mit wichtiger Miene, »die Polizei hat bewusst Hinweise ignoriert. Ein Freund von Köhler hatte ausgesagt, Köhler habe ihm zu verstehen gegeben, man könne den Anschlag, den sie planten, den Linken in die Schuhe schieben.«

»Na gut, das war damals und nützt für die jetzige Geschichte nichts.«

»Sie müssen mehr Geduld haben«, belehrte ihn Ridder. »Ich bin noch nicht fertig.«

Lucas mochte den Mann nicht. Ridder schien zwar über ausgezeichnete Informationen zu verfügen, aber seine Belege waren meist nicht Behördendokumente, sondern Schlussfolgerungen, die irgendwelche antifaschistischen AStA-Gruppen bei ihren Recherchen gezogen hatten. Außerdem hatte Lucas bei Ridder stets das unangenehme Gefühl, der Mann wollte ihn im Sinne der Stasi beeinflussen. Desinformation hieß das im Agentenjargon.

»Es gibt Verbindungen der Köhler-Gruppe zu einem Förster, der riesige Waffenlager angelegt hatte. Eines dieser Lager wurde vor kurzem gefunden. Die Wehrsportleute hatten das in ihren Vernehmungen 1980 ausgesagt, doch die Hinweise wurden hartnäckig jahrelang ignoriert.« Lucas ließ sich nicht anmerken, dass ihm die Sache langsam zu kompliziert wurde.

»Also noch mal«, fuhr Ridder mit ruhiger Stimme fort. Er glaubte offenbar, besonders listig zu wirken, wenn er den Mund beim Sprechen süffisant verzog. »Jahrelang ignoriert die Polizei Hinweise auf Waffenlager, aus denen sich Köhler vor dem Oktoberfest-Attentat bedienen kann. Bestes NATO-Material: MPs, Sprengstoff, Bundeswehrpistolen. Es war ein reiner Zufall, dass das von Waldarbeitern entdeckt wurde.«

»Was ist Ihre These?« Lucas wurde ungeduldig.

»Dass irgendjemand im Staatsapparat diese Gruppen führt, um politische Ziele durchzusetzen.«

»Damals wollten sie den Wahlsieg von Strauß«, murmelte Lucas.

»... und jetzt die Ausdehnung der Rasterfahndung durchsetzen«, ergänzte Ridder.

Lucas musste zugeben, dass Ridders These ihm gefiel. Doch selbst wenn eine staatliche Verwicklung in das Münchner Bombenattentat belegt werden konnte, war er doch meilenweit davon entfernt, eine solche Verschwörung für die aktuelle Bombenserie nachweisen zu können. Die einzige vielversprechende Spur, die Geschichte von Daniel Schwieger, war nicht mehr zu recherchieren. Doch davon sollte Ridder nichts erfahren.

Der SEW-Journalist reichte ihm ein Blatt über den Tisch.

»Der Inhalt des Waffendepots bei Hannover«, sagte er. »Wer weiß, was Sie in den nächsten Tagen noch herausfinden.«

Lucas verabschiedete sich. Wie beim letzten Mal fühlte er sich auch jetzt nach dem Treffen unbehaglich.

Dienstag, 16. August 1988

Drei Monate schon verbrachte er seine Nächte in dem schäbigen Kellerverlies im Norden Charlottenburgs. Er war so an das Bett zwischen den Kartons gewöhnt, dass ihm jede Veränderung sofort auffiel. Mitten in der Nacht wachte er auf. Er wusste nicht, ob es ein Geruch oder ein Geräusch war, das ihn irritiert hatte, er wusste nur, dass etwas nicht stimmte. Da, ein Scharren! Dann wieder Stille. Jemand musste im Keller sein. Er horchte angestrengt in die Dunkelheit und wagte nicht, die Taschenlampe anzuknipsen. Er versuchte, beim Aufstehen kein Geräusch zu verursachen, und schlich zur Tür. Er horchte wieder – nichts.

Vorsichtig hängte er das Schloss aus und öffnete die Tür einen Spalt. Das Knarren erschreckte ihn, er hielt sofort inne und lauschte erneut. Ganz schwach war etwas vom anderen Ende des Kellers zu hören. Ein regelmäßiges Atmen, ein leichtes Schnarchen.

Verdammt, ein Penner hat sich eingenistet, dachte Lucas. Von ihm stammte vermutlich auch der Uringeruch, den er neulich wahrgenommen hatte. Er tastete sich langsam in seinen Verschlag zurück und schloss die Tür. Der andere durfte ihn nicht zu sehen bekommen, sonst war es vorbei mit dem sicheren Versteck. Lucas nahm sich vor, morgen ganz besonders früh aus dem Haus zu schleichen. Damit war das Problem aber nicht gelöst. Wenn die Spedition mitbekam, dass sich ein Obdachloser im Keller eingenistet hatte, musste er mit Kontrollen und sogar mit seiner Entdeckung rechnen. Sein Unterschlupf war nicht mehr sicher, so viel stand fest.

Wieder ein Geräusch, erneutes Scharren oder Schlurfen. Der Obdachlose haut vor Sonnenaufgang ab, dachte Lucas und drehte sich auf die andere Seite. Konnte er einfach liegen bleiben? Er beruhigte sich. Der Pförtner kam erst gegen acht. Noch ein paar Stunden Ruhe. Jetzt schien sein unbekannter Mitbewohner die Treppe erreicht haben. Doch die Schritte entfernten sich nicht, sie bewegten sich im Keller vor und zurück, kamen näher und verhallten dann wieder. Eine Tür knarrte so leise, als ob jemand vermeiden wollte, einen Schlafenden zu wecken. Wieder ein paar vorsichtige Schritte, noch eine Tür. Das war jetzt ganz nah. Was wollte der gottverdammte Penner? Lucas schälte sich aus dem Schlafsack und sah sich in dem unbeleuchteten Keller um. Langsam gewöhnten sich seine Augen an die Dunkelheit. Ein großer Umzugskarton war halb mit Wäsche gefüllt. Er stieg wie in Zeitlupe hinein, zog den Schlafsack vom Bett und deckte sich damit zu. Er wagte kaum zu atmen und lauschte angestrengt in Richtung Tür.

Die Schritte entfernten sich wieder. Haute der andere endlich ab? Minuten vergingen. Er hörte ein kurzes Rascheln, dann wieder Ruhe.

Er war vor Übermüdung in seinem Karton fast eingenickt, als er eine leise Stimme vernahm. Tatsächlich, da flüsterte oder vielmehr sang jemand ganz in der Nähe seiner Tür ein vertraut klingendes Lied:

»Wenn ich ohne Hoffnung leben müsste,
Wenn ich glauben müsste,
Dass mich niemand liebt,
Dass es nie für mich ein Glück mehr gibt:
Ach, das wär schwer.«

Ein fast stimmloser Sprechgesang, der langsam näherkam. Es war nicht auszumachen, ob es ein Mann oder eine Frau war, die da in geflüstertem Falsett das Zarah-Leander-Lied rezitierte.

Die Tür seines Verschlags sprang krachend auf. Der Lichtschalter klickte.

»Ich weiß, dass du da bist«, flüsterte die seltsam hohe Stimme. Wieder leise schlurfende Schritte. Lucas wagte kaum zu atmen.

»Mit einem Ruck wurde der Karton aufgerissen. Lucas blickte in das Gesicht des Penners, der ihn vor Monaten in der U-Bahn angebettelt hatte. Der andere schaute ebenso verblüfft. Dann entblößte er seinen fast zahnlosen Mund zu einem breiten Grinsen.

»Wir kennen uns doch … Jetzt sagst du nichts mehr, was? Bist selber hier gelandet!«

Der obdachlose Sänger ergriff Lucas am T-Shirt.

»Fühlt sich nicht gut an, was? So als dreckiger Penner. Das hier ist mein Keller. Du verschwindest, hast du kapiert?«

Der Mann spuckte aus und verfehlte Lucas' Gesicht nur knapp. Dann drehte er sich um und schlurfte davon.

Lucas wartete eine halbe Ewigkeit, doch der andere kam nicht zurück. Endlich kletterte er aus dem Karton heraus.

Jeder Knochen in seinem Körper schmerzte. Ein Blick auf die Uhr: kurz vor fünf. Lucas schlüpfte in frische Wäsche, packte die getragene Kleidung mit dem Spuckefleck sorgfältig in den Schmutzwäschesack, prüfte, ob er Zahnbürste, Zahnpasta und Duschgel dabei hatte, und schlich vorsichtig hinaus. Er wagte nicht, sich weiter umzusehen und das Versteck des Penners zu inspizieren. Vorsichtig kletterte er durch das Fenster und trabte unbehelligt über den Hof.

An der Fennbrücke, dem Übergang von Tiergarten nach Wedding, befand sich neben einem schmierig wirkenden Sexshop eine kleine Bäckerei. Lucas hatte die verbliebene Nachtstunde auf einer Bank nahe dem Geschäft gewartet, bis es um sechs Uhr öffnete. Er nahm sein Frühstück im Stehen ein. Ungewaschen und mit ungeputzten Zähnen. Er musste eine neue Bleibe finden, so viel stand fest. Aber wohin? In Annas Wohnung wollte er nicht zurück. Sie konnte jederzeit zurückkehren und wäre vermutlich über einen Mitbewohner nicht erfreut. Er brauchte einen neuen Lagerraum. Mit Annas Ente würde er den Transport in mehreren Schüben hinbekommen. Das graue Kunststoffdach ließ sich nach hinten rollen, sodass auch sperrige Gegenstände über das Dach eingeladen werden konnten.

Nach dem Frühstück lief er die Sickingenstraße entlang, ließ ein langgestrecktes weißes Fabrikgebäude hinter sich, in dem sich zwar Dutzende von Firmen, aber keine Spedition mit entsprechendem Lagerraum angesiedelte hatten, und blieb an der Gabelung der Siemens- und der Unionstraße vor dem grün gestrichenen Pissoir stehen. Das Klohäuschen war ein klassizistisches Achteck, dessen Dach von einer kleinen Kopie des Oktogons gekrönt war. Den Blick ins Innere verdeckte eine ebenfalls reich verzierte Sichtwand, die mit zwei verschnörkelten Laternen geschmückt war. Die Kreuzung der Oldenburger-, Sickingen- und Unionstraße wirkte wie ein kleiner Platz in einem Wohnviertel und nicht wie eine Weggabelung in einem Industriegebiet. Sogar eine Eckkneipe war hinter dem Pissoir zu erkennen, der Oldenburger Hof.

Auf der gegenüberliegenden Straßenseite, am Ufer des Westhafenkanals, war gerade eine neue Industriehalle fertig geworden. »Mietlager« stand in blauer Schrift auf der weißen Metallfassade. Ein neues Versteck, direkt am Wasser mit Blick auf die Lagerhäuser am Hafen, freute sich Lucas. Und die Kneipe für den Absacker vor dem Schlafengehen direkt vor der Tür. Obdachlosen-Luxus.

Ein Mann im Büro des Lagerhauses erklärte ihm das Prinzip. Die Idee des Selbsteinlagerns kam aus den USA: Man brachte seine Waren hierher, zahlte einen Monatsbeitrag von fünfundfünfzig Mark und bekam einen Code, mit dem man das unbewachte Lagerhaus öffnen konnte. Die einzelnen Blechverschläge sicherte jeder Kunde durch sein eigenes Vorhängeschloss oder durch ein System, das er für sicher hielt. Eine Alarmanlage verhinderte, dass Unbefugte das Gebäude betreten konnten. Nach 21 Uhr und vor 6 Uhr konnten auch die Kunden nicht in die Halle – so wollte man verhindern, dass sich Obdachlose auf dem Gelände einnisteten.

Lucas spielte den besorgten Geschäftsmann, der seine Ware sicher lagern wollte. Er ließ sich den Türmechanismus erklären und fand heraus, wie er trotz der Alarmanlage im Lagerraum übernachten könnte. Beim Verlassen des Gebäudes musste man sich durch erneute Eingabe des Codes abmelden. Das funktionierte aber auch, wenn die Tür noch nicht geschlossen war. Es war also möglich, sich abzumelden und durch die geöffnete Tür zurück ins Gebäude zu schlüpfen. Lucas überlegte: Er wäre in dem Lagerhaus zwischen neun Uhr abends und sechs Uhr früh gefangen. Und er konnte nicht seinen Raum verlassen, ohne von der Überwachungskamera entdeckt zu werden. Auch das Hineinkommen in seinen Lagerraum nach Eingabe des Abmeldecodes war wegen der Kameras, die Tag und Nacht mit einer Sicherheitszentrale verbunden waren, äußerst schwierig. Der Mann, der ihm geduldig die einzelnen Lagerräume zeigte und ihre Preise nannte, führte ihn durch die Halle. Der erste Gang rechts neben dem Eingangstor wurde offenbar nicht überwacht. Die nächstgelegene Kamera hatte vor allem den Eingang im Auge. Genau in diesem toten Winkel mietete Lucas das kleinste Lagerabteil, zweieinhalb mal zwei Meter. Damit sich die Mieter ihren Lagerraum besser merken konnten, hatten die Self-Storage-Erfinder die einzelnen Gänge mit Straßenschildern versehen. Lucas unterschrieb den Vertrag und bezahlte für den ersten Monat in bar. Ab jetzt wohnte er in der Dorotheenstraße, Abteil 29.

Schon kurz nach neun. Zeit für seine Morgentoilette auf dem Bahnhofsklo.

Er benötigte sechs Touren mit der Ente und fast den ganzen Tag, um seinen Umzug zu bewältigen. Sein neues Zuhause war ein winziges blau lackiertes Rechteck mit geriffelten Blechwänden ohne Fenster. Lucas hatte die Umzugskartons mit seiner Wäsche raumhoch neben dem Platz für das Bett stapeln müssen. Mit Mühe hatte er in dem winzigen Kabuff die Längs-und Seitenteile des Designerbettes zusammenbauen können. Dann hatte er abgeschlossen und war am Pförtnerbüro vorbei ins Freie gegangen.

»Schönen Abend noch!« Lucas erwiderte den Gruß des Wachmannes mit einem lässigen Winken. Er lief auf seinem Spaziergang um den Westhafen herum immer wieder am »Self Storage« vorbei, bis er sicher war, dass niemand mehr im Gebäude war.

Kurz vor 21 Uhr krallte er die Hände in den Maschendrahtzaun und kletterte auf das Lagerhaus-Gelände. An der

Gebäudeseite, an der er auf das Grundstück gelangt war, fehlte eine Überwachungskamera, sodass er unentdeckt zur Tür gelangen und den Zugangscode zum ersten Mal eintippen konnte. Ein Klacken, und er schlüpfte hinein. In zehn Minuten würde er die Tür von innen nicht mehr öffnen können. Er ging noch einmal die Utensilien in seiner Plastiktüte durch: eine Taschenlampe mit frischen Batterien, eine große Trinkflasche mit Leitungswasser, um den Durst zu stillen und die Zähne zu putzen. Eine leere Flasche, um nach dem Zähneputzen auszuspucken, ohne Spuren auf dem Boden zu hinterlassen. Und eine weitere leere Flasche, falls er nachts pinkeln musste.

Lucas stieß die Tür von innen auf, ging hinaus und fing sie mit der linken Hand ab, damit sie nicht ins Schloss schnappen und sich verriegeln konnte. Er tippte erneut den Code ein, zog die Tür so wenig wie nötig auf und rutschte im Liegen durch den Spalt nach innen. Er wartete. Wenige Sekunden, nachdem die Tür ins Schloss gefallen war, klackte der Riegel. Jetzt war er eingesperrt. Er kroch auf allen vieren los und bog in die Königsallee ein. Wäre er aufgestanden, hätte die Kamera, die auf den Eingang gerichtet war, ihn entdeckt und den Alarm ausgelöst. Lucas schlich zu seinem Kabuff, löste das Schloss, krabbelte hinein und konnte sich endlich wieder aufrichten. Die Tür stand einen Spalt offen, da sie nun nicht mehr von außen durch das Schloss gesichert war. Er riss ein Stück Pappe von einem Karton ab, klemmte es von innen unter die Tür und zog sie zu, bis sie von alleine hielt.

Er hob die Kisten von der Matratze, fand seinen Schlafsack samt Nachtwäsche und kroch ins Bettzeug. Es war viel zu früh zum Einschlafen. Also legte er die Taschenlampe auf einen Karton und schlug die Zeitung auf, die er in der Redaktion erbeutet hatte. Er musste versuchen, sich dem neuen Rhythmus anzupassen, den seine Unterkunft forderte. Der Wecker war auf 5 Uhr 40 gestellt, damit er Punkt sechs aus dem Gebäude schleichen konnte.

Mittwoch, 17. August 1988

Er erreichte das RBS-Gebäude zur gleichen Zeit wie Britta Hensel. Sie kam vom Parkplatz an der Messe und winkte Lucas aufgeregt von weitem. »Hast du gestern ›News‹ gesehen?«, waren ihre ersten Worte. Keine Begrüßung. Nein, hatte er nicht.

»Solltest du aber«, sagte sie und drückte im Lift auf die Sieben. »Wir haben es mitschneiden lassen.« Lucas sah sie verdutzt an. »Die schießen voll gegen deine Geschichte.«

Im obersten Stockwerk angekommen, trennten sich ihre Wege. Er lief zur Kassettenausgabe, um sich die Aufzeichnung zu besorgen, Britta musste zur Besprechung mit Stövenhagen. Eine Geiselnahme in Gladbeck hielt die Redaktion auf Trab.

Das Sichtgerät im Freienzimmer war zum Glück nicht belagert. Das Magazin »News«, das ihm schon bei der Nordimex-Geschichte übel mitgespielt hatte, fuhr schweres Geschütz gegen ihn auf. Der Münchner Privatsender zeigte Bilder von der Durchsuchung eines geheimen Waffenlagers. Lucas erkannte sofort den Keller von Franke wieder, in den ihn Hessler vor einigen Tagen geführt hatte. Vermummte SEK-Polizisten trugen alte Wehrmachtskarabiner aus der Tür und schienen sich an dem Kamerateam, das sie dabei filmte, nicht sonderlich zu stören. Schon das war merkwürdig. Noch nie hatte ein Sondereinsatzkommando Lucas oder seinen Kollegen gestattet, bei einem Einsatz dabei zu sein. Jedes Mal, wenn zum Beispiel ein »Visier«-Team gefilmt hatte, wenn Polizisten Demonstranten in die Einsatzfahrzeuge, sogenannte Wannen, schleiften, hatten die Beamten versucht, ihnen die Kamera abzunehmen oder drohend den Knüppel geschwungen.

Auf dem Monitor erschien das Bild Heinz Frankes. Der »News«-Reporter erklärte, Franke habe eine linke Terrorgruppe gebildet, die im Auftrag der DDR-Staatssicherheit

Anschläge verüben sollte. Als Beweis wurde ein Papier eingeblendet, auf dem Frankes Deckname »IM Franz« zu lesen war. Die Polizei, so der Tenor des Berichts, hätte durch die rechtzeitige Entdeckung des Waffenlagers das Schlimmste verhindert. Der Film spekulierte, dass möglicherweise die Stasi hinter den Anschlägen der letzten Wochen steckte, und endete mit der Forderung an die Politiker, mehr für die Innere Sicherheit zu tun. Anklagend wurde Innenminister Zimmermann ins Bild gerückt, der die Antiterrorgesetze nicht zügig genug umgesetzt hatte, ganz zu schweigen von der vaterlandslosen Opposition. Lucas erinnerte sich an Stövenhagens besorgte Bemerkung, er hoffe, dass Mölders mit seinen falschen Behauptungen nicht durchkäme. Bei den Münchner Kollegen hatte der Innenstaatssekretär jedenfalls auf ganzer Linie gesiegt.

Mit einem Stapel Fotos unter dem Arm lief Lucas ins CvD-Zimmer.

»Jetzt ist Mölders fällig«, sagtte er grimmig. Britta Hensel wendete den Blick unwillig vom Fernseher, in dem seit Stunden live über die Gladbecker Geiselnahme berichtet wurde. Lucas zeigte ihr die Bilder aus Frankes Keller und berichtete atemlos, dass der Lagerraum noch vor wenigen Tagen das harmlose Spielzimmer eines Träumers gewesen war, der jetzt plötzlich ein waffenstarrender Terrorist sein sollte.

»Wir zeigen das Stövenhagen«, sagte sie. »Aber ganz kurz!«

»Diese Fotos«, dozierte der Redaktionsleiter, »sind unser einziger Beweis, dass keine Waffen in Frankes Wohnung oder Lagerraum waren, richtig?«

Lucas war verwirrt, dass Stövenhagen seine neuesten Recherchen nicht begeistert aufnahm.

»Wir können Mölders jetzt mehrere Lügen nachweisen«, begann er. »Frankes angebliche Waffen, Frankes angebliche Bekennerschreiben – alles widerlegbar.«

»Ist das jetzt eine persönliche Abrechnung von Lucas Hermes mit Staatssekretär Mölders?«, fragte Stövenhagen, ohne ihn anzusehen, und stieß eine Rauchwolke aus.

»Mölders hat vom Intendanten eine Entschuldigung gefordert«, erklärte Britta Hensel.

Lucas ignorierte den Einwurf und begann, Stövenhagen seine neueste Filmidee vorzutragen. Am Beispiel des Oktoberfest-Attentats könne man darstellen, wie den Linken Anschläge in die Schuhe geschoben würden, und dann die falschen Spuren, die angeblich Franke belasteten, Stück für Stück genüsslich widerlegen. Stövenhagen sah nervös auf seine Armbanduhr. Und dann die Geheimtruppe in Bonn, die Jägerkameradschaft! Noch während seines Vortrags merkte Lucas, dass er überzogen hatte. Stövenhagen jetzt mit Verschwörungstheorien zur Oktoberfest-Bombe und mit einer Reservistenkameradschaft in Bonn zu kommen ... als ob das bei seiner Bombenleger-Story nützen würde.

Die Nachrichten vom Gladbecker Geiseldrama überschlugen sich; Freese stand in der Tür und wartete auf eine Filmabnahme. Lucas kämpfte um seine Story, obwohl er merkte, dass Stövenhagen immer ungeduldiger wurde. Er habe Informanten bei der Polizei, die würden bestätigen, dass eindeutig Opolka, nicht Franke und nicht die Stasi der Urheber der Bekennerschreiben war. »Im Visier« müsste sofort einen Bericht gegen die Lügen von »News« senden! Nach zehn Minuten hatte er Stövenhagen so weit, dass der wenigstens bereit war, sich demnächst die neuen Beweise anzusehen.

»Jetzt aber raus«, grantelte der Chef und fuchtelte abwehrend mit der Hand. »Ich hab weiß Gott noch anderes zu tun!«

Donnerstag, 18. August 1988

Am Abend verfolgte Lucas die Sendung »Im Visier« wieder vor dem Karstadt-Schaufenster in der menschenleeren Wilmersdorfer Straße. Die Sendung berichtete fast ausschließlich über die Geiselnahme in Gladbeck, die vor wenigen Stunden mit dem Tod der entführten Silke Bischoff geendet hatte. »Tödliches Versagen«, war Stövenhagen aus dem Off zu hören. »Die Fehler der Polizei beim Geiseldrama.« Stövenhagen führte ein Schaltgespräch mit Heiner C. Schmitt in Bad Honnef, der den missglückten Zugriff des Sondereinsatzkommandos beschrieb. Es folgte ein kritischer Bericht von Gottlob Freese über Journalisten, die in der Kölner Fußgängerzone aus Sensationsgier Interviews mit den Entführern und Geiseln geführt und die Polizei am Zugriff gehindert hatten. Ein Reporter war sogar zu den Geiselnehmern in den BMW gestiegen und hatte sie aus der Stadt geschleust. Britta Hensel hatte eine Chronologie der letzten drei Tage zusammengeschnitten. Der Beitrag endete mit dem Schwarz-Weiß-Foto des verschwitzten Entführers Dieter Degowski, der der schreckensstarren Silke Bischoff einen Revolver an den Hals hielt. »Im Visier« präsentierte sich als topaktuelles kritisches Magazin. Und er, Lucas Hermes, war an dieser Ausgabe der Sendung nicht beteiligt. Sein Triumph von vergangener Woche schien schon wieder zu verblassen.

Am Ende der Sendung erklang der kurze Jingle, der Stövenhagens Kommentar ankündigte. Nicht jede Woche gab es die Rubrik »Auf ein Wort«, nur dann, wenn Stövenhagen es für angemessen hielt. Lucas war plötzlich hellwach. Was würde der Chef diesmal in seiner unvergleichlich trockenen Art verkünden?

Stövenhagen saß im Studio und blickte ruhig auf das vor ihm liegend Papier. Er hob den Kopf, sah in die Kamera und sagte mit fester Stimme: »Auf ein Wort.« Kunstpause, fester

Blick auf die Zuschauer. Ein Ritual, hundertfach erprobt. Erst dann begann er mit seinem Kommentar.

»Wenn Innenminister Zimmermann schärfere Antiterrorgesetze fordert, dann ist das mutig. Denn populär ist es nicht, die Freiheit aller Bürger zu beschneiden.«

Lucas ballte die Fäuste.

»Wir haben in den letzten Wochen bitter erkennen müssen«, fuhr der Redaktionsleiter fort, »dass der Terror, wie wir ihn in den Siebzigerjahren erlebten, auch heute weitergeht. Die Anschläge von Rechtsradikalen *und* von Linksextremisten bedrohen unseren Staat, unsere demokratische Gemeinschaft. Diese demokratische Ordnung zu erhalten ist die Aufgabe unserer Politiker. Wir Bürger haben zwar das Recht, dass der Staat uns so wenig wie möglich überwacht und kontrolliert. Doch wir haben noch ein weiteres Recht, das die Politiker ernst nehmen sollten.«

Stövenhagen machte erneut eine Kunstpause, um seinem Schlusssatz besondere Wirkung zu verleihen.

»Das Grundrecht auf Sicherheit. Guten Abend!«

Das saß. Wie gerissen der Alte war! Letzte Woche hatte er sich noch über den Konflikt mit dem Innenministerium gefreut. Jetzt knickte er vor den Herren Zimmermann und Mölders ein und verkaufte das auch noch als besonders kritische Haltung. Lucas' Euphorie der letzten Tage wich einem Ekelgefühl. Morgen in der Redaktion würde es wieder Schulterklopfen und anerkennende Blicke für Stövenhagen geben. Die anderer Meinung waren, würden sich vor jeder Stellungnahme hüten. Sie würden schweigend und mit ausdruckslosen Gesichtern in der Konferenz sitzen und zur Tagesordnung übergehen. Für die nächste Sendung, in der sie ihre Themen unterzubringen hofften.

Vor seiner neuen Unterkunft in der Sickingenstraße verlangsamte Lucas den Schritt. Er hatte völlig vergessen, dass das Mietlager nach 21 Uhr verriegelt war. Er versuchte gar nicht erst, den Zaun zu überwinden und den Code einzutippen. Lucas Hermes war gezwungen, sich eine Bank zu suchen und im Freien zu übernachten. Zum Glück war es eine warme Sommernacht.

Freitag, 19. August 1988

Lucas legte Klamm die Fotos aus Frankes Keller auf den Tisch und vermied, dem Kommissar zu nahe zu kommen. Zwar hatte er nach der Nacht auf der Bank im Mierendorffpark im Bahnhof Zoo geduscht, doch er trug dieselbe Kleidung, in der er geschlafen hatte. Roch er? Vorsichtig setzte sich Lucas auf den Stuhl vor Klamms Schreibtisch und rückte noch etwas weiter zurück. Die Fotos überführten den faulen »News«-Bericht über Frankes angebliches Waffenlager der Lüge. Er erzählte, wie sein Kollege Freese »ganz zufällig« Verfassungsschutz-Erkenntnisse über Franke in die Hand bekommen hatte und seine Widerlegung von Mölders' These, Franke sei der Bombenleger, dadurch verhindert worden war.

»Mölders ist ein Lügner«, zischte Klamm. »Und er scheint nicht allein zu sein.«

Jetzt berichtete Klamm, wie der Staatsschützer Dr. Herbert ihm Franke als von der Staatssicherheit gelenkten Täter schmackhaft zu machen versuchte. Durch die Verfassungsschutzakten und die Manipulation hinsichtlich der Bekennerschreiben war die Ermittlungslage so verworren geworden, dass an eine eindeutige Aufklärung der Bombenserie kaum noch zu denken war. Franke war am Tag nach seiner Einlieferung ins Westend ins Haftkrankenhaus verlegt worden.

»Etwas Gutes hat die Sache mit Franke«, bemerkte Klamm mit listigem Gesicht. »Wenn Opolka für alle drei Bomben verantwortlich wäre, müsste die Staatsanwaltschaft mit seinem Tod die Akte schließen. Kein lebender Täter, kein Ermittlungsverfahren. Es gäbe keine Ermittlungsgruppe ›Bombe‹ mehr und sie würden uns mit anderen Fällen zuschmeißen.«

Lucas nickte grimmig. Der Gedanke, dass Klamm sich an Franke als möglichen Täter klammerte, um weiter ermitteln zu können, gefiel ihm nicht.

Wie auf ein Stichwort riss Jasmin Berger die Tür auf.

»Franke ist tot!«

Klamm schlug mit der Faust auf den Tisch.

»Das gibt's doch nicht! Wie ist er gestorben?«

»Die Vollzugsbeamten haben ihn erhängt aufgefunden«, antwortete die Kommissarin.

»Aufgehängt! Ein Mann ohne Hände!«, knurrte der Hauptkommissar. »Wir müssen sofort ins Haftkrankenhaus, bevor da jemand aufräumt!«

Klamm sprang auf, legte das Pistolenholster an und griff nach dem karierten Jackett, das über dem Bürostuhl hing. Er blieb in der Tür stehen und sah Lucas prüfend an.

»Du musst mit deinen Informationen an die Öffentlichkeit. Nur im Scheinwerferlicht bist du geschützt.« Dann rannte er los.

Lucas blieb ratlos zurück. Er hatte Klamm noch so viel zu sagen. Über die Jägerkameradschaft. Über Schwieger, Ladurner und Mölders.

Franke hing mit blauem Gesicht am Fensterkreuz seines Zimmers im Gefängniskrankenhaus. Der Hals des Toten wurde von einem Streifen Matratzenstoff zusammengeschnürt. Klamm ging näher heran, griff vorsichtig an Frankes Schädel und bewegte ihn leicht hin und her. Es knackte leise.

»Wer hatte Zugang zu der Zelle?«

»Nur die Vollzugskräfte.« Ein unauffälliger schlanker Mann in den vierzigern trat neben Klamm. Offenbar der Vollzugsdienstleiter.

»Und wer hatte Dienst, als das passierte?«

»Der Kollege Senftleben war in der Nacht Diensthabender. Wir haben ihn noch nicht erreicht.«

»Was soll das heißen?«, fragte Klamm ungeduldig.

»Er hatte Nachtschicht und geht bis jetzt nicht ans Telefon.«

»Haben Sie jemanden hingeschickt?«

»Er öffnet nicht.«

Klamm nickte seinen Beamten zu.

»Sofort zur Wohnung Senftleben und die Tür aufbrechen!« Die beiden Polizisten verschwanden.

»Sie meinen ...«

»Er ist entweder Opfer eines Verbrechens geworden oder selbst der Täter.« Klamm sah den Vollzugschef grimmig an. »Die dritte Variante wäre, dass der Mann einen guten Schlaf hat. Aber ich glaube nicht an den Weihnachtsmann. Wenn er nicht zu Hause ist: Fahndung!«

Klamm bestand darauf, dass seine Leute den Raum untersuchten. Dann erst ließ er den Leichnam abnehmen und begleitete den Pathologen Dr. Petersen mit seinem neuesten Forschungsobjekt in die Gerichtsmedizin.

Nach einer kurzen Untersuchung zog Petersen die Stirn kraus.

»Mit der Leiche stimmt etwas nicht.«

»Was Sie nicht sagen«, ächzte Klamm, der neben dem Edelstahltisch unter dem kalten Neonlicht saß.

»Mal abgesehen davon, dass er sich ohne Hände kaum selbst erhängt haben kann: Wenn man am Fensterkreuz hängt und nicht aus großer Höhe in die Schlinge gesprungen ist, drückt man sich durch das Körpergewicht die Halsschlagader und den Adamsapfel zu.«

»Und bricht sich nicht den Halswirbel«, ergänzte der Kommissar.

»Für mich sieht das so aus, als hätte jemand dem Mann erst das Genick gebrochen und ihn dann aufgehängt.« Petersen sah den Toten nachdenklich an. »Es häuft sich ein bisschen mit den merkwürdigen Toden, finden Sie nicht?«, fuhr der Arzt fort. »Erst der Rettungsassi ...«

»Der Tote aus dem Kanal?« Klamm horchte auf. »Sie haben doch selber gesagt, da sei nichts auffällig?«

»Na, dem wurde nicht die Halswirbelsäule gebrochen. Der ist definitiv ertrunken.«

»Und was war dann das Merkwürdige an seinem Tod?«

»Der Alkohol. Er hatte zwar ein paar Bier intus und ein kleines bisschen Whisky. Aber eigentlich nicht genug, um besoffen ins Wasser zu fallen und zu ertrinken.«

»Also Fremdeinwirkung?«

»Absolut nichts – keine Spur. Jedenfalls keine sichtbare.«

Nicht die Nerven verlieren, ermahnte sich Klamm. Der Pathologe, hoffte er, könnte ihm noch nützlich sein, wenn erst einmal die Zeit für die Abrechnung mit Dr. Herbert und seinen Freunden gekommen war.

Auf Torsten Happelin war Verlass. Lucas entdeckte seinen kahlen Schädel sofort in der Menge der Reisenden, die durch die Milchglastür hinausdrängten. Happelin hatte nur leichtes Handgepäck dabei, um nicht am Laufband auf seinen Koffer warten zu müssen.

»Ich hoffe, deine Geschichte ist gut. Das Ticket war sauteuer!«, scherzte er.

Die beiden gingen zur Ente, die Lucas im Rondell des Flughafens Tegel geparkt hatte. Vier Mark für zehn Minuten Parken, fluchte er innerlich. Eine Viertelstunde später hatten sie das Freienzimmer erreicht. Lucas spielte Happelin die Szene vor, die Anna in ihren letzten Minuten in Freiheit gefilmt hatte. Er merkte, dass seine Hände beim Betrachten der Bilder wieder zu zittern anfingen. Dann wechselte er die Kassette und zeigte dem Bonner Reporter den »News«-Bericht über die Razzia in Frankes Keller.

Er griff in seine Aktentasche.

»Das sind die Fotos, die ich kurz vor der Razzia im angeblichen Waffenlager von Franke gemacht habe.« Happelin stieß einen anerkennenden Pfiff aus, als er die Bilder in die Hand nahm. »Damit allein ist Mölders schon der Lüge überführt«, sagte Lucas atemlos und zog ein weiteres Dokument aus der Tasche.

»Das ist Frankes handschriftliches Manifest für seine antifaschistische Gruppe. Es beweist, dass er nicht Autor des dritten Bekennerschreibens war. Noch eine Lüge von Mölders.«

Lucas wurde immer aufgeregter. Er hatte eine verdammt gute Geschichte in der Hand, die Stövenhagen partout nicht haben wollte. Es bedurfte eines gewissen Maßes an Druck, um den Redaktionsleiter doch noch zu überzeugen, und dafür sollte Torsten Happelin sorgen.

»Den Rest kennst du ja schon: Im Vereinsregister-Auszug der Jägerkameradschaft steht Daniel Schwieger, der Tote aus dem Landwehrkanal, ein ehemaliger Fallschirmjäger. Das Jägerbataillon, zu dem Schwieger und Ladurner gehören, gibt es aber nirgendwo in der Bundeswehr.«

Happelin blickte auf die Uhr. Sie mussten los.

Es war Zeit, den Journalisten gegenüberzutreten. Dr. Herbert hatte die Linie mit Klamm eindringlich durchgesprochen. Keine Spekulationen, keine falschen Verdächtigungen. Thema ist der Tod Frankes. Bei Nachfragen so knapp wie möglich antworten.

Hoffentlich hat Hermes den Wink verstanden, dachte Klamm. Er hatte persönlich die Ankündigung der kurzfristig angesetzten Pressekonferenz an die »Visier«-Redaktion gefaxt und hoffte, dass Lucas die richtigen Fragen stellen würde.

Gemeinsam mit dem Pressesprecher betraten der Ermittlungsführer der EG »Bombe« und der Staatsschützer den weiß gestrichenen Saal. Etwa dreißig Journalisten besetzten die Stühle vor dem erhöht stehenden langen Tisch. Hinter dem Podium prangte das Logo der Berliner Polizei, ein zwölfzackiger goldener Stern mit dem Berliner Bären unter einer goldenen Laubkrone in der Mitte. An den Seitenwänden standen vier Fernsehkameras, die auf den Tisch mit den Mikrofonen der TV- und Radiostationen gerichtet waren.

Der Pressesprecher erteilte zuerst Hauptkommissar Klamm das Wort. Der Ermittler berichtete mit sachlicher Stimme, dass Heinz Franke tot im Haftkrankenhaus aufgefunden worden war. Ein Raunen ging durch die Reihen. Klamm schob sofort nach, dass alles getan werde, um zu prüfen, ob ein Fremdverschulden vorliege.

Dann war Dr. Herbert dran. Er legte dar, dass das Bombenopfer Heinz Franke sich in den Fünfzigerjahren der Staatssicherheit der DDR als Zuträger angeboten habe und seither regelmäßig nach Ost-Berlin gereist sei, oft nur für wenige Stunden, was den Verdacht einer Agententätigkeit verstärke. Eine Journalistin hob den Arm. »Verdächtigen Sie Franke als Bombenleger?«

»Wir müssen das, nachdem wir Uniformen und Waffen in einem konspirativen Keller des Franke gefunden haben.« Die Reporterin gab sich damit zufrieden.

Jetzt ging Happelins Arm hoch.

»Kommissar Klamm, hat die Polizei untersucht, ob Heinz Franke der Verfasser der Bekennerschreiben ist?«

Dr. Herbert sah irritiert zu Klamm hinüber. Der setzte sein Pokergesicht auf.

»Wir haben natürlich alle Beweismittel kriminaltechnisch untersucht«, begann der Kommissar. »Danach können wir mit Sicherheit ausschließen, dass Franke der Autor der Bekennerbriefe ist.«

Wieder ein Raunen im Saal. Klamm beugte sich leutselig zu Dr. Herbert hinüber und reichte ihm die Schriftanalyse.

»Gerade fertig geworden«, flüsterte er. Die Hände der Journalisten flogen hoch.

Der Staatsschützer zog den Kopf ein, als ob Pistolenkugeln durch den Raum pfiffen.

»Heißt das, dass Staatssekretär Mölders hinsichtlich der Täterschaft Frankes gelogen hat?«, rief eine Reporterin.

»Ich habe keinen Grund, an der Aufrichtigkeit des Herrn Staatssekretär zu zweifeln. Die Schriftanalyse ist soeben erst fertig geworden und war Herrn Mölders nicht bekannt.«

»Gibt es Belege für die Urheberschaft des anderen Bekennerschreibens, das die Sendung ›Im Visier‹ zitiert hat?«, hakte Happelin nach.

»Aus ermittlungstaktischen Gründen kann ich Ihnen dazu leider nichts sagen«, ergriff Dr. Herbert das Wort, bevor Klamm antworten konnte. Der Staatsschützer hatte sich wieder gefangen. »Erst einmal ist zu ermitteln, wie das Schreiben in die Öffentlichkeit gelangen konnte.« Das war eine Drohung gegen die Journalisten.

»Rechnen Sie mit weiteren Anschlägen?«, fragte ein junger Reporter. Der Typ hat nichts kapiert, dachte Lucas. Dr. Herbert war äußerst dankbar für die Frage, schwadronierte über die erhöhte Gefahrenlage und verstärkte Patrouillen der Berliner Polizei und appellierte an die Wachsamkeit der Bürger.

»Melden Sie Verdächtiges wie herrenloses Gepäck.«

Wieder ergriff Torsten Happelin das Wort. »Staatsekretär Mölders ist Bundesbruder eines rechtsextremen Terroristen. Der Sohn eines weiteren Terroristen ist Mitglied einer Reservistenkameradschaft der Bundeswehr. Sehen Sie die Gefahr einer zu großen Nähe staatlicher Stellen zu rechtsextremen Gewalttätern?«

Kopfschütteln unter den Kollegen. Die Journalisten, die den Besuch von Pressekonferenzen für die wichtigste Form der Informationsgewinnung hielten, hatten wenig Verständnis für Themen, die noch in keiner Agenturmeldung aufgetaucht waren und die sowieso keiner kapierte.

Happelin macht seine Sache gut, dachte Lucas. Die RBS-Kamera war auf Herberts Gesicht gerichtet und fing erbarmungslos die Reaktion des Staatsschutzbeamten ein.

Herbert presste die Lippen aufeinander, als ihn die Frage unvorbereitet erwischte, er blinzelte nervös und riss dann die Mundwinkel zu einem gequälten Lächeln hoch.

Das könnte er gut in seinen nächsten Film einbauen.

»Die Frage geht eher an den Staatsschutz«, sagte der Pressesprecher. Klamm schmunzelte verhalten. Der ihm unbekannte Journalist war offenbar von Hermes gebrieft worden und stellte für den RBS-Reporter die Fragen.

»Diese Frage ist eine Unterstellung und so falsch, dass ich nicht die Absicht habe, darauf einzugehen«, sagte Herbert mit zorniger Miene. »Sicherlich hat niemand in der Regierung enge Kontakte zu Rechtsextremisten.« Er presste erneut die Lippen zusammen, nickte knapp und machte so dem Pressesprecher klar, dass die Pressekonferenz beendet war. Die drei Beamten ignorierten die Arme, die jetzt nach oben schnellten, und erhoben sich. Lucas sah über die Schulter. Die Kamera lief, der Kameramann hob den Daumen.

»Vielen Dank, meine Damen und Herren«, sagte der Pressesprecher und verließ mit Klamm und Herbert das Podium.

Als Ernst Klamm seine Bürotür öffnete, kam Jasmin Berger atemlos den Flur hinuntergelaufen.

»Wir haben die Wohnung von Senftleben aufgebrochen!«, rief sie atemlos.

»Und – lebt der Mann?«

»Keine Spur von ihm«, keuchte Berger.

»Dann läuft die Fahndung?«

Sie schüttelte den Kopf. »Nicht nach ihm. Wir haben dem Leiter des Haftkrankenhauses das Foto von Dieter Senftleben gezeigt, das für seinen Ausweis im Einwohnermeldeamt liegt. Um sicherzugehen, dass er noch genauso aussieht, Haare und so.«

»Und?«

»Der Direktor sagt, er habe diesen Mann noch nie gesehen.«

Klamm schluckte. Er hielt noch immer die Türklinke in der Hand.

»Seit wann war dieser Senftleben in der JVA?«

»Seit einem Jahr. Papiere und alles andere waren in Ordnung.«

»Du willst mir sagen«, schnaubte Klamm, »dass es einer schafft, mit falscher Identität in den Berliner Justizdienst zu kommen?«

Jasmin Berger nickte. »Wir haben aber ein Foto – aus der Personalakte der Justizvollzugsanstalt.«

»Und wie sieht er aus?«

»Er sieht Senftleben ein bisschen ähnlich, ist aber kräftiger, athletischer. Das Foto ist an alle Polizei- und Grenzschutzstellen rausgegangen. Wir gleichen es gerade mit unseren Fotodateien ab.«

Mittwoch, 24. August 1988

Südlich der Bergmannstraße begann das Kreuzberger Totenreich. Gleich vier Friedhöfe lagen nebeneinander und konkurrierten um die Gunst der Lebenden, ihre dahingeschiedenen Verwandten in der Erde zu versenken.

Die kleine Prozession bog schweigend von der Schleiermacherstraße in die Bergmannstraße ein und kam nach einem Marsch durch endlose Gräberreihen an einem frisch ausgeschachteten Erdloch auf dem Dreifaltigkeitsfriedhof zum Stehen. Es war eine ungewöhnliche Trauergemeinde. Vermummte Schüler mit Kapuzenjacken, die sich zur autonomen Szene zählten, standen neben ergrauten Altkommunisten und wohlgenährten Alt-Achtundsechzigern, von denen einige die einst besetzten Wohnungen in Privateigentum verwandelt hatten und allabendlich in der Osteria Nr. 1 bei Wein und Pasta zusammenhockten. Linke Anwälte, ein Fahrradkurierkollektiv in Dienstkleidung und ein evangelischer Pfarrer vervollständigten die Szene. Die Totengräber hoben Frankes Sarg auf zwei Bretter, die quer über der Grube lagen. Dann sicherten sie den Sarg mit schweren Tauen, stießen mit den Füßen die Bretter weg und versenkten den Toten behutsam in der Grube. Die Trauernden traten einzeln oder in Paaren vor, warfen Erde und Blumen auf den Sarg. Rote Nelken dominierten. Viele ballten die Faust zum Gruß und verharrten schweigend an der letzten Ruhstätte von Kommunisten-Heinz. Die Einsatzwagen der Polizei waren in den Seitenstraßen versteckt. Der Polizeipräsident wusste, dass die Stimmung explosiv war und die Szene den Tod Heinz Frankes als einen politischen Mord wertete. Doch er hatte Anweisung vom Innensenator, hart durchzugreifen, falls die Chaoten es wagen würden, die aufgeheizte Situation für Gewalttaten zu nutzen.

Zehn Männer hatten einen Halbkreis hinter der Grube gebildet, während die Kondolierenden nacheinander ans Grab traten. Die Männer griffen sich mit der Rechten wie auf ein Kommando gleichzeitig an die Nasen, als wollten sie sich schnäuzen. Ein mehrstimmiges Pfeifen setzte ein, und nach den ersten dissonanten Tönen wurde allmählich eine Melodie hörbar. Mit einem Klang, als ob Zwerge mit Kopfstimme heulten, ertönte die Hymne der amerikanischen Bürgerrechtler: *We shall overcome.*

Das Nasenflötenorchester, das gelegentlich in Kreuzberger Kneipen auftrat und dort Kultstatus genoss, ehrte Heinz Franke.

Die Videoteams der Berliner Polizei, die auf umliegenden Dächern mit ihren Teleobjektiven lauerten, filmten jeden einzelnen der Musiker und versuchten, so viele Gesichter aus der Trauergemeinde wie möglich für das Archiv des Staatsschutzes einzufangen. Einige in der Trauergesellschaft zogen ganz offen an ihren Joints. Verstöße gegen das Betäubungsmittelgesetz waren das Mindeste, was von dieser Gruppe zu erwarten war, dachte Dr. Herbert kopfschüttelnd. Er verfolgte gebannt die Liveübertragung des Flötenkonzerts vom Einsatzzentrum aus.

»Ein übler Bursche war das«, meinte er bekümmert. »Ein ganz übler Bursche.«

Acht Seiten Manuskript! Happelin hatte einen ganz schönen Riemen geschrieben. Lucas wartete, bis das letzte Blatt aus dem Fax gelaufen war. Dann trennte er die einzelnen Seiten der Thermopapierrolle mit einem Lineal und ging mit dem Stapel zu Britta Hensel. Sie studierte den Artikel, las aufmerksam Blatt für Blatt.

»Ich rede mit Stövenhagen«, sagte sie, stand entschlossen auf und klopfte an die Bürotür. Am Abend würde der erste Andruck der Rheinischen Rundschau mit der Geschichte über die geheimnisvolle Reservistenkameradschaft herauskommen und Zweifel am Waffenlager Frankes äußern, belegt durch Lucas' Fotos. Eigentlich war das ein Grund, ihn für immer aus der »Visier«-Redaktion zu jagen. Doch die Fotos hatte er als freier Mitarbeiter in eigener Verantwortung geschossen, nicht im Auftrag von »Im Visier«. Dennoch pokerte Lucas hoch. Wenn Stövenhagen sein Erpressungsversuch mit der Happelin-Story nicht gefiel, könnte der Redaktionsleiter ihn ohne Begründung zum Teufel schicken.

Britta Hensel war schon seit zehn Minuten im Chefzimmer verschwunden. Lucas lauschte angestrengt. Kein Gebrüll, nichts. Las Stövenhagen sich etwa Happelins Geschichte durch?

Es dauerte eine weitere endlose Viertelstunde, bis Britta Hensel vorsichtig die Bürotür hinter sich zuzog und zurück in ihr Büro kam. Sie sah Lucas einen kurzen Moment schweigend an.

»Du hast drei Minuten«, sagte sie mit tonloser Stimme.

»Drei Minuten? Das reicht unmöglich, um die Geschichte zu erzählen!« Lucas sprang erregt auf.

»Wofür hältst du dich eigentlich?«, kam es pampig zurück. Britta Hensel warf ihm das Manuskript auf den Schreibtisch.

Lucas raffte die Blätter zusammen, lief ins Freienzimmer und sortierte sein Drehmaterial und die Dokumente. Die Disponentin hatte nur noch in der Nacht einen freien Schnittplatz übrig.

Donnerstag, 25. August 1988

Schon am Vormittag kamen die ersten Agenturmeldungen, die auf Happelins Geschichte reagierten. Die Oppositionsparteien forderten rückhaltlose Aufklärung, einige Grüne wollten Mölders sogar vor einen Untersuchungsausschuss zerren.

Lucas hatte seinen Beitrag in der Nacht fertig geschnitten und die Cutterin gegen vier Uhr früh nach Hause geschickt. Dann war er zurück in den Schneideraum gegangen, hatte drei Bürostühle nebeneinander geschoben und sich in gekrümmter Haltung ein paar Stunden hingelegt. Um acht war er völlig gerädert in das kleine Café am Theodor-Heuss-Platz geschlichen und hatte versucht, mit zwei doppelten Espressi wieder auf die Beine zu kommen. Er war zurück ins Funkhaus getrottet, hatte seine Zähne in der Redaktionstoilette geputzt und sich notdürftig das Gesicht und unter den Armen gewaschen. Er ärgerte sich, dass sein »Visier«-Bericht am Abend wie ein hastig zusammengeschnittener Nachklapp zu Happelins Exklusivgeschichte wirken würde. Stövenhagen hatte geschickt seinen Kopf aus der Schlinge gezogen. Der Staatssekretär wartete nur auf eine weitere Provokation nach dem ersten »Visier«-Bericht über den Burschenkommers. Mölders' Parteifreunde in den Aufsichtsgremien des RBS könnten solange Druck auf den Intendanten ausüben, bis der den Redaktionsleiter fallen ließ. Jetzt konnte Stövenhagen zu seiner Verteidigung vorbringen, er habe nur auf die allgemeine Nachrichtenlage reagiert, die nach Happelins Artikel entstanden sei. Chronistenpflicht.

Mittags ging Lucas allein in die RBS-Kantine und aß eine Möhrensuppe mit reichlich Weißbrot. Am Sendetag waren die meisten Kollegen in den Schneideräumen und hatten keine Zeit für ein gemeinsames Essen. Am Nachmittag gammelte er kaffeetrinkend im Archiv und im Freienzimmer herum. Dann, kurz vor 17 Uhr, kam eine kurze Tickermeldung, die aus ganzen drei Sätzen bestand. Lucas rieb sich die Augen.

»Innenstaatssekretär Eckart Mölders hat überraschend seinen Rückzug aus der Politik angekündigt. Er suche neue Herausforderungen in der Wirtschaft, ließ der Politiker über einen Sprecher des Senats bekannt geben. Spekulationen, wonach der Rücktritt mit Presseveröffentlichungen der letzten Tage zu tun habe, wies der Sprecher als ›haltlose Vermutungen ohne jeden Wahrheitsgehalt‹ zurück.«

Britta Hensel wies Lucas unverzüglich einen Schneideraum zu. Mit Hilfe einiger Archivbilder arbeitete er Mölders' Rücktritt in seinen Beitrag ein. Dafür hatte er dreißig Sekunden zusätzlich bekommen. Sein Anruf in der Pressestelle des Innensenators war erfolglos gewesen. Nein, man wisse nicht, für welches Unternehmen der Herr Staatssekretär künftig tätig werden wolle. Das könne nur der Herr Staatssekretär selbst sagen, und der sei derzeit verreist und nicht zu sprechen.

Die Abnahme des Films war eine Formsache.

»Gut so!«, knurrte Stövenhagen nach einem flüchtigen Blick auf den neuen Anfang und verschwand sofort wieder in seinem Büro, um weiter an der Moderation zu schreiben. Lucas lief in das kleine Tonstudio im dritten Stock, begrüßte Ronald, den Toningenieur, der hinter einer Glasscheibe am Mischpult saß und seit Jahren die »Visier«-Beiträge vertonte. Lucas setzte den Kopfhörer auf, ordnete die Blätter seines Manuskripts und räusperte sich.

»Ein Pröbchen hätte ich gerne«, kam Ronalds Stimme aus dem Kopfhörer.

Lucas las die ersten Zeilen des Manuskripts. Seine Stimme klang heiserer als sonst.

»Und es geht los!« Auf dem Monitor erschien das Startkreuz, gefolgt vom Countdown der weißen Zahlen auf schwarzem Grund, von zehn bis eins, bis zum Filmanfang. Lucas zählte mit und öffnete die Lippen, als das erste Bild erschien: Staatssekretär Mölders in Zeitlupe im Parlament bei seiner letzten Erklärung. Lucas presste die Worte dramatisch hervor: »Das ist der letzte Auftritt des Staatssekretärs Eckart Mölders. Heute ist er zurückgetreten. Zurückgetreten wegen einer Lüge zu viel.« Es folgte Mölders' O-Ton, in dem er Franke als Terroristen bezeichnete, dann kamen die »News«-Bilder aus dessen angeblichem Terrornest, danach Lucas' Fotos, die den Terrorvorwurf widerlegten.

Lucas kam sich bedeutend vor, als er zwanzig Minuten später den Kopfhörer abnahm und zum Mischpult hinüberblickte. Ronald hob den Daumen und nickte zustimmend.

Im Lauf des Abends verstummten in den Agenturen die Forderungen nach einem Untersuchungsausschuss. Jetzt war bei der Opposition nur noch von »Genugtuung« über den Rücktritt des Staatsekretärs die Rede. Lucas verbrachte die Zeit bis zur Sendung allein im Freienzimmer. Die anderen Kollegen waren entweder nach Hause gegangen oder noch in der Sprachaufnahme für ihre Beiträge. Kurz vor Sendebeginn lief er in den Regieraum im dritten Stock, in dem angespannte Betriebsamkeit herrschte, und nahm auf einem Sessel in der zweiten Reihe Platz.

In der Mitte des Regiepultes saß Britta Hensel und studierte den getippten Ablaufplan. Neben ihr gab der Ablaufregisseur letzte Kommandos. Die Monitore zeigten Stövenhagen in verschiedenen Einstellungen im Studio, auf einem der

Bildschirme klickte die für die Namensbauchbinden zuständige Studentin die Inserts für die einzelnen Beiträge durch.

»Und ab!«, rief der Regisseur. Die »Visier«-Musik ertönte. Auf einem Monitor lief der Vorspann, auf dem Schirm daneben lag das Startkreuz des ersten Beitrags, noch einen Monitor weiter nahm Stövenhagen in einer Naheinstellung Haltung an. Nach zwei Moderationen und zwei Beträgen war es soweit. Der Film lief an dritter Position. Lucas beobachtete den Studiomonitor, auf dem Stövenhagen zu sehen war, während der Beitrag abgespielt wurde. Der Redaktionsleiter verfolgte mit ernster Miene den Bericht. Bei der Szene, in der Mölders' Rücktritt zur Sprache kam, verzog er den Mund zu einem spöttischen Lächeln.

»Noch fünf Sekunden!«, rief die Bildmischerin. Stövenhagen nickte. Sie legte einen Hebel um und der Redaktionsleiter war wieder auf Sendung. Keine Abmoderation. Das nächste Thema. Lucas ließ sich erleichtert in den Sessel sacken. Ein warmes Gefühl der Genugtuung durchströmte ihn. Er hatte den mächtigen Staatsekretär in die Knie gezwungen. Hatte er nicht eben so etwas wie Stolz in Stövenhagens Augen gesehen? Er stand vorsichtig auf und ging hinaus auf den Theodor-Heuss-Platz. Ein warmer Sommerabend mit klarem Himmel. Die Sterne waren zu sehen, es wurde also schon früher wieder dunkel. Nur noch ein paar Wochen, dann würde es Herbst sein, dachte Lucas und machte sich zu seinem Abendspaziergang auf. Er ging den Kaiserdamm hinunter und spürte, wie das Gefühl des Triumphs in ihm immer matter wurde. Das kannte er schon. Nach jedem Film fiel er in ein Loch, unfähig, sich für das nächste Projekt zu motivieren. Die letzten Tage waren eine übermäßig große Kraftanstrengung gewesen. Jetzt kam die Angst zurück. Er dachte an Anna. Warum hatte sie sich noch immer nicht bei ihm gemeldet?

Verdammt! Wieder hatte er vergessen, dass sein Nachtquartier zu dieser Zeit nicht mehr offen war. Lucas kehrte um und lief in das RBS-Gebäude zurück. Wie in der Nacht zuvor schob er im Freienzimmer drei Bürostühle zusammen und versuchte, sich in gekrümmter Haltung darauf zu betten. Aber die Stühle hatten Rollen und drifteten bei jeder Bewegung auseinander. Er stand wieder auf, schlich über den Flur und prüfte die einzelnen Redakteurszimmertüren. Britta Hensels Raum war nicht verschlossen. Sie hatte ein Sofa, zwar kurz, aber er konnte sich seitlich und mit angewinkelten Beinen so darauf platzieren, dass ein Einschlafen möglich war.

Bengt Zurbrüggen drückte aufs Gas und beschleunigte auf 150 Stundenkilometer. Nach der Fahrt durch die DDR und der endlosen Warterei im Grenzstau am Übergang Marienborn hatte sich seine Laune schlagartig verbessert, als der Bundesgrenzschutzbeamte ihn nach einem kurzen Blick in den Ausweis durchgewinkt hatte. Jetzt würden sie ihn nicht mehr kriegen. Der NDR spielte wie so oft Shanties. »*Rolling home*«, dröhnte ein Männerchor aus den Lautsprechern. Helmstedt lag bereits hinter ihm. Noch eine Stunde bis Hannover. Dort würde er am vereinbarten Treffpunkt auf weitere Anweisungen warten.

Polizeiobermeister Gösslein drehte den Kopf, als das Fax zu knattern begann. Ein Foto schob sich langsam aus dem Schlitz, offenbar eine Fahndung. Eine willkommene Abwechslung im eintönigen Grenzverkehr. Als er das Blatt von der Rolle abriss, stutzte Gösslein. Das Gesicht kannte er. Der Mann auf dem Foto war vor wenigen Minuten an seinem Fenster vorgefahren und hatte den Ausweis vorgezeigt. Nur hatte er nicht den Namen gehabt, der auf dem Fahndungsfoto stand: Bengt Zurbrüggen. Gösslein griff zum Hörer.

Schon von weitem sah er den Passat quer auf der rechten Fahrbahn stehen, davor ein Polizist mit rot blinkender Kelle. Auf seiner Stirn bildeten sich feine Schweißperlen. Sollte er das Gaspedal durchdrücken und davonrasen? Die Verfolgungsjagd könnte er gewinnen. Suchten sie ihn schon oder war das eine ganz normale Verkehrskontrolle? Er überlegte kurz, während er vom Gas ging. Er hatte einen völlig legalen Ausweis. Wenn die Fahndung wirklich ihm galt, könnte er die dämlichen Dorfpolizisten überrumpeln, könnte sich zur Not mit seiner Glock den Weg freischießen.

Er hielt an, zog seinen Ausweis heraus und setzte ein etwas zu künstliches Lächeln auf. Unter der Zeitung auf dem Beifahrersitz lag die durchgeladene Pistole.

Der Beamte mit der Kelle trat an die Fahrerseite heran und legte zum Gruß die Hand an die Mütze.

»Verkehrskontrolle! Bitte Ausweis und Fahrzeugpapiere!«

Er reichte die Dokumente heraus und lächelte weiter.

»Herr Senftleben, haben Sie ein Warndreieck dabei?«

Jetzt wurde er nervös. Er musste sich entscheiden: Sollte er unbewaffnet aussteigen und den Kofferraum öffnen oder den Polizisten über den Haufen fahren? Nerven behalten, befahl er sich und ging zum Kofferraum.

Im Augenwinkel bemerkte er zu spät den zweiten Polizisten, der jetzt hinter ihm stand. Das unangenehme Geräusch einer Waffe, die durchgeladen wird, kannte er zur Genüge.

»Herr Zurbrüggen, Sie sind festgenommen!«

Verdammt, er hatte die Trottel von der Streifenpolizei unterschätzt. Sie kannten seine wahre Identität. Die Handschellen klickten, er wehrte sich nicht.

Klamm riss den Hörer vom Telefon.

»Bundespolizei Helmstedt, Polizeiobermeister Gösslein«, sagte eine dunkle Männerstimme am anderen Ende. »Wir haben Herrn Zurbrüggen festgenommen.«

Klamm lehnte sich zurück und atmete tief durch.

»Ist das unser Mann vom Foto?«

»Kein Zweifel«, kam es aus dem Telefon. »Der Ausweis auf den Namen Senftleben ist eine professionelle Fälschung.«

»Hat er geredet?«

»Kein Wort, er verlangt nach einem Anwalt.« »Wir kommen sofort«, rief Klamm in den Hörer, als müsste er mit seiner Stimme bis nach Helmstedt dringen.

Er sah sich um. Eine helle, freundliche Zelle, die nichts Bedrohliches hatte. Das also war sein letztes Quartier. Dreimal hatte er zuschlagen können, ohne dass sie ihm auf die Spur gekommen waren. Den Spinner Opolka, der seinen eigenen Krieg führen wollte, hatte er so unauffällig beseitigt, dass vermutlich niemand an Mord dachte. Der Verräter Schwieger war der härteste Brocken gewesen. Doch auch da gingen die Deppen von der Polizei wohl immer noch von einem Tod durch Ertrinken aus. Und der Kommunist Franke war ein Kinderspiel, ein schwächlicher alter Mann, dem er das Genick wie einen verdorrten Ast hatte brechen können. Aber bei der Fahrt über die Grenze war er nicht wachsam genug gewesen. Vielleicht hätte er den Grenzschützer ausschalten müssen, dann hätte er jetzt einen Vorsprung. Dann könnte er in Hannover an der Telefonzelle warten, bis die Kameraden ihm neue Papiere bringen würden.

Er wusste, worauf er sich eingelassen hatte. Als Partisan im Krieg hinter den russischen Linien wäre er auch als Nicht-Kombattant vogelfrei gewesen. Nur wer eine Uniform oder Teile davon trug, konnte auf eine Behandlung nach der Haager Landkriegsordnung rechnen. Doch die Russen hätten sich daran nie gehalten. Der Krieg gegen die Kommunisten war ein Kampf auf Leben und Tod – dazwischen gab es nichts.

Er lächelte. Zwar hatten die Grenzschützer ihm bei der Leibesvisitation mit dem Handschuh im Arsch herumgepult, doch hatten sie vergessen, ihm die Unterhose wegzunehmen. Er tastete vorsichtig den Saum ab und fühlte die kleine harte Verdickung. Mit den Zähnen biss er den Stoff auf und hielt das Metall endlich in der Hand. Es ließ sich leicht aufschrauben. Bengt Zurbrüggen nahm die Kapsel heraus und steckte sie langsam in den Mund. Für Deutschland!

Dann biss er fest zu.

Freitag, 26. August 1988

Das Büro war geschmackvoll eingerichtet. Rechts vom Eingang luden eine cognacfarbene Le Corbusier-Couch und zwei passende Sessel zum gemütlichen Gespräch ein. Der Couchtisch, ein Bauhaus-Klassiker von Marcel Breuer, war mit einer schlichten weißen Obstschale dekoriert. Natürlich fehlte der Eileen-Gray-Glastisch zwischen Sessel und Couch nicht, gekrönt von einer Wagenfeld-Lampe, die den abendlichen Besprechungen ein stimmungsvolles warmes Licht verleihen sollte. Der Schreibtisch aus poliertem Mahagoni war ein italienisches Modell aus den Sechzigern, passte aber mit seinen kantigen silbernen Beinen gut zum Eames-Bürostuhl und zur übrigen Einrichtung. Die silberne Schreibtischlampe, das neueste Artemide-Modell, sollte unterstreichen, dass der kultivierte Besitzer dieses Schreibtisches sich auch beim aktuellen Top-Design auskannte.

Mölders legte seinen Borsalino auf den Schreibtisch und strich mit der flachen Hand über das polierte Holz. Er griff nach einem der Champagnergläser, das der jüngste Mitarbeiter in der Runde an die Herren weiterreichte, bis alle ein Glas in der Hand hatten.

»Meine Herren«, begann der neue Aufsichtsratsvorsitzende der Protecta AG, »auch wenn demnächst ein kalter politischer Wind weht, sind wir gut gerüstet. Wenn ich in der Vergangenheit davon gesprochen habe, dass wir die Organisation winterfest machen müssen, so können wir heute feststellen, dass diese große Aufgabe voll und ganz gelungen ist.«

Er machte eine kunstvolle Pause, blickte nacheinander jedem der fünf Männer, die einen Kreis um ihn gebildet hatten, prüfend in die Augen und fasste den schlanken Stiel des Glases fester.

»Bevor wir unsere Gläser auf das Fortleben der Organisation auch unter einer künftigen feindlichen Regierung erheben«, fuhr Mölders feierlich fort, »lassen Sie uns derer gedenken, die für unsere Sache große Opfer auf sich nahmen und nehmen.«

Die fünf senkten den Blick und auch Mölders verzog das Gesicht, als ob er plötzlich von einem jähen Schmerz übermannt würde.

»Einige Männer haben für unsere Bewegung ihr Leben lassen müssen. Ein Kamerad aus unseren Reihen ist derzeit auf der Flucht und musste sich nach dem Einsatz in der JVA ins benachbarte Ausland absetzen. Sie alle stehen für eine Idee, die größer ist als wir.«

Mölders hob das Champagnerglas. Seine Gesichtszüge entspannten sich wieder.

»Meine Herren, es lebe Sagitta!«

Lucas war rechtzeitig erwacht und hatte sich noch vor acht Uhr aus der Redaktion geschlichen. Britta Hensel kam gewöhnlich gegen neun. Er fuhr in der vollen U-Bahn zum Zoo und wunderte sich, dass niemand sich an ihm, ungewaschen wie er war, zu stören schien. Im Waschraum duschte er ausgiebig und erreichte gegen neun seine Unterkunft in der Sickingenstraße.

»Morgen!«, rief der Portier und winkte ihm wie einem alten Bekannten zu.

»Muss nur schnell was holen!«, erwiderte Lucas und tippte den Zugangscode ein.

In frischer Kleidung saß er um zehn Uhr bei einem ausgiebigen Frühstück im Café Kranzler. Dort konnte er in den Zeitungen blättern und genussvoll die Berichte über den Rücktritt des Staatssekretärs lesen, in denen auch seine Rolle gewürdigt wurde. Nein, nicht er wurde erwähnt, aber die Sendung »Im Visier«, die die Lügen des Staatssekretärs Eckart Mölders aufgedeckt hatte. »Mut und Hartnäckigkeit« bescheinigten die Blätter dem TV-Magazin und ihrem Leiter Essjott Stövenhagen.

So ärgerlich es war, dass er, der Enthüller Lucas Hermes, mit keinem Wort erwähnt wurde, so wohltuend war es doch, sicher zu sein, dass Stövenhagen jetzt wusste, was er an ihm hatte.

Er ging zum Geldautomaten am Zoo, der die gewünschte Summe problemlos ausspuckte, und nahm am Ku'damm den Bus. Ecke Leibnizstraße stieg er aus. Lucas fühlte in der Jacketttasche noch einmal nach und machte sich auf den Weg. Als er vor dem Haus stand, atmete er tief durch und klingelte.

»Ja bitte?« Die Stimme klang noch zerbrechlicher als neulich.

»Post!«, rief Lucas. Der Surrer ließ die Haustür aufschnappen. Er zog den Umschlag behutsam aus der Jacke und steckte ihn in den Briefkasten mit der Aufschrift Günzel.

Zwar war sein Konto jetzt deutlich überzogen, aber in den nächsten Tagen würde es sich mit den Honoraren der letzten Beiträge füllen. Er verließ das Treppenhaus mit hastigen Schritten.

Kurz vor elf betrat er die Redaktion. Ihm war feierlich zumute.

»Lucas, Telefon! Die Polizei!«

Tine, die Redaktionsassistentin, reichte ihm ihren Hörer. Freese blickte durch die offen stehende Tür und sah gelb vor Neid aus.

Lucas meldete sich und erkannte sofort Klamms Stimme.

»Wir haben hier eine Überraschung für Sie«, sagte der Kommissar. »Eine junge, ziemlich attraktive Frau, die Sie sehen möchte.« Lakonischer konnte man Annas Rückkehr ins Leben nicht ausdrücken.

»Geht es ihr gut?«

»Bestens«, sagte Klamm. »Kommen Sie doch gleich mal in der Keithstraße vorbei.«

Statt weitere Fragen zu stellen, jagte Lucas los. Er winkte vor dem RBS-Gebäude ein Taxi heran – »Kurzstrecke!«

– und ließ sich zum Polizeigebäude fahren. Atemlos stand er fünfzehn Minuten nach dem Telefonat und um acht Mark ärmer vor dem Kommissar. Natürlich hatte der Fahrer nach Taxameter und nicht als billige Kurzstrecke abgerechnet.

»Wo ist sie?«, keuchte Lucas.

»Hier bei uns«, antwortete Klamm und lehnte sich behaglich in seinen Bürostuhl zurück. »Ich denke, die Psychologin kommt gleich mit ihr her. Du darfst nicht erschrecken, sie redet nicht viel.«

»Hat sie irgendetwas über die Entführer gesagt?«

Klamm schüttelte den Kopf. »Wir haben auch nicht nachgebohrt, sie hat sofort geweint. Aber sie hat etwas angedeutet.«

»Etwas angedeutet?«

»Darüber sollten wir drei uns gleich mal ausführlich unterhalten«, sagte der Kommissar. »Vorausgesetzt, sie schafft das.«

Sie tranken löslichen Kaffee und warteten. Klamm berichtete Lucas knapp von Annas tagelanger Gefangenschaft in einem Keller. Sie gingen die Ereignisse der letzten Wochen noch einmal durch. Lucas hatte keinen Grund mehr, Klamm etwas zu verschweigen. Seine Geschichte war gesendet worden. Doch Ernst Klamm war auf der Hut. Er war mit seinen Ermittlungen über die Bombenserie noch nicht fertig.

»Fest steht«, begann Lucas, nachdem Klamm in nachdenkliches Schweigen versunken war, »dass da draußen noch immer der Mörder von Gerd Opolka, von Heinz Franke und von Daniel Schwieger frei herumläuft.«

»Irrtum«, sagte der Kommissar. »Gestern Abend hat sich unser Hauptverdächtiger Bengt Zurbrüggen alias Senftleben in der Untersuchungshaft umgebracht. Wir waren schon auf dem Weg zu ihm und sind wieder umgekehrt.«

Lucas riss ungläubig die Augen auf. »Zurbrüggen? Wer ist das?«

Klamm schüttelte nur den Kopf. Es gab keinen Grund, Lucas Hermes alles anzuvertrauen – schließlich war der auch nur ein Journalist, der alle Informationen hinausposaunen würde, die ihm sensationell genug erschienen. Hermes brauchte nicht zu wissen, dass er eine zweite Handakte zu den Morden in seiner Schublade hatte und die Sache für ihn nicht zu Ende war.

»Und jetzt?«

»Der Fall ist abgeschlossen. Der Bombenleger und Mörder Opolka ist tot, der mutmaßliche Bombenleger Schwieger auch, und deren Mörder lebt auch nicht mehr. Und sollte Franke in eine der Taten verstrickt sein – auch gegen ihn werden die Ermittlungen natürlich eingestellt.«

»Ich bin sicher, dass wir noch nicht alles über Mölders und seine Machenschaften wissen«, entgegnete Lucas.

»An Verschwörungstheorien beteilige ich mich nicht«, sagte Klamm knapp und machte ein verschlossenes Gesicht. Er blätterte scheinbar unbeteiligt in den vor ihm liegenden Unterlagen.

»Da ist noch etwas«, murmelte der Kommissar und reichte Lucas ein Blatt über den Tisch.

Lucas überflog das Dokument. Ein Einberufungsschreiben für den Reservisten Daniel Schwieger zu einer Wehrübung in der Eifel.

»Mai 1988«, sagte Klamm.

»Die Tatzeit der Bombe an der Moschee«, antwortete der Reporter.

»Das also war Schwiegers Alibi?«

»Eine angebliche Wehrübung im Wald genau in der Woche, in der der Anschlag auf die Moschee verübt wurde und in der Zeugen Schwieger in der Nähe der Moschee gesehen haben wollen. Er wurde zu der Übung zu einem Truppenteil einberufen, der in der ganzen Bundeswehr unbekannt ist.« Klamm tippte auf eine Zeile in dem Schreiben: »Ein Jägerbataillon aus Bonn.«

»Ein falsches Alibi – auf einem professionell gefälschten Behördendokument«, sagte Lucas.

Sie schwiegen wieder. Beide wagten nicht, das auszusprechen, was ihnen durch den Kopf ging. Da war etwas Furchteinflößendes. Etwas, das mächtiger war als Polizei oder Presse.

»Ach, übrigens: Wenn Frau Rademacher gleich kommt, sprich sie nicht auf ihre Verletzung an«, begann Klamm mit trockener Kehle.

»Ist sie ...?«

»Nein, keine Spuren von Gewalt an den Genitalien. Sie wurde am Hals verletzt. Mit einem Papierschneidemesser.«

»Haben die versucht, sie umzubringen?« Lucas' Herz schlug rasend schnell.

»Sie haben« – Klamm strich mit der Linken an seinem Hals entlang – »etwas in ihren Hals geritzt, nicht tief, aber es bleibt eine Narbe. Wir haben das als Rune identifiziert.«

Es klopfte. Ein blonder Lockenkopf, in dem die ersten weißen Haare sichtbar wurden, erschien in der Tür. Simone Kaschkat, die Polizeipsychologin, war für Ernst Klamm eine alte Bekannte. Die schlanke Mittfünfzigerin tauchte immer dann auf, wenn einer der Ermittler in einen Schusswechsel geraten war oder wenn das leidige Thema Alkohol mal wieder auf dem Tisch war. Sie konnte einfühlsam sein, hatte aber eine gouvernantenhafte Strenge, die Männer wie Klamm davon abhielt, sich ganz zu öffnen.

»Frau Rademacher hat sich bereit erklärt, mit Ihnen beiden zu reden«, begann die Psychologin. »Wenn Sie nichts dagegen haben, bin ich bei dem Gespräch dabei.«

Dann betrat Anna mit zögerlichen Schritten den Raum. Sie trug ein viel zu weites blaues T-Shirt über einer schlabberigen Jogginghose. Offenbar war sie von der Polizei eingekleidet worden und noch immer nicht zu Hause gewesen.

Blass und abgemagert sah sie aus, ihr Blick war traurig und abwesend. Am Hals trug sie ein weißes Pflaster. Lucas blickte zu Ernst Klamm, der kein Wort herausbrachte und den Frauen stumm zwei Stühle vor seinem Schreibtisch zuwies. Dann saßen sie da, nicht imstande, ein Gespräch zu beginnen. Anna schaute Lucas nicht an.

»Frau Rademacher hat tagelang gefesselt in einem dunklen Raum zugebracht«, erklärte Simone Kaschkat, um die unbehagliche Stille zu durchbrechen. Sie wandte sich Anna zu: »Sie sagen Bescheid, wenn es nicht mehr geht.«

Anna nickte. Bisher hatte sie Lucas nicht ein einziges Mal in die Augen gesehen.

»Ich bin sehr froh, dass Sie bei uns sind«, begann Ernst Klamm mit belegter Stimme. Anna schob sich unbehaglich auf ihrem Stuhl hin und her.

»Wir haben die beiden Kerle, die Sie niedergeschlagen haben, festgenommen und verhört«, fuhr Klamm mit sachlicher Stimme fort. »Wir sind ziemlich sicher, dass die Burschenschafter nicht Ihre Entführer sind. Das haben Sie uns ja bestätigt, dass nämlich nicht die zwei, die Sie abgelegt hatten, sondern eine andere Person Sie am 16. Juli im Garten hinter dem Verbindungshaus betäubt hat.«

Die Psychologin runzelte die Stirn und blickte den Kommissar strafend an. Das Wort »abgelegt« erschien ihr offenbar nicht passend.

»Sie waren dann« – Klamm blickte auf das Vernehmungsprotokoll, das vor ihm lag – »nach einer Fahrt, deren Dauer Sie wegen der Betäubung durch die Entführer nicht mitbekamen, vom 16. bis 27. Juli in dem Raum gefangen, den Sie uns beschrieben haben. Wie kamen Sie dann in den Mercedes, in dem Herr Hermes Sie am 26. Juli gesehen hat?«

Anna schien kurz zu überlegen, hob den Kopf und öffnete den Mund. Seit Wochen die ersten Worte, die er von ihr hören würde, dachte Lucas und sah sie erwartungsvoll an.

»Ich wurde wieder mit einem Tuch, wohl mit Chloroform, betäubt und wachte im Auto auf, in einem Parkhaus.«

Ihre Stimme klang fest, aber rauer als früher.

»Sie wissen also nicht, wie Sie in das Parkhaus gekommen sind?«

Anna schüttelte den Kopf. »Nein, die Männer haben offenbar so lange in dem Parkhaus gewartet, bis ich wach war. Da war mein Mund schon zugeklebt ... Dann sind sie losgefahren.«

Sie kämpfte mit den Tränen. Lucas musste an den schaurigen roten Lippenabdruck denken, den die Entführer mit Lippenstift auf dem Pflaster über ihrem Mund angebracht hatten.

»Der Mercedes ist ja offenbar Herrn Hermes gefolgt, um ihn einzuschüchtern«, fuhr Klamm fort. »Das heißt, die Männer wussten, wo er sich zu diesem Zeitpunkt befand.«

Lucas nickte. »Also musste es einen dritten Mann geben, der ihnen meine Position durchgeben konnte.«

Anna überlegte. »Der Fahrer hat mit jemandem gesprochen, dann ist er losgefahren«, sagte sie stockend. »Er hatte so ein kleines Ding in der Hand, wie ein Personenschützer.«

»Sie meinen ein Mikro, wie es Zivilpolizisten im Ärmel verstecken?«

»Genau.«

Ernst Klamm lehnte sich zurück und strich mit der Hand über die vor ihm ausgebreiteten Papiere. »Ich fasse zusammen: Sie werden am 16. Juli in der Hagenstraße von einem Mann entführt, der offenbar nicht zur Burschenschaft gehört und der Sie immer, wenn er eine Ortsveränderung vornimmt, betäubt. Dieser Mann, der Sie in der Gefangenschaft maskiert mit Essen versorgte, also mit Maske vor dem Gesicht und mit Sonnenbrille und Mütze, hat zwei Helfer. Einen, der offenbar Herrn Hermes beschattet, und einen, der dann im Mercedes mit dabei war und über eine professionelle Funkausrüstung Kontakt mit dem Beschatter hielt. Und dann erinnern Sie sich an einen Geruch ...« Klamm blätterte. »Ein Geruch nach dem Putzmittel Wofasept, wie es in der DDR verwendet wird. Richtig?«

Anna nickte. »Ja, es roch wie früher in der DDR«, sagte sie leise.

»Das alles sieht aus wie die Aktion einer professionellen Mafiabande oder« – Klamm holte tief Luft – »wie die Arbeit eines Geheimdienstes.«

Lucas sah den Kommissar erschüttert an. Die Stasi! Glaubte Klamm auch, dass der ostdeutsche Geheimdienst hinter den Anschlägen steckte?

»Was für ein Interesse könnte das MfS an der Entführung von Frau Rademacher haben?«, fragte der Kommissar und sah erst Anna, dann Lucas an.

Lucas wurde es unbehaglich.

»Sie meinen also«, sagte er, »dass Anna nach Ost-Berlin entführt wurde? Ziemlich unwahrscheinlich, oder?«

»Warum nicht? Wenn die Grenztruppen wissen, dass ein Mensch im Kofferraum über die Grenze geschmuggelt wird, dann bekommen sie eben die Anweisung, diesen Wagen nicht zu kontrollieren.«

»Das Essen«, sagte Anna plötzlich. Die anderen horchten auf.

»Das Brot und der Käse schmeckte irgendwie anders. Und das Wasser ...«

»Woran erinnern Sie sich genau?«, hakte der Ermittler nach. Anna sah zur Decke, als suchte sie dort nach dem Bild ihrer Zelle.

»Das Wasser schmeckte irgendwie nach Eisen«, fiel ihr ein. »So einen Geschmack hatte das Margonwasser, das Mineralwasser, das es immer gab, wenn wir in Ost-Berlin im Restaurant waren.«

Lucas und Klamm sahen sich verdutzt an. Schmeckte es anders in der DDR? Lucas dachte an ein Mittagessen in einer HO-Gaststätte Mitte der Achtzigerjahre. Jägerschnitzel hatte er bei einem mürrischen Kellner bestellt und eine panierte Jagdwurstscheibe mit mehliger Pilzsoße auf den Tisch geknallt bekommen. Ja, Anna hatte in ihrer Gefangenschaft offenbar DDR-Lebensmittel konsumiert.

Eine unglaubliche Geschichte. Anna war im Kofferraum eines schwarzen Mercedes über die am schwersten bewachte Grenze der Welt gebracht worden, an der normalerweise Soldaten jedes Fahrzeug akribisch auf mögliche Flüchtlinge untersuchten. Dann wurde sie in irgendeinem Stasi-Keller gefangen gehalten und mit Lebensmitteln aus der Kaufhalle versorgt.

»Was für ein Interesse könnte das MfS an Frau Rademacher haben?«, wiederholte Klamm seine Frage. »Und warum wird sie einfach entführt und nicht ein einziges Mal verhört?«

Jetzt sah Anna zu Lucas hinüber. Er versuchte, ihren Blick mit einem schiefen Lächeln zu quittieren. Es misslang.

»Ich glaube, ich habe eine Ahnung«, sagte Anna leise, ohne den Blick von Lucas zu wenden. »Ich habe über Machenschaften in der DDR berichtet. Über Kunstschiebereien, in die die Stasi verwickelt ist.«

Lucas nickte düster. Die DDR-Schlapphüte wollten verhindern, dass Anna und er weiter über den Kunsthandel recherchierten.

»Was ich nicht kapiere, ist die Sache mit der Rune«, sagte Klamm. Anna griff sich instinktiv an den Hals. Sie begann zu zittern.

»Ich glaube, das reicht jetzt«, sagte die Psychologin und legte ihre Hand auf Annas Arm.

»Nur noch eine Frage«, schob Klamm nach. »Wissen Sie, wo Sie nach der Begegnung mit Herrn Hermes waren?«

»Nein. Sie haben mir dann die Augen verbunden und sind wieder in eine Garage gefahren, ganz in der Nähe.«

»Woher wissen Sie das, wenn Ihre Augen verbunden waren?«

»Es hat nach Abgasen gestunken. Wir haben da eine Ewigkeit gestanden.« Anna lächelte plötzlich. »Dann haben wir Burger gegessen. Die beiden hatten einen richtigen Heißhunger auf das Zeug. Der Fahrer hat Burger und Pommes frites geholt, und dann haben sie mich gefüttert.« Anna fing an zu kichern und kämpfte nach wenigen Sekunden mit den Tränen.

»Können wir später weitermachen?«, fragte die Psychologin. Klamm nickte.

»Ich brauche eine Pause«, sagte Anna, zog die Nase hoch und stand unsicher auf. Sie wandte sich im Gehen noch einmal dem Kommissar zu.

»Nach dem Essen haben Sie mir wieder ein Tuch mit Chloroform unter die Nase gehalten«, sagte sie und presste die Lippen zusammen.

»Und dann sind Sie im Grunewald aufgewacht.«

Anna nickte. Die beiden Frauen gingen hinaus.

»Ich hatte schon Sorge, du machst die Stasi für die Bomben verantwortlich«, sagte Lucas.

Klamm zog die Brauen hoch.

»Das ist immer noch möglich. Das falsche Spiel eines Geheimdienstes, um das Land der Feinde zu destabilisieren.«

Lucas versuchte unauffällig, die vor Klamm liegenden Papiere zu lesen. Es war schwer, die für ihn auf dem Kopf stehenden Buchstaben zu erkennen. *Vernehmungsprotokoll Anna Rademacher* konnte er entziffern. Wie gerne hätte er das Dokument bis zur letzten Seite studiert. Klamm schien seinen Blick zu bemerken und legte die Hand auf das zuoberst liegende Blatt.

»Einen richtigen Kaffee?«, fragte er. »Wir haben im Flur einen neuen Automaten.«

Lucas nickte und sie gingen hinaus. Als sie ihre braunen Pappbecher in den Händen hielten – dünner Cappuccino mit Kaffeeweißer –, kamen Anna und die Psychologin über den Flur.

»Heute wird das nichts mehr«, sagte Simone Kaschkat und hob im Näherkommen abwehrend die Hand. Anna ging ein paar Schritte hinter ihr. Offenbar hatte sie geweint.

»Anna«, fragte Lucas leise, »wann können wir uns sehen?«

»Gib mir etwas Zeit«, sagte sie. »Ich melde mich.«

»Gehst du nach Hause?«

Sie schüttelte heftig den Kopf. »Siemensstadt war keine so gute Idee.«

»Hier ist dein Autoschlüssel«, sagte Lucas und hielt ihn ihr hin. Sie zu berühren wagte er nicht. »Der Wagen steht vor der Messe, da kann er auch länger bleiben.«

Wortlos nahm sie den Schlüssel.

»Wo wohnst du die nächste Zeit?«, versuchte er erneut ein Gespräch.

»Sie ist gut untergebracht«, sagte die Psychologin. »So lange, wie es nötig ist.«

»Ich melde mich«, sagte Anna und versuchte ein Lächeln. Sie hob die Rechte, drehte sich um und winkte ihm kurz zu, wie sie es bei ihrer ersten Begegnung im Rathaus Schöneberg getan hatte. Dann war sie mit Simone Kaschkat um die Ecke verschwunden.

Klamm nahm einen Schluck und blickte den beiden nach.

»Wohnst du eigentlich nicht mehr am Maybachufer?«, fragte der Ermittler. »Ich habe dich gesucht.«

Lucas verbrühte sich die Lippen, weil er den Kaffee ohne zu pusten an den Mund gesetzt hatte. Fast hätte er die Dorotheenstraße als seine Wohnadresse genannt. Er setzte den heißen Becher von den Lippen ab und blies Luft auf den Kaffee.

»Ich bin gerade dabei, umzuziehen«, sagte er.

Danksagung

Ich danke Ulrike Hullmann und H.-C. Schultze, die geduldig verschiedene Fassungen des Manuskripts lasen und mir wertvolle Anregungen gaben, sowie Gabriele Dietz, die selbst kleinste Ungenauigkeiten aufspürte und den Text wunderbar lektorierte.

Ulrich Stoll

Der Autor

Ulrich Stoll, geboren 1959, arbeitet seit 1984 als freier Journalist für den WDR und seit 2001 als Redakteur des ZDF-Magazins Frontal 21. Er ist Autor von TV-Dokumentationen zu aktuellen und zeitgeschichtlichen Themen für verschiedene öffentlich-rechtliche Sender und hat bereits mehrere Sachbücher veröffentlicht. »Totes Gleis« ist sein erster Roman.

Christoph Spielberg
Man stirbt nur dreimal
Ein Dr.-Hoffmann-Krimi
10,00 €
ISBN 978-3-89809-539-6

Oberarzt Dr. Felix Hoffmann ist irritiert: Der Tod seines Patienten kam nicht unerwartet – warum also die vielen Nachfragen? Nur weil er in dieser Nacht entgegen dem Dienstplan nicht erreichbar war? Und warum kann sich sein Chefarzt nicht an einen Patienten erinnern, den er über Monate hinweg selbst betreut hat? Es bleibt nicht bei diesen Ungereimtheiten. Plötzlich ist Hoffmann der Hauptverdächtige in zwei Mordfällen – und mehr denn je auf die Hilfe seiner cleveren Freundin Celine angewiesen …

Sue & Wilfried Schwerin von Krosigk
Der Minutenschläfer
Kriminalroman
10,00 €
ISBN 978-3-89809-544-0

Der ewig klamme Adelsspross Hartung Siegward Graf von Quermaten zu Oytinghausen gerät in Verdacht, einen Mord begangen zu haben. Beim Bemühen, seinen Kopf aus der Schlinge zu ziehen, verstrickt er sich jedoch immer tiefer in den Fall.

»Ein überaus unterhaltsames Buch mit einem sehr sympathischen, etwas vertrottelten, Helden und jeder Menge schräger Vögel. Mehr davon!«
Inforadio

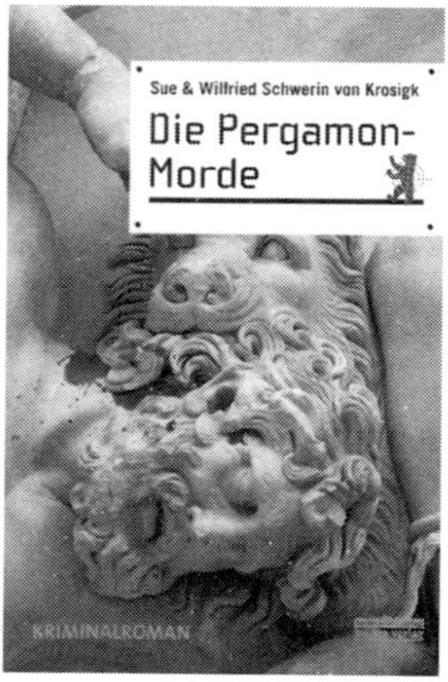

Sue & Wilfried Schwerin von Krosigk
Die Pergamon-Morde
Kriminalroman
12,00 €
ISBN 978-3-89809-545-7

Das Pergamonmuseum wird von einer grausigen Mordserie heimgesucht. Wieder einmal gerät ausgerechnet der lebensuntüchtige Hartung Siegward Graf von Quermaten zu Oytinghausen, von allen Hasi genannt, in das Visier der Ermittler.

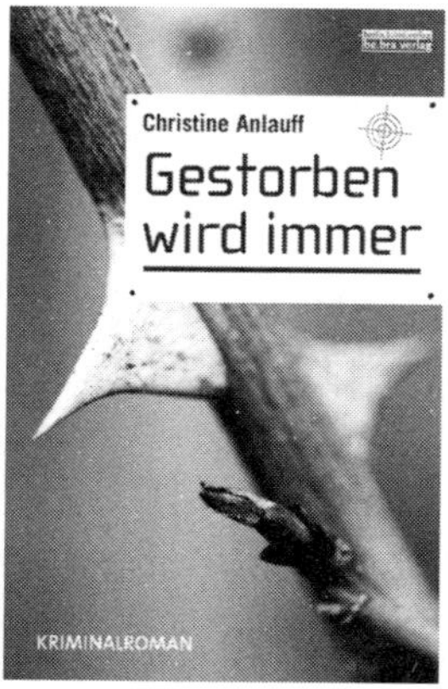

Christine Anlauff
Gestorben wird immer
Kriminalroman
10,00 €
ISBN 978-3-89809-543-3

Eigentlich soll der Potsdamer Literaturkritiker Just Verloren sich von den Folgen eines Fahrradunfalls erholen. Doch das spurlose Verschwinden einer Krankenschwester weckt seinen kriminalistischen Spürsinn.

»Christine Anlauff hat einen echten Potsdam-Krimi geschrieben. Die Story ist spannend, die Geschichte klar: menschlich, tragisch, auch lustig – kurzum unterhaltend«

Inforadio